Mit einer Fussnote im Grab

Die Geheimnisse des Nevermore Bookshop, 1

Steffanie Holmes

MIT EINER FUSSNOTE IM GRAB

Book Boyfriends mögen besser sein, aber sie sind mehr Ärger als sie wert sind.

Nachdem ich mich von meinem Traumjob in der Modebranche verabschiedet habe, kehre ich unter der Last des Scheiterns in mein Heimatdorf zurück und nehme einen Job im beschaulichen Nevermore Bookshop an. Ich hoffe auf ein paar ruhige Monate, um mein Leben in den Griff zu bekommen.

Aber dies ist keine gewöhnliche Buchhandlung.

Ein mysteriöser Fluch auf Nevermore erweckt berüchtigte Schurken aus der klassischen Literatur in der realen Welt zum Leben.

In meinem "einfachen" Job muss ich Kunden vor einem 1,90 m großen, mürrischen, tätowierten Heathcliff retten, mit dem raffinierten Bösewicht Moriarty Tee trinken und der Polizei entkommen und mit Edgar Allen Poes schüchternem, vorlauten Rabenwandler Quoth Kunst schaffen.

Als ob das nicht schon verrückt genug wäre, taucht meine ehemalige beste Freundin mit einem Messer im Rücken auf, und ich bin die Hauptverdächtige. Wenn ich meinen Namen reinwaschen will, muss ich mich an Agatha Christie halten.

Oh, und diese drei fiktiven Bösewichte?

Sie teilen gerne ...

Die Geheimnisse des Nevermore Bookshops sind das, was du bekommst, wenn all deine Book Boyfriends zum Leben erwachen. Begleite einen grüblerischen Antihelden, einen Meisterverbrecher, einen frechen Raben und eine Heldin mit einem großen Herzen (und einer noch größeren Büchersammlung) in dieser pikanten Cozy-Fantasy-Serie von USA Today-Bestsellerautorin Steffanie Holmes.

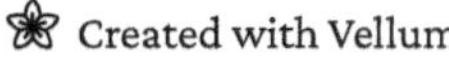 Created with Vellum

Abonniere den Newsletter für Updates

Möchtest du eine kostenlose Bonusszene aus Quoths Sicht oder Heathcliffs Ladenregeln haben? Dann hole dir das *Cabinet of Curiosities* für Bonusszenen und zusätzliches Material, ein Steffanie Holmes-Kompendium mit Kurzgeschichten und Bonusszenen, indem du dich für den Steffanie Holmes-Newsletter anmeldest.

http://www.steffanieholmes.com/newsletterdeutsch

In meinem Newsletter erzähle ich jede Woche von wahren Begebenheiten, seltsamen Ereignissen, verfallenen Ruinen und gruseligen Fakten, die meine Geschichten inspirieren. Du erhältst außerdem exklusive Bonusszenen und Updates. Ich liebe es, mit meinen Lesern zu sprechen, also komm zu mir und erleb gruseligen Spaß :)

Für all meine Book Boyfriends, die mich die ganze Nacht wachhalten.

INSCHRIFT

Und der schwarze Vogel machte, dass ich trotz der Trauer lachte,
So possierlich ernst und finster saß ob meiner Thüre er.
»Ob dein Kamm auch kahlgeschoren, bist als Feigling nicht geboren,
Alter Rabe, der verloren irrt im nächt'gen Schattenmeer!
Sprich, wie bist du denn geheißen im pluton'schen Schattenmeer?«
Sprach der Rabe: »Nimmermehr.«

Edgar Allan Poe (Übersetzung: Adolf Strodtmann)

I

Gesucht: Assistent/in, Regaleinräumer/in, allgemeiner Mitarbeiter/in für ein Secondhand-Buchgeschäft. Muss sich fließend mit klassischer Literatur auskennen. Elektronische Bücher und alle, die ihnen frönen, verabscheuen. Erfahrung darin haben, acht Stunden am Stück unsinnige Kundenfragen zu beantworten. Darf weder gegen Staub noch gegen Katzen allergisch sein – wenn ich zwischen Ihnen und der Katze wählen müsste, würden Sie verlieren. Harte Arbeit, schlechte Bezahlung. Bewerben Sie sich im Nevermore Bookshop.

*U**ff*. Ich schloss die Argleton Gemeinde-App und verstaute mein Handy in meiner Tasche. *Die Person, die diese Anzeige geschrieben hat, will wirklich keinen Assistenten einstellen.*

Leider hatte er oder sie nicht mit mir gerechnet, Wilhelmina

Wilde, vor kurzem gescheiterte Modedesignerin, Besitzerin von zwei trüben Augen und ein erbärmliches Exemplar von Mensch. Ich würde diesen Assistentenjob bekommen, ob der mürrische, katzenbesessene und unterbezahlende Werbetexter mich wollte oder nicht.

Ich hatte keine andere Wahl.

Mit einer Mischung aus Nostalgie und Angst blickte ich an der hoch aufragenden viktorianischen Backsteinfassade des Nevermore Bookshops in der Butcher Street 221 in Argleton, Barsetshire, hinauf. Ich hatte die meiste Zeit meiner Kindheit in einer dunklen Ecke dieses Ladens verbracht, und wenn ich meine Karten richtig ausspielte, würde ich ihn jetzt von der anderen Seite des Tresens aus erleben können. Es war der einzige Lichtblick in meiner dunklen Scheißwelt.

Ich konnte mich nicht daran erinnern, dass es so ... bedrohlich aussah.

Abgesehen von dem verblassten *Nevermore Bookshop*-Schriftzug in gotischen Lettern über dem Eingang, ließ die Fassade nicht erahnen, dass ich vor einem der größten Secondhand-Buchläden Englands stand. Eine baufällige georgianische Hausfassade mit viktorianischen Anbauten ragte vier Stockwerke hoch über die Straße und sah eher aus wie ein gruseliges Waisenhaus aus einem Gothic-Roman als eine Fundgrube für gute Literatur. Bäume beugten ihre kahlen Äste über die verdunkelten Fenster und Glyzinien krochen über das schmutzige Mauerwerk und hüllten das Gebäude in eine dicke Laubschicht. Spinnweben waren um die Gitter versponnen und schmückten die Fensterbänke. Drinnen schien kein einziges Licht zu brennen.

Unkraut überwucherte die beiden Blumentöpfe, die die Tür flankierten. Einst waren sie leuchtend blau glasiert gewesen, doch inzwischen waren sie von übereifrigen Vögeln mit braunen und weißen Flecken übersät. Eine Taube gurrte bedrohlich aus der Regenrinne über der Tür und drohte mir mit einem unerwünschten Geschenk. Zwillingsgauben im Dachgeschoss blickten wie böse Augen auf die schmale Kopfsteinpflasterstraße, und ein kleiner Balkon mit schmiedeeisernem Geländer im zweiten Stock war das Gebiss. Ein sechseckiges Türmchen ragte aus der südwestlichen Ecke heraus, wo es vielleicht einmal Sonne abbekommen hatte, bevor die Butcher Street um es herum vergrößert wurde.

Als ich mich als Kind dort herumgetrieben habe, gehörten die ersten beiden Stockwerke zum Laden – ein Kaninchenbau aus engen Gängen und verwinkelten Räumen, in denen jede Wand und jeder Tisch mit Büchern bedeckt war. Der vorherige Besitzer – ein freundlicher, blinder alter Mann namens Herr Simson – hatte in den beiden anderen Stockwerken gewohnt, aber bei dem wenigen, was ich wusste, nutzte der neue Besitzer diese Räume als Opiumhöhle oder Fleischräucherei.

Immerhin lugte die schlappe britische Sonne durch die grauen Wolken, sodass ich auch die feineren Details der Fassade erkennen konnte. Die Gebäude auf beiden Seiten waren in die schwarzen Schatten gehüllt, die mich jetzt überall hin verfolgten. Ich blinzelte auf das Kreideschild an der Straße, in der Hoffnung, einen Hinweis auf den neuen Besitzer zu finden, aber alles, was darauf zu sehen war, waren ein paar schräge Linien, die wie Hühnerfüße aussahen.

Dieser Ort war noch trostloser als in meiner Erinnerung. Er könnte ein bisschen TLC gebrauchen.

Da waren wir schon zwei. Ich blinzelte auf mein Spiegelbild im verdunkelten Schaufenster, aber ich konnte kaum die Grundform meines Körpers erkennen. Wenigstens wusste ich, dass ich scharf aussah, als ich das Haus verließ. Ich trug meinem Vivienne Westwood Faltenrock (den ich bei eBay für fünfundzwanzig Pfund erstanden hatte). Dazu mein Vintage-Rüschenhemd, meine Herrenkrawatte aus einem seltsamen

Gothic-Laden am Camden Market und meinem alten Schulblazer mit einer Emaille-Anstecknadel am Kragen, auf der stand: »Jane Austen is my homegirl«. Kombiniert mit meinen Lieblings-Docs und einer dick umrandeten Brille hatte ich den Look der »heißen Bibliothekarin« perfekt getroffen.

Das hieß, wenn man mal davon absah, dass ich meine Nase gegen das Glas drückte, um mein Spiegelbild zu sehen, und meinen Kopf verdrehte, um alle Details meines Outfits zu erkennen, weil es in meinen Augenwinkeln immer dunkler wurde.

Bitte, Isis und Astarte und alle anderen Göttinnen, die zuhörten, lasst mich diesen Job bekommen. Noch mehr Ablehnung konnte ich nicht ertragen.

Ich strich mir die Haare glatt, holte tief Luft, stieß die knarrende Ladentür auf und reiste in der Zeit zurück.

Als die Ladenglocke läutete und der Geruch von muffigem Papier meine Nase erfüllte, war ich wieder neun Jahre alt. Ich war das seltsame Außenseiterkind, dessen Mutter von Schulveranstaltungen ausgeschlossen wurde, nachdem sie den Vorsitzenden des Elternbeirats mit einem Forex-Trading-Mastermind-Programm reingelegt hatte. In Wirklichkeit war es nur eine CD-Rom, auf der meine Mutter den Devisenhandel mit Wäschewaschen verglich. Es war seine eigene Schuld, dass er reingelegt wurde. Wer benutzte überhaupt noch CDs?

Sobald die Schulglocke läutete, sprintete ich in die Stadt, verschwand durch dieselbe Tür und flüchtete in eine andere Welt. Ich rollte mich mit einem riesigen Stapel Bücher in dem klapprigen Ledersessel im Raum für Weltgeschichte zusammen und las, bis meine Mutter ihre Schicht beendet hatte und mich abholte. Bücher wurden zu meinen Freunden – Figuren wie Jane Eyre und Dorian Grey waren der perfekte Ersatz für die Kinder, die so gemein zu mir waren. Als ich älter war und die Jungs in der Schule über mich die Nase rümpften und meine beste Freundin anhimmelten, griff ich wieder zu Büchern. Diesmal, um mich in die bösen Jungs zu verlieben, die intelligenten Jungs, die Jungs voller Wut, Lust und Schmerz. Die stillen Wasser und Antihelden wie Heathcliff und Sherlock Holmes und melancholische Autoren wie Edgar Allan Poe sprachen direkt aus meiner Seele.

Herr Simson sprach kaum ein Wort mit mir, aber es schien ihn nicht zu stören, dass ich jedes Buch im Laden las, mir aber kein einziges leisten konnte. Manchmal ließ er mich sogar in den Kisten mit den abgelehnten Büchern stöbern, bevor er sie zum Recyceln wegschickte. Die Leute kamen in den Laden und versuchten, Herrn Simson stapelweise Flughafenbücher zu verkaufen – James Patterson- und John Grisham-Taschenbücher, die niemand gebraucht kaufte. Wenn er ihre großzügigen Angebote ablehnte, schlichen sie nachts zurück und schoben die Bände einen nach dem anderen durch den Briefschlitz, sodass Herr Simson immer einen Stapel davon herumliegen hatte. Ich schmuggelte die Bücher nach Hause in unsere Wohnsiedlung. Wenn meine Mutter mich beim Lesen erwischte, hielt sie mir einen Vortrag darüber, dass Männer keine klugen Mädchen mochten, und wir stritten uns heftig. Ich las dann nachts unter der Bettdecke oder versteckte sie in meinen Schulbüchern während des Unterrichts.

Im Nevermore Bookshop entdeckte ich zum ersten Mal Punkmusik. In der Abteilung für populäre Musik fand ich eine Kiste mit geknitterten 1970er Minimagazinen und verlor mich in verblassten Fotos von gelangweilten Teenagern mit ausgeblichenen Irokesen. Keiner von ihnen passte ins gesellschaftliche Bild und es war ihnen scheißegal. Ich war verliebt.

Teenager Mina stürzte sich in die Punkmusik und deren Mode, kaufte sich eine gebrauchte Nähmaschine und fing an, alle ihre Kleider zu zerschneiden. Mode wurde zu einem Mittel, mich auszudrücken, und eröffnete mir eine Welt, die größer und heller war und mehr Spaß machte als die Sozialsiedlung, meine beschissene Schule, mein Mangel an Titten und das kleine Dorf Argleton.

Wenn du keine Freunde hattest und dir eine ganze Buchhandlung für deine Recherchen zur Verfügung stand, erledigtest du eine Menge Schularbeiten. Am Ende meines Abschlussjahres wurden mir vier Stipendien für renommierte Universitäten angeboten. Aber ich wollte nur eines – Punkrock-Modedesignerin werden. Die nächste Vivienne Westwood, danke vielmals. Als ich in der Folge einen Platz am berüchtigten New Yorker Fashion Institute bekam, packte ich meine Docs und meine Nähmaschine ein und ließ Argleton für immer hinter mir.

Zumindest dachte ich das.

Vier glorreiche Jahre lang lebte ich in New York City, schuftete, lebte mit meiner besten Freundin Ashley zusammen und lernte alles, was es über die Modebranche zu lernen gab. Letztes Jahr beendete ich mein Studium und Ashley und ich bekamen das gleiche einjährige Praktikum bei Marcus Ribald, unserem Lieblingsdesigner nach Vivienne.

Dann bemerkte ich einen schwachen Fleck im Augenwinkel und fiel drei Tage hintereinander die Treppe hinunter. Ich griff nach meiner Kaffeetasse und stieß sie um, oder ich unterschrieb mit meinem Namen auf einem Dokument und verfehlte dabei völlig die Linie. Ich dachte, es war nichts dabei – ich ging ständig verkatert durchs Leben und hatte nur noch Kaffee und vergammelte Hotdogs vom Vortag im Magen, was vermutlich die pochenden Kopfschmerzen erklärte, die mich Tag und Nacht heimsuchten. Aber ich machte weiter, arbeitete weiter, trank weiter. Ich lebte den Traum. Nichts konnte mich aufhalten.

Falsch. Es bedurfte nur eines erschütternden Arzttermins und Ashleys Verrat, um mich aufzuhalten.

Tschüss, Praktikum. Tschüss, beschissene, rattenverseuchte Wohnung, die ich insgeheim geliebt hatte. Schön, euch gekannt zu haben, Träume von zukünftigem Erfolg und dem Einkleiden von Stars für den roten Teppich. Jetzt war ich wieder in Argleton, schlief in meinem schäbigen alten Zimmer und war wegen eines Vorstellungsgesprächs in einer verdammten Buchhandlung nervös.

Ich betrat das düstere Innere. Mein Stiefel landete auf dem dicken Teppich in der breiten Eingangshalle, die auf beiden Seiten von hohen, mit Büchern vollgestopften Regalen flankiert war. Eine kleine Reihe von präparierten Nagetieren starrte mich von winzigen Holzschildern an, die an die Leisten genagelt waren. *Daran kann ich mich nicht erinnern.* Der neue Besitzer besaß einen seltsamen Geschmack, was die Inneneinrichtung betraf. Aber er hatte ja auch diese bissige Stellenanzeige geschrieben ...

Ich fuhr mit den Fingern über die Buchrücken, vorsichtig, um nicht über die Stapel von Taschenbüchern zu stolpern, die auf dem Boden lagen. Der Geruch von Most, Mottenkugeln, Leder und altem Papier umschmeichelte meine Nasenlöcher. Die Luft *strotzte* geradezu vor Büchern.

»Hallo?«, rief ich und hustete, als der Staub in meinem Hals kitzelte. *War es in der Buchhandlung schon immer so staubig gewesen?*

Hallo, meine Hübsche, krächzte eine Stimme hinter mir. Ich wirbelte herum und wollte schon etwas erwidern, aber da befand sich niemand. Ich drehte meinen Kopf, um in die Ecken des Raumes zu schauen, aber ich konnte die Schatten nicht durchdringen.

Woher kam diese Stimme?

»Hallo?«, rief ich. *Wenn ich den Job bekomme, würde ich als Erstes dafür sorgen, dass es hier ein bisschen heller wurde.*

In der dunklen Ecke über der Tür raschelte etwas. Ich blickte auf. Meine Augen entdeckten die Form eines riesigen schwarzen Vogels, der oben auf dem Bücherregal saß. Zuerst hielt ich ihn für ausgestopft, aber dann entfaltete er einen langen Flügel und schlug ihn mir ins Gesicht.

»Argh!« Ich riss meinen Arm hoch und knallte mit dem Ellbogen gegen einen Bücherstapel, der zu Boden fiel. Der Rabe krächzte zufrieden und klappte seinen Flügel wieder ein.

Was, in Astartes Namen, hatte ein Rabe hier drin zu suchen? Er würde auf die Bücher kacken. Ich fragte mich, ob er sich irgendwo auf dem Dach niedergelassen hatte. Das mussten wir herausfinden, wenn wir ihn verjagen wollten ...

»*Krächz*«, sagte der Rabe. Der Ton war anklagend, als hätte er meine Gedanken gehört.

»Ich glaube, du passt irgendwie zu dem Ort.« Ich starrte den Vogel an, während ich mich bückte und nach den Büchern kramte. »Ein Rabe im Nevermore Bookshop. Einst zur Nachtzeit, trüb und schaurig ...«

»Krächz.« Die gelben Augen des Raben leuchteten. Etwas in diesem Krächzen klang wie eine Warnung.

»Gut. Na schön. Ich bin nicht hergekommen, um einem Vogel Gedichte vorzutragen.« Ich stand auf und rieb mir den pochenden Ellbogen. »Ich will mit dem Chef sprechen. Weißt du, wo ich ihn finden kann?«

Als ob er die Frage verstanden hätte, ließ sich der Rabe vom Regal fallen, flog an mir vorbei um die Ecke und verschwand durch einen Torbogen auf der linken Seite. Ich folgte ihm in einen Raum, der früher einmal ein Wohnzimmer gewesen war und jetzt ein Durcheinander aus nicht zueinanderpassenden Regalen und ausrangierten Möbeln war. In der Mitte des Raumes standen zwei schwere Eichentische. Auf dem einen stand ein großer Globus, auf dem anderen ein ausgestopftes Gürteltier. Die Bücher waren so hoch darum gestapelt, dass es aussah, als würde das Gürteltier eine Grenzmauer bauen. Alte Kinosessel und Sitzsäcke unter dem Fenster bildeten eine Leseecke, und der große Anwaltsschreibtisch, der früher Herrn Simsons Schreibtisch gewesen war, stand immer noch stolz neben dem großen Kamin, obwohl auf der Messingplakette an der Vorderseite jetzt »Hr. Earnshaw« stand.

Der Rabe flog um mich herum und hockte sich auf die Schreibtischlampe, wobei seine Krallen gegen das Metall schlugen. Ich brauchte einige Augenblicke, um den Mann zu entdecken, der über den Schreibtisch gebeugt saß – das dunkle, gewellte Haar, das ihm über die Schultern fiel, verdeckte sein Gesicht, und seine schwarze Kleidung verschmolz mit dem Holz hinter ihm.

»Wir haben geschlossen«, dröhnte eine schroffe Stimme aus dem Inneren des Haarschopfs.

»Auf Ihrem Schild steht noch offen.«

»Dann drehen Sie es auf dem Weg nach draußen für mich um«, sagte die Stimme verärgert und gleichzeitig desinteressiert.

»Ähm, klar. Herr Earnshaw, richtig?« Ich winkte. Er blickte nicht einmal von seiner Zeitung auf. »Ich habe Ihre Stellenanzeige in der Argleton-App gesehen und wollte ...«

»App?« Der Kopf schnellte hoch. Augen aus schwarzem Feuer betrachteten mich misstrauisch unter dichten Augenbrauen, die tief in einem dunkelhäutigen Gesicht von so bemerkenswerter Schönheit lagen, dass mir der Atem stockte.

Der neue Besitzer war jünger, als ich erwartet hatte. Herr Simson war schon ein alter Mann gewesen, als ich noch ein Mädchen war. Herr Earnshaw war viel zu gutaussehend, um in einer Buchhandlung zu arbeiten. Seine exotischen Gesichtszüge und scharfen Wangenknochen gehörten auf das Cover eines

Modemagazins. Das trotzige Recken seines Kinns und das Zucken seiner hochmütigen Lippen verbargen den Sturm, der in ihm tobte.

Die Gefahr strömte in Wellen aus ihm heraus. Gefahr ... und Verlangen.

Dicke Muskeln wölbten sich an den Nähten seines Hemdes. Die Ärmel hatte er bis zu den Ellbogen hochgekrempelt, und auf einem kräftigen Unterarm prangte die Tätowierung eines knorrigen, dürren Baumes, darunter einige Worte in Schönschrift.

Obwohl er ein Adonis war, sah dieser Herr Earnshaw auch wie ein richtiger Wichser aus. Er rümpfte seine perfekt geformte Nase und verzog seine Lippen abfällig. »Was zum Teufel ist eine App?«

Was ist das denn für eine komische Frage? »Ähm ... Sie wissen schon, ein Programm für Ihr Handy, mit dem Sie den Busfahrplan abrufen oder mit Ihren Freunden reden können oder ...«

»Erzählen Sie mir nichts von *Handys*«, schnauzte Earnshaw. »Die Leute verbringen zu viel Zeit mit ihren Handys.«

Stimmt. Ich hatte den Teil in der Stellenanzeige vergessen, wo es darum ging, dass er E-Books hasste. *Der Typ musste einer von diesen Spinnern sein, die sich jeglicher technischen Neuerung verweigerten.* »Oh, ich stimme zu. Ich meine, Handys sollten nur dazu benutzt werden, Leute anzurufen. Und um in den sozialen Medien auf dem Laufenden zu bleiben. Das war's. Ich würde nie mit meinem lesen«, flüsterte ich und schob mein Handy hinter meinen Rücken. »Ich meine, Studien haben ergeben, dass es zu langfristigen Augenschäden führen kann und ...«

»Egal, wie lange Sie reden, es wird nichts daran ändern, dass wir geschlossen haben. Was *wollen* Sie?«

»Ich bewerbe mich um die Stelle als Assistentin.« Ich kramte in meiner Handtasche nach dem Umschlag, den ich sorgfältig verschlossen hatte, und versuchte, ihm nicht aus Versehen den E-Reader zu zeigen, den ich hinter meine Schminktasche gesteckt hatte. »Ich habe hier meinen Lebenslauf für Sie, mit all meinen Qualifikationen und …«

»Das brauche ich nicht. Sie wollen den Job? Dann sagen Sie mir, warum ich Sie einstellen soll.«

»Gut, also …« Das war das seltsamste Vorstellungsgespräch, das ich je erlebt habe. Earnshaws Augen durchbohrten mich und ließen mein Inneres zu Brei werden. Ich wollte den Mund aufmachen, aber dann blinzelte er und seine langen schwarzen Wimpern verknoteten sich über seinen Augen. Sie waren wie schwarze Löcher, die ganze Universen zum Mittagessen verschlangen. Ein Schauer lief mir über den Rücken und hörte erst auf, als er mich zwischen den Schenkeln liebkoste.

Jetzt wollte ich den Job mehr denn je, nur damit ich dieses Exemplar den ganzen Tag anstarren konnte. Verdammt noch mal, ich hatte schon immer eine Vorliebe für mürrische, böse Jungs gehabt. Ich gab Emily Brontë die Schuld. Der brutale und unbezähmbare Heathcliff hatte mich für nette Jungs verdorben.

»Wenn Ihre Antwort darin besteht, mich anzustarren wie ein sabberner Lubberwurz«, knurrte er, »dann können Sie sich den Job dahin schieben, wo der Pfeffer wächst …«

»Das ist *nicht* meine Antwort.« Meine Wangen glühten vor Hitze. *Wer war dieser Typ überhaupt? Adonis oder nicht, wie kam er dazu, so mit Kunden und potenziellen Mitarbeiterinnen zu reden? Kein Wunder, dass der Laden menschenleer war.* »Ich habe nur meine Gedanken gesammelt. Sie sollen mich einstellen, weil ich eine fleißige Mitarbeiterin bin. Ich bin pünktlich. Ich habe etwas Erfahrung im Einzelhandel und kann auch Grafiken und Schaufensterdekorationen gestalten …«

»Das ist mir egal. Warum wollen Sie *hier* arbeiten? Keiner will hier arbeiten. Das war doch der ganze *Sinn* der Anzeige.«

Ich zerbrach mir den Kopf, um eine Antwort auf diese Frage zu finden. *Was wollte er von mir?* »Ähm. Ich schätze, weil ich als Kind immer in dieser Buchhandlung war. Ich weiß, wo alle Bücher hingehören, und ich habe Herrn Simson schon mindestens zweimal geholfen, die Kasse zu reparieren.« Ich zeigte auf die alte Vorrichtung, an der der Rabe pickte.

Earnshaw starrte mich an, seine Augen huschten über mein Gesicht, als ob er etwas suchte. Er sagte kein Wort. Das Schweigen dehnte sich zwischen uns aus, bis sogar der Rabe es leid war, in der Kasse nach Würmern zu suchen, und mich ebenfalls anstarrte.

Wartete er auf mehr?

»Und ... ähm, ich habe alle möglichen nützlichen Fähigkeiten.« Ich überlegte, was mich bei diesem Mann mit dem starken Kinn sympathisch machen könnte. »Ich habe einen Abschluss in Mode, aber das ist wahrscheinlich nicht nützlich. Aber ich bin ein Millennial, also kann ich mich um die sozialen Medien des Ladens kümmern. Ich könnte eine Website erstellen ...«

Du kannst es sehen, nicht wahr?, fragte diese seltsame Stimme. *Es ist offensichtlich. Sie ist diejenige, von der er dir erzählt hat.*

Earnshaw grunzte. Ich verengte meine Augen auf ihn. *Hörte er sie auch?*

Stell sie doch einfach ein, sagte die Stimme wieder. *Sie ist hübsch.*

»Hey!« Ich warf einen Blick über die Schulter und suchte nach dem Besitzer der Stimme, damit ich ihm in die Eier treten konnte. Aber es war niemand anderes im Raum.

War es Earnshaw? Aber die Stimme klang nicht nach ihm, und so, wie er mich immer noch anstarrte, hielt er mich bereits für verrückt. *Vielleicht hatte er die Stimme ja doch nicht gehört.*

Außerdem klang die Stimme, als käme sie *aus* meinem Kopf.

Bitte sag mir nicht, dass ich zu allem Überfluss jetzt auch noch Stimmen halluzinierte.

Ich mag sie, unterbrach mich die Stimme. *Ich wette, sie wird mir Leckereien bringen. Beeren, Räucherlachs, vielleicht sogar eine Maus.*

Ich spähte wieder über meine Schulter. *Versteckte sich jemand im Flur? Hinter dem Sitzsackstapel?* »Wer ist da?«

Earnshaws Kopf schnellte hoch. »Mit wem redest du?«

»Haben Sie das nicht gehört? Ich glaube, der Rabe hat gesagt, dass ich hübsch bin.«

Das war ein Scherz, aber Earnshaws Augen verengten sich. Er streckte die Hand aus und legte eine riesige Hand auf den Schnabel des Raben. »Machen Sie sich nicht lächerlich. Raben haben keine Meinung. Sie haben die Tür doch nicht offengelassen, oder? Wir wollen doch *geschlossen* haben.«

»Nein. Ich ...« Meine Schultern sackten nach unten. *Wem machte ich was vor? Es war hoffnungslos.* »Ich schätze, ich werde jetzt einfach gehen. Vielen Dank für Ihre Zeit und ...«

»Sie fangen morgen an«, schimpfte Earnshaw. »Wir machen um neun Uhr auf. Seien Sie um halb neun hier, aber lassen Sie sonst niemanden rein. Wenn Sie zu spät kommen, bekommt der Vogel Ihren Gehaltsscheck. Willkommen im Nevermore Bookshop.«

2

»Liebling«, säuselte eine Stimme, als ich die Haustür aufstieß. Vor Aufregung stieg ihre Tonlage sogleich. »Du bist zu Hause! Komm und hilf mir!«

Beim Tonfall meiner Mutter wurde mir flau im Magen. Ich *kannte* diesen Ton. Es war ihr »Ich habe das Geheimnis für unermesslichen Reichtum entdeckt«-Ton, auch bekannt als der Beginn eines weiteren ihrer »Ich-werde-schnell-reich«-Pläne.

Meine Mutter war davon besessen, reich zu werden. Ich bezweifelte, dass sie wirklich lange reich sein würde, denn sie ist hoffnungslos im Umgang mit Geld, aber bis jetzt hatten wir noch nie welches, um meine Theorie zu testen. Mein ganzes Leben lang waren wir nur eine nicht erfolgte Mietzahlung vom Rausschmiss entfernt, während sie von einem Plan zum nächsten hüpfte, davon überzeugt war, dass sie dieses Mal ihre Millionen machen würde. Smoothie-Mischungen, Vitamine, überkomplizierte Mixer, beleuchtete Krippenspiele, selbstklebende Nägel – meine Mutter hatte alles ausprobiert und sich mit jeder neuen Idee tiefer verschuldet. Wenn sie nicht gerade nutzlosen Mist an die ahnungslose Bevölkerung von Argleton verhökerte, verdiente sie ihren Lebensunterhalt als

Geistermedium und Tarotleserin in einem örtlichen Kristall- und Hexenladen. Sie hatte zwar keine hellseherischen Fähigkeiten, was sich darin zeigte, dass sie nicht vorhersagen konnte, dass ihre Unternehmungen scheitern würden, obwohl diese Tatsache unvermeidlich war, aber sie hatte die Fox-Schwestern und Mina Crandon studiert und kannte alle möglichen Tricks.

Als ich Mama erzählt hatte, dass ich mein Stipendium in Oxford zugunsten eines Modestudiums in New York City aufgegeben hatte, umarmte sie mich und sagte mir, dass ich nie mehr ihre Tochter gewesen sei. »Ich wollte es dir nicht sagen, Schatz, aber es gibt keinen reichen Professor. Wenn du die nächste Vivienne Westwood bist, möchte ich neben Edward Woodward auf dem roten Teppich stehen.«

»Edward Woodward ist tot, Mama. «

»Oh, ich bin sicher, dass du das schon hinkriegen wirst, Schatz.« Mama hatte mit einer langatmigen Beschreibung des Kleides begonnen, das ich für ihre Hochzeit mit Edward Woodward entwerfen sollte. So war meine Mutter, immer unterwegs in ihrer Fantasiewelt. In dieser Hinsicht waren wir uns sehr ähnlich.

Im Moment schleppte sie eine riesige Metallplatte durch unser kleines Wohnzimmer. »Wir müssen die restlichen Sachen aus dem Auto holen.«

»Was ist *das*?«

»Das ist eine Power-Plate-Maschine«, grinste Mama und ließ die Plattform mit einem dumpfen Schlag auf den Teppich fallen. »Russische Astronauten trainieren damit ihre Körper für die Strapazen im Weltraum. Ist es nicht erstaunlich? Du stellst dich drauf und es wackelt einfach den Speck weg. Schau zu.«

Zu meinem Entsetzen zog Mama ihren Pullover aus, steckte den Stecker von dem Ding in die Steckdose und stellte sich auf die Plattform. Das Teil erwachte zum Leben und ließ ihren ganzen Körper vibrieren, sodass das Fleisch an ihrem Bauch wie ein zum Trocknen geschütteltes Polaroidbild schwabbelte – nichts, was ich jemals über meine Mutter sagen wollte.

»Es w-w-wirkt auf jeden M-M-Muskel in meinem K-K-Körper«, murmelte sie. »Es steigert die Durchblutung, m-m-muskuläre Stärke und st-st-stimuliert das Kollagen. Und sieh mal, wenn ich das mache ...«, sie ging in die Hocke und lehnte sich nach vorne, sodass ihr Gewicht auf ihren Knien lag. »Bekommt m-m-mein Bauch ein noch g-g-größeres Training.«

»Argh, Mama!« Ich wandte mich ab. Der Anblick des wabbelnden Bauches meiner Mutter würde mich heute Nacht in meinen Träumen heimsuchen. »Weißt du überhaupt, was Kollagen stimulieren bedeutet?«

»Du bist so eine Spielverderberin.« Sie stieg von der Maschine und legte den Schalter um. »Ich habe gerade zweiundzwanzig Kalorien verbrannt. Das heißt, ich kann ein Stück Kuchen zum Nachtisch essen. Ich habe noch zwanzig Weitere von diesen hier im Auto. Sind sie nicht genial?«

»Warum hast du zwanzig Wackelplatten in deinem Auto?«, fragte ich mit einem mulmigen Gefühl, denn ich kannte die Antwort bereits.

»Das ist natürlich mein neues Geschäft!« Sie strahlte, als sie mich zurück zur Tür schob. »Ich weiß, du verziehst das Gesicht, Mina, aber hör mir zu. Das hier wird *anders* sein. Es ist so viel besser als alles, was ich bisher versucht habe, denn ich kann *diversifizieren*. Ich kann *mehrere Einkommensströme* erschließen. Ich werde nicht nur die Power-Plates verkaufen, sondern auch Kurse geben, Nahrungsergänzungsmittel, Trainingsvideos und Smoothie-Mischungen ...«

»Nicht noch mehr Smoothies«, stöhnte ich und mein Magen zuckte bei der Erinnerung an Mamas letzten Versuch – sogenannte gesunde Smoothie-Mischungen mit

Geschmacksrichtungen wie Brokkoli, Löwenzahn und Blaubeere, grüner Tee, Spargel und Cayennepfeffer.

Mamas lächerliche Pläne wären nicht so schlimm, wenn sie sie mir nicht ständig aufzwingen würde. Ein Smoothie aus grünem Tee, Spargel und Cayennepfeffer ist grenzwertiger zum Kindesmissbrauch.

Auf dem Parkplatz sackte Mamas kleiner Fiat unter dem Gewicht der Wackelplatten zusammen. Graue Wolken zogen am Horizont auf und hüllten die Sozialsiedlung in einen tristen grauen Dunst. Ich öffnete den Kofferraum und holte eine Platte heraus, wobei meine Muskeln unter dem Gewicht ächzten. Auf der anderen Straßenseite spähten Drogendealer durch ihre verdunkelten Vorhänge zu uns herüber.

Ich schleppte fünf Wackelplatten ins Haus und stapelte sie in der Ecke des Wohnzimmers, neben fünf Kartons mit Babykleidung, die vom mobilen Babygeschäft übriggeblieben waren. Mama schaffte es, zwei durch die Tür zu bekommen, bevor sie einen mysteriösen Hustenanfall bekam und sich im Badezimmer einschloss. Ich war versucht, den Rest einfach im Auto zu lassen, aber ich hatte gute Laune wegen des Jobs im Buchladen, also brachte ich die übrigen Platten auch rein.

Mama kam gerade aus dem Bad heraus, als ich die letzte Kiste auf einem wackeligen Stapel abstellte. »Siehst du? Das wird funktionieren, Mina. Diese Power-Plates werden die Eintrittskarte zu unseren Träumen sein, ich spüre es.«

»Dafür können wir den Fernseher nicht mehr sehen«, meinte ich.

»Das ist nur für heute Abend, Schatz. Morgen verkaufe ich das alles und dann haben wir genug Geld für einen richtig großen Fernseher.« Sie legte ihren Arm um meine schmerzenden Schultern und manövrierte mich in die Küche, ihre lebensbedrohlichen Beschwerden waren spurlos verschwanden. »Tee?«

»Ich dachte schon, du würdest nie fragen.« In unserer engen Küchenzeile setzte ich den Wasserkocher auf, während Mama Tassen, Milch und Teebeutel herausholte.

»Wie ist es dir in der Buchhandlung ergangen?«

»Ich habe den Job«, sagte ich strahlend. »Ich fange morgen an.«

Meine Mutter schüttelte den Kopf. Sie teilte meine Begeisterung für alte Buchläden und stabiles Einkommen nicht. »Keine Sorge, Schatz, du wirst nicht lange in diesem schrecklichen Laden arbeiten müssen. Sobald ich diese Power-Plate-Maschinen verkauft und zehn Verkäufer eingestellt habe, kann ich uns beide so fabelhaft bezahlen, wie wir es verdienen. Dann spielt es auch keine Rolle mehr, wenn du bli ...«

»Sag dieses Wort nicht. Ich will nicht darüber reden.«

»Ich weiß, Schatz, aber ...«

»Hast du schon etwas über diesen Herrn Earnshaw gehört, dem die Buchhandlung gehört?«, unterbrach ich sie, während ich mich in den Kühlschrank beugte, um zu sehen, ob wir noch Wein oder Cidre hatten. Wenn ich darüber nachdenke, reichte Tee heute Abend nicht aus – ich brauchte Alkohol, um die Erinnerung an Mamas wabbelnden Bauch zu verdrängen.

»Dieser mürrische Zigeuner? Ich dachte, er hätte die Stadt bereits verlassen. Oh, Mina. Du kannst nicht für ihn arbeiten.«

»Du solltest dieses Wort nicht benutzen, Mama.«

»Pfft, ein Haufen politisch korrekter Quatsch.« Mama gehörte zu der Generation, die von anderen verlangte, ihre rassistischen Ausdrücke im Namen der großen englischen kulturellen Tradition zu tolerieren. »Er ist ein Zigeuner, mit seiner dunklen Haut und den bösen Augen. Ich habe gehört, dass er ein weit entfernter Cousin von Herrn Simson ist. Er kam aus dem Norden, als Herr Simson in den Ruhestand ging, aber er scheint keine Ahnung zu haben, wie man eine Buchhandlung führt. Oder von irgendeinem anderen Geschäft. Er hat keine

Ahnung von *Diversifizierung* oder *mehreren Einkommensquellen.* Letzte Woche fand im Dorf der Weihnachtsmarkt statt und er hatte keine Dekoration aufgehängt! Debbie Fisher hatte ihn gebeten, einen Stand bei der Wohltätigkeitsveranstaltung des Tierheims zu betreiben, und er hatte sie böse angefunkelt! Ein Mann wie er sollte niemanden böse anfunkeln.«

»Er hat wirklich einen fiesen Blick«, stimmte ich zu und dachte mit einer Mischung aus Angst und Verlangen an den Moment zurück, als sich der Blick meines neuen Chefs in meinen bohrte.

»Wenn du darauf bestehst, für ihn zu arbeiten, kannst du ihn vielleicht dazu bringen, den Laden ein bisschen aufzuräumen? Ein paar schöne Schaufensterauslagen und vielleicht eine Power-Plate-Maschine in der Ecke?« Mama schaute mich hoffnungsvoll an, während sie den Tee einschenkte.

»Er scheint nicht der Typ für Veränderungen zu sein, aber ich werde mein Bestes tun.« Ich nippte an meinem Tee. *Er war perfekt, mit genau der richtigen Menge Milch und einer kleinen Prise Zucker.* So sehr Mama mich auch manchmal in den Wahnsinn trieb, okay, die ganze Zeit, sie wusste, worauf es im Leben ankam.

Mama griff über den Tresen und rieb meine Hand. Die Falten in ihrer Haut waren so tief wie Bergtäler. Ihre Augen erschlafften an den Rändern. Schuldgefühl machte sich in meiner Brust breit. Wurde meine Mutter einfach nur älter, oder war sie durch all das, was ich ihr in den letzten Monaten zugemutet hatte, vorzeitig gealtert?

Ich starrte an Mamas Kopf vorbei auf den Turm von Kisten eines Kosmetikunternehmens, der in der Ecke der Küche stand. Sie waren voller Anti-Aging-Wundermittel, die Mama helfen sollten, die Uhr zurückzudrehen. Wenn ich doch nur auch die Uhr in meinem Leben zurückdrehen könnte.

»Wie gesagt, ich möchte wirklich nicht darüber reden.« Ich zwang mir ein Lächeln auf. »Es geht mir *gut*. Ich mache mit meinem Leben weiter.«

Mama sah mich ungläubig an. Ihr musste bewusst sein, dass ich ihr nicht die ganze Geschichte erzählt hatte. Natürlich wusste sie von der Diagnose. Ich hatte mich oft genug am Telefon bei ihr ausgeweint. Aber soweit es sie betraf, hatte ich das Praktikum nach Ablauf der vorgegebenen Zeit verlassen und war zurück in Argleton, um mir etwas Hausmannskost zu gönnen, während ich mir meinen nächsten Schritt überlegte.

»Ich habe die Karten für dich gelesen.« Mama kramte ein Tarotdeck aus ihrer Tasche und verteilte die Karten auf dem Tisch. »Jedes Mal zeigen sie das gleiche Schicksal. Du läufst vor der Vergangenheit davon und gerätst direkt in Schwierigkeiten.«

»Du glaubst doch nicht an Tarotkarten, Mama. Im Ernst, mir geht es gut.« Ich trank meinen Tee, stellte meine Tasse in die Spüle und öffnete eine Flasche Apfelwein. »Was machen wir zum Abendessen? Ich dachte an gegrillten Käse. Oder indisches Essen von unten?«

»Lass uns gegrillten Käse machen. Ich habe mein ganzes Geld für die Power-Plates ausgegeben ...« Mama holte das Brot aus dem Schrank, während ich mir den Käse und eine Tomate schnappte. Ich fing an, den Käse zu schneiden, aber Mama winkte ab. »Geh und setz dich, Schatz. Ich mache das schon. Denk daran, dass es nicht mehr lange dauert, bis wir einen persönlichen Koch einstellen können.«

»Klar, Mama.« Ich nippte an meinem Apfelwein.

Sie runzelte die Stirn. »Du bist so *traurig*, Mina. Du scheinst dich nicht über mein Geschäft zu freuen. Oh, ich weiß, was dich aufheitern wird. Ich kann nicht glauben, dass ich vergessen habe, es dir zu sagen: Ich habe Emma Greer im Postamt gesehen, als ich die Power-Plates abholte, und sie hat gesagt, Ashley sei zu Besuch. Sie bleibt bis Weihnachten.«

Ich erstarrte, mein Weinglas schon halb zum Mund geführt. *Ashley.*

»Ist das nicht schön, Mina? Ihr zwei werdet zusammen abhängen können, so wie immer.«

Nein. Das darf nicht wahr sein. Ich komme mit meiner ehemaligen besten Freundin nicht klar. Nicht bei allem, was sonst noch so los ist. Nicht nachdem sie …

Ich lehnte mich in meinem Stuhl zurück und kippte die ganze Flasche Apfelwein in meine Kehle, wobei ich nicht einmal aufhörte, als mir die Bläschen in die Nase schossen. Ich stand auf und schob meinen Stuhl so weit zurück, dass er gegen die Kisten stieß. »Mir ist gerade eingefallen, dass ich … mein finsteres Gesicht vor dem Spiegel üben muss. Herr Earnshaw hat gesagt, ich muss mich der Umgangsart des Ladens anpassen.«

»Mina …«

»Ruf mich, wenn das Essen fertig ist. Bis später, Mama!« Ich kletterte über die Kisten in mein Zimmer, drehte die Stereoanlage auf volle Lautstärke und schlug die Tür hinter mir zu. Ich lehnte mich gegen den Türrahmen, sank auf die Knie und ließ die wütenden Schreie von Sid Vicious über mich ergehen, während ich mir die Tränen von den Wangen wischte.

Ich bin auf die andere Seite der Welt gezogen, um Ashley zu entkommen, und jetzt ist sie hier. Warum hasst mich das Universum nur so sehr?

3

Alles wird gut, versuchte ich mir einzureden, während ich mich im Bett hin und her wälzte und versuchte, zu schlafen. *Argleton ist ein großer Ort. Ich würde wetten, dass ich sie nicht einmal sah.*

Ich war stark, wiederholte ich, während ich den Strohhalm in meinem QuikFit Pure Plus Erdbeer-Smoothie rein und rausschob. Zumindest war dieser einigermaßen genießbar. *Ich hatte in meinem Leben schon viel Schlimmeres erlebt. Arm und ohne Vater aufgewachsen, all die Jahre des Mobbings in der Schule, dass Mama ... Mama war. Meine Diagnose, dass ich den Job bei Marcus verloren hatte ... Ich konnte mit einer Begegnung mit Ashley umgehen.*

Ashley hasste Lesen, dachte ich mir, als ich in meinen kirschroten Lieblings-Docs die Butcher Street hinaufstapfte, um zum Eingang von Nevermore zu gelangen. *Sie würde nie auf die Idee kommen, in die Buchhandlung zu gehen.*

Ich schaute auf die Uhr, als ich die Türklinke drückte. Punkt acht Uhr dreißig. Nicht eine Minute früher oder später. *Heute würde ich Earnshaw beeindrucken, und er würde mich mögen, und vielleicht wurde dann eine Sache in meinem Leben richtig laufen.*

Die schwere Tür rührte sich nicht. Ich ging um den Laden herum und versuchte es an der Hintertür. Auch sie war verschlossen. Ich ging zurück zur Vorderseite und klopfte an die Tür.

»Ruhe da draußen!«, rief eine schrullige Stimme von der anderen Straßenseite.

»Guten Morgen, Frau Ellis«, rief ich der Frau zu, die sich aus dem Fenster im Obergeschoss lehnte. Frau Ellis war meine Lehrerin gewesen, als ich noch auf der Oberschule war. Sie war eine pummelige, rotwangige und freundliche alte Frau, die drei Dinge am meisten liebte – das Unterrichten, Teegebäck und schlüpfrige Liebesromane. In diesem Moment lehnte sie sich aus dem Fenster. Ihr blau gefärbtes Haar war eng mit Lockenwicklern aufgerollt und sie setzte ihren besten »Fang bloß keinen Ärger mit mir an, junge Dame«-Ausdruck auf.

»Mina Wilde, bist du das?« Sie schaute durch ihre Hornbrille und ihre strengen Gesichtszüge verzogen sich zu einem breiten Lächeln. »Ich dachte, du wärst in den Big Smoke gezogen.«

»Bin ich auch, Frau Ellis, aber ich bin für eine Weile zurück. Ich werde in der Buchhandlung arbeiten ...«

»Das ist schön, Liebes. Denk bitte daran, dass einige von uns gestern Abend bis spät in die Nacht bei der Chorprobe waren.« Sie fluchte, als sie die Jalousien aufzog. »Ich kann den Kommunionswein nicht mehr so gut vertragen wie früher.«

»Ruhe, du hirnlose alte Schachtel!«, rief Herr Pearsons aus seinem Fenster in Richtung Straße.

»Das war nicht ich, sondern das Wilde-Mädchen«, kreischte Frau Ellis zurück. »Nicht, dass sie etwas vom Wildsein wüsste. Zu meiner Zeit hatten wir tagelange Orgien ...«

»Argh!« Ich schlug mir die Hände über die Ohren.

»Was ist denn das für ein Krach?« Der Fleischer von nebenan steckte seinen Kopf heraus.

»Haltet die Klappe, haltet alle die Klappe!« Ein weiterer Fensterflügel knallte auf.

Ich hämmerte an die Tür. »Herr Earnshaw, machen Sie auf!« *Bitte? Bevor ich auf der Straße geteert und gefedert wurde oder noch mehr über das Sexleben meiner ehemaligen Lehrerin hören musste.*

Auf dem Balkon über mir flog ein Fenster auf und ein Kopf mit widerspenstigen schwarzen Locken ragte heraus. »Können Sie das Schild nicht lesen?«, dröhnte eine tiefe Stimme. »Wir haben geschlossen.«

»Herr Earnshaw, ich bin's, Mina Wilde. Sie haben mich gestern eingestellt, erinnern sie sich? Sie sagten, ich solle pünktlich um halb neun kommen, nicht früher und nicht später.«

Ich hörte ein unverbindliches Grunzen. »Na schön. Geh Kaffee kaufen, während ich mir eine Hose suche.«

Ich versuchte, nicht an den köstlichen Ort zu denken, an dem der durchtrainierte Körper meines neuen Chefs frei von Kleidung war. Es war nicht gut, so an ihn zu denken, vor allem, wenn er so ein Griesgram war. Ich ging hinüber zur Bäckerei und bestellte zwei Becher dampfenden Kaffee und ein paar Scones, die noch warm aus dem Ofen kamen.

Die Ladentür flog gerade auf, als ich die Treppe hinaufstieg. Anstelle von Earnshaw stand ein anderes Prachtexemplar eines Mannes darin. Dieser Herr war so groß, dass er sich bücken musste, um unter dem Türrahmen durchzukommen. Ein gebügeltes weißes Hemd zerrte an seinen breiten Schultern, und ein fein geschnittenes graues Jackett betonte seinen majestätischen Körperbau, die Art von drahtiger Muskulatur, die man durch sportliche Betätigung wie Radfahren erhielt. Er trug eine lederne Laptoptasche mit einer Selbstsicherheit, die vermuten ließ, dass er mich damit umbringen könnte, wenn es nötig wäre. Ein Paar eisblaue

Augen starrten mich an und das Lächeln, das über seine Lippen spielte, war das pure Verderben.

Oh, lecker. Mein Magen verzehrte sich nach etwas, das kein Frühstück war. *Ich könnte dich sofort fressen.*

»Das hättest du doch nicht tun müssen.« Der Kerl streckte eine langfingrige Hand aus und nahm einen der Scones von meinem Tablett.

»Hey, das war für Herrn Earnshaw«, sagte ich.

»Er braucht das nicht. Zucker macht ihn launisch.« Der Mann kaute zufrieden und wischte sich mit dem Handrücken einen Klecks Sahne von seiner perfekten Nase. »Glaub mir, ich habe dich gerade vor einem quälenden Morgen bewahrt. Du brauchst mir nicht zu danken. Ich bin James Moriarty, zu deinen Diensten. Alle nennen mich Morrie.«

Er streckte eine Hand aus. Ich schüttelte sie und ein elektrischer Impuls lief meinen Arm hinauf und direkt zwischen meine Beine. *Isis, hilf mir, dieser Mann bedeutete Ärger.*

»Du heißt *James Moriarty*, wie der Bösewicht aus Sherlock Holmes?« Ich schnaubte. »Kein Wunder, dass alle dich anders nennen.«

»Ich kann dir versichern, dass die Assoziation rein zufällig ist. Die Kunstfigur James Moriarty ist von einer Klippe gestürzt, und da ich die freie Natur verabscheue, ist es unwahrscheinlich, dass mir dasselbe widerfährt. Wie es sich für Spitznamen gehört, hatte ich keine andere Wahl. Wenn ich die hätte, würde ich alle dazu bringen, mich 'Eure Hoheit' zu nennen. Oder vielleicht auch 'Oh wohlbestückter Mann'.« Er zwinkerte mir zu, und mein Magen flatterte. »Wenn ich dich dazu bringe, meinen Namen zu schreien, kannst du mich nennen, wie du willst.«

Ähm, wow. Alles klar.

Er bedeutete definitiv Ärger.

Ich öffnete meinen Mund, um etwas zu sagen, aber Isis half mir, mir fiel keine Erwiderung ein.

»Du musst die neue Verkäuferin sein«, sagte Morrie nach ein paar Takten des Schweigens. »Du hast mir eine gewonnene Wette eingebracht, also mag ich dich jetzt schon.«

»Wette?«

»Ja. Ich habe Seine Königliche Hoheit schon seit Monaten damit genervt, eine Assistentin einzustellen. Er war überzeugt, dass niemand für ihn arbeiten wollte. Ich wettete mit ihm um hundert Pfund, dass er mindestens einen Bewerber finden würde, wenn er eine Anzeige in der App schaltet. Er stimmte der Wette unter der Bedingung zu, dass er die Anzeige schreibt und ich sie hochlade, da er nicht weiß, was eine App ist. Und jetzt bist du hier, was faszinierend ist.« Sein eisblauer Blick fuhr über meinen Körper. »Du bist hier im Dorf aufgewachsen, aber erst kürzlich aus Übersee zurückgekehrt. Amerika, wenn ich so dreist sein darf? Vielleicht New York?«

Ich errötete. »Woher weißt du das?« Davon hatte ich Herrn Earnshaw nichts erzählt.

»Es war eine Reihe von einfachen Schlussfolgerungen. Ich habe gehört, wie du mit Frau Ellis gesprochen hast, und aus ihren Worten und ihrem früheren Beruf als Lehrerin habe ich geschlossen, dass ihr euch schon seit deiner Jugend kennen müsst. Selbst wenn du es nicht auf der Straße gerufen hättest, hätte ich aufgrund deines leichten Akzents auf New York getippt. Dass du eine Weile weg warst, beweist die Tatsache, dass jeder in diesem Dorf weiß, dass man nicht vor neun an diese Tür klopft, wenn man weiß, was gut für einen ist. Vor allem, wenn man die falsche Sorte Kaffee dabeihat.« Morrie schnappte sich einen der beiden Kaffees auf dem Tablett. »Er mag ihn lieber schwarz.«

»Und woher weißt du das nun?«, schimpfte ich und machte mir nicht die Mühe, ihm zu sagen, dass er meinen trank. Die

Kaffees waren nicht billig, und mein Geld war knapp. Ich hatte nicht damit gerechnet, dass ich auch noch das Frühstück für einen vollkommen Fremden kaufen würde.

»Ah, aber das müsstest du doch leicht herausfinden können. Keine Zeit zum Reden. Das Spiel ist im Gange.« Morrie hüpfte die Stufen hinunter, wobei die Laptoptasche gegen seine langen Beine klatschte. Er warf einen Blick über die Schulter zurück und schenkte mir noch einmal sein verruchtes Lächeln. »Wenn es dir jemals langweilig wird, deinem Freund Earnshaw ein intelligentes Gespräch abzuringen, geh nach oben und warte auf mich. Oh, was werden wir für einen Spaß haben, Mädchen ...«

»Sie wird nicht nach oben gehen«, brummte Earnshaw. Er schritt die Treppe hinunter und riss Morrie den Rest des Gebäcks aus der Hand. Ich öffnete den Mund, um etwas zu sagen, aber er war schon wieder in den Tiefen des Ladens verschwunden. »Du kommst besser innerhalb der nächsten dreißig Sekunden rein«, rief er von der anderen Seite der Tür unhöflich. »Oder ich übergebe deinen Job an den Vogel.«

Morrie zuckte mit den Schultern. »Er nimmt es ein bisschen genau mit seinem Freiraum. Ehrlich gesagt, bin ich überrascht, dass er überhaupt Kunden in den Laden lässt. Ich bin sein Mitbewohner und er lässt mich nicht einmal für ihn kochen. Dabei bin ich ein fantastischer Koch.«

»Du wohnst also auch im zweiten Stock?«, fragte ich. Meine Finger umklammerten den Türknauf, weil ich wusste, dass Earnshaw drinnen auf mich wartete. Aber Morries Lächeln ließ mich auf der Stelle erstarren und meine Beine zu einer Pfütze werden. Ein köstlicher Schauer lief mir über den Rücken, als ich spürte, wie Morries Blick wieder über meinen Körper wanderte. *Ich hoffte, ich würde noch viel mehr von dir sehen, du seltsames und köstliches Wesen.* »Arbeitest du auch in dem Laden?«

»Eher nicht. Ich habe einen richtigen Job.« Morrie schaute

auf eine Smartwatch an seinem Handgelenk. »Und damit sollte ich mich wohl besser beschäftigen. Aber wenn du willst, bleibe ich noch ein paar Minuten hier und passe auf, dass du die Bücher auch wirklich anfassen darfst.«

Ich grinste Morrie an. »Das würde ich sehr begrüßen.« *Dieser Tag sah immer besser aus.*

Morrie begleitete mich zurück in die Bäckerei, um noch einen Kaffee und ein Brötchen zu kaufen. Als wir zur Buchhandlung zurückkehrten, hielt er mir die Tür auf und streckte mir in einer ritterlichen Geste den Arm entgegen. Meine Augen kämpften wieder mit dem schummrigen Flur. Zwei dunkle Gestalten huschten vor mir über den braunen Teppich. Ich folgte ihnen in den Hauptraum. Eine schwarze Katze stand auf dem großen Eichentisch mit der Weltkugel darauf, eine Pfote trotzig erhoben, während sie zum Kronleuchter darüber hinaufstarrte. Der Rabe hockte auf einem der spindeldürren Arme der Leuchte und wedelte mit der Spitze seines Flügels, gerade außerhalb der Reichweite der Katze.

»Du hast das Spiel schon einmal gespielt, Grimalkin«, murmelte Earnshaw der Katze zu, ohne vom Computerbildschirm aufzusehen. »Du verlierst immer. Warum sollte es dieses Mal anders sein?«

Ich stellte den restlichen Kaffee auf dem Schreibtisch ab. »Ich hoffe, Sie mögen ihn kräftig und schwarz.«

»Wie meine Seele«, seufzte er und griff nach der Tasse.

Ich wartete darauf, dass Earnshaw mir ein paar Anweisungen gab, aber er starrte weiter auf den Bildschirm, während er an seinem Kaffee nippte und finster dreinblickte. Morrie ließ sich mit seinem schlaksigen Körper in den Ohrensessel unter dem Fenster fallen. Er holte sein Handy aus der Tasche und tippte auf den Bildschirm herum, aber mir fiel auf, dass er es nicht las. Sein Blick brannte Spuren über meinen Körper.

»Also ...« Ich schlang meine Arme um mich. »Wo soll ich anfangen? Kann ich die Jalousien hochziehen und ein paar Schaufenster dekorieren? Oder ich könnte die Regale abstauben im ...«

»Miiiiiiaaaaauuuu!«

Ich wirbelte gerade noch rechtzeitig herum, um einen schwarzen Blitz hinter den Regalen für mittelalterliche Geschichte aufblitzen zu sehen. Der Kronleuchter schwang wild hin und her, als der Rabe seine Flügel zum Sieg ausbreitete.

»Krächz«, erklärte der Rabe.

»Hör auf, sie zu quälen.« Earnshaw starrte den Vogel an.

Sie hatte mir zwei Schwanzfedern ausgerissen, schoss eine dunkle Stimme zurück.

Ich blickte auf. Es war dieselbe Stimme wie gestern. Es war weder Morries Londoner Privatschuljungenstimme noch Earnshaws nördlicher Dialekt. Sie war kehlig, voll und absolut verführerisch.

Sie schien allerdings keinen Besitzer zu haben.

»Ist hier noch jemand?«, fragte ich.

»Wir haben noch nicht geöffnet«, schnauzte Earnshaw.

»Aber ich habe gerade eine Stimme gehört, die von Federn sprach, ...«

»Oh, das tut mir leid«, sprach eine Frau. Ich wirbelte herum und sah eine alte Dame in der Tür stehen, die eine große Lederhandtasche zwischen ihren zitternden Händen hielt. »Die Tür war offen. Ich wollte nur wissen, ob Sie ein bestimmtes Buch haben. Ich suche schon seit Jahren in verschiedenen Buchhandlungen danach, aber niemand kann mir helfen.«

Earnshaws Augenbrauen schossen in meine Richtung hoch, als wolle er sagen: »Siehst du?«

Aber ... aber das war nicht dieselbe Stimme!

Die Dame trat an den Tresen heran und hielt ihre Hände fünfzehn Zentimeter auseinander. »Haben Sie dieses Buch? Ich habe es 1984 in einem Hotel in London gelesen. Oder '83. Ich kann mich nicht mehr genau erinnern. Es ist ungefähr so groß, hat einen blauen Einband und heißt so etwas wie *Die Konditorei der Dummköpfe* ...«

Earnshaw seufzte. Er schwang sich aus dem Sessel und ging zum Regal mit den Klassikern, das eine ganze Wand des Raumes einnahm. Er zog ein Exemplar von John Kennedy Toole's *Die Verschwörung der Idioten* heraus und drückte es ihr in die Hand. »Ist es dieses Buch?«

»Äh, ja ... ja, das ist es!« Sie starrte schockiert auf das Buch.

»Soll ich es für Sie abkassieren?« Ich strahlte und ging hinter den Tresen. *Ich konnte nicht glauben, dass wir so früh am Morgen schon einen Verkauf abgeschlossen hatten. Wie aufregend!*

»Oh, also, ich ...« Sie klappte den Umschlag auf. »Es ist ein bisschen zu teuer für mich, tut mir leid. Aber danke.« Sie ließ das Buch auf den Schreibtisch fallen und wich zurück. »Ich mache mich dann mal wieder auf den Weg ...«

»Krächz«, sagte der Rabe von seinem Platz auf dem Kronleuchter.

»Oh, ein Rabe!« Das Gesicht der Frau verzog sich zu einem bezaubernden Lächeln. »Was macht der denn in der Buchhandlung?«

»Er wohnt hier«, sagte Morrie.

»Er sieht aus, als ob er es sich auf seiner kleinen Stange gemütlich gemacht hat«, gurrte sie. »Er muss so was wie das Maskottchen des Ladens sein. Das erinnert mich an dieses Gedicht, das ich als kleines Mädchen in der Schule auswendig lernen musste. Und der schwarze Vogel machte, dass ich trotz der Trauer lachte, so possierlich ernst und finster saß ob meiner Thüre er ...«

»Krächz«, sagte der Rabe.

»Das würde ich an Ihrer Stelle nicht tun«, warnte Morrie,

steckte sein Handy in die Jackentasche und verschränkte die Finger, als würde er auf etwas Bestimmtes warten.

»Ob dein Kamm auch kahlgeschoren, bist als Feigling nicht geboren«, sagte ich.

»Krächz.«

»Im Ernst, Lady.«

»Lass sie, Morrie.« Earnshaw legte Tooles Buch in Morries Schoß, klappte den Einband auf und deutete auf etwas auf der Seite. »Sie hat ihr Schicksal besiegelt.«

»Wovon reden Sie?«, fragte ich, als der Rabe ein Bein anhob, seinen Körper anwinkelte und einen gewaltigen Haufen auf die Schulter der Frau fallen ließ.

Sie schrie auf und holte mit der Handtasche aus, um dem Raben eins auszuwischen, aber der war schon weggeflogen und landete anmutig auf dem Gürteltier. Die Frau kreischte eine Reihe von Worten, bei denen Nonnen erröten würden, und rannte den Flur hinunter. Das ganze Haus erbebte, als die Tür im Rahmen zuschlug. Die Glocke bimmelte.

»Krächz!«, rief der Rabe hinter ihr her und machte sich daran, seine Flügel zu putzen.

Earnshaw und Morrie fingen an zu lachen. Ich stemmte meine Hände in die Hüften. »Sie hätten ihr helfen können!«, rief ich. »Sie hätten ihr ein Taschentuch geben oder wenigstens ein paar Pfund vom Preis des Buches abziehen können.«

»Was, und sie dafür bezahlen, dass sie es mir abnimmt?« Earnshaw hielt das Buch hoch, auf dem in sauberer Schreibschrift der Preis stand: 1,50 Pfund.

»Aber sie sagte doch, es sei zu teuer. Und sie sah nicht arm aus. Die Handtasche, die sie trug, war ein Klassiker von Chanel.«

»Hier ist deine erste Lektion über das Geschäft mit gebrauchten Büchern. Jeden Tag kommen viele Menschen in die Buchläden. Nur ein paar von ihnen wollen Bücher kaufen. Die anderen wollen deine Zeit verschwenden. Den Unterschied, zwischen den beiden wirst du noch lernen, aber nur, wenn du lange genug dabeibleibst und keine Dummheiten machst. Sie war eine Zeitverschwenderin, und jetzt wird sie nicht mehr zurückkommen. Der Vogel hat uns einen Gefallen getan.«

Earnshaw griff in die oberste Schublade und holte eine Handvoll getrockneter Cranberrys heraus. Er warf sie auf den Boden. Der Rabe sprang vom Leuchter herunter und hüpfte über den Teppich, um seine Beute einzusammeln.

»Er ist wirklich süß«, sagte ich. »Ich wusste nicht, dass man einen Raben als Haustier haben kann.«

Der Rabe riss seinen Kopf hoch und starrte mich mit grimmigen, goldfarbenen Augen an, fast so als würde er meine Wortwahl missbilligen. Was lächerlich war. Raben waren zwar intelligent, aber sie verstanden kein Englisch.

»Er ist kein Haustier«, knurrte Earnshaw. »Er ist nur ein weiterer lästiger Mitbewohner, genau wie dieser Trottel da drüben.«

»Ich bin kein Trottel«, gähnte Morrie. »*Heath* ist derjenige, der das ganze heiße Wasser verbraucht, nur um sich die Augenbrauen zu waschen.«

Earnshaw hatte wirklich wunderschöne Augenbrauen. »Sie heißen Heath?«

Morrie schnaubte. »Er hat es dir noch nicht gesagt? Und nachdem du dich so über meinen Namen lustig gemacht hast, wirst du das hier *lieben*. Unser geliebter, streitsüchtiger Buchladenbesitzer heißt Heathcliff Earnshaw.«

4

Ich musste lachen. »Wie Heathcliff, der berüchtigte Schurke aus *Sturmhöhe*?«

»Meine Mutter hatte einen abscheulichen Sinn für Humor«, murmelte Heathcliff.

Mehr noch, sie hatte verdammt gute übersinnliche Fähigkeiten. Denn wie sonst war es zu erklären, dass dieser umwerfend gutaussehende, grummelige Scheißkerl mit den epischen Augenbrauen den Namen *Heathcliff* trug?

»Das ist zu komisch.« Das Lachen sprudelte aus mir heraus. Ich lehnte mich gegen den Schreibtisch und hielt mir den Bauch, während mir Tränen der Belustigung in die Augen stiegen. »Wie können Sie beide mit diesen Namen in einer Buchhandlung leben? Das ist viel zu meta.«

Heathcliff und Morrie tauschten einen seltsamen Blick aus. »Wir haben uns online kennengelernt«, sagte Morrie, »in einem Chatroom für Kinder aus literaturbesessenen Familien.«

Ich brauchte einige Augenblicke, um seine Worte zu begreifen. »Oh. Sind Sie ein Paar?« Natürlich; alle Hinweise waren da – zwei Junggesellen, die über einem Buchladen wohnen, Morries tadelloser Kleidungsstil, die Tatsache, dass

Heathcliff mich immer wieder mit diesem angewiderten Blick anschaute. Offensichtlich waren sie mehr als nur Mitbewohner. *Mist.* Ich hörte mich so enttäuscht an. Ich versuchte, meinen Tonfall mit einem Husten zu überspielen. »Ich meine, das ist natürlich völlig in Ordnung. Ich will damit nur sagen, dass ich es nicht gemerkt habe, auch wenn es mir natürlich egal ist ...«

»James hat auf eine Anzeige geantwortet, die ich im Schaufenster aufgegeben habe«, sagte Heathcliff. »Unsere Namen sind ein unglücklicher Zufall.«

»Wir sind nicht zusammen«, fügte Morrie hinzu und fuhr sich mit der Zunge über die Lippen. »Aber das liegt nicht daran, dass ich es nicht versucht hätte. Heathcliff ist nur so ein prüder Kerl.«

»Sie sind also ...«, wagte ich zu fragen.

»Pansexuell, so nennt man das heutzutage, glaube ich. In der Welt meiner Bücher war das als sexuelle Devianz bekannt.« Morries Augen glitten wieder an meinem Körper hinunter und ich erschauderte. *Ja, bitte.*

»Wenn du ihn also ficken willst, kannst du das ruhig tun.« Heathcliff schaute finster drein. »Aber nicht oben. Ich muss da noch essen.«

»Hey, das ist nicht angemessen ...«

»Durch das ganze Gerede wird die Arbeit nicht schneller fertig.« Heathcliff schob eine Kiste mit solcher Wucht hinter den Schreibtisch, dass ihm eine Staubwolke ins Gesicht flog und seine Augenbrauen und Bartstoppeln in ein gediegenes Grau tauchte. »Das sind Bücher.«

»Ohne Scheiß, Sherlock.« Ich warf einen Blick auf Morrie. »Nichts für ungut.«

»Oh, kein Problem.«

»Du wirst diese Kiste durchsehen und die Bücher heraussuchen, die wir behalten wollen, dann katalogisierst du sie im Computer und stellst sie ins Regal. Es wird nicht viele

Bücher geben, die wir behalten können.« Heathcliff starrte Morrie an. »Du kannst *ihm* die Schuld an dieser undankbaren Aufgabe geben, weil er sich von einem schwachsinnigen Achtzigjährigen dazu überreden ließ, dieses Zeug anzunehmen, während ich zur Post gegangen bin.«

Ich klappte den Deckel der Kiste auf und brachte einen Stapel von James Patterson- und Nora Roberts-Büchern zum Vorschein. Flughafenbücher, natürlich.

»Wenn du dich fragst, warum wir solche Bücher nicht haben wollen ...«

»Weil es Flughafenbücher sind. Wir kaufen keine Flughafenbücher, Mills and Boon oder Bibeln aus dem neunzehnten Jahrhundert. Wenn jemand mit Eisenbahnbüchern, Selbsthilfebüchern, Büchern über die lokale Geschichte – es sei denn, sie sind im Selbstverlag erschienen – und Folio Society-Bänden kommt, landen diese sofort auf dem Ja-Stapel. Ich habe Ihnen doch gesagt, dass ich in dieser Buchhandlung aufgewachsen bin. Ich habe ein paar Dinge von Herrn Simson gelernt.« Ich hielt ein Exemplar von *Die 5 Sprachen der Liebe* hoch. »Das hier ist ein Beispiel für ein Buch, das man behalten sollte.«

Morrie und Heathcliff tauschten einen scharfen Blick aus. *Urteilen sie über meine Kompetenz oder habe ich etwas übersehen?*

Beide drehten sich zur Seite, als ob sie bei etwas Unanständigem erwischt worden wären. »Sie hat's drauf, Brummbär«, fauchte Morrie Heathcliff an, während er eine abgenutzte Ausgabe von *Jurassic Park* aus der Kiste holte und sich zurück in den Ledersessel setzte. Der Rabe hockte auf der Rückenlehne des Sofas, spähte über Morries Schulter und bewegte seinen Kopf über die Seite. Es sah fast so aus, als würde er die Worte zusammen mit Morrie lesen.

Ich sortierte den Bücherstapel. Grimalkin schlich zurück ins Zimmer und schmiegte sich an meine Knöchel. Morrie las, während Heathcliff am Computer arbeitete. Heathcliffs Version von Arbeit bestand darin, mit der Faust auf die Tasten zu schlagen und den Bildschirm mit schillernden Schimpfwörtern anzuschreien, wenn er nicht das tat, was er wollte.

»Alles in Ordnung?« Ich schaute über die Schulter zu ihm hin, als ich ihm einen Stapel Bücher zum Behalten auf den Schreibtisch legte.

»Ich hasse verdammte Online-Bestellungen«, knurrte er und schlug wieder auf den Bildschirm. »Warum können die Leute nicht einfach in den Laden kommen, wie in den guten alten Zeiten?«

»Vielleicht, weil sie von deinem sonnigen Gemüt ganz verbrannt sind?«, meldete sich Morrie von der anderen Seite des Raumes.

»Krächz«, fügte der Rabe hinzu.

»Das reicht jetzt von euch beiden.« Heathcliff schoss zurück. »Solltest du nicht bei der Arbeit sein?«

Morrie gähnte. »Und die Chance verpassen, zu sehen, wie du Mina den Computer erklärst? Niemals. Ich habe ihnen geschrieben, dass ich mich verspäten werde. Es ist ihnen egal. Sie haben heute größere Probleme.«

»Das sieht eigentlich ziemlich einfach aus.« Ich lehnte mich über Morries Schulter. Bei dem lockeren Umgang hier verzichtete ich nun auch aufs Siezen. »Du fügst einfach die Bücher in diesen Online-Katalog ein und synchronisierst sie mit Amaz ...«

»Nimm dieses Wort in diesem Laden nicht in den Mund!«, knurrte Heathcliff und presste sich die Hände auf die Ohren.

Ich stolperte erschrocken zurück und fing mich an der Kante des Schreibtisches ab, bevor ich in einen unsortierten Haufen Bücher kippte. Grimalkin flüchtete auf ein Bücherregal.

»Welches Wort?«, keuchte ich, während ich darum kämpfte, meinen Herzschlag wieder zu normalisieren. »Du meinst den Namen des größten Onlineshops der Welt? Aber wie sollen wir dann über das Geschäft ...?«

»Wir nennen ihn der Laden-Dessen-Name-Nicht-Genannt-Werden-Darf«, sagte Morrie fröhlich. »Aber Heathcliff hat ein paar schönere Ausdrücke, wenn es dir lieber ist.«

»Na schön«, seufzte ich. »Ich hätte wohl wissen müssen, dass ich in einem Haus der Verrückten arbeite. Ich kann nicht glauben, dass ich das sage, aber Heathcliff«, wenn er auf jede Höflichkeit verzichtete, durfte ich das auch, »zeig mir doch bitter, wie wir die Bücher in den Laden-Dessen-Name-Nicht-Genannt-Werden-Darf bekommen.«

Ich lehnte mich über Heathcliffs Schulter, als er mir erklärte, wie die Katalog- und Preissoftware funktionierte. Es gab viele verschiedene Faktoren zu beachten, aber er warnte mich vor allem, dass ich bei der automatischen Preisanpassung vorsichtig sein musste. Die Funktion stellte sicher, dass ein hochgeladenes Buch immer unter dem billigsten Buch im Laden-Dessen-Name-Nicht-Genannt-Werden-Darf lag. Wenn wir die Preise nicht sorgfältig überwachten, konnten wir versehentlich eine unbezahlbare Erstausgabe für drei Cent verkaufen. Der Art und Weise nach zu urteilen, wie Heathcliff mit einem Finger auf der Tastatur herumstocherte und jedes Mal auf den Bildschirm schlug, wenn er die gewünschte Taste nicht fand, hatte er schon ein paar Erstausgaben zum Schnäppchenpreis verkauft.

Als ich nach der Maus griff, berührte mein Arm den seinen und jagte mir einen Schauer über den Rücken, der nichts mit der Winterkälte zu tun hatte. *Das war doch bescheuert. Ich konnte mich nicht in diesen Typen verlieben. Er war mein Chef und ein kompletter Wichser, und dem Sitz seines Hemdes nach zu urteilen, hatte er keine Ahnung von Mode. Er kam direkt aus dem neunzehnten Jahrhundert.*

»... und hier können wir die Online-Bestellungen sehen.

Schau jeden Morgen in diesen Posteingang, such die Bücher, pack sie ein und bring sie zur Post. Überlass das nicht mir. Du kannst dich mit Deirdre, der Postbotin, unterhalten und auf dem Rückweg noch mehr von diesem Kaffee mitbringen.« Er knallte den leeren Becher zum Mitnehmen gegen den Schreibtisch. »Haben wir eine Abmachung?«

Ja, genau wie im neunzehnten Jahrhundert. Ich grinste. »Wenn du mir eine Lohnerhöhung von fünfzig Pence pro Stunde gibst, lege ich noch ein paar Cornish Pasties zum Frühstück drauf.«

»Du bist ein harter Verhandlungspartner.« Heathcliff hielt mir seine Hand hin, und ich schüttelte sie.

Bildete ich mir das nur ein, oder hielt er meine Finger eine Sekunde länger fest, als es angemessen war? Heathcliffs dunkle Augen trafen meine, in ihnen tobte ein Sturm. Er zog eilig seine Hand zurück und riss mir fast die Finger ab.

Als ich alle Bücher im Online-Katalog aufgelistet hatte, gab Heathcliff mich frei, um meine Fundstücke in die Regale zu stellen, zusammen mit einer weiteren Kiste mit Büchern, die er bereits katalogisiert hatte. Der Vogel und die Katze hüpften hinter mir her, während ich durch die Räume ging, die passenden Regale suchte, wahllos Bücher herauszog und durch die Seiten blätterte, ihren wohligen Geruch einatmete und so Erinnerungen an meine Kindheit wachrief.

Ich stellte gerade einige Bücher der Folio Society in den dafür vorgesehenen Raum im ersten Stock, als die Glocke unten läutete. Ein paar Minuten später kam eine Frau mittleren Alters in einer grässlichen Strickjacke in den Raum und blickte von ihrem leuchtenden Handy-Display auf, um die Bücherregale zu durchsuchen. Sie zog wahllos ein paar Bücher heraus und fotografierte sie mit ihrem Handy. Als sie in den nächsten Raum ging, entdeckte sie den Raben, der oben auf dem Türrahmen saß.

»Oh, was für ein majestätischer Vogel«, sagte sie. »Es ist ein Rabe, nicht wahr? Einst zur Nachtzeit, trüb und schaurig ...«

»Krächz!« Der Rabe schlug mit den Flügeln, hob sein Bein und ließ einen weiteren Haufen fliegen. Die Frau schrie auf und wich gerade noch rechtzeitig aus, um nicht getroffen zu werden.

»Tut mir leid!«, rief ich. »Er scheint das Gedicht nicht zu mögen!«

Sie eilte die Treppe hinunter. Einen Moment später hörte ich sie Heathcliff anschreien. *Oh, das wird ein Spaß.* Ich stellte mich an das obere Ende der Treppe, um die Show zu beobachten. Grimalkin schlängelte sich zwischen meinen Beinen hindurch und der Rabe ließ sich auf der Brüstung nieder. Mit einem letzten Schrei hastete die Frau in den Flur. »Raus hier, raus hier, raus hier!«, schrie Heathcliff ihr hinterher.

»Ich bin noch nie so beleidigt worden!«, schrie sie zurück und die Adern auf ihrer Stirn pochten. »Ich werde nie wieder ein Buch in diesem Laden kaufen!«

»Sie hätten sowieso nie ein Buch gekauft. Darum geht es ja gerade!« Heathcliff lehnte sich aus der Tür, die Augenbrauen zu einem Ausdruck völliger Abscheu zusammengezogen.

»Was glotzt du denn so?«, knurrte er mich an, als die Tür zuschlug.

»Weißt du, wenn du netter zu den Kunden wärst, würden sie vielleicht Bücher kaufen.« Ich gestikulierte in die düstere Halle. »Vielleicht könntest du dir dann auch ein paar Glühbirnen mehr leisten.«

Und ich würde nicht dauernd über Sachen stolpern.

»Sie würde nie ein Buch kaufen«, sagte Heathcliff finster. »Hast du es nicht gesehen? Sie ist herumgelaufen und hat Fotos mit ihrem Handy gemacht, um sie später im Laden-Dessen-Name-Nicht-Genannt-Werden-Darf zu suchen. Einen Leser erkennt man schon aus einem Kilometer Entfernung.«

»Ach, so?« Morrie erschien auf der Treppe hinter mir, nachdem er die Wohnung im zweiten Stock verlassen hatte. Er hatte sich einen blauen Kaschmirschal umgebunden, der perfekt zu seinen Augen passte. »Erleuchte uns mit deiner Kombinationsgabe.«

»Mina ist eine Leserin.«

Morris schnaubte. »Na toll. Das ist doch offensichtlich.«

»Woher weißt du das?«, fragte ich. »Ich habe Heathcliff erzählt, dass ich praktisch in dieser Buchhandlung gelebt habe, aber dir habe ich das nie erzählt.«

»Ganz einfach«, sagte Morrie. »Da ist ein Tintenklecks auf deinem rechten Zeigefinger und ...«

»Sie hat fünfundvierzig Minuten gebraucht, um sieben Bücher einzuräumen«, sagte Heathcliff. »Entweder liest sie, während sie arbeitet, oder sie ist dumm.«

»Hey!«

»So charmant wie immer, Heathcliff. Wenn du mich entschuldigen würdest, Mina, einer von uns muss die Kohle machen. Ich gehe jetzt ins Büro.« Als Morrie auf dem Treppenabsatz an mir vorbeiging, nahm er meine Hand, hob sie zu seinem Gesicht und streifte meine Haut mit seinen weichen, warmen Lippen. Mein ganzer Körper errötete vor Hitze. »Lass dich vom alten Griesgram nicht abschrecken. Ich freue mich schon darauf, wenn wir uns das nächste Mal treffen.«

»Ja ... äh ... richtig. Tschüss.« Ich starrte ihm hinterher, als er die schmale Treppe hinunterschlurfte und zur Haustür hinausging. Bei Ishtar, dieser Hintern würde mir noch in meinen Träumen begegnen.

Solange ich noch Träume hatte, konnte ich ihn sehen.

Als Morrie sich bückte, um mit seinem großen Körper durch die Tür zu kommen, schob sich eine andere Gestalt an ihm vorbei. Eine junge Frau in meinem Alter, die etwas trug, das von hier aus, wie eine Birkin-Tasche aussah, hielt in der

Eingangshalle inne und drehte sich um, um Morries Abgang zu beobachten.

»Bei Isis, ich hätte nie gedacht, dass ich mal solch einen Knackarsch aus einer Absteige wie dieser kommen sehe«, säuselte eine kehlige Stimme.

Mein Herz schlug mir bis zum Hals. Ich flüchtete aus dem Treppenhaus und warf mich gegen die Wand und wünschte, das dunkle Holz würde mich verschlucken.

Ashley.

5

Diese Stimme würde ich überall erkennen. Und sie schwor auf eine alte Göttin. Damit hatten Ashley und ich in Amerika angefangen, als wir festgestellt hatten, wie alle die ganze Zeit von Gott sprachen.

Panik machte sich in meinem Magen breit. *Sie war hier. Warum war sie hier? Ashley las nicht. Der einzige Grund, warum sie je einen Fuß in den Nevermore Bookshop gesetzt hatte, war, wenn sie sich nach der Schule mit mir getroffen hatte.*

Die Logik gebot mir, tiefer in den Laden zu flüchten, da ich keine Ahnung hatte, was passieren würde, wenn Ashley mich sehen würde. Aber ich konnte es nicht ertragen. Ich musste herausfinden, warum sie hier war, in meinem Revier. Ich kniete mich auf den Teppich und kroch zurück auf den Treppenabsatz, wobei ich meinen Körper drehte, um durch das Geländer zu starren. Ich konnte sie in der Düsternis kaum sehen, aber ich konnte ihre undeutliche Gestalt ausmachen und die von Heathcliff, der in der Tür erschien.

»Wenn Sie in Ihrer schicken Handtasche einen E-Reader haben, können Sie sich sofort umdrehen«, knurrte er. Ich unterdrückte mit dem Handrücken ein Lachen. *Bei Athene, ich liebe dich, Heathcliff.*

»Ganz ruhig, Mann. Ich bin nur hier, um mir ein paar Bücher anzuschauen.« Ashleys Stöckelschuhe klapperten auf dem Holzboden, als sie sich auf die Treppe zubewegte.

Verdammt!

Ich krabbelte über den Teppich, vorbei an der Soziologieabteilung und in den nächsten Raum. Ashleys Absätze knarrten auf der Treppe. Ich suchte den Raum nach einem Versteck ab. In der Mitte des Raumes stand eine verblichene Chaiselongue aus Samt vor einem kleinen Couchtisch. Zwischen der Couch und dem Bücherregal war genug Platz, um mich hineinzuzwängen. Ich ließ mich wieder auf die Knie fallen und kroch in die Dunkelheit, in der Hoffnung, dass mein Hintern nicht am anderen Ende heraushing und mich verriet.

Hinter der Couch hatten sich eine Staubdecke und schwarze Fellknäuel zu einem unheiligen Haufen der Verdammten zusammengefunden. Ich hielt mir den Mund zu und versuchte, an etwas anderes zu denken als an das verzweifelte Kitzeln in meiner Kehle. Von hier aus hatte ich einen guten Blick auf das obere Ende der Treppe, den Treppenabsatz und den dahinter liegenden Raum.

Ashley tauchte auf dem Treppenabsatz auf und ging in den Raum, den ich gerade verlassen hatte – den Raum, in dem die Bücher der Folio Society und die Regale mit den Psychologie- und Soziologiebüchern standen. Ashley trat über den Stapel, den ich auf dem Boden hinterlassen hatte, und blieb vor der Soziologieabteilung stehen.

Als ich sie von meinem Versteck aus beobachtete, überschlugen sich in mir die Gefühle. Sie sah *heiß* aus. Natürlich tat sie das – heiß war Ashleys *Markenzeichen*. Sie hatte dreißigtausend Online-Follower dank ihrer täglichen

»Was ich trage«-Schnappschüsse und ihren Geschichten aus der Modewelt. Jeden Tag verbrachte sie Stunden mit ihrer Kleidung und ihrem Make-up, um perfekt auszusehen. Heute war es nicht anders – sie hatte ihr kurzes Haar in Miami Beach blond gefärbt. Sie hielt ihr schmales Gesicht dicht an das Regal, während sie die Buchrücken studierte. Ihre vollen Lippen waren mit ihrem typischen roten Lippenstift umrandet.

Ashley trug einen Faltenrock und eine schwarze Chiffonbluse mit Glockenärmeln und breiten Manschetten. Dazu trug sie schwarze Schnürstiefel, die direkt aus einem viktorianischen Trauerbild oder einem New Yorker Sexclub stammen könnten. Ihr Verrat bereitete mir Herzschmerzen, aber es juckte mich in den Armen, mich aus meinem Versteck zu stürzen und sie zu umarmen.

Ashley und ich hatten uns mit fünfzehn Jahren im Sportunterricht kennengelernt. Ich hatte ein »Frauenproblem« vorgetäuscht, um mich vor dem Cricket-Training zu drücken, und sie war auf die Bank geschickt worden, weil sie Sabrina Winter ins Gesicht geschlagen hatte. Ich war wie erstarrt gewesen, als sie sich neben mich gesetzt hatte. Sie war seit Jahren in meiner Klasse gewesen und ich hatte sie immer gemieden, weil sie laut und furchterregend gewesen war. Ashley hatte sich vorgebeugt und mein Buch nach unten gezogen. »Nettes Shirt«, hatte sie grinsend gesagt.

Ich hatte auf mein Putridessence-T-Shirt hinuntergestarrt. »Das ist eine Punkband«, hatte ich ihr erzählt und ihr dann mein Buch aus der Hand gerissen. In der letzten Stunde hatten Sabrina Winter und ihre Freundinnen hinter mir gesessen und sich gegenseitig schreckliche Dinge über mich zugeflüstert. Das Letzte, was ich gebraucht hatte, war eine modische Rüge von Ashley Greer.

»Ich *weiß*, du Trottel. Ich bin mit dem Schlagzeuger

befreundet. Willst du am Wochenende ihre Show in London sehen?«

»Ähm ... ja. Ja, das will ich.«

An diesem Samstagabend hatte ich durch Ashley eine neue Facette der Punkmusik, die ich so sehr liebte, kennengelernt – die Live-Show, den Moshpit, die rohe Wut der geschrienen Worte und kreischenden Gitarren. Sie hatte mit dem Schlagzeuger hinter der Bühne rumgeknutscht und die Band hatte uns die ganze Nacht lang kostenlose Getränke gegeben. Seitdem waren wir unzertrennlich gewesen.

Als ich beschlossen hatte, mich an der New York Fashion School zu bewerben, hatte Ashley an einem einzigen Abend eine Mappe erstellt und sie ebenfalls eingeschickt. Sie hatte zwar nie gewusst, was sie machen wollte, aber sie hatte ein Händchen für Mode. Ich war begeistert gewesen, als wir beide angenommen wurden, und dann noch einmal, als wir beide das Praktikum bei Marcus Ribald gewonnen hatten. Als ich die schlimmste Nachricht aller Zeiten bekommen hatte, holte sie mich mit einer Flasche Bourbon aus der Arztpraxis ab und besoff sich mit mir, wie es nur eine wahre Freundin vermochte.

Zumindest hatte ich gedacht, dass sie meine beste Freundin war. Jetzt war sie der Grund dafür, dass ich wieder in Argleton war und in einer verlassenen Buchhandlung an Staubmäusen erstickte, anstatt an Marcus Ribalds neuester Kollektion zu arbeiten.

Was machte *sie denn hier?* Es war seltsam für Ashley, nach Argleton zurückzukommen. Sie hasste dieses Dorf genauso sehr wie ich. Und warum war sie ausgerechnet *jetzt* zurück? Ich wusste, dass es im Vorfeld der Pariser Modewoche im Büro absolut verrückt zugehen würde. Ihr Erscheinen hier war mir ein völliges Rätsel.

Sie schien die Soziologietitel zu studieren, was ebenfalls merkwürdig war, denn ich konnte mir nicht vorstellen, dass

Ashley jemals ein Buch über Soziologie gelesen hatte. Wahrscheinlich wusste sie nicht einmal, wie man es buchstabierte.

Der Boden knarrte, und mein Herz schlug mir bis zum Hals. Aber es war nur Grimalkin, die irgendwo in den Tiefen des Ladens von einem Regal heruntersprang und auf Ashley zuging. »Oh, was für ein süßes Kätzchen.« Ashley kniete sich hin, um sie zu streicheln. Grimalkin schlich um ihre Beine, die Spitze ihres Schwanzes wie ein Periskop aufgestellt.

Grimalkins Augen leuchteten auf, als sie mich erblickte. Sie löste sich von Ashleys Beinen und sprang auf mich zu.

Ich zog meinen Hals zurück in den Schatten, als Ashley sich umdrehte. *Braves Kätzchen, tu einfach so, als ob ich nicht hier wäre. Geh zurück und knutsche Ashley oder putze dein Arschloch. Braves Mädchen ...*

Grimalkin hüpfte auf meinem Kopf herum. »Miau, miau, miau!«, plapperte sie fröhlich und schlug mit ihrer Pfote gegen mein Pony.

Danke, Katze. Herzlichen Dank.

»Ohmeingott, Mina, Süße! Was machst du denn da hinter dem Sofa?«

Ich erstarrte bei ihrer Stimme. *Sieh mich nicht an. Ich war nicht hier.* Aber es war zu spät. Ashleys Blick bohrte sich in meinen. Grimalkin, Verräterin von Freunden, trottete auf mich zu und streckte ihren Kopf, um gestreichelt zu werden.

»Ähm, hi, Ashley.« Ich rappelte mich auf und wischte mir den Staub von den Kleidern. Ich wagte einen Blick auf meinen Rock und schreckte vor den schmutzigen Schlieren auf meiner Brust zurück. »Ich habe nur ... ein paar Bücher umgeräumt. Ich arbeite jetzt hier.«

»In diesem verstaubten, alten Laden? Aber warum?«

Warum? Nachdem du mein tiefstes, dunkelstes Geheimnis ausgeplaudert hattest, damit du mir meinen Traumjob wegschnappen konntest, konnte ich keinen anderen Job in der Modebranche finden. Was bedeutete, dass ich mir meine beschissene Wohnung in Manhattan nicht mehr leisten konnte. Also musste ich mit eingezogenem Schwanz hierher zurückkommen und schlief jetzt in meinem Kinderzimmer, umgeben von Türmen aus Wackelplatten.

Aber ich sagte nichts davon, denn ich war ich und sie war Ashley. Und ich erinnerte mich immer noch an die Zeit, als wir als Teenager bei der jeweils anderen übernachtet hatten und die ganze Nacht aufgeblieben waren, um Bilder aus Modemagazinen auszuschneiden und unsere Walks für den Laufsteg zu üben. Stattdessen sagte ich: »Ich brauchte einen Job. Da ich zurzeit viel Freizeit habe, dachte ich, ich besuche mal meine Mama. Und du?«

»Marcus hat sich letzte Woche am Papier geschnitten, nun erholt er sich in Martha's Vineyard. Er hat beschlossen, dass er die gesamte Januar-Kollektion hasst oder so, also ist das Büro eine tote Zone, während wir auf seine Entwürfe warten, und New York ist so *teuer*.« Sie rollte mit den Augen. »Du weißt doch, wie er ist. Er wird für eine Woche oder länger fort sein und dann müssen wir doppelt so hart arbeiten, um rechtzeitig für Paris fertig zu werden. Ich dachte, ich nutze die Gelegenheit, um meine Familie zu besuchen und meine Wohnung unterzuvermieten, um etwas Geld zu sparen. Deshalb bin ich hier, ich wollte etwas zum Lesen, weil ich vergessen habe, wie langweilig es in Argleton ist.«

Das Blut kochte in meinen Adern. *Wie konnte sie es wagen?* Das hätte mein Job sein sollen, über den sie sich beschwerte, und Ashley wusste das. Trotzdem hatte sie die Frechheit, hierherzukommen und mit mir zu reden, als ob sich nichts geändert hätte. Ich wischte mir den Staub von meinem Ellbogen und starrte sie an. »Es muss komisch für dich sein, die Wohnung ganz für dich allein zu haben.«

»Mina ... können wir nicht darüber reden? Oh, nein. *Böse*

Katze.« Ashleys Blick wanderte zu Grimalkin, die an der Seite ihrer Birkin-Tasche zerrte. Sie löste die Krallen der Katze und schob sie weg, woraufhin etwas in mir zerbrach.

»Doch, lass uns darüber reden. Ich bin ja *so* froh, dass du zurück bist, um mir unter die Nase zu reiben, dass du Marcus und jedem, der es hören wollte, von meinen Augen erzählt hast. Und dass mich das nicht nur meinen Traumjob, sondern auch jeden anderen Job in der Modebranche gekostet hat.«

»Ich war betrunken. Du weißt doch, wie ich bin. Da kannst du mich nicht zum Schweigen bringen! Ich weiß, dass du denkst, dass ich es absichtlich getan habe, aber das stimmt wirklich nicht.« Ashley blickte auf den Bücherstapel auf dem Boden, auf die schummrige Hängelampe, die als einzige den Raum beleuchtete, und dann wieder zu mir. »Bist du sicher, dass es eine gute Idee ist, hier zu arbeiten?«

Ich starrte auf ihre Stiefel hinunter. Sie hatten winzige fledermausförmige Ösen und waren die coolsten überhaupt. *Ich hasste dich so sehr.* »Es ist nur vorübergehend, bis ich genug Geld gespart habe, um mir ein anderes Praktikum in London zu suchen. Es sei denn, du hast vor, meinen Namen auch dort zu verleumden ...«

»Aber Mina«, flüsterte Ashley, die sich nach vorne lehnte. Ihr starkes Parfüm schlug mir ins Gesicht. »Ist es hier drin nicht zu dunkel für dich? Und von all diesen Büchern umgeben zu sein, wird dich das nicht verrückt machen?«

Ich verkrampfte meinen Kiefer. »Eigentlich geht es mir gut.«

»Ich frage nur, weil ich mir Sorgen mache. Das tue ich wirklich.« Sie warf sich die Haare über die Schulter. »Ich habe das zu Marcus nur gesagt, weil ich mir *Sorgen* ... Ich sagte: Runter da, Katze!«

Ashley stürzte sich auf Grimalkin, die von der Lehne des Sofas gesprungen war und sich an der Birkin-Tasche festhielt, wobei sich ihre kleinen Krallen in das Leder gruben. Ich packte die schwarze Katze am Bauch und schleppte sie weg, bevor Ashley ihr etwas antun konnte.

»Sieh mal, was sie angerichtet hat!« Ashley starrte entsetzt auf die Einstichstellen in ihrer Tasche. »Das war ein Geschenk von einem meiner Sponsoren und ich habe sie noch nicht einmal fotografiert. Die werden stinksauer sein.«

Grimalkin sah nach oben und leckte mir die Nase, wobei ihre Schnurrhaare zuckten. Ich drückte sie an meinen Körper. *Braves Mädchen. Kannst du ihr als Nächstes die Augen auskratzen?*

»Ich habe hier eine Menge zu tun.« Ich schob wahllos ein Buch ins Regal. »Ich kann dir ein paar Bilderbücher empfehlen, die genau dein Niveau haben.«

»Mina ...«

Grimalkin kletterte auf meine Schulter und fauchte sie an. Ich notierte mir, dass sie einen großen Becher Sahne bekommen würde. »Tschüss, Ashley.«

»Du bist nach der Bekanntgabe des Jobs einfach davongelaufen. Wir hatten nicht einmal die Chance zu reden ...«

»Ich habe dir nichts zu sagen.« Ich erspähte den Raben, der auf der Gardinenstange hockte und die Szene mit seinen glänzenden braunen Augen beobachtete. Ich zeigte auf ihn. »Wenn du jemanden zum Reden brauchst, wende dich an ihn. Er liebt es, wenn du 'Der Rabe' zitierst.«

»Oh, der ist süß. Und wenn du das dumme Gedicht meinst, das du immer aufgesagt hast, ich glaube, es hat sich in mein Gedächtnis eingebrannt.« Ashley rollte mit den Augen, hob die Hand und schnippte mit den Fingern, als ob das den Raben dazu bringen würde, sich zu nähern. »Einst zur Nachtzeit, trüb und schaurig, als ich schmerzensmüd und traurig saß und brütend sann ob mancher seltsam halbvergessnen Lehr' ...«

Der Rabe flog in die Luft und ließ ein weiteres Paket des Verderbens los, das genau sein Ziel traf.

PLATSCH.

»Argggh!«

Ashley riss die Hände hoch, um den Raben zu verscheuchen, und rannte zur Treppe. Der Vogel ließ sich auf der Gardinenstange nieder und schaute mich aus dunklen Augen an, als würde er sich vergewissern, dass er seine Arbeit gut gemacht hatte. Wahrscheinlich war es nur ein Schatten, aber ich könnte schwören, er hätte mir zugezwinkert.

6

Ashley schien entschlossen zu sein, mich zu quälen. Sie rannte weg, nachdem der Rabe sein Geschenk auf ihrer Birkin-Tasche hinterlassen hatte, kam jedoch eine Stunde später in einem rosafarbenen Bauernkleid zurück, das mit schwarzen Revolvern bedruckt war. Die nächste Stunde verbrachte sie damit, in der Soziologieabteilung zu stöbern. Alle fünf Minuten schlenderte sie zum Fenster hinüber und kehrte dann zu den Regalen zurück. Sie ging, ohne etwas zu kaufen. Ich lockerte meinen Kiefer erst, als sie um die Ecke und außer Sichtweite war.

»Deine Freundin ist komisch«, sagte Heathcliff, als ich ihm half, die E-Mails des Ladens zu beantworten.

Und mit helfen meinte ich, dass er mir Schimpfwörter diktierte und ich seine archaischen Beleidigungen in modernes, zivilisiertes Englisch übersetzte. Die einzige E-Mail, die ich nicht änderte, war die an das Support-Team vom Laden-Dessen-Name-Nicht-Genannt-Werden-Darf. »Sie werden mich nicht erkennen, wenn ich höflich zu ihnen bin«, hatte er geschimpft. Ich stimmte widerwillig zu, vor allem, weil ich mich darauf freute, bei der vielleicht einzigen Gelegenheit in meinem Leben den Satz zu tippen: »Lieber wäre ich zu einem fortwährenden Aufenthalt in den Gefilden der Hölle verdammt, als auch nur einen Moment lang das törichte Geschwätz eines solch tölpelhaften Gauners zu ertragen.«

Und Mama sagte, dass dieser Job langweilig sein würde.

»Ashley ist nicht meine Freundin«, sagte ich mit zusammengebissenen Zähnen. »Warum ist sie komisch?«

»Sie war trotz ihres Besuchs vorhin eine Stunde lang hier und hat die Soziologieabteilung nicht ein einziges Mal verlassen.«

»Das ist seltsam?« Ich meine, für Ashley schon, aber das wusste Heathcliff nicht.

»Die Soziologieabteilung ist die tote Zone der Buchhandlung. Hier lagern wir alle Bücher, die wir nirgendwo anders unterbringen können. Niemand kauft in der Soziologieabteilung, nicht einmal Soziologieprofessoren.«

Ich tat so, als würde ich auf einen imaginären Notizblock schreiben. »Notiz an mich selbst: Niemand kauft in der Soziologieabteilung, schon gar nicht meine seltsame Ex-Freundin. Siehst du, ich lerne so viel über den Buchhandel. Also, was machen wir zum Mittagessen? Ich bin am Verhungern. Gehen wir nach draußen oder ...«

»Ich gehe nicht raus. Im Laden tummeln sich schon genug Leute, da muss ich mich nicht auch noch in meiner Freizeit von ihrer Idiotie überzeugen.«

»Nun, ich könnte in die Wohnung gehen und uns etwas zubereiten ...«

»Nein. Du gehst nicht nach oben.« Heathcliff zog die oberste Schublade des Schreibtischs heraus. »Ich habe hier genug zu essen.«

Ich warf einen Blick in die Schublade, die voll mit verschimmelten Schweinefleischpasteten, getrockneter Wurst und Schokoriegeln war, die zu unheimlichen Formen geschmolzen waren.

Ich wies auf einen verfärbten Klumpen ganz hinten in der Schublade. »Ist das ein Ameisenhaufen?«

Heathcliff schnappte sich einen Schokoriegel und knallte die Schublade zu. »Wenn du so viel zu meckern hast, kannst *du* ja rausgehen. Besorg uns etwas Gebratenes oder Zuckerhaltiges.«

»Gut.« Ich schnappte mir meinen Mantel. »Diesmal ist es mein Vergnügen, aber wenn du willst, dass ich jeden Tag mein Mittagessen auftreibe, kostet das fünfzig Pence mehr pro Stunde.«

»Abgemacht.«

»Krächz!«, fügte der Rabe vom oberen Ende der Treppe hinzu, als ich mich auf den Weg in den Korridor machte.

»Und ein paar Beeren für den Vogel«, rief Heathcliff mir nach.

»Das macht ein extra Pfund!«, rief ich zurück, als ich die Tür der Buchhandlung hinter mir zuschlug.

»Krääääächz!«

Zwanzig Minuten später stieß ich die schwere Tür auf. Ich war vom Regen bespritzt und beladen mit einem Turm aus indischem Essen, einer Flasche Weißwein und einem Körbchen importierter Blaubeeren. Mir schlug ein fauliger Geruch in die Nase, wie Tod, schimmelige Socken und stinkender Käse in einem.

»Hat uns die Katze eine Überraschung gebracht?«, fragte ich, als ich das Essen auf Heathcliffs Schreibtisch abstellte und einen Hocker zu ihm hinüberrollte, um ihm Gesellschaft zu leisten. Der Geruch brannte mir so sehr in der Nase, dass meine Augen tränten.

Heathcliff grunzte und riss den Deckel von einem Rogan Josh ab. »Das riecht nach Chili und fremden Gewürzen.«

»Natürlich riecht es danach, es ist Curry. Wie kannst du bei diesem Gestank etwas riechen? Bist du sicher, dass in der Schreibtischschublade nicht ein Haufen verfaulter Fische liegt?«

»Es riecht gar nicht so schlimm.«

»Ich schätze, dein Geruchssinn ist abgestumpft, weil du jahrelang in einer schäbigen Junggesellenbude gelebt hast. Deshalb willst du auch nicht, dass ich nach oben gehe.« Ich verteile die Imbissdosen auf dem Schreibtisch. »Na los, schnapp dir Besteck und stürze dich drauf. Wenn dir das Rogan Josh zu scharf ist, habe ich Butterhühnchen, ein paar Samosas und sogar eine Flasche billigen Schnaps dabei. Alles, um deine geniale Entscheidung, mich einzustellen, und die Tatsache, dass ich diesen Laden umkrempeln werde, zu feiern. Heathcliff, dieser Geruch ist *übel*. Wir können nicht zulassen, dass dieser Vogel hier drin kotet, er gibt der Buchhandlung einen wirklich üblen ...« Ich hielt kurz inne, als meine Augen meiner Nase zur Quelle des Geruchs folgten. In dem Ohrensessel unter dem Fenster saß ein zerzauster Herr in einer Jeans, die mehr Löcher als Stoff aufwies. Er trug einen Trenchcoat, der mit Schmutzflecken übersät war, und sein wildes Haar sah aus, als hätte es noch nie einen Kamm oder eine Dusche gesehen. Er hatte ein aufgeschlagenes Buch auf dem Schoß und eine Hand in die Vorderseite seiner Jacke gesteckt. Zuerst dachte ich, er würde sich einen runterholen, aber seine Hand lag über seiner Brust. Trotzdem, seltsam.

Ich beugte mich über den Schreibtisch, wo Heathcliff die Nase in ein Buch gesteckt hatte und seine schweren Stiefel über der Tastatur gekreuzt hatte, während der Computer protestierend piepte. Ich wedelte mit der Hand unter seinem Gesicht, aber er sah nicht zu mir auf.

»Ähm, Heathcliff«, flüsterte ich. »Ich weiß nicht, ob du es bemerkt hast, aber da sitzt ein Landstreicher in der Ecke und liest.«

»Natürlich habe ich das bemerkt.« Heathcliff warf das Buch weg, hob den Deckel eines Behälters an und betrachtete stirnrunzelnd dessen Inhalt. »Hast du Zwiebel-Bhaji bekommen?«

»Wenn du Onlineshops und Leute mit Handys hasst, hast du doch sicher auch etwas gegen stinkende Landstreicher, die den Laden vollstinken?«

Heathcliff schaute zu dem Obdachlosen hinüber, der meine Ankunft nicht bemerkt zu haben schien. »Earl hat kein Zuhause. Er schläft auf einer Parkbank. Es ist kalt und nass draußen und er will Bücher lesen, und das Beste ist ... er besitzt keinen E-Reader.«

Meine Brust erbebte bei seiner Freundlichkeit. Das Leben in New York hatte mich gegen Obdachlose abgehärtet, aber Heathcliff hatte recht. Hier drinnen war niemand und draußen war es erbärmlich. »Für einen grantigen Mistkerl bist du ziemlich süß.«

Heathcliff grunzte, während er ein Stück Naan abriss und es ins Rogan Josh eintauchte. »Vielleicht haben er und ich ja gemeinsame Interessen.«

»Warum lässt du ihn dann nicht oben auf deinem Sofa pennen?«

»Soll das ein Scherz sein? Er *riecht*. Ich werde ihn nicht in die Nähe meiner Sachen lassen.« Heathcliff holte zwei Weingläser aus der zweiten Schublade seines Schreibtisches und stellte sie auf den Tisch.

»Du hast Weingläser in deinem Schreibtisch?«

»Ich arbeite in der Buchbranche. Da gibt es immer einen

Grund zu trinken.« Der Korken hielt nur eine Sekunde lang seinen kräftigen Fingern stand. Während Heathcliff den Wein einschenkte, ließ ich meine Gedanken schweifen. Ich stellte mir vor, wie Heathcliff die Bücherstapel und den Computer von seinem Schreibtisch fegte, mich zu Boden warf und unsere ohnehin schon streitlustige Arbeitsbeziehung mit dem intensivsten Fick beendete, den ich je erlebt hatte.

Ich wette, Heathcliff benutzt Wörter wie »vollziehen«, was völlig in Ordnung war, wenn er mir mehrere Orgasmen geben konnte.

Verdammt, was ist nur los mit mir? Er war vielleicht heiß, aber er war mein Chef. Und er war auch ein Arschloch.

Ein riesiges Arschloch.

Ich wettete, er hatte einen riiiiiieeeeesigen Schwanz ...

Oh Aphrodite, rette mich.

Ich starrte angestrengt auf mein Curry und hoffte, Heathcliff würde mein rotes Gesicht auf den hohen Chiligehalt zurückführen.

»Wenn das Mädchen nicht deine Freundin war, wer ist sie dann?«, murmelte Heathcliff zwischen zwei Bissen Naan.

»Nur ein Mädchen, das ich mal kannte«, sagte ich in mein Essen hinein. »Ich nehme an, sie war mal meine Freundin.«

»Willst du nicht darüber reden?«

»Nein.«

»Gut. Ich hasse es, zu reden.«

Der Rest des Nachmittags verging wie im Flug mit Büchern und verfaulendem Fisch. Nach etwa einer Stunde steckte der Obdachlose eine schmutzige Wimpy Bar-Quittung als Lesezeichen ein, schob sein Buch unter den Stuhl und schlurfte aus dem Laden. Als er im Flur an Grimalkin vorbeikam, fauchte die schwarze Katze und schnappte mit ihren tödlichen Krallen nach seinem Knöchel. »Belästige nicht die Kunden, Grimalkin«, murmelte Heathcliff, ohne von seinem Buch aufzusehen. »Er hat keine andere Katze.«

Neugierig, was Earls Aufmerksamkeit erregt hatte, wartete ich, bis Heathcliff mit einem Kunden beschäftigt war und zog das Buch unter dem Stuhl hervor. Unser obdachloser Freund verschlang *das süßeste Katzenbuch*. Damit war es bewiesen. Ich stellte das Buch zurück ins Regal, wo es hingehörte.

Um vier Uhr duckte sich Morrie durch die Tür. »Ooh, wer hat Wein mitgebracht?« Er schnappte sich die fast leere Flasche und schüttete den Bodensatz in ein Glas, während Heathcliff den letzten Besucher hinausscheuchte und die Tür hinter sich schloss.

»Das war ich.« Ich rutschte auf meinen Hocker neben dem Schreibtisch und versuchte, ihm das Glas aus der Hand zu reißen. Morrie hatte die Angewohnheit, sich einfach zu nehmen, was er wollte, selbst wenn es ihm nicht gehörte.

Morrie hielt das Glas über meinen Kopf. »Du hast nicht genug mitgebracht.«

»Wirst du mich deswegen jetzt von einem Wasserfall stoßen, *Moriarty*?« Ich zog eine Augenbraue hoch.

Heathcliff stapfte zurück ins Zimmer und Grimalkin wuselte um seine Füße herum. Der Rabe stürzte von oben herab und landete auf dem Gürteltier. »Lass niemanden mehr rein«, knurrte er mich an. »Wir haben geschlossen, und ich will nicht ...«

In der Eingangshalle gab es ein klapperndes Geräusch, als ob etwas Schweres auf den Holzboden schlug.

»Weg von dem verdammten Briefschlitz!«, donnerte Heathcliff und sprintete in den Flur. Der Rabe witterte Unheil und flatterte ihm hinterher.

»Hattest du einen schönen Tag bei der Arbeit?«, fragte ich Morrie.

»Die Firma hat fünfundachtzig Millionen Pfund verloren«, sagte er lässig, nippte an seinem Wein und blätterte in einem grellen Taschenbuch über Jack the Ripper. Der Rabe flatterte zurück ins Zimmer und setzte sich auf die Lehne des Stuhls.

»Was?«

Morrie ließ seinen Blick über die Seite gleiten. »Ja. Das Geld ist einfach von den Konten verschwunden. Puff, wie von Zauberhand.«

»Wieso machst du dir darüber keine größeren Sorgen? Hast du noch einen Job? Bekommst du überhaupt noch Geld?«

»Ich wurde entlassen, wie alle anderen auch. Die Firma war sowieso ein Haufen Mist. Sie haben nie auf meinen Vorschlag reagiert, einen Bring-dein-Haustier-zur-Arbeit-Tag einzuführen. Ich wollte den Kerl auf die Bonzen im mittleren Management loslassen.« Morrie griff nach oben und kitzelte den Raben unter dem Kinn. Der Rabe gab tief in seiner Kehle einen »hyuh-hyuh-hyuh«-Laut von sich, fast als würde er schnurren.

»Aber du hast keinen Job! Und fünfundachtzig Millionen Pfund *verschwinden* nicht einfach ...«

»Scheiße«, erwiderte Heathcliff mit einem Stapel Dan Browns in der Hand. »Da drehst du dich nur einen verdammten Moment um, und schon schieben sie die durch den Postschlitz. Ich werde das verdammte Ding vernageln. Die Leute sind Monster.«

»Stimmt«, meldete ich mich zu Wort. »Jeder, der Dan Brown liest, ist ein Ungeheuer. Die sind nicht einmal gut genug zum Recyceln.«

»Wir könnten sie im Feuer verbrennen, um uns warm zu halten«, schlug Morrie vor und rieb sich die Schultern.

»Und Marshmallows rösten!«, fügte ich hinzu.

Morrie wandte sich an Heathcliff. »Mina ist perfekt. Wir müssen sie behalten.«

»Krächz!«, stimmte der Rabe zu.

»Miau«, mischte sich Grimalkin ein.

Ich nahm eines der Bücher in die Hand. »Hey, könnte ich ein paar davon mitnehmen? Ich glaube, ich könnte etwas daraus machen und es verkaufen. Meine Mutter redet immer davon, dass man *seine Einkommensquellen diversifizieren soll*.«

»Wir verkaufen Bücher«, knurrte Heathcliff. »Aber nicht diese Bücher.«

»Aber das kannst du vielleicht, wenn ich mit ihnen fertig bin. Vertrau mir. Hast du eine Kiste übrig?«

Heathcliff reichte mir eine und ich sortierte den Stapel nach gut erhaltenen Büchern. Morrie ließ sich in Heathcliffs Stuhl fallen und seine smaragdgrünen Augen funkelten, als er mir bei der Arbeit zusah. »Und wie war dein erster Tag, meine Hübsche? Spar nicht mit den pikanten Details.«

»Willst du nicht lieber über deinen Job reden?«

»Mir geht es prima. Ich habe etwas Geld beiseitegelegt. Erzähl mir von der Arbeit mit dem alten Griesgram.«

»Es hat Spaß gemacht«, sagte ich und meinte es auch so. Heathcliff und Morrie waren beide zutiefst seltsam, aber trotz Ashleys Besuch hatten sie mich völlig von meinen Augen und allem, was passiert war, abgelenkt. Und jedes Mal, wenn Heathcliff mit seiner kiesigen Stimme etwas knurrte, stellte ich mir vor, wie er meinen Namen sagte, während er in mich stieß.

Igitt. Ich vergrub mein gerötetes Gesicht im *Da Vinci Code*.

Außerdem war ich von Büchern umgeben. Ihr beruhigender Geruch erinnerte mich an meine Kindheit, als sie meine einzige Flucht vor dem Scheiß, der mein Leben war, waren. Es passte, dass ich nach allem, was in New York City passiert war, in den Nevermore Bookshop zurückgekehrt war, um noch einmal zu entkommen. Bücher waren wirklich meine Rettung.

Und ich werde sie nur noch eine kurze Zeit lang lesen können.

Der Gedanke war wie ein Schlag ins Gesicht und ließ mich aus meiner Freude aufschrecken. Der Augenarzt hatte gesagt, dass die Veränderungen zunächst nur langsam eintreten würden. Mein peripheres Sehen würde schrumpfen, bis ich die Welt durch einen sich verengenden Tunnel sähe. Dann würde ich anfangen, zufällige Farben und Lichter zu sehen. Dann, zu einem unbestimmten Zeitpunkt in der Zukunft, würde ich völlig blind werden.

Blind.

Keine Farben mehr. Nicht mehr die Seiten meiner Lieblingsbücher umblättern. Keine Mode, Kunst oder Spaß mehr. Nur noch Dunkelheit. Nur noch Nichts.

»Hey, Erde an Mina.« Morrie schnippte mit den Fingern vor meinem Gesicht. »Du bist irgendwohin hingegangen. Dein Gesicht ist ganz fleckig geworden.«

»Mir geht's gut. Ich habe nur ein bisschen Angst vor diesem archaischen Ding.« Um das Thema zu wechseln, starrte ich auf Heathcliffs uralten Computer, der das Einzige war, was zwischen mir und Morries heißem, schlaksigem Körper stand. »Hat er überhaupt eine Website?«

»Wir brauchen keine Website«, rief Heathcliff von weiter hinten im Laden.

Morrie lehnte sich über den Schreibtisch und sein Gesicht leuchtete vor Schadenfreude. Aus der Nähe duftete er frisch und spritzig nach Grapefruit und Vanille, mit einem Hauch von etwas viel, viel Dunklerem. »Ich versuche schon seit Jahren, ihn dazu zu bringen, eine zu basteln.«

»Wir leben im einundzwanzigsten Jahrhundert, verdammt. Jedes seriöse Unternehmen braucht eine Website. Wie sollen die Leute den Laden finden?«

»Ich will nicht, dass sie den Laden finden«, rief Heathcliff.

Morrie warf mir ein Lächeln zu, das mich zum Schmelzen brachte. »Hier ist eine Idee«, flüsterte er. »Komm morgen Abend zu mir nach Hause. Wir werden eine Website erstellen. Und er wird dabei kein Mitspracherecht haben.«

»Warum arbeiten wir nicht einfach tagsüber daran? Deine

Wohnung ist seine Wohnung und du musst ja nicht zur Arbeit gehen.«

»Ich kann nicht. Ich fahre nach London, um einen Termin bei meiner Bank wahrzunehmen.«

»Du gehst persönlich zu deiner Bank? Und du nennst Heathcliff einen Dinosaurier?«

Morrie blinzelte. »Es ist eine sehr spezielle Bank. Was sagst du dazu? Ich bin gegen sieben zurück, also könntest du um acht vorbeikommen? Ich sorge dafür, dass er die Tür für dich offenlässt.«

»Du meinst, ich darf nach oben gehen?«

»Nein«, rief Heathcliff aus den Tiefen des Ladens.

»Ja.« Morrie grinste.

»Krächz!«, stimmte der Rabe zu.

Ich streckte die Hand aus und schüttelte Morrie die Hand. »Wir haben ein Date.«

7

Mama kam gerade von ihrem Rüttelplatten-Verkaufsseminar nach Hause, als ich zwei Schüsseln mit Curryresten auf den Tisch stellte. »Ich habe eine geniale Idee für meine Vibrationstrainings-Starterpakete, Mina. Du musst zum Laden gehen und mir ein paar billige Handtücher und Wasserflaschen besorgen. Ich werde die Etiketten abziehen und sie mit meinen Aufklebern bekleben.« Mama klatschte eine Rolle greller Aufkleber mit einem unscharfen Bild ihres lächelnden Gesichts und der Aufschrift »Vibriere dich mit Helen Wilde in ein Noyes Leben.«

Ich erschrak über die Schreibweise von neu. »Wow, Mama, das ist ja … was.«

Sie grinste. »Sind sie nicht großartig? Heute Abend habe ich gelernt, dass Markenbildung für den Erfolg eines Unternehmers unerlässlich ist. Mein Mentor hat eine Maschine, die so etwas im Handumdrehen druckt. Und sie haben mich nur zweihundert Pfund gekostet …«

»*Zweihundert*? Für einen Zehner hätte ich dir im Internet etwas Besseres besorgen können. Mama, wie viel gibst du für dieses neue Unternehmen aus? Du hast doch noch genug für die Miete, oder? Denn Heathcliff zahlt mir nicht viel und ich ...«

»Entspann dich, Schatz. Ich werde alles bis Sonntag wieder reingeholt haben, plus zweihundert Prozent ROI. Das bedeutet Return-on-Investment. Siehst du, wie viel ich dabei lerne?« Sie hielt inne. »Eigentlich sollten wir daraus nächsten Mittwoch machen. Aber auf keinen Fall später. Gehst du nun zum Laden für mich?«

»Mama, ich habe den ganzen Tag gearbeitet. Ich will nicht zurück in die Stadt. Und schau, ich habe Abendessen mitgebracht. Außerdem habe ich ein Projekt, das ich heute Abend beginnen wollte. Kannst du nicht zum Laden gehen?«

Sie schmollte. »Aber Schatz, ich war so mit dem Seminar beschäftigt, dass ich heute noch keine Gelegenheit hatte, meine Vibrationsübungen zu machen. Ich kann diese Maschinen nicht verkaufen, wenn ich sie nicht benutze. Authentizität ist auf dem heutigen Verbrauchermarkt wichtig und ...«

»Na schön.« Ich schlürfte den letzten Bissen Curry und schnappte mir meinen Mantel. Das Letzte, was ich tun wollte, war, wieder rauszugehen. Nicht, solange Ashley im Dorf herumlief. Aber mir fiel ein, dass ich keinen Bastelkleber für mein Buchprojekt hatte, und ich wusste, dass Mama nicht lockerlassen würde, bis ich ihre Besorgungen gemacht hatte. »Autoschlüssel?«

Mama schüttelte den Kopf. »Mina, du solltest mit deinem Augenlicht nicht Auto fahren.«

»Es ist noch nicht dunkel. Mir geht's *gut*.«

»Ich halte es wirklich für keine gute Idee. Außerdem spuckt das Auto wieder schwarzen Rauch. Ich glaube, es ist die Lichtmaschine.«

Na toll. »Du weißt nicht, was eine Lichtmaschine ist. Mama, kannst du nicht das Auto ersetzen, anstatt noch mehr Geld für dein Geschäft auszugeben? Dann könntest du zu einem Bürojob fahren oder ...«

»Das werde ich nicht tun, wo ich doch nur fünfzig Power-Plate-Maschinen verkaufen und zehn Verkäufer einstellen muss. Dann kann ich mir ein brandneues Auto kaufen. Nimm dein Handy und dein Pfefferspray zur Sicherheit mit.«

Ich sollte sie mit in den Buchladen nehmen. Ich wette, Heathcliff könnte ihr ein paar Dinge über die Gefahren des Einzelhandelsgeschäfts beibringen.

Ich zog meinen Mantel an, spannte meinen Regenschirm gegen den elenden Nieselregen auf und trat hinaus in das Mondlicht.

An der Ecke unserer Straße befand sich ein Spielplatz, auf dem die Jugendlichen aus den Sozialsiedlungen nachts herumhingen, selbstgebraute Pisse tranken und alle Drogen rauchten, die sie in die Finger bekamen. Ich joggte erhobenen Hauptes an ihnen vorbei, aber sie waren zu sehr damit beschäftigt, über einen ihrer Kumpels zu lachen, der kopfüber am Klettergerüst hing, um mich zu bemerken. Manchmal geschahen Wunder.

Ein Auto sauste vorbei und der Fahrer brüllte etwas aus dem Fenster. Seine raue Stimme und seine anzüglichen Andeutungen jagten mir einen Schauer der Angst über den Rücken. Als ich die Straße überquerte, drangen wütende Stimmen und das Geräusch von zerbrechendem Glas aus den Fenstern des gegenüberliegenden Hauses. *Nur eine weitere Nacht in der Sozialsiedlung.*

Vier Jahre in New York City, und dieser Ort machte mir immer noch Angst. Kein Wunder, dass Mama alle möglichen Tricks probierte, um von hier wegzukommen. Ich dachte, ich wäre Argleton entkommen, aber jetzt war ich wieder hier, genau da, wo ich hingehörte.

Als ich mich dem Dorfkern näherte, wurden die Häuser immer ordentlicher, die Gärten erstrahlten in winterlicher Blütenpracht und Gnome lugten über die Steinmauern. Heute Abend fand in der Gemeindehalle eine Choraufführung statt, und der Markt wimmelte nur so von Menschen. Die Dorfbewohner von Argleton nahmen ihre Lieder ernst (obwohl ich vermutete, dass sich einige der eifrigen Käufer mit Flachmännern und Snacks eindeckten, um den Abend zu überstehen). Der Supermarkt war ein altes Tudorhaus an der Hauptstraße, die um den Dorfanger herumführte. Es war zu einem allgemeinen Dorfladen umgebaut worden. Hier gab es alles, von Lebensmitteln und Souvenirs bis hin zu einfachen Haushaltsartikeln und landwirtschaftlichen Produkten. Ich versteckte mich hinter einer Auslage mit Cadburys und suchte die Gänge nach Ashley ab. *Nein, sie war nicht hier.* Ich stürzte mich ins Getümmel und bahnte mir meinen Weg zur Haushaltswarenabteilung. Ich fand ein paar Tuben Kleber, eine Bastelschere, farbigen Karton und Schleifenband für mein Projekt. Als Nächstes schnappte ich mir einen Stapel Handtücher. Als ich mich näher ranlehnte, um das Preisschild zu überprüfen, schlug mir eine Brille ins Gesicht.

Was zum Teufel?

Ich folgte dem Arm, der die Brille hochhielt, zu einer freundlichen alten Dame mit einer riesigen geblümten Tragetasche. Sie wackelte mit der Brille vor mir herum.

»Die wird dir helfen, meine Liebe«, gurrte sie. »Ich benutze sie, um meine Kreuzworträtsel zu lösen.«

Meine Wangen erröteten. *Was zum Teufel dachte sie sich dabei?* Zum einen hatte ich eine Brille zum Lesen in meiner Tasche (die ich nie trug, weil sie eklig war), und ihre Kreuzworträtselbrille hatte auf keinen Fall die gleiche Sehstärke. Und außerdem, sah ich so erbärmlich aus? War das jetzt mein Leben, dass mir Fremde ihre lila Hornbrille schenken wollten?

»Ich brauche keine«, sagte ich schließlich. »Ich kann sehr gut sehen. Ich dachte nur, die Preise wären zum Rubbeln und Schnuppern.« Ich schoss nach oben und schlurfte davon, wobei ich eine Spur von Handtüchern hinterließ.

Das war jetzt mein Leben. Überall, wo ich hinging, würden die Leute Mitleid mit mir haben.

Meine Arme hörten nicht auf zu zittern. Ich bog um die Ecke und ließ noch mehr Handtücher fallen. Ich würde auf keinen Fall anhalten, um sie aufzuheben. *Schnapp dir einfach den Rest von Mamas Sachen und verschwinde von hier.* Die grellen Verpackungen in den Regalen verschmolzen zu einem Karneval aus Licht und Farben und verhöhnten mich mit Worten, die ich nicht lesen konnte.

Mir geht's gut. Das war nur eine verrückte alte Frau, die versucht hatte, nett zu sein. Ich konnte mich zusammenreißen.

Im nächsten Gang entdeckte ich die Küchenartikel. Es gab nur noch sieben Plastikwasserflaschen. Eine nach der anderen balancierte ich sie vorsichtig auf meinem Handtuchstapel als eine Art Totem für die Dummheit meiner Mutter. Ich machte meinen ersten wackeligen Schritt auf die Theke zu, als mein Blick auf eine Auslage mit Kondomen fiel.

Ein heißer Schauer durchfuhr meine Beine, als eine Reihe von perversen Visionen in meinem Kopf auftauchten. Morries lange Finger, die mit einer federleichten Berührung über meine Haut fuhren, während sein verruchtes Grinsen andeutete, was alles folgen könnte. Meine Hände verhedderten sich in Heathcliffs Locken, während sich seine hochmütigen Lippen über meine Brustwarze legten. Die beiden drückten mich an ein Bücherregal, während sie mit meinen Kleidern, Lippen und Händen überall gleichzeitig kämpften.

Whoa, woher kommt das denn? Waren Geilheit und perverse Visionen seltsame Symptome meines Augenleidens?

Denn was ich gerade von Morrie und Heathcliff gesehen hatte, wollte ich auf keinen Fall. Niemals.

Ich zog meine Hand zurück, um meine Last zu bändigen, bevor ich ein weiteres Handtuch verlor. Doch dann griff ich wieder in die Ecke der des Regals. *Es konnte nicht schaden, ein paar in meiner Handtasche zu haben, nur für den Fall. Es war ja nicht so, als würde jemals etwas mit Heathcliff oder Morrie passieren, aber man wusste ja nie, wem man begegnete.*

»Mina, bist du das?«

Ich schreckte auf und schickte eine Lawine von Kondomschachteln durch den Gang. Mein Herz schlug mir bis zum Hals, als ich die Gestalt erkannte, die sich bückte, um sie aufzuheben.

»Darren, hallo.« Ich zwang mich zu einem Lächeln für Darren Barnes, der in meinem Jahrgang auf der Oberschule gewesen war. *Mann, wie viele Leute aus meiner Vergangenheit würde ich heute noch treffen?* Ich straffte die Schultern und versuchte, ganz normal auszusehen, als ob ich nicht daran denken würde, Kondome zu kaufen oder dieses große Geheimnis zu verbergen, das mich innerlich auffraß. »Ich wusste nicht, dass du wieder in der Stadt bist.«

»Oh, ich war nie weg.« Darren stand mit den Armen voller Kartons auf und stapelte sie zurück ins Regal, wobei er die Kanten in perfekten parallelen Linien aneinanderreihte. Auf seinem billigen Polyesterhemd und seiner schwarzen Hose prangte das Logo des Ladens.

Er arbeitete im Supermarkt.

Nun, das war traurig.

Damals in der Schule hatte Darren etwa zwei Stufen unter mir und Ashley gestanden, was bedeutete, dass er im Grunde genommen im Dreck gewesen war. Er war einer dieser total ernsthaften Streber gewesen, die keine Ahnung hatten, dass alles, was er sagte, ihn zur Zielscheibe für Mobbing machte. Er war Ash und mir wie ein verlorenes Hündchen gefolgt, weil er in sie verknallt gewesen war. Manchmal hatte sie ihn auch dazu aufgefordert, weil er Aufsätze für sie geschrieben oder ihren Laptop repariert hatte.

»Das ist toll!« Ich zwang mich, breiter zu grinsen, obwohl mir die Arme langsam wehtaten. Ich rettete eine Wasserflasche, bevor sie von meinem Stapel kippte. »Den Rest der Welt willst du sowieso nicht sehen. Ich bin herumgekommen – da gibt es nur Staus, komischen Kaffee und Säbelzahntiger.«

»Mir geht's eigentlich ganz gut. Ich bin für den Posten des Schichtleiters vorgesehen«, sagte Darren, nahm einen Stift hinter seinem Ohr hervor und schnippte ihn gegen seine Finger. »Ich habe sogar meine eigene Wohnung, direkt über der Metzgerei.«

»Oh, ja?« *Eklig.* »Vielleicht sehen wir uns ja dann mal. Ich arbeite im Nevermore Bookshop.« Darren zog eine Grimasse. *Wie bitte? Du arbeitest in einem Supermarkt. Da durftest du keine Grimasse schneiden.* »Es ist eigentlich ganz cool.«

»Der Laden ist ein bisschen gruselig, findest du nicht auch? Er war schon immer schäbig, aber seit dieser Zigeuner ihn übernommen hat, geht kaum noch jemand hinein. Meine Mutter meint, es könnte ein Nagetierproblem geben. Ratten übertragen Krankheiten, wusstest du das? Sie verursachen den Schwarzen Tod. Meine Mutter sagt, dass der Schwarze Tod vor kurzem irgendwo in Afrika ausgebrochen ist. Wäre es nicht schrecklich, wenn der Schwarze Tod nach Argleton käme?«

»Ähm, ja, das wäre es.« *Darren war also immer noch so seltsam wie eh und je.* »Aber ich glaube nicht, dass es in der Buchhandlung Nagetiere gibt. Es gibt allerdings eine Katze und einen Raben. Und du weißt, dass du das Wort Zigeuner nicht benutzen solltest – es ist eigentlich ein Schimpfwort ...«

»Aber genau das ist er *doch*. Mutter hat mir erzählt, dass er keine Familie hat.« Darren schnaubte hochtönend. »Und er ist so ein mürrischer Bastard. Vor ein paar Monaten habe ich im Rahmen meiner beruflichen Weiterbildung einen Kurs über Kundenbetreuung besucht und wir haben gelernt, wie wichtig es ist, dass sich die Kunden wohlfühlen und willkommen sind. Ich musste lernen, ihnen nicht aufzulauern und nicht zu lange Augenkontakt herzustellen. Jetzt bin ich viel besser, und die Kunden wissen das zu schätzen. Dieser Zigeuner könnte einen Kurs über Kundenservice gebrauchen. Kannst du ihn dazu bringen, einen zu besuchen? Sie würden mir zum Beispiel sagen, dass ich dir bei der Auswahl deiner Prophylaxe helfen soll. Wir haben diese mit Kirschgeschmack, die sehr beliebt sind ...«

Die Frau, die mir ihre Brille geben wollte, schaute uns von der Salatauslage aus an und runzelte missbilligend die Stirn. *Erde, verschluck mich jetzt einfach.*

»Das ist schon in Ordnung.« Meine Wangen brannten. »Ich brauche sie doch nicht.«

»Dann werde ich dir mit deinem riesigen Stapel Handtücher helfen.«

»Es geht schon. Ich brauche keine ...«, aber Darren nahm mir bereits die Handtücher ab und ging auf den Tresen zu. Er winkte mir, mich an den Anfang der Schlange zu stellen. Ich zuckte mit meiner vom Tragen schmerzenden Schulter und folgte ihm, die restlichen Wasserflaschen unter den Arm geklemmt. Darren runzelte die Stirn, als er die Handtücher zählte. »Die sind für ... ein Kunstprojekt. Ich habe nicht vor, jemanden zu mumifizieren.«

»Da bin ich mir sicher.« Darrens Gesicht hellte sich auf, als er meine Bestellung eintippte. »Hey, hängst du noch mit Ashley rum?«

Ich will verdammt noch mal nicht über Ashley reden.

»Eigentlich nicht. Kannst du das bitte schnell abrechnen? Ich habe es ein bisschen eilig und muss zurück zu meiner Mama ...«

»Sie ist nach der Schule verschwunden, an einen aufregenden Ort. Das Letzte, was ich gehört habe, war, dass sie in New York City für einen berühmten Modedesigner arbeitet.« Darren schenkte mir ein breites Lächeln. »Ich folge ihr auf Instagram. Sie sieht immer noch so elegant aus, und sie hat einen tadellosen Geschmack. Kein Wunder, dass sie der nächste große Star in der Modebranche sein wird. Und sie kennt sich mit den neuesten Trends aus. Dank einem ihrer letzten Posts habe ich angefangen, Craft Beer zu trinken.«

Argh, dieser Typ nervte immer *noch. Moment mal ...*

Ein böser Gedanke kam mir in den Sinn. Es würde zwar nicht wiedergutmachen, was Ashley mir angetan hatte, aber ein bisschen Rache würde mich vielleicht aufmuntern. »Ich wette, du wünschst dir, du könntest sie wiedersehen, hm?«

»Oh ja! Ich habe ihr so viel über Craft Beer zu erzählen, und ich möchte sie alles über New York City fragen und welche Designer ich ihrer Meinung nach tragen sollte. Ich habe mein Geld gespart, damit ich mir Verona Westward kaufen kann. Das ist doch Ashleys Lieblingsmarke, oder?«

»Oh ja, Verona Westward ist ein Modegenie.« Ich grinste und lachte innerlich über seinen Versuch, Vivienne Westwoods Namen fallen zu lassen. »Heute ist dein Glückstag, Darren. Ashley ist nämlich *gerade* zu Besuch.«

»Wirklich?« Darrens Stimme hob sich um eine Oktave. Sein ernstes Gesicht leuchtete auf wie das eines jungen Hundes.

»Ja. Ich habe sie heute schon gesehen. Sie wohnt wahrscheinlich bei ihren Eltern. Ich wette, sie würde dich gerne wiedersehen.«

Nimm das, du jobklauende, geheimnisverratende Schlampe.

»Danke, danke, Mina! Ich werde nach meiner Schicht zu ihr gehen«, sagte Darren und fuhr sich mit einer Hand durch die

Haare, während er mit der anderen meine Handtücher in eine Tasche warf. »Ich sollte ihr ein paar Blumen mitbringen. Weißt du, welche Art von Blumen sie mag? Wir haben welche im Sonderangebot für drei Pfund. Oh, und was ist ihr Lieblingsbier? Wenn du einen Moment Zeit hast, zeige ich dir unsere Auswahl ...«

»Es wäre mir ein Vergnügen.« Mein Grinsen wurde breiter. Ashley hatte keine Ahnung, was sie erwartete.

8

Die Arbeit am nächsten Tag verlief ähnlich. Zwei Jungs kamen in den Laden und verbrachten eine Stunde damit, Bukowski-Bücher zu lesen, bevor sie ihre E-Reader zückten und die Dateien herunterluden, um sie zu Hause zu lesen. Einer hatte sogar die Frechheit, Heathcliff nach seinem WLAN-Passwort zu fragen.

»Das Passwort lautet: Verpisst-euch-ihr-Wichser«, sagte Heathcliff und seine schwarzen Augen funkelten bösartig. Die Jungs flüchteten zur Tür und murmelten etwas von schockierendem Service und undankbaren Zigeunern vor sich hin.

»Das W in Wichser wird großgeschrieben!«, rief ich ihnen nach, was Heathcliff ein anerkennendes Schnauben entlockte.

Ich machte meinen ersten Verkauf, ein Buch über die Great Western Railway an einen freundlichen älteren Herrn in einer lachsfarbenen Strickjacke. Der Rabe kackte auf einen anderen Kerl, der Poe zitierte. Wenn ich es nicht besser wüsste, würde ich schwören, dass der Vogel das absichtlich machte.

Ich hatte nicht weniger als drei perverse Gedanken über Heathcliff und Morrie, die meine Haut erröten und mein

Inneres pulsieren ließen. Offensichtlich brauchte ich dringend Sex, bevor ich mich in Schwierigkeiten brachte.

Das Wichtigste war, dass ich den ganzen Tag über nicht ein einziges Mal an meine Augen dachte. Während Heathcliff und ich Sticheleien austauschten und Morrie mir kokette SMS aus seinem Zug nach Londoner schickte, konnte ich mir keine Gedanken über die Zukunft machen oder über das Damoklesschwert klagen, das über meinem Kopf hing. Es war herrlich. Es war vier Uhr und ich wollte nicht gehen. Aber Morrie und ich hatten geplant, am Abend an der Website zu arbeiten, und ich hatte Mama versprochen, vorher zum Abendessen zu Hause vorbeizuschauen. Widerwillig verließ ich den Laden und versprach Heathcliff, dass ich gegen acht Uhr zurück sein würde. Das Grunzen hinter dem Schreibtisch erwärmte mein Herz auf eine Weise, die ich nicht erwartet hatte.

Nach einem Abendessen mit Dosenbohnen auf Toast fuhr Mama ins Dorf, um ihre Rüttelplatten und »Marken«-Wasserflaschen unter den ahnungslosen Rentnern zu verhökern. Sie war zu aufgeregt über ihre erste Vorführung, um zu bemerken, dass ich mein Outfit dazwischen dreimal wechselte. Schließlich entschied ich mich für ein Jerseykleid von Marcus Ribald, mit schwarzen Spitzeneinsätzen an den Seiten, schwarze Leggings und meine roten Lack-Docs. Mama hatte einen der Drogendealer auf der anderen Straßenseite überredet, einen Blick auf das Auto zu werfen, das daraufhin wieder zum Leben erwachte, und setzte mich auf dem Weg zum Altersheim an der Buchhandlung ab. Die Bäckerei schloss gerade, also ging ich hinein und holte uns von der Besitzerin Greta ein paar Desserts für nur ein Pfund, das letzte Geld, das ich noch in meiner Tasche hatte. Eisiger Nieselregen prasselte auf mein Gesicht, als ich meine Lederjacke fest um meinen

Körper wickelte und mit Schmetterlingen im Bauch die Treppe hinaufging.

Warum war ich nur so nervös? Das war doch kein Date. Du würdest eine Website mit deinem Chef und seinem seltsamen Mitbewohner erstellen. Im Grunde waren das unbezahlte Überstunden.

Obwohl der Nevermore Bookshop schon immer ein wenig gothic war, hatte er nachts, bei Regen, eine wirklich unheimliche Ausstrahlung. Die beiden Spitzen der Dachfenster durchstießen die dunklen Wolken, während der Mond ein kaltes Licht auf das Glas warf. Kahle Äste kratzten, wie Krallen an den Ziegeln, während der Regen aus den kupfernen Rinnsteinen strömte und sich zwischen den Pflastersteinen sammelte. Der Obdachlose von gestern kauerte unter dem Dachvorsprung, eine Hand auf Brusthöhe in seinen Mantel gesteckt. Mit der anderen hielt er sich den Mund zu, während er den Schleim eines ganzen Jahrzehnts herunterschluckte.

Von der Straße aus konnte ich kein Licht in den oberen Stockwerken sehen, aber ich musste schon die Augen zusammenkneifen, um die Stufen zur Eingangstür zu erkennen. *Okay, jetzt denke ich doch an meine Augen.* Es gab eine Menge Dinge, über die ich auf meinem Weg zur oberen Wohnung stolpern konnte. Wenigstens hatte ich mich nicht für mein zweites Outfit entschieden, das Stöckelschuhe beinhaltete.

Es blieb mir nichts anderes übrig, als langsam und gleichmäßig voranzugehen. *Nenn mich einfach die schärfste Schildkröte der Welt.* Ich hielt mich an der schmiedeeisernen Brüstung fest und tastete mich mit den Füßen die Stufen hinauf. Ich tastete nach der Klinke und erwartete fast, dass die Tür verschlossen war. Sie ließ sich öffnen, und ich schlurfte in die Eingangshalle, stampfte mit meinen nassen Stiefeln auf die Matte und strich mir die Haare glatt.

Natürlich hatte keiner von ihnen daran gedacht, unten ein

Licht brennen zu lassen. Ich blieb stehen, um das Wasser aus meinem Schal und meiner Mütze auszuwringen, und wartete darauf, dass sich meine Sicht an die Dunkelheit anpasste, aber das tat sie nicht. Ich bahnte mir einen Weg durch den Flur, wobei ich Bücher vom Regal stieß, und die erste Treppe hinauf.

Im ersten Stock gab mir ein blasser Streifen Mondlicht aus dem Fenster gegenüber den Soziologieregalen einen klaren Weg vor, dem ich folgen konnte. Ich schaffte es, die schmale Treppe zu finden, die zur oberen Wohnung führte, ohne in einen präparierten Biber zu stolpern. Die Treppe war mit einem verblichenen Samtseil und einem Schild versperrt, das ich schon früher an diesem Tag gesehen hatte und von dem ich wusste, dass es in Heathcliffs sauberer kursiver Handschrift »Durchgang auf eigene Gefahr« sagte. Ich schob das Seil beiseite, nahm die Dessertschachtel in die andere Hand und presste meine Finger an die Wand, während ich mich in die Dunkelheit stürzte und den Weg nach oben ertastete.

So würde bald mein Leben aussehen, eine Welt, die in Dunkelheit versank.

Ich verdrängte den Gedanken, nicht bereit, mich darin zu suhlen, nicht heute Nacht. Ich wollte die Wahrheit noch ein bisschen länger vor den Jungs verbergen. Ich wollte, dass Morrie mir weiterhin dieses teuflische Lächeln zuwarf und mir kokette SMS schrieb, und ich wollte, dass Heathcliff über meine Witze grunzte und mich zwang, dem Laden-Dessen-Name-Nicht-Genannt-Werden-Darf böse Briefe zu diktieren. Das, was wir am *Laufen* hatten, was mein Herz zum Flattern brachte und mein Höschen nass machte, sollte sich noch ein bisschen länger fantastisch anfühlen, bevor sie anfingen, mich wie eine Invalidin zu behandeln, die nur Mitleid verdiente.

Meine Füße setzten auf einem kleinen Podest auf. Ich streckte meine Hand aus und tastete an den drei Wänden herum, bis ich einen Griff fand. Auf der Treppe hinter mir knarrte etwas. Ich wirbelte herum, aber ich konnte in der Dunkelheit nichts erkennen. Mein Atem stockte in meiner Kehle.

Es war nichts. Es war ein alter Laden. Es knarrte. Ich hatte mich nur erschreckt, weil es so dunkel war.

Ein weiteres Knarren und ein schlurfendes Geräusch.

Ich erstarrte und blickte in das Nichts des Treppenhauses, als ob es mir auf magische Weise diese Präsenz offenbaren könnte. Mein Herz klopfte gegen meine Brust.

»Hallo?«, brachte ich keuchend hervor.

Es antwortete niemand.

Da, siehst du? Kein Grund, Angst zu haben.

Natürlich gab es einen Grund, Angst zu haben. Ich stand in einem dunklen Flur inmitten einer gruseligen Buchhandlung, mit einer verschlossenen Tür vor mir und einem schwarzen Loch hinter mir. Das war der Anfang von Cluedo, kurz bevor der gute Doktor Black brutal ermordet wurde.

Mein Atem kam in rasenden Atemzügen, als ich auf weitere Geräusche wartete. Es gab keine. *Es war nur das Haus.*

Ich holte ein paar Mal tief Luft und versuchte, meine Nerven zu beruhigen. Ich klopfte an die Tür und meine Faust schleuderte mir eine Staubwolke ins Gesicht.

»Es ist offen«, rief Morrie von drinnen.

Den Staub aushustend, stieß ich die Tür auf und betrat den Raum. Hinter mir war ein weiteres Geräusch zu hören, wie das Knarren einer Tür, die sich irgendwo anders im Laden öffnete, aber ich war zu sehr von dem Raum vor mir abgelenkt, um weiter darüber nachzudenken.

Das war *nicht* die Wohnung, die ich mir vorgestellt hatte, als Morrie und Heathcliff sagten, sie wohnten zusammen über dem Laden. In meinem Kopf wohnten sie in der typischen Junggesellenbude, in der jeder Kerl, den ich kannte, jemals gelebt hatte – ein Wäscheständer mit feuchter Wäsche im

Wohnzimmer, die Ränder der Kleidung mit Schimmel gesprenkelt. Eine Küche, die so radioaktiv war, dass sie einen Geigerzähler auslöste, mit Toast, der an der Decke hing wie ein modernes Kunstwerk. Eine Whiskey-Brennerei in der Badewanne. An jeder Wand Poster von barbusigen Frauen mit hingekritzelten Penissen neben ihren schmollenden Lippen. Hinter dem Badezimmerspiegel Pilze, die sich zu einer empfindungsfähigen Spezies entwickelt haben und Anweisungen erteilen.

Obwohl ich sie erst zwei Tagen kannte, hätte ich ahnen müssen, dass diese Jungs anders waren. Aber *das* ...

Ich trat in ein kleines, aber gemütlich eingerichtetes Wohnzimmer. Ein Gasfeuer im Kamin tauchte die Wohnung in ein warmes Licht, und ich konnte die Ränder eines Wirrwarrs aus nicht zueinanderpassenden Möbeln erkennen. Auf allen Flächen, die nicht mit leeren Flaschen und seltsamen Verpackungen bedeckt waren, lagen Bücher herum. Ich warf einen Blick über mich, aber es gab keinen Toast, der mir drohte, auf den Kopf zu fallen. An den Wänden hingen weder Poster noch grob gezeichnete Penisse, es sei denn, man zählte das große Gemälde im Renaissancestil über dem Kamin, auf dem heldenhaft nackte Götter eine Nymphe jagten, dazu. Helle Kunstwerke in geschnitzten Rahmen schmückten jede verfügbare Fläche. Kunstdrucke, vermutete ich, denn einige sahen aus, als könnten sie von Picasso oder Monet stammen.

Zwischen den staubigen, vergoldeten Rahmen lugte eine rot-goldene Flocktapete hervor. Als ich mich der Wärme des Feuers näherte, kam der Kaminsims zum Vorschein, auf dem seltsame Statuen, Marmorschachteln und leere Zigarettenschachteln herumstanden. Ich entdeckte ein Clash-Poster über dem Bücherregal und einen Plattenspieler in einem Regal neben dem Feuer. Zwei klapprige Couchtische wackelten nicht unter dem Gewicht von Bierdosen, sondern von zierlichen Teetassen und Untertassen aus Porzellan. Statt des üblichen Geruchs, den ich mit Jungs verband, Schweiß, ungewaschenes Geschirr und Socken, die von den Wänden abgezogen werden mussten, roch die Luft nach alten Büchern und rissigem Leder, nach Lavendeltee und holzigem Weihrauch.

Über dem Plattenspieler schwang sich der Rabe träge von einem weiteren maßgeschneiderten Sitzplatz. Als er mich sah, öffnete er seine Flügel und stürzte in den Flur.

»Wohin fliegst du?«, rief ich ihm hinterher. »Ich verspreche, dass ich nicht Poe zitieren werde.«

Morrie steckte seinen Kopf aus einer kleinen Nische im hinteren Teil des Raumes. Sein großer Körper war in das Licht eines Computerbildschirms getaucht. »Heathcliff, du nutzloser Trottel, Mina ist da!«, rief er und zeigte mir dann sein verruchtes Grinsen. »Willkommen in unseren bescheidenen Gemächern.«

»Hier ist es so cool«, sagte ich und schritt auf den leeren Ledersessel vor dem Kamin zu. »Ich könnte mir vorstellen, hier zu lesen, mit Grimalkin auf dem Schoß ...«

Mit einer ungewohnten Unauffälligkeit sprang Heathcliff aus dem Schatten und schlüpfte vor mir in den Sessel. »Das ist meiner. Niemand sonst sitzt auf diesem Stuhl.«

»Hallo, auch dir.« Grimalkin sprang auf die Rückenlehne des Sessels und schlug spielerisch nach meinem Haar. Ich streichelte ihren pelzigen Kopf. Ich versuchte, Heathcliffs Kopf zu streicheln, aber er duckte sich unter mir weg und rutschte tiefer in seinen Stuhl. Ich zog einen übertriebenen Schmollmund. »Wenigstens ist *Grimalkin* froh, mich zu sehen.«

»Du hast ja auch nicht versucht, ihr Eigentum zu stehlen«, antwortete Heathcliff.

»Komm schon, ist das eine Art, jemanden zu behandeln, der Nachtisch mitgebracht hat?« Ich hob den Deckel der Schachtel in meinen Händen an und enthüllte einen Stapel Sticky Toffee Puddingkuchen.

»*Ich* war der Inbegriff von Höflichkeit.« Morrie kam aus der Nische und schnappte sich einen Kuchen aus der Schachtel. Mir fiel die Kinnlade herunter. Er musste gerade aus der Dusche gekommen sein, denn sein Haar klebte an seinem Gesicht und Tropfen rannen von seinem exquisiten Kiefer. In der Düsternis hatte ich auch übersehen, dass er kein Hemd trug.

Meine Kehle wurde trocken. Bei Astarte, war James Moriarty gut gebaut. Straffe Brustmuskeln und ein Eight-Pack lenkten meinen Blick nach unten, wo eine Spur aus dunklem Haar und die Spitzen eines Adonis-V meine Fantasie mit dem flirten ließen, was unterhalb seiner Taille lag. Eine Tätowierung eines napoleonischen Kriegsschiffs bedeckte seinen Bizeps über der Aufschrift »Das Spiel ist im Gange«. Auf seiner Brust stand in eleganter gotischer Schrift: »Ich muss gestehen, ich begehre deinen Schädel«, und über einer seiner prächtigen Brustmuskeln hing ein Spinnennetz, dessen Spinne über seine Bauchmuskeln baumelte.

»Alles klar bei dir, Süße?« Morrie schnappte sich einen zweiten Kuchen. »Dein Mund steht offen, als ob du versuchst, eine Fliege darin zu fangen.«

Ich klappte meinen Mund zu. »Ich bin Flie ... Ich meine, mir geht's gut. Ziehst du dir nichts an? Es ist heute scheußlich draußen. Ich möchte nicht, dass du dir den Tod holst.«

»Du kannst meinen Anblick wohl nicht ertragen, was?« Er zog ein rotes Hemd an, knöpfte eine schwarz-goldene Weste darüber und krempelte die Ärmel bis zu den Unterarmen hoch. *Sei still mein Herz, dieser Mann weiß, wie man sich anzieht.*

»Ich bin nur eine besorgte Bürgerin. Ich habe auch ein paar Beeren für den Raben mitgebracht. Sie sind ein bisschen zerquetscht, aber ...« Die Worte entglitten mir, als ich bemerkte, wie mich ein drittes Augenpaar vom Flur aus beobachtete. »Wer ... wer ist noch da?«

Eine Gestalt trat aus dem Schatten. Im Licht des Kronleuchters wurde ein anderer Mann sichtbar, dessen Gesichtszüge so markant waren, dass es mir den Atem raubte. Während Heathcliff sein wildes Aussehen hatte und Morrie seinen aalglatten Charme, strahlte die Haut dieses Mannes mit einem blassen Leuchten, das nicht von dieser Welt war. Ein Paar sinnliche Schmolllippen bestückten sein Gesicht, während lange Finger eine seidige Strähne seines hüftlangen schwarzen Haars aus dem Gesicht strichen und über einen Wangenknochen streiften, der Glas schneiden konnte. Tiefbraune Augen, die von Feuerringen durchzogen waren wie ein norwegischer Wald, der in den Flammen von Ragnarök brannte, starrten mich an, als wäre er der Jäger und ich seine Beute.

»Wer ... wer bist du?«, schaffte ich es, die Worte herauszuwürgen.

»Der Mitbewohner«, flüsterte er zurück, wobei den Worten das Gewicht eines Fluches anhaftete. »Ich bringe die Beeren zum Vogel.«

Ich erschrak über seine Stimme. Dieser kehlige Ton, dieses satte Timbre, wie Schokolade, die über reifen Erdbeeren schmolz. *Er klang genau wie die Stimme, die ich immer wieder im Laden hörte!*

Wie kam es dann, dass ich ihn noch nie gesehen hatte?

»Hast du mir nachspioniert?«, fragte ich. Extreme, überirdische Geilheit entschuldigte nicht, dass dieser Typ ein Widerling war.

Die Augen des Mitbewohners veränderten sich, ein Feuer loderte in ihnen auf, als der Wald dem Inferno wich. Er schloss seine Augen und klimperte mit seinen langen Wimpern, als er mir die Beeren aus der Hand riss, sich auf dem Absatz umdrehte und in den Flur zurückging. Sein Haar flatterte hinter ihm wie das Gefieder eines Singvogels, sammelte und reflektierte das Licht und färbte die Strähnen in flüchtigen Farbschattierungen – Indigo, Lavendel, Kupfer, poliertes Gold.

Ich rieb mir die Augen und wünschte mir wie verrückt, dass meine schrägen Augen die Dunkelheit des Flurs durchdringen könnten, denn ich wettete, der Blick auf seinen Arsch war verdammt *spektakulär*.

»Das ist Quoth«, sagte Morrie. »Er ist ein bisschen eigenbrötlerisch. Du wirst nicht viel von ihm sehen.«

»Wahrscheinlich ist das auch besser so. Aber im Ernst, sein Name ist Quoth?«

Morrie nickte.

»Sein richtiger Name? Nicht sein World of Warcraft-Name? Nicht der Name seiner beschissenen Post-Punk-Band? Seine Eltern haben ihn tatsächlich *Quoth* genannt?«

»*So steht es auf seiner Mitgliedschaft im Fitnessstudio*«, grunzte *Heathcliff vom Stuhl aus.*

»*Okay, diese Wohnung ist zu haarsträubend, um echt zu sein. Seid ihr sicher, dass nur drei von euch hier oben wohnen? Ich treffe doch nicht etwa Shakespeare und den ehrwürdigen Bede? Ich bin mir nämlich nicht sicher, ob mein Gehirn die vielen »thees« und »thous« im Moment verarbeiten kann.*«

»*Nur wir drei lustigen Junggesellen*«, säuselte Morrie, während er nach einem weiteren Kuchen griff.

»*Vier, wenn du den Raben mitzählst*«, fügte ich hinzu und war überrascht, dass er den Vogel vergessen hatte.

»*Richtig, ja. Na klar. Vier.*«

»*Habt ihr nicht etwas zu tun?*« Heathcliff hob sein Buch von der Stuhllehne auf. »*Ich glaube, es gab eine Verschwörung, um mir das Leben zu vermiesen.*«

»*Du bist bereits mies gelaunt. Ich hoffe, eine Website macht dich so elend, dass du so mies drauf bist, dass du im Grunde wieder* fröhlich bist«, sagte ich und schaffte es, sein Haar ein wenig zu zerzausen, bevor er mich abschüttelte.

»Ich hoffe, er macht einen kleinen Freudentanz.« Morrie winkte mich vorbei. »Das würde mein ganzes Jahr bereichern. Komm hier entlang zu meinem Versteck.«

In der kleinen Nische des Wohnzimmers, die wahrscheinlich einmal als Kinderzimmer gedient hatte, als das Haus noch ein viktorianisches Einfamilienhaus war, zog Morrie einen Stuhl neben einem eleganten schwarzen Schreibtisch heran. Im Gegensatz zu allem anderen im Nevermore war dieser Schreibtisch ein modernes Kunstwerk. Eine glänzende Fläche aus Stahl und Glas, auf der drei Bildschirme in einem Halbkreis um einen hochlehnigen Stuhl angeordnet waren, darunter ein schwarzer Computer und eine mechanische Tastatur.

»Du bist also ein Gamer.« Ich verdrehte die Augen und erkannte einige der Geräte aus der Wohnung eines Gamer-Ex-Freundes, den ich in New York City gehabt hatte. Nach Morries Ausstattung zu urteilen, hatte er viel Geld für diese Ausrüstung ausgegeben.

»So kann man es auch sagen.« Morrie zog den Stuhl heraus und winkte mir, mich zu setzen. Ich tat es und bewunderte, wie sich der Stuhl meinen Kurven anpasste. Eine kurze abartige Fantasie, in der ich mir vorstellte, wie ich rittlings auf Morrie saß, während er in diesem Stuhl grinsend zu mir aufblickte, kam mir in den Sinn. Ich genoss sie einen Moment lang, während er sich vorbeugte, um die Tastatur einzustellen. Sein Arm streifte meinen und ich bedauerte, dass ich die Schachtel mit den Kondomen nicht gekauft hatte.

Er hatte den ganzen Tag mit dir per SMS geflirtet, schimpfte Ashleys Stimme in meinem Kopf mit mir. Sie wusste immer alles, wenn es um Jungs ging. Er hatte dich spät am Abend in seine Wohnung eingeladen. Er schenkte dir immer wieder dieses Lächeln. Nur zu, Süße!

Nicht, solange Heathcliff und Quoth hier waren. Diese Wände müssen hauchdünn und ungedämmt sein. Der Gedanke, mit

Heathcliff zu arbeiten, nachdem er gehört hatte, wie Morrie und ich gevögelt hatten, ließ alle sexuelle Lust aus meinem Körper fliehen. Ich konnte im Moment keine weiteren Komplikationen in meinem Leben gebrauchen. Ich würde nur eine Website erstellen, das ist alles.

Ich schaute mich auf den verschiedenen Bildschirmen um und vermied es absichtlich, Morrie anzustarren. Auf einem Bildschirm liefen so schnell Daten herunter, dass meine Augen sie nicht verfolgen konnten. »Was ist das alles? Ich dachte, du hättest keinen Job mehr?«

»Nö. Ich bin jetzt freiberuflich tätig. Ich habe dir doch gesagt, dass ich gut zurechtkomme.«

»Was genau machst du denn?«

»Wie meine Zeitgenossen zu sagen pflegen, bin ich mit einem phänomenalen mathematischen Geschick ausgestattet worden.« Morries Hand streifte meine Schulter, was mir einen Schauer über den Rücken jagte, der nichts mit einem Luftzug zu tun hatte. »Das bedeutet, dass ich alles tue, was mich interessiert. Vor einigen Jahren habe ich ein Buch über Asteroiden veröffentlicht. Mein letzter Job war im Finanzwesen. Heute habe ich mir im Zug beigebracht, wie man eine Website programmiert. Willst du sehen, was ich entwickelt habe?«

»Du meinst, ob ich die Website sehen will, die du dir im Zug selbst beigebracht hast? Ja, bitte. Ich könnte einen Lacher gebrauchen.« Ich stellte mir ein schreckliches Durcheinander mit blinkendem Text und einem Übermaß an Ausrufezeichen vor.

Moriarty beugte sich vor, um auf die Maus zu klicken, sein Körper ragte über den meinen. Ich spürte die Anspannung in seinen Muskeln, als er die Maus bewegte. War er genauso erregt wie ich? »Ich habe bereits einen Domainnamen gekauft und eine einfache Website eingerichtet. Der Onlineshop ist ein Plugin für unseren Katalog auf dem Laden-Dessen-Name-Nicht-Genannt-Werden-Darf. Ich habe sogar ein Bild von Heathcliff gefunden, das einigermaßen normal aussieht. Alles, was noch fehlt, sind ein paar Texte und Bilder und vielleicht eine Mailingliste.«

»Keine Mailingliste«, rief Heathcliff vor dem Feuer.

»Lies weiter in deinem Buch«, schoss ich zurück.

»Es ist schwer, sich zu konzentrieren, wenn ihr beide versucht, mein Geschäft zu ruinieren.«

Morrie zeigte mir, wie ich zwischen den verschiedenen Elementen navigieren konnte. »Wenn du den Cursor in dieses Feld setzt, kannst du einen Text für die Homepage eingeben. Dann machst du die Seiten 'Über uns' und 'Finde uns'. Ich habe sogar eine interaktive Karte von Argleton hinzugefügt.«

Ich starrte auf das leere Feld auf dem Bildschirm, meine Finger verharrten auf den Tasten. »Was soll ich eingeben?«

»Nur Informationen über den Laden. Du versuchst, ihn attraktiv zu gestalten, damit die Leute uns besuchen kommen und Heathcliff nicht mehr so ein Geizkragen ist, wenn es um heißes Wasser geht.« Morrie wischte sich eine feuchte Locke von der Stirn. Ich schluckte. Genau, einfach etwas schreiben, während Morrie zusieht. M-mhm. Ganz einfach.

Ich tippte mit dem Finger auf die Entertaste. Buchhandlung. Bücher. Lesen. Entfliehen. Was könnte ich über den Nevermore Bookshop sagen, das meine Gefühle für diesen Ort wiedergeben würde?

Eine Idee tauchte aus dem Nichts auf und klopfte mir auf die Schulter. Ich tippte: »Nevermore Bookshop – wo du Geschichten findest, von denen du nicht wusstest, dass du sie brauchst.«

»Du hast es drauf, Süße.« Morries sexy Stimme streichelte mein Ohr. »Mach weiter.«

Meine Finger flogen über die Tastatur, als ich die Erinnerungen an meine Flucht nach Nevermore nach der Schule und an den Trost, den ich hier zwischen den Seiten fand, abrief. Ich beschwor ein Labyrinth aus Regalen herauf, in dem alles Mögliche lauern könnte, und schrieb sogar über eine Begegnung mit dem »freundlichen Raben der Buchhandlung«.

»Das ist ein bisschen weit hergeholt«, sagte ich und deutete auf den Teil mit dem Raben. »Aber er ist so ungewöhnlich, dass wir ihn mit einbeziehen müssen.«

»Krächz«, stimmte der Rabe zu, der hereingeflattert war und sich auf die Rückseite des Monitors hockte.

»Ja, ja.« Ich tippte wütend. »Ich füge noch einen Satz hinzu, nicht Poe zu zitieren.«

»Das ist genial.« Morrie beugte sich über meine Schulter, um einen besseren Blick auf den Bildschirm zu haben. Meine Finger rutschten auf den Tasten ab. Ich hatte vergessen, dass er direkt neben mir stand. »Du bist ein Naturtalent.«

»Ein Naturtalent darin, nicht Poe zu zitieren?«

»Nein, ein Naturtalent im Schreiben. Ich kann eine Navier-Stokes-Gleichung in Sekundenschnelle lösen, aber ich hätte stundenlang auf den Bildschirm gestarrt und hätte in zehn Minuten nichts so Wortgewandtes zustande gebracht wie das, was du geschrieben hast. Mit deinen Worten könntest du Sand in der Wüste verkaufen.«

»Bitte, erzähl mir nichts über das Verkaufen von Sand.« Eine der ersten Ideen meiner Mama war ein heilendes Peeling aus »echtem« Damaskus-Sand, den sie am Strand von Blackpool geschaufelt hatte, zu verkaufen. Ich hatte den Verdacht, dass sie immer noch die Strafe der Umweltbehörde abzahlte.

Ich tippte einige Informationen auf den restlichen Seiten ein und landete schließlich auf der Seite Über uns. Ich wollte unseren potenziellen Kunden etwas über den mürrischen Besitzer erzählen, aber dann merkte ich, dass ich nichts über Heathcliff wusste. Sein Akzent war nordisch und er konnte nicht in Argleton aufgewachsen sein, denn dann wäre er auf meine Schule gegangen und ich hätte mich an ihn erinnert. Alle nannten ihn einen Zigeuner, und seine dunkle Haut und seine markante Nase wiesen auf eine östliche

Abstammung hin. Woher kam er? War er auf der Universität gewesen? Wie kam jemand, der so jung und für harte Arbeit geschaffen war, dazu, einen muffigen alten Buchladen zu führen?

»Heathcliff, kannst du mal kurz herkommen?«, rief ich.

»Ich bin beschäftigt.«

»Es wird nur eine Minute dauern.«

Der Rabe flatterte ins Wohnzimmer. Ich beugte mich gerade noch rechtzeitig um die Ecke der Nische, um zu sehen, wie er Heathcliff in den Arm pickte.

»Krächz!«

»Na schön!« Heathcliff beugte sich vor und blickte in die Nische. »Was?«

»Ich brauche nur ein paar biografische Informationen über dich, für die Website.«

»Ich will nicht, dass die Leute etwas über mich wissen.«

»Wir reden nicht über deine tiefsten, dunkelsten Geheimnisse, nur über die grundlegenden Dinge. Wo du geboren wurdest, warum du in den Buchhandel gegangen bist ...«

»Ich bin in der Buchbranche, weil ich dachte, dass es dort keine nervigen Leute gibt, die mich mit ihren ständigen Fragen aus der Ruhe bringen. Ich habe mich geirrt.« Heathcliff schlug nach dem Raben. Er krächzte trotzig und flog auf eine Stange über der Flurtür.

»Bitte?«

Heathcliff seufzte, als ob ich ihn gebeten hätte, sich freiwillig zur Armee zu melden. »Na gut.« Er schob seinen Hintern aus dem Stuhl, kramte in seinen Taschen herum und holte eine verblichene, altmodisch aussehende Ledergeldbörse hervor. Er warf sie mir zu. »Es ist alles da drin. Wenn du noch mehr Details brauchst, denk sie dir einfach aus.«

Ich starrte auf die Brieftasche hinunter. Heathcliffs Gewürz- und Zigarettenduft strömte aus den Nähten und überfiel meine Sinne. Ich klappte die Brieftasche auf, schaute hinein und holte aus jedem Fach Karten und Papierschnipsel hervor, auf denen in winzigen

Buchstaben Heathcliffs Daten standen. Tränen stachen in meine Augenwinkel. Selbst mit dem Licht des Computerbildschirms würde ich nichts davon lesen können.

Warum konnte er es mir nicht einfach sagen? Warum musste er mich zwingen ...

»Wartest du auf eine schriftliche Einladung?«

»Nein, das ist es nicht«, sagte ich schnell und warf ihm die Brieftasche zurück. »Ich kann das einfach nicht gebrauchen.«

»Warum nicht?«

»Weil ... ähm ...« Ich zerbrach mir den Kopf über eine Ausrede, die man mir glauben würde.

»Weil sie es nicht lesen kann«, sagte eine kehlige Stimme von der Tür aus. »Sie ist dabei zu erblinden.«

»Das ist ... das ist nicht wahr!« Ich wirbelte herum. Dort, in den Schatten lauernd, stand ihr Mitbewohner Quoth, die Arme auf der Vorderseite seines blutroten Hemdes verschränkt. Seine grimmigen Augen beobachteten mich wie ein Aasgeier.

Wie konnte er das wissen?

Von seinen Lippen aus verhöhnte mich die Schande, die mich aus meinem geliebten New York nach Hause getrieben hatte, die mich meinen Traumjob und meine beste Freundin gekostet und mich in eine Spirale des Selbsthasses geschickt hatte. Ich wünschte mir, das Holz unter meinen Füßen würde verrotten, damit ich in die Regale darunterfallen könnte. *Begrabt mich unter den Büchern. Oder noch besser, begrabt Quoth. Woher wusste er das, und warum zum Teufel musste er etwas sagen?*

»Ist das wahr, meine Hübsche?«, fragte Morrie, seine Stimme war sanfter, als ich es für möglich gehalten hätte.

Nein, war es nicht. Bemitleide mich nicht. Ich konnte kein Mitleid ertragen.

»Woher ... woher weißt du das?«, flüsterte ich und meine Brust zog sich zusammen. Das war *mein* Geheimnis. Quoth hatte nicht das Recht, es vor der ganzen Wohngemeinschaft auszuplaudern, schon gar nicht vor Heathcliff, der sich wahrscheinlich schon darauf vorbereitete, mich zu feuern.

»Ich beobachte Menschen«, sagte Quoth und strich sich eine seidige Haarsträhne hinters Ohr.

»Das ist keine Antwort.«

»Es ist mir aufgefallen, als du heute die Regale bestückt hast. Du hältst die Bücher dicht vor dein Gesicht, um die Titel zu lesen, und du hältst deinen Kopf in einem seltsamen Winkel, als ob dir das periphere Sehen fehlt.«

»Du *hast* mich also im Laden beobachtet. Das ist unheimlich, vor allem, da du dir nicht die Mühe gemacht hast, dich zu zeigen.« Mit diesem Körper und diesen stechenden Augen hätte ich mich an ihn erinnert. Das war eine unbestreitbare Tatsache.

Quoth zuckte mit den Schultern. »Ich bin immer hier. Ich gehe im Hintergrund unter.«

»Das tust du nicht. Du ...«

»Du kannst Quoth später töten. Gott weiß, dass das die Hälfte meiner Probleme lösen würde.« Heathcliff funkelte mich an. »Sagt er die Wahrheit?«

»Ja, *fein*, es ist wahr.« Ich warf meine Hände in die Luft. »Ich werde blind, okay?«

Ich werde blind. Die Worte hallten durch den stillen Raum. Worte, vor denen ich seit der Diagnose Angst hatte, sie laut auszusprechen. Worte, die ich bisher nur einer anderen Person erzählt hatte (Mama nicht eingerechnet), und sie hatte damit mein Leben ruiniert. Worte, die bedeuteten, dass ich alles verlor, was ich liebte, Farben, Kunst, Worte. Alles weg.

Heathcliff schoss auf seine Füße. Er klopfte auf den Stuhl neben dem Feuer. »Setz dich und erzähl uns davon.«

Morrie schaute fassungslos drein. »Du überlässt ihr deinen

Stuhl? Ich wohne seit drei Jahren hier und du hast mich noch nie auf diesem Stuhl sitzen lassen ...«

»Wenn du so weitermachst, werfe ich den Stuhl aus dem Fenster *und* drehe das heiße Wasser ab«, knurrte Heathcliff. Morrie schubste meinen erstarrten Körper in Richtung des Stuhls.

Ich starrte auf meine Füße. Mein ganzer Körper zitterte. *Sie wissen es, sie wissen es, sie wissen es ...*

»Verdammt noch mal, Quoth. Du hast sie ganz durcheinandergebracht.« Morrie schlug seinem Mitbewohner auf den Arm. »Du kannst nicht einfach so einen Scheiß von dir geben.«

Quoth lehnte sich gegen den Türrahmen. »Ich wusste nicht, dass es ein Geheimnis ist.«

»Ja, nun.« *Ich wusste nicht, dass ein dritter Mitbewohner, der bei einem Brandon-Lee-Lookalike Wettbewerb mitmachen könnte, mich heimlich beim Einräumen von Büchern beobachtete, aber so war es nun mal.*

Ein Arm schob sich um meinen Bauch. Morries Kopf tauchte unter meinem auf. Seine Lippen kamen mir gefährlich nahe. »Quoth hat es nicht böse gemeint. Er ist nicht gut darin, zwischenmenschliche Signale zu deuten. Wenn du dich dadurch besser fühlst, kann ich einen ausgeklügelten Racheplan aushecken. Ich bin sehr gut in Rache. Ein Klavierdraht könnte dabei eine Rolle spielen.«

Quoth zuckte zusammen.

»Darf ich darüber nachdenken?« Ich ließ mich in den Stuhl sinken. Die Wärme des Feuers strömte über meinen Körper und milderte den Schmerz über meine Entdeckung. Ich legte meine Finger um die gerollten Armlehnen und atmete den Duft ein, der von dem Leder aufstieg. Heathcliffs einzigartiger Geruch, ein würziger Moschus mit einem Hauch von Torf und frischem Moos aus dem Moor. Heathcliff stützte sich mit dem Ellbogen auf dem Kaminsims ab und kramte in einer Zigarettenschachtel herum. Er steckte sich eine zwischen die Lippen, klappte ein Feuerzeug auf und zündete sie an.

Morrie faltete sich in seinen Spielesessel und rollte ihn quer durch den Raum. Quoth näherte sich nicht, aber ich spürte immer noch seine seltsamen Augen auf der Seite meines Gesichts.

»Du siehst aus, als hättest du eine große Last zu tragen, meine Hübsche«, meinte Morrie und stützte sein Kinn in die Hand. »Erlaube uns, dich zu entlasten.«

Ich blickte zwischen ihren Gesichtern hin und her, das Geheimnis fest in meiner Brust verankert. Wenn ich es aussprach, wurde es real, und wenn es real war, musste ich damit fertig werden, und ich war nicht bereit. Und doch ... juckte es mir in der Zunge zu sprechen. Dieses Geheimnis hatte schon viel zu lange an meinem Inneren genagt.

Diese Jungs waren nicht meine Freunde. Ich kannte sie kaum zwei Tage. Einer von ihnen war mein Arbeitgeber. Wenn sie mein Vertrauen missbrauchten, könnte ich abhauen. Wahrscheinlich würde ich Argleton sowieso verlassen müssen – einer von Mamas verrückten Plänen würde unweigerlich auf der falschen Seite des Gesetzes enden, und wenn ich noch länger in meinem alten Zimmer in der Sozialsiedlung bleiben müsste, würde ich verrückt werden.

Ich hatte einen Ausweg, wenn ich ihn brauchte. Ich konnte es mir doch leisten, ihnen ein wenig zu vertrauen, oder nicht?

Mein Herz sehnte sich danach, wieder jemandem zu vertrauen. Ich war es leid, dieses Geheimnis allein zu tragen.

Ich öffnete den Mund und wollte ein paar Sätze sagen, um die Situation zusammenzufassen. Stattdessen sprudelten die Worte nur so heraus. »Ich bin hier in Argleton aufgewachsen, aber ich habe mein ganzes Leben damit verbracht, davor zu fliehen. Ich weiß nicht, warum, aber die Leute mochten mich einfach nicht. Die Kinder in der Schule schikanierten mich, weil wir arm waren, weil meine Mama seltsam ist, weil ich seltsame Musik und seltsame Filme mochte und Bilder malte oder Geschichten schrieb, anstatt Fußball zu spielen. Und weil ich Bücher las, alle Bücher, Bücher, die weit über meiner Altersstufe lagen. Sobald ich meinen Abschluss in der Tasche hatte, buchte ich mein Flugticket von hier weg und war bis heute nicht mehr hier.«

»Warum bist du zurückgekommen, meine Hübsche?« Morrie strich mit seinen Fingern über meine Fingerknöchel und richtete die Haare auf meinem Handrücken auf.

»Pssst, lass sie reden«, schnauzte Heathcliff.

»Ich habe die letzten vier Jahre in New York City verbracht, um mein Modestudium abzuschließen und dann dieses tolle Praktikum bei Marcus Ribald zu machen, er ist einer meiner Lieblingsdesigner. Ich durfte ihm ein Jahr lang über die Schulter schauen, an den Kollektionen mitarbeiten, die Shootings managen, im Grunde seine persönliche Assistentin sein. Das war *unglaublich*. Und was noch viel cooler war, war, dass meine beste Freundin Ashley eine der anderen Praktikantinnen war.«

»Ich habe einen Zusammenhang erkannt!«, rief Morrie. »Ashley ist das Mädchen, das gestern in den Laden kam.«

»Woher weißt du, dass gestern ein Mädchen in den Laden gekommen ist?«

»Heathcliff hat es mir erzählt. Er ist eine richtige Tratschtante, wenn du ihn mit Scotch abfüllst. Ich habe ihm alle möglichen Fragen über deinen ersten Tag gestellt. Was du gemacht hast, wie effizient du warst, ob du dich in deinem heißen Röckchen gebückt hast ...«

»Hör auf, so widerlich zu sein.« Heathcliff warf Morrie einen Blick zu, der Diamanten zu Brei schmelzen ließ. Er rieb sich mit der Hand über das Kinn, und seine dunklen Augen bohrten sich in meine. »Dieses Mädchen war Ashley.«

Es war keine Frage, aber ich nickte trotzdem. »Ja. Sie sagte, dass sie über die Feiertage ihre Familie besuchen würde. Ashley kommt auch aus Argleton. Wir sind seit der Oberschule befreundet. Ashley ist ...« Ich überlegte, wie ich sie beschreiben sollte. »Sie ist der Mittelpunkt jeder Party. Sie ist hyperkreativ. Sie läuft immer auf Hochtouren und hat ständig eine Menge Ideen. Sie sagt, was sie fühlt und schert sich einen Dreck darum, was andere denken. Wenn ich mit ihr abhänge, fühle ich mich unbesiegbar. Aber sie ist auch oberflächlich, egoistisch und rücksichtslos, wenn sie etwas oder jemanden will. Sie sieht nicht, wie sich ihre Entscheidungen auf andere Menschen auswirken. Ich dachte, bei mir wäre das anders. Sie nannte mich ihre beste Freundin. Ich dachte, ich sei ihr wichtig genug, um mich nicht zu zerstören. Ich habe mich geirrt.«

»Es gab vier Praktikantinnen im Vermittlungsprogramm, und wir alle konkurrierten um eine Vollzeitstelle in Ribalds Studio. Ich will nicht wie ein Snob klingen, aber ich hatte den Job so gut wie in der Tasche. Eines der Mädchen hat sich durch das gesamte Styling-Team gevögelt, die andere war Kleptomanin. Ashley ist kompetent, aber unorganisiert, und sie verbrachte zu viel Zeit damit, Social-Media-Influencerin zu werden, um sich auf die Arbeit von Ribald zu konzentrieren. Mehr als einmal musste ich ihr den Arsch retten, bevor Marcus einen Fehler entdeckte, den sie gemacht hatte.«

»Sieht so aus, als hättest du das richtige Mädchen für den Job angeheuert«, sagte Morrie zu Heathcliff. »Vielleicht kann dir unsere Mina helfen, deine schmuddelige Zigeunerästhetik zu überwinden.«

»Lieber ein schmuddeliger Zigeuner als ein lackierter Geck.«

»Hast du mich gerade einen *Geck* genannt?« Morrie schnaubte. »Netter aktueller Bezug. Hast du noch mehr shakespeare'sche Schmähungen auf Lager? Sag mir, dass ich ein

Furunkel bin, eine Pestbeule, ein Krebsgeschwür in deinem verdorbenen Blut ...«

»Seid still, *ihr beiden*.« Quoths Stimme war samtig und dunkel. »Lasst Mina sprechen.«

Ich holte zitternd Luft. »Vor ein paar Monaten bemerkte ich, dass ich bei schwachem Licht nicht mehr gut sehen konnte. Ich saß mit Ashley in einer Bar. Sie hatte ein paar Typen überredet, uns Drinks zu spendieren, und ich merkte, dass ich nicht erkennen konnte, ob es die beiden waren, mit denen wir den Abend begonnen hatten. Ich konnte ihre Gesichter nicht erkennen. Ich dachte, ich hätte vielleicht zu viel getrunken, aber dann fiel ich in der gleichen Woche die Treppe zu unserer Wohnung hinunter. Ich habe mir den ganzen Arm aufgeschürft. Es tat höllisch weh.« Ich hob meinen Arm und krempelte meinen Ärmel hoch, um ihnen die Narbe an meinem Unterarm zu zeigen.

»Und dann waren da noch andere Dinge. Ashley sagte, dass ich meinen Hals immer wieder komisch verdreht habe. Es stellte sich heraus, dass ich meinen Hals verdreht hatte, weil mein peripheres Sehvermögen in alarmierendem Maße abnahm. Ein paar Wochen später stürzte ich gegen einen Aktenschrank und brach mir einen Zahn ab. Dann verfehlte ich die Kante meines Schreibtisches und ließ meinen kaltgepressten Kakao-Smoothie auf den Boden fallen. In New York ist das ein verdammtes *Sakrileg*, so wie den Papst anzuspucken. Es war seltsam, aber ich dachte, ich sei gestresst wegen der Arbeit.«

»Wir standen kurz vor der New York Fashion Week, also herrschte Hochbetrieb. Marcus stellte seine allererste Brautkollektion vor und alles musste *perfekt* sein. Ich arbeitete bei der Veranstaltung hinter der Bühne und konnte kaum etwas sehen. Ich hatte so viel zu organisieren und so viele Leute, die sich auf mich verließen. Der Erfolg der ganzen Show hing davon ab, dass ich jedes Stichwort perfekt hinbekam, jede Katastrophe löste und jedes fehlende Accessoire fand. Ashley rief meinen Namen und ich stolperte durch Schatten und Dunkelheit auf sie zu und stieß mit einem Model zusammen, das einen drei Meter hohen Kopfschmuck trug. Zum Glück schaffte sie es, sich zu stabilisieren, bevor sie fiel und das Outfit ruinierte, aber ich konnte nicht mehr aufhören zu zittern. So etwas *Dummes* hatte ich noch nie getan. Es war, als ob ich auf Drogen wäre. Ich dachte, eine der anderen Praktikantinnen hätte meinen Drink vergiftet. Ashley sagte mir immer wieder, dass es nur ein Unfall war, aber so war es nicht, ich hatte sie nicht *gesehen*. Selbst als ich sie fand, konnte ich ihren Körper nicht sehen. Und ich *hätte* sie sehen müssen.«

Bei der Erinnerung daran schossen mir die Tränen in die Augen. Die Arbeit bei der Fashion Week für Marcus Ribald hätte ein wahr gewordener Traum sein sollen. Stattdessen war es der Tag, an dem ich merkte, dass mit meinen Augen etwas nicht stimmte.

Grimalkin sprang auf meinen Schoß und rollte sich zusammen. Ihr Körper vibrierte mit einem intensiven Schnurren. Ich streichelte ihr seidiges Fell. Das half, meine Atmung zu beruhigen, damit ich weitermachen konnte. Ich kniff die Augen zusammen und versuchte, die Tränen zu unterdrücken. »Ich war bei einer Optikerin, die mich an einen spezialisierten Augenarzt überwiesen hat, und nach einigen weiteren Tests habe ich meine Diagnose bekommen – *Retinitis Pigmentosa*.«

»Und das ist?«

»Das ist ein Zerfall der Zellen in der Netzhaut«, sagte Morrie. »Wenn die Netzhaut degeneriert, verlieren die Patienten ihre Nacht- und periphere Sicht.«

»Bist du auch noch Arzt?«, fragte ich und war überrascht, dass er so viel darüber wusste.

»Ich habe mich ein wenig damit beschäftigt«, sagte er schlicht.

»Nun, du hast recht. Es ist genetisch bedingt, also habe ich neben meiner kleinen Nase und den mausbraunen Haaren auch diese entzückenden Gene von meinen Eltern geerbt. In der Familie meiner Mama gibt es niemanden, der diese Krankheit hat, und sie hat keinen Kontakt zu meinem Vater, also wissen wir nichts über seine Seite. Der Spezialist sagte, dass es sich bei meiner Erkrankung um eine ziemlich seltene Form von RP handelt, die sich jederzeit beschleunigen kann. Ich kann nichts dagegen tun und es gibt keine Heilung. Er sagt, dass ...« Ich holte tief Luft. »Dass ich irgendwann ganz blind werde.«

Meine größte Angst lag ganz offen an der Luft. Anstatt sich schrecklich anzufühlen, war es seltsam befreiend, diese Worte in die Dunkelheit zu sprechen. Ich hatte das Gefühl, außerhalb meines Körpers zu stehen und zuzusehen, wie dieses traurige Mädchen in ihren abgewetzten Docs und ihrem Jerseykleid den Jungs gegenüber ihr Herz ausschüttete. Es war egal, wie sie reagierten, denn sie hatte das Unheimliche getan. Sie hatte die Worte gesagt. Sie hatte sie wahr gemacht.

»Scheiße«, spuckte Heathcliff aus, und das Wort triefte vor verborgenem Schmerz. Meine Augen flogen auf und ein Ruck ging durch meinen Körper, als er mich ansah – *wirklich* ansah. Er sah die Hinweise, die seit meiner Einstellung immer sichtbar im Verborgenen gelegen hatten, und alles, was diese Diagnose für meine Zukunft bedeutete.

Und es machte ihn wütend. Nicht auf mich, sondern *meinetwegen*. Er erinnerte sich an einen lang zurückliegenden Schmerz aus seiner Vergangenheit, durch den er sich hilflos und allein gefühlt hatte. Und zum ersten Mal, seit ich den Nevermore Bookshop betreten hatte, wurde mir klar, dass Heathcliff und ich eine Verbindung teilten.

»Das ist eine verdammte Schande, meine Hübsche«, sagte Morrie.

Quoth sagte nichts.

Ich holte tief Luft, gestärkt durch den Blick der beiden auf mich. Draußen wurde der Regen stärker, schlug gegen die Fenster und hämmerte auf das Dach, passend zum Klopfen meines Herzens. Ich fuhr fort. »Als Erstes habe ich Ashley angerufen. Sie kam sofort mit einer Flasche Bourbon vorbei, die wir in der Nacht ausgetrunken haben. Ich war völlig betrunken und habe viel geweint. Mein ganzes Leben lang wollte ich Modedesignerin werden, aber wie soll ich das schaffen, wenn ich nicht einmal sehen konnte? Ashley überzeugte mich, dass nicht alles schlecht war. Es könnte zwanzig Jahre oder länger dauern, bis ich komplett erblinden würde. Vielleicht wird es auch nie passieren. Sie meinte, ich solle weiter der Mode nachjagen und jeden zum Teufel schicken, der versucht, mich aufzuhalten. Ich hatte sie noch nie so sehr geliebt wie in dieser Nacht.«

»Am nächsten Morgen wachte ich mit einem neuen Gefühl der Entschlossenheit auf. Ashley hatte recht. Ich würde nicht zulassen, dass das, was eines Tages passieren könnte, meine Träume zerstörte. Und das begann sofort. Ich ging verkatert, aber beschwingt zur Arbeit und arbeitete bis weit nach Sonnenuntergang wie eine Verrückte. Marcus kam an unseren Schreibtischen vorbei, um uns mitzuteilen, dass die Show ein Erfolg war und er uns am nächsten Tag eine Leistungsbeurteilung geben und verkünden würde, wer den festen Job in seinem Team bekommen würde. Ashley und ich gingen an diesem Abend noch etwas trinken und wir sprachen darüber, wie sehr wir uns für die andere Person freuen würden, wenn sie die Stelle bekam. Aber ich konnte an ihrem Blick erkennen, dass sie wusste, dass ich die Stelle bekommen würde. Ich habe ihr an diesem Abend alle Drinks spendiert, weil sie so eine gute Freundin war und ich jetzt diesen tollen Job bekommen würde, den sie unbedingt haben wollte. Das war das Mindeste, was ich tun konnte.«

»Am nächsten Tag bei der Arbeit warteten wir vor Marcus' Büro. Er rief uns eine nach der anderen herein, als wäre er ein Schuldirektor und wir ungezogene Kinder. Mein Kopf dröhnte vom Trinken, aber ich war zu aufgeregt, um mich darum zu kümmern.«

»Marcus rief mich herein, und ich setzte mich auf seinen *La-Corbusier*-Sessel. Ich begann mit einer Rede, die ich vorbereitet hatte, in der ich sagte, wie geehrt ich mich fühlte, mit ihm zu arbeiten, und wie stolz ich ihn machen würde. Marcus hat mich traurig angeschaut. 'Es tut mir leid, Mina', sagte er. Er hatte die Hände auf den Schoß geschlagen. 'Du hast dieses Jahr so hart gearbeitet und du hast ein echtes Gespür für Design. Ich denke, du hast ein unglaubliches Potenzial, aber ich habe beschlossen, Ashley den Job zu geben.'«

»Ich konnte es nicht glauben. Die Worte ergaben keinen Sinn. Ich fragte ihn, warum. 'Die Modewelt ist oberflächlich und verlangt nichts weniger als Perfektion. Es ist traurig, aber so ist die Mode. Ich kann einfach niemanden in meinem Team gebrauchen, der langsam erblindet. Du wärst eine Belastung. Was wäre, wenn du bei den Vorbereitungen für eine Show vom Laufsteg fällst? Was ist, wenn du ein Kleidungsstück falsch schneidest? Meine Seidenstoffe werden von Nonnenklöstern in Tibet handgefertigt. Sie sind *unbezahlbar*.'«

»'Ich habe nach Möglichkeiten gesucht, mich daran anzupassen', sagte ich ihm. 'Es ist wirklich nicht so schwierig, wie Sie denken ...'«

»Marcus schüttelte den Kopf. 'Es tut mir wirklich leid. Du bist nicht in der Lage, in der Modebranche zu arbeiten. Weder hier noch anderswo. Es ist einfach nicht möglich.' Er wandte sich wieder seinem Zeichenbrett zu und zeigte mir damit an, dass das Gespräch beendet war. Ich saß wie erstarrt auf dem Stuhl und zwang mich schließlich, meine Füße zu bewegen. Ich konnte nicht ... Ich konnte einfach nicht ...«

»Das ist Diskriminierung«, sagte Morrie. »Du kannst den Mistkerl vor Gericht bringen. Ich werde dir bei dem Fall helfen.«

»Das sollte er nicht dürfen«, fügte Quoth hinzu.

»Ich werde das Arschloch ausnehmen«, knurrte Heathcliff.

»Oder, noch besser, wir erpressen ihn, damit er dir den Job gibt. Ich bin gut darin, fiese Geheimnisse auszugraben, die nicht an die Öffentlichkeit gelangen sollen. Ich wette, der Typ hat eine Geliebte. Oder hey, ich wette, Marcus Ribald ist nicht einmal sein richtiger Name.«

Ich hasste es, wie sehr mich ihre Reaktionen berührten. Ich wollte mich von ihnen fernhalten, vor allem wegen all der magischen Gefühle und dem Kribbeln in meinem Körper, aber so sehr ich es auch leugnete, ich hatte schon zu viel Hoffnung daraufgesetzt, dass sie meine Freunde werden würden. Ich winkte mit der Hand ab. »Natürlich ist das nicht sein richtiger Name und es ist auch nicht wichtig. Marcus hat recht. Wie soll ich in der Modebranche arbeiten, wenn ich die Kleidung nicht einmal sehen kann? Wie soll ich Laufstegshows machen, wenn ich im Dunkeln nichts sehen kann? Es war dumm von mir, überhaupt in Erwägung zu ziehen, weiterzumachen. Aber ich hätte es noch ein bisschen länger verstecken können. Ich hätte den besten Job meines Lebens haben können, wenn Ashley Marcus nicht von meinen Augen erzählt hätte.«

»Das ist nur die Meinung eines Narren«, sagte Morrie.

»Ein *toter* Narr«, knurrte Heathcliff.

»Ich wette, wenn du deinen Lebenslauf an verschiedene Modehäuser schickst, findest du ...«

»Ich habe es versucht. Ashley und Marcus haben es in der gesamten Modewelt ausgeplaudert. Er hat mir klipp und klar gesagt, dass er mir kein positives Zeugnis ausstellen würde. Das ist totaler Schwachsinn, aber Ashley war noch schlimmer. Sie tat so, als würde sie das alles aus Sorge um mich tun. Sie sagte, sie mache sich nach dem Unfall bei der Show *Sorgen* um mich. Sie wollte nur, dass Marcus Bescheid weiß, damit er mir helfen kann. Aber da war ein Funkeln in ihren Augen, das ich schon zu oft gesehen habe. In dem Moment, in dem sie davon gehört hat, hat sie geplant, mich aus dem Rennen zu nehmen. So wie sie mich in der Nacht zuvor angesehen hat, das war kein Neid, das war *Mitleid*.«

Ich seufzte und kratzte Grimalkin unter dem Kinn. »Das ist meine Geschichte. Jetzt wisst ihr, warum ich Ashley hasse und warum ich wieder in Argleton bin. Ich habe die letzten vier Jahre meines Lebens damit verbracht, auf eine Karriere hinzuarbeiten, die jetzt unerreichbar ist. Ich wollte Modedesignerin werden, seit ich elf Jahre alt war. Und jetzt ...« Ich zuckte wieder mit den Schultern. »Ich weiß nicht, wer ich ohne meine Augen bin. Ich weiß nicht ...«

Ein lautes Krachen ertönte unten, gefolgt von einem leisen Stöhnen und dem dumpfen Zuschlagen der Tür.

»Was war das?«

Grimalkin schreckte hoch und spitzte die Ohren.

»Ich wette, das ist Heathcliffs obdachloser Freund, der ein warmes Plätzchen zum Schlafen sucht.« Morrie ging zum Fenster und zog die Vorhänge zurück, gerade als ein Blitz über den Himmel zuckte. »Wahrscheinlich hat er Mina reinkommen sehen und gemerkt, dass der Laden unverschlossen war.«

»Wenn du die Tür nicht offengelassen hättest, hätte er sich nicht selbst einlassen können.« Heathcliff funkelte mich an.

»*Du* bist derjenige, der dafür sorgt, dass er sich hier willkommen fühlt«, betonte Morrie. »Wenn mir das Haus gehören würde, würde ich ihm einen Lohn zahlen, damit er hier arbeitet und seinen Lebensunterhalt ehrlich verdient, und ich würde ihn duschen lassen.«

»Du warst derjenige, der Gäste nach Ladenschluss eingeladen hat. Wir haben nie Gäste nach Ladenschluss. Jetzt musst du runtergehen und ihn wieder nach draußen scheuchen.«

»Ich gehe nicht in seine Nähe«, sagte Morrie mit entsetztem Blick. »Nicht in meiner zweitliebsten Weste. Er ist *dein* stinkender Freund. *Du* gehst.«

Ich stand auf. »Ich werde gehen. Wenn meine Anwesenheit hier schon ein Problem ist ...«

»Setz dich auf deinen Hintern«, dröhnte Heathcliff von seinem Platz am Kamin. Fassungslos ließ ich mich zurück in den Sitz fallen. »Morrie, hol Mina etwas Tee. Siehst du nicht, wie aufgewühlt sie ist? Quoth, kümmere dich um das, was unten vor sich geht. Wenn es Earl ist, der hier Unterschlupf sucht, kann er das Sofa im Naturkundesaal haben, solange er vor dem Öffnen weg ist. Wenn es jemand anderes ist, sorge dafür, dass er verschwindet, ohne mich zu stören. Ich rühre mich nicht vom Fleck. Ich habe hier auf dem Kaminsims die perfekte Armlehne gefunden, und ich werde sie um keinen Preis aufgeben.«

Mit einem stummen Nicken verließ der schwarzhaarige Schönling seine Sitzgelegenheit und glitt die Treppe hinunter. Morrie stürmte in die Küche. Heathcliffs Augen blieben an meinen hängen.

»Du bist besser als dieser Ort«, flüsterte er.

»Wie bitte?«

»Wenn alles andere bleibt, aber etwas oder jemand, den du liebst, ausgelöscht wird, wird das Universum zu einem mächtigen Fremden. So lange dachte ich, dass solcher Schmerz die Seele ruinieren kann, aber jetzt verstehe ich, dass Qualen nicht ewig sind.«

Heathcliffs Stimme war so rau wie immer, aber er sprach wie ein Dichter und gab mir einen Einblick in seine Seele. Mir schwoll ehrfürchtig die Brust an, als mir bewusstwurde, dass ein Mann wie er mir eine so intime Seite von sich anvertraute. »Danke«, flüsterte ich. »Im Moment kann ich kein Ende sehen, Wortspiel beabsichtigt. Egal, wie glücklich ich mich im Moment fühle, ich schleppe immer noch diese schwere Last mit mir herum. Ich weiß nicht, wie ich sie loslassen soll.«

»Wir alle lassen unser Gewicht an der Schwelle dieses Ladens fallen. Ich weiß, dass du Nevermore geliebt hast, weil es dir als Mädchen so viel bedeutet hat, und ich sehe, dass du dich schon wieder verliebt hast.«

»Ich hätte nicht gedacht, dass du mir überhaupt zuhörst.«

»Ich höre immer zu, Mina.« Heathcliff knurrte. »Ich bin ...«

»Oh, Scheiße!«, kam ein Schrei von unten. »Jungs, ihr solltet besser schnell kommen.«

»Was hat der Wichser denn jetzt angestellt?« Es war unklar, ob Heathcliff den Obdachlosen oder Quoth meinte. Wahrscheinlich beides. Heathcliff ging gerade auf die Treppe zu, als Morrie aus der Küche kam und mir die Hand reichte.

Ich wollte unbedingt seine Hand nehmen und spüren, wie unsere Haut sich knisternd zusammenfügte. Aber das war gefährlich, zu gefährlich in diesem Moment, wo mein Herz schon vor allen offen lag. »Es geht schon«, sagte ich und stand auf. An der Treppe ließ ich meine Hände an der Wand hinuntergleiten, tastete mit den Füßen nach den Stufen und ging auf das Lichtquadrat am unteren Ende zu.

Das Erste, was ich hörte, war Heathcliffs Keuchen, ein Geräusch, das so völlig untypisch für ihn war, dass sich mein Magen vor Angst zusammenzog. Als Morrie auf dem Treppenabsatz auftauchte, fluchte er. Heathcliff drehte sich um und winkte mir, wieder die Treppe hinaufzugehen.

»Das solltest du nicht sehen«, knurrte er.

»Sei nicht so altmodisch. Ich habe schon betrunkene Typen gesehen, die ohnmächtig auf dem Boden lagen ...« Ich spähte um Heathcliffs Körper herum, und mein Magen sackte in die Knie.

Vor dem Soziologieregal lag ein Klumpen Kleidung auf dem Boden. Eine Hand ragte schräg heraus und umklammerte eine blutige Birkin-Tasche. Zwei blasse Beine ragten aus dem Saum eines rosafarbenen Kleides, das mit einem Muster aus Revolvern bedeckt war.

Kein Haufen Kleidung. Ein Körper. Eine Leiche, die ein sehr vertrautes Kleid von Marcus Ribald trug.

Ashley lag mit dem Gesicht nach unten auf dem braunen Ladenteppich. Ein Messer ragte aus ihrem Rücken und ein Rinnsal Blut tropfte auf ihr hellrosa Kleid und auf den Teppichboden.

Jemand ... jemand hat Ashley erstochen.

10

G alle stieg in meiner Kehle auf. »Ashley?«

Das musste ein Scherz sein. Jeden Moment würde sie aufspringen, sich das Messer aus dem Rücken reißen und mir sagen, was für eine alberne Tussi ich doch war, weil ich auf ihren Scherz hereingefallen war. Und dann würden wir uns umarmen und wieder Freundinnen sein.

Ashley bewegte sich nicht. Morrie ging zu ihr und beugte sich herunter, um das Messer zu untersuchen. Er drückte ihr zwei Finger an die Kehle und schüttelte den Kopf.

Heathcliff schloss mich in seine Arme. Sein rauchiger, torfiger Geruch drang in meine Nasenlöcher. »Sie ist tot«, flüsterte er.

Nein, nein, nein, nein.

Das konnte nicht wahr sein. Ashley konnte nicht tot sein.

»Ich rufe die Bullen.« Morrie kramte sein Handy aus der Tasche.

»Ich mache den Tee fertig«, sagte Quoth und schlich wieder nach oben.

Heathcliff schob mich zurück auf den Treppenabsatz und

109

stellte sich zwischen mich und Ashleys Körper. »Ich habe sie heute erst gesehen«, flüsterte ich in seinen steifen Mantel. Die Wärme, die von seinen Armen ausging, durchströmte meinen ganzen Körper, aber sie konnte das Eis, das sich in mein Herz bohrte, nicht vertreiben. Der Duft von altem Leder und reicher Tinte wehte von seiner Kleidung und vermischte sich mit seinem würzigen, torfigen Geruch – dem beruhigenden Geruch von Büchern, der in sein Wesen eingebrannt war.

Ashley war tot.

Nicht nur tot. *Ermordet.* Das Messer war nicht zufällig dorthin gelangt. Während ich oben war und Heathcliff, Morrie und Quoth mein Herz ausgeschüttet habe, wurde sie hier unten erstochen.

Aber wer würde Ashley tot sehen wollen? Und warum? Und warum sollten sie es *hier* tun?

Morrie schob sein Handy zurück in die Tasche. »Die Polizei ist auf dem Weg. Wir haben nicht viel Zeit. Mina, wir müssen ...«

»Frag sie *nicht*«, warnte Heathcliff ihn. »Wir werden es schon hinkriegen.«

»Tut mir leid, Kumpel. Es ist viel eleganter, wenn wir dafür sorgen, dass Mina einverstanden ist.« Morrie zupfte am Saum seiner Weste.

»Einverstanden womit? Meine beste Freundin ist tot.« Panik kroch über meine Brust.

»*Ex*-beste Freundin«, erinnerte mich Morrie. »Mina, wir müssen mit dir über etwas reden, das nicht warten kann. Die Polizei wird dich nach dem Fund der Leiche fragen. Du darfst ihnen nicht sagen, dass Quoth zuerst hier unten war.«

»Hm?« Seine Worte brauchten zu lange, um den Nebel in meinem Kopf zu durchdringen. »Warum nicht?«

»Weil ..., weil Quoth nicht hier sein sollte. Die Person, die

die Leiche findet, ist immer verdächtig. Wenn die Polizei weiß, dass er die Leiche gefunden hat, werden sie Nachforschungen anstellen und ihn in eine sehr unangenehme Situation bringen.«

»Du meinst, ins Gefängnis. Ist Quoth ein Krimineller?« *Ich würde wetten, er war ein unheimlicher Stalker*, dachte ich, sagte es aber nicht.

»Nein, ich meine nicht den Knast«, sagte Morrie. Er griff nach oben und streichelte mein Haar. Mit Heathcliffs riesigen Armen um mich und Morrie, der mein Gesicht berührte, geriet meine Konzentration ins Wanken und mein Verstand entglitt immer weiter der Realität. »Quoth hat noch nie einen Strafzettel kassiert, geschweige denn ein Gesetz gebrochen. Die Situation ist kompliziert und er wird dich nicht mit seiner Geschichte belasten wollen, nachdem du gerade diesen Schock erlebt hast. Aber wenn die Polizei wüsste, dass er hier war, wäre das schlecht für ihn und uns alle.«

»Du willst, dass ich die Polizei anlüge, um diesen Typen zu schützen?« Ein schrecklicher Gedanke kam mir in den Sinn. »Aber er war zur gleichen Zeit wie Ashley allein unten. Er könnte ihr das angetan haben.«

»Er war nicht allein und hat das nicht getan«, sagte Morrie. »Das weiß ich ganz sicher.«

»Ich auch«, sagte Heathcliff.

»Wie, warum?«

»Süße, wir haben keine Zeit, dir die ganze Geschichte zu erzählen. Ich verspreche dir, dass wir dich auf jeden Fall mit unseren beträchtlichen Mitteln beschützen werden. Und sobald wir können, werden wir dir alles erzählen. Im Moment musst du mir einfach nur vertrauen. Kannst du das tun?«

»Ashley ist tot und du verlangst von mir, dass ich die Polizei *anlüge*. Nein, natürlich kann ich dir nicht vertrauen!«

»Nur, um eine unschuldige Person zu schützen, die dieses Verbrechen absolut *nicht* begangen hat. Aber wenn sie wissen, dass er die Leiche als Erster gesehen hat, werden sie sich auf ihn konzentrieren, anstatt den wahren Mörder zu jagen.«

»Ich kann nicht glauben, dass du das von mir verlangst.«

»Ich kann es auch nicht«, knurrte Heathcliff. »Mina sollte die Wahrheit sagen. Wir werden einen anderen Weg finden, Quoth zu helfen. Das tun wir immer.«

»Ich werde Mina nicht zwingen, es zu tun«, sagte Morrie. »Es ist ihre Entscheidung. Aber es wäre unendlich viel einfacher, wenn sie Quoth da raushalten würde. Wenn sie sich danach schlecht fühlt, kann sie immer noch zur Polizei gehen und ihre Geschichte ändern und behaupten, dass der Schock sie beeinflusst hat und sie gewisse Details vergessen hat.«

»Du hast meinen eventuellen Verrat mit einkalkuliert?« Ich wusste nicht, ob ich beeindruckt oder beleidigt sein sollte.

»Du musst der Polizei nur genau erzählen, was du gesehen hast – dass wir alle ein Geräusch gehört haben und du nach uns die Treppe heruntergekommen bist und Ashley auf dem Boden gesehen hast, und sie bereits tot war. Lass einfach den Teil weg, dass Quoth zuerst runterging.«

»Wo kommt Quoth in dieser Geschichte vor?«

»Nirgendwo. Quoth wohnt eigentlich nicht hier. Also erwähne ihn einfach gar nicht.«

»Aber er ist doch oben und holt den Tee!«

Morrie schüttelte den Kopf. »Nein, das ist er nicht.«

Ich befreite mich aus Heathcliffs Griff und rannte die Treppe hinauf. Ich stolperte auf der zweiten Stufe und stürzte nach vorne, wobei ich mir fast einen weiteren Zahn an der Türklinke ausschlug. Ich fing mich wieder und tappte durch das Wohnzimmer in die winzige Küche im hinteren Teil der Wohnung. Im Gegensatz zum Wohnzimmer entsprach sie dem Bild einer typischen Junggesellenwohnung – ein Chaos aus ungewaschenem Geschirr und leeren Imbissdosen in verschiedenen Stadien der Verwesung. Der Wind peitschte an den Vorhängen des offenen Fensters.

Ich hob den Wasserkocher vom Herd. Er war eiskalt. Quoth war nirgends zu finden.

II

»Sind Sie bereit, ein paar Fragen zu beantworten, junge Frau?«, fragte die junge Wachtmeisterin mit eifrigem Blick.

Ich saß in Heathcliffs Stuhl im Hauptraum des Ladens. Eine Tasse Tee stand unberührt auf dem Schreibtisch vor mir. Der Nevermore Bookshop war jetzt offiziell ein Tatort. Polizeibeamte durchkämmten das Treppenhaus, den Flur und den Garten nach Hinweisen, während das SOCO-Team im oberen Stockwerk arbeitete. Zuerst packten sie Ashleys Leiche in einen weißen Sack und brachten sie dorthin, wohin auch immer sie die Leichen brachten, dann klebten sie die Soziologieregale ab und wischten und tupften jedes noch so kleine Beweisstück ab. Heathcliff flankierte meine linke Seite. Seine starke, warme Hand ruhte auf meiner Schulter. Seine Anwesenheit war das Einzige, was die Galle davon abhielt, in meiner Kehle aufzusteigen.

»Ja, klar.« Ich band mein widerspenstiges Haar zu einem Dutt zusammen und ließ es dann doch wieder herunter. Ich faltete meine Hände in meinem Schoß, dann entfaltete ich sie.

Ich tupfte mir über die Augen, aber sie waren trocken. Mir war nicht klar, was von einem Menschen erwartet wurde, wenn die ehemalige beste Freundin ermordet wurde.

»Haben Sie das Opfer gefunden?«

»Nein. Ich meine, nicht wirklich.« Ich deutete auf die große Gestalt, die auf der anderen Seite des Raumes stand und mit einem anderen Polizisten sprach. Seine Augen trafen meine, die Augenbrauen flehend hochgezogen. Mir drehte sich der Magen um. Ich verdrehte die Augen. *Ich kann nicht glauben, dass ich das tue.* »Ich befand mich hinter Morrie und Heathcliff. Wir hatten ein Geräusch gehört und waren die Treppe hinuntergerannt, wo wir sie auf dem Boden liegend fanden, und das Messer ...«

Und Quoth, Quoth war zuerst da. Er hatte die Leiche gefunden und war dann geflohen. Die Worte brannten mir auf der Zunge, aber ich konnte sie nicht herausbringen. Vielleicht lag es an Heathcliffs Hand auf meiner Schulter, an Morries Lächeln oder an der Welle der Erschöpfung, die mich überrollte. Meine Wangen brannten vor Hitze. Jeden Moment würde mich Wachtmeisterin Wilson auf meine Lüge ansprechen und mich ins Gefängnis werfen ...

Stattdessen tätschelte sie meine Hand. »Bitte, nehmen Sie sich Zeit. Ich weiß, es war schrecklich, das zu sehen. Ich habe gehört, Sie kannten das Opfer?«

»Ja. Ihr Name war Ashley Greer. Ihre Mutter wohnt oben in der Donahue Road. Wir sind befreundet, seit wir fünfzehn waren, und haben die letzten vier Jahre zusammen in New York City gelebt.« Ich zog an einem losen Faden an meinem Rock. »Eigentlich *waren* wir mal Freunde. Ashley und ich haben uns kürzlich zerstritten und haben seit ein paar Wochen nicht mehr miteinander gesprochen. Ich wusste nicht, dass sie wieder in der Stadt war, bis sie in unserem Laden aufgetaucht ist.«

Wachtmeisterin Wilson kritzelte alles fleißig auf ihren Block. »Ihr wart mal befreundet?«

»Ja. Damals in New York City haben wir beide für denselben Modedesigner gearbeitet. Ashley und ich standen wegen eines Jobs, für den wir beide infrage kamen, in Konkurrenz. Sie hat dem Designer etwas über mich erzählt – ein Geheimnis, das ich ihr vertraulich erzählte – damit der Designer sie statt mich wählte.«

»Was hat sie über Sie gesagt?«

Meine Kehle schnürte sich zu.

»Das ist nicht wichtig. Es ist nicht relevant für die Ermittlungen«, schnauzte Heathcliff.

»Ich entscheide, was wichtig ist.« Aber ich schüttelte den Kopf und die Wachtmeisterin drängte nicht weiter. Stattdessen blätterte sie wieder in ihren Notizen. »Haben Sie Ashley heute Abend im Laden gesehen?«

»Nein, gestern. Sie kam gestern Nachmittag in die Buchhandlung und blieb etwa eine Stunde lang.« Ich drehte meinen Kopf in Richtung Treppe und ein Anflug von Übelkeit krampfte sich in meinem Bauch zusammen. »Sie hat die meiste Zeit in der Soziologieabteilung verbracht. Sie kam sogar nochmal zurück, nachdem sie ihr Outfit gewechselt hatte.«

»Warum hat sie ihr Outfit gewechselt?«

Ich erklärte ihr, dass der Rabe des Ladens ein Geschenk auf ihrer Schulter hinterlassen hatte. »Sie muss nach etwas Bestimmtem gesucht haben, aber sie hat nicht um Hilfe gebeten. Wir haben uns nur kurz unterhalten.«

Wachtmeisterin Wilson machte sich einige Notizen auf ihrem Block. »Das klingt, als ob ihr Verhalten seltsam wäre.«

»Ashley ist kein Soziologiefan. Eigentlich mag sie weder Bücher noch das Lernen. Das ist der letzte Ort, an dem ich sie erwartet hätte.«

»Glauben Sie, sie ist hierhergekommen, um mit Ihnen zu reden?«

Ich zuckte mit den Schultern. »Das glaube ich nicht. Sie schien überrascht zu sein, mich hier anzutreffen.«

»Und wo würden Sie sie im Dorf erwarten, wenn nicht in der Buchhandlung?«

In einer dunklen Höhle, wo sie ihre Krallen schärfte. »Ich weiß es nicht. Zu Hause bei ihrer Mama, im Pub oder auf dem Weg nach London zum Einkaufen oder zu einem Konzert. Ashley hat Argleton nie besonders gemocht. Es ist nicht ihre Szene.«

»Sie haben also keine Ahnung, warum sie heute Abend in die Buchhandlung zurückgekehrt ist?«

Ich schüttelte den Kopf. »Die Buchhandlung war nicht einmal geöffnet. Normalerweise wäre die Tür verschlossen gewesen. Sie war nur offen, weil Morrie sie für meinen Besuch unverschlossen ließ. Wir basteln gerade an einer Website für den Laden.«

»Sie haben sie also nicht in den Buchladen eingeladen?«

Ich schüttelte den Kopf: »Nein.«

»Und Sie haben keine Ahnung, was sie nach Feierabend unten gemacht hat?«

»Das habe ich doch schon gesagt! Es war nicht einmal Licht an. Morrie hat es angemacht, als er die Treppe runterkam.«

»Ashley hat nicht nach Ihnen gesucht? Vielleicht wollte sie darüber reden, worüber ihr euch gestritten habt.«

»Das bezweifle ich. Was Ashley angeht, hat sie nichts falsch gemacht. *Ich* war diejenige, die dramatisch war. Warum fragen Sie mich nach meinem Streit mit Ashley? Das wird Ihnen nicht helfen, ihren Mörder zu finden.«

»Eine Sache noch.« Wachtmeisterin Wilson hielt eine Plastiktüte hoch, in der sich ein schlichter Ring befand – ein kleiner Diamant an einem schmalen Goldband. »Dieser Ring wurde in der Tasche des Opfers gefunden. Erkennen Sie ihn?«

Ich schüttelte den Kopf. »Ashley würde sich niemals mit so

etwas erwischen lassen. Das ist nicht einmal annähernd ihr Stil.«

Wachtmeisterin Wilson klappte ihren Block zu und stand auf. »Danke für Ihre Kooperation, Mina. Das ist alles, was wir für den Moment brauchen. Es kann aber sein, dass wir Sie für weitere Befragungen auf die Wache bitten, also bleiben Sie in der Gegend, verstanden?«

»Hey, Boss?«, rief einer der Polizisten. »Ich habe etwas gefunden.«

Ich sah zu, wie die Wachtmeisterin wegging, und mir schwirrte der Kopf. Weitere Befragungen? In der Gegend bleiben?

Werde ich jetzt verdächtigt?

Der Polizist hockte neben dem Ohrensessel unter dem Fenster. Er hielt ein Buch hoch. Leuchtende, illustrierte Katzen tanzten über den Schutzumschlag. Das Buch des obdachlosen Mannes. »Das habe ich unter dem Sessel gefunden«, sagte er. »Hier stinkt es auch ein bisschen, als hätte eine Katze gekotzt.«

»Das ist das Buch, das der obdachlose Mann vorhin gelesen hat«, sagte ich. »Aber es sollte nicht unter dem Stuhl liegen. Ich habe es ins Regal gestellt.«

»Obdachloser Mann?« Wilson sah mich mit zusammengekniffenen Augen an. »Den haben Sie nicht erwähnt.«

»Sein Name ist Earl«, rief Heathcliff. »Langer Bart, schäbiger Mantel. Ich lasse ihn manchmal zum Lesen reinkommen, wenn der Laden ruhig ist.«

»Das wäre dann also Earl Larson?«, fragte die Beamtin. Heathcliff nickte. »Wir wissen, wer er ist. Ich habe ihn schon ein paar Mal wegen Herumlungerns und Ruhestörung in der Kneipe auf dem Revier gehabt, aber er ist ein guter Kerl. Meistens harmlos.«

»Er war gestern auch hier«, sagte ich. »Er hat auf dem Stuhl gesessen und hat etwa eine Stunde lang gelesen. Aber ich schwöre, dass ich das Buch weggelegt hatte.« Wilson machte eine Geste zu dem Beamten, der einen Papierumschlag aus dem offenen Paket auf dem Tisch zog und das Buch hineinsteckte. Heute Abend hatte ich gelernt, dass Asservatentaschen immer aus Papier sein sollten und nicht aus durchsichtigem Plastik, wie sie im Fernsehen gezeigt wurden.

»Wenn die Tür offen war, ist er vielleicht zurückgekommen. Er könnte Schutz vor dem Sturm gesucht haben.«

»Das dachten wir auch, als wir das Geräusch hörten. Ein dumpfer Schlag und das Geräusch einer zuschlagenden Tür.«

Sie wandte sich an Heathcliff. »Sie sagten, es fehlte Geld aus der Kasse?«

Ich schaute Heathcliff überrascht an. Er nickte. »Ja, etwa hundert Pfund.«

Wilson legte die Tüte mit den Beweisen zu ihrem Papierstapel und machte eine Notiz auf ihrem Block. »Vielen Dank für diese Information. Wir werden mit Herrn Larson sprechen müssen. Gab es in den letzten Tagen noch andere ungewöhnliche Aktivitäten im Laden, Mina?«

»Ich arbeite erst seit zwei Tagen hier«, sagte ich.

»Oh, ich verstehe.« Sie kritzelte noch etwas auf ihren Block. Der Knoten der Angst in meiner Brust zog sich enger zusammen. *Warum war sie an allem, was ich sagte, so interessiert?* »Herr Earnshaw, haben Sie in letzter Zeit irgendetwas Ungewöhnliches in oder um den Laden bemerkt?«

»Nichts Ungewöhnliches«, sagte Heathcliff. Wilson entließ mich, um ihn zu befragen, und ich stellte mich zu Moriarty auf den Treppenabsatz. Er hatte das Gespräch mit dem Chefinspektor beendet und beobachtete das SOCO-Team bei der Auswertung der Beweise mit einem verzückten Gesichtsausdruck.

»Warum siehst du so glücklich aus? Ashley wurde gerade ermordet.«

»Mord fasziniert mich.« Morrie legte seinen Arm um meine Schultern und zog mich fest an sich. Ich versank in der Wärme seines Körpers und seinem Grapefruit- und Vanilleduft. »Ich habe schon jedes Buch in der Abteilung für wahre Verbrechen gelesen. In einem anderen Leben wäre ich vielleicht Detektiv geworden. Es ist faszinierend zu sehen, wie sich ein Tatort im echten Leben abspielt. Und wie geht es unserer Hauptverdächtigen?«

»Du meinst mich?«

»Natürlich dich. Hast du nicht gemerkt, wie viele Fragen dir Wachtmeisterin Jenny Wilson gestellt hat?«

»Wie kann ich die Hauptverdächtige sein?«

»Das ist ganz einfach.« Morrie grinste und hakte die Punkte auf seinen Fingern ab. »Du hattest einen Streit mit dem Opfer. Du hast sie gestern erst gesehen, also wusstest du, dass sie in der Stadt war. Sie wurde nachts an deinem Arbeitsplatz ermordet, während du im Obergeschoss warst. Du warst eine der Ersten, die die Leiche gefunden haben.«

Verdammte Scheiße. Wenn er es so ausdrückte ... »Aber ich war die ganze Zeit mit euch zusammen. Ihr seid meine Alibis.«

»Ja, und nein.«

»Was meinst du mit *'und nein'*?«

»Ich habe gerade mitbekommen, wie Wachtmeisterin Wilson Heathcliff über sein Privatleben befragt hat. Wenn sie seinen Ruf als örtlicher Bernard Black noch nicht kennt, wird sie es bald herausfinden. Mein eigener Ruf eilt mir ebenfalls voraus. Sie könnte glauben, dass wir dich beschützen wollen, weil wir einsame Junggesellen sind und du das erste hübsche Mädchen bist, das unsere exzentrische Art toleriert. Es sieht ziemlich verdächtig aus, dass du diesen Job erst vor zwei Tagen bekommen hast, ohne Erfahrung in einer

Buchhandlung zu haben, und jetzt wird deine alte Freundin tot aufgefunden.«

»Aber ich werde nur verdächtigt, weil ich lüge, um Quoth zu schützen.« Ich schlüpfte unter seinem Arm hervor. »Das ist alles deine Schuld. Ich hätte nie lügen dürfen.«

»Du kannst Wilson von Quoth erzählen, wenn es dir wirklich wichtig ist«, sagte Morrie grinsend. »Wenn du ihr sagst, dass du bei diesem Detail gelogen hast, siehst du natürlich noch schuldiger aus.«

»Ich kann nicht glauben, dass du mir das angetan hast«, zischte ich. »Ich könnte in ernsthafte Schwierigkeiten geraten, weil ich gelogen habe. Du hast mir nie gesagt, dass ich mich verdächtig machen würde. Ich dachte, du wärst mein Freund.«

»Wir sind, was immer du willst, meine Hübsche.« Morrie streckte seine Hand aus. »Ich habe dir ein Versprechen gegeben. Das haben wir alle, wir werden dich beschützen. Wir nehmen unsere Versprechen ernst. Wir werden herausfinden, wer das getan hat und dich von diesem Mord reinwaschen.«

»Und wie wollt ihr das anstellen?« Ich verschränkte meine Arme vor der Brust.

»Ich weiß nicht, ob du es schon bemerkt hast, aber ich bin sehr clever. Quoth kann einfallsreich sein. Und Heathcliff ist furchterregend, vor allem, wenn jemand, der ihm wichtig ist, in Schwierigkeiten steckt.«

»Ich bin Heathcliff völlig egal. Er kennt mich kaum drei Tage und scheint mich nicht einmal besonders zu mögen.«

»Wenn du das sagst.« Morrie winkte jemandem zu. »Wir vier werden dafür sorgen, dass der wahre Mörder für seine Taten bestraft wird. Hey, da ist Jo.«

»Hey Morrie!« Eine Frau auf der anderen Seite des Absperrbandes strich sich eine blonde Locke aus dem Gesicht und wedelte eine Hand in meine Richtung. »Beuge dich nicht so über das Band. Wir können nicht riskieren, dass du den Tatort verunreinigst.«

»Oh.« Ich lehnte mich zurück. »Tut mir leid. Das wollte ich nicht.«

»Mina lügt«, sagte Morrie.

»Was?« Mein Herz klopfte aufgeregt. »Sag so etwas nicht. Ich lüge nicht. Ich habe über nichts gelogen.«

Ich starrte Morrie an, aber sein Blick war völlig unschuldig. »Mina tut es überhaupt nicht leid. Sie ist ein morbider Freak, genau wie du und ich. Sie will alles über deine Arbeit hier wissen.«

Zu meiner Überraschung lachte die Dame. »Oh Morrie, du bist ein Scherzkeks.« Sie lächelte mich an. »Mach dir nichts aus ihm. Er war bei einem Vortrag, den ich auf dem diesjährigen Argleton Writers Festival über Gifte in Agatha Christie-Romanen gehalten habe. Der Raum war voller alter Weiber und dieses stattliche Exemplar starrte mich mit seinen eisigen Augen an und machte sich eifrig Notizen. Seitdem versorgt er mich mit Bier im Tausch gegen blutige Geschichten. Aber ich hatte noch nicht das Vergnügen?«

»Mina Wilde, Hauptverdächtige.« Ich streckte meine Hand aus. Im ersten Moment hatte ich mich gefragt, ob Jo Morries Freundin ist. Mit seiner beeindruckenden Größe und seinen markanten Wangenknochen und ihrem LA-Model-Look und beide mit eisblauen Augen wären sie sicher ein tolles Paar. Aber die Tatsache, dass sie über ihn sprach, als wäre er ein nerviger kleiner Bruder, den sie heimlich vergötterte, ließ mich glauben, dass sie nur Freunde waren. Das hätte für mich keinen Unterschied machen sollen, aber das tat es. Ich wollte diese Frau mögen, und ich wollte, dass sie mich mochte und mich nicht des Mordes überführte.

Jo hob ihre Hand, die in einem Silikonhandschuh steckte, und winkte. »Jo Southcombe, Gerichtsmedizinerin. Ich kümmere mich um Leichen. Tut mir leid, ich würde dir ja gerne die Hand schütteln, aber ich will die Beweise nicht verunreinigen, und ich nehme an, das willst du auch nicht, Frau Hauptverdächtige?«

»Nicht im Geringsten. Wie viel muss ich dir also zahlen, damit du Beweise platzierst, die mich unschuldig aussehen lassen?«

Ihr Mund verzog sich.

»*Ein Scherz*. Ich scherze nur. Bitte, ignoriere, was ich gerade gesagt habe. Ich bin ein bisschen überdreht.«

Jo drehte sich zu Morrie um. »Ich kann verstehen, warum du sie magst.«

Mich mögen? Jo sprach so, als hätten die beiden schon einmal über mich gesprochen. Aber ich kannte Morrie erst seit zwei Tagen und wir hatten uns nur ein paar Mal unterhalten, und ein paar flirtende Nachrichten ausgetauscht. Woher hatte er die Zeit genommen, mit Jo über mich zu reden, wo doch seine Firma so viel Geld verloren hatte und er nach London zu seinem Banker gefahren war? Und was meinte sie mit »mich *mögen*»? War es als Freundin, oder ... *oder* ...

»Hast du etwas Interessantes herausgefunden?«, fragte Morrie und vermied es, Jos Bemerkung zu kommentieren.

»Immer, aber ich kann dir nichts sagen. Nicht, solange du auch auf unserer Verdächtigenliste stehst.« Jo hob eine Kiste mit Beweistüten auf. »Ich muss jetzt ins Labor. Viel Spaß, ihr zwei. Bringt meinen Tatort nicht durcheinander. Mina, wenn du nicht gerade auf dem Weg in den Knast bist, sehen wir uns hoffentlich noch mal.«

»Morgen werde ich sie mit Alkohol abfüllen und sie wird mir alles über die Autopsie erzählen«, flüsterte Morrie mir zu, während wir zusahen, wie Jos schwingender Pferdeschwanz durch die Tür verschwand. »Wir werden das schon hinkriegen, meine Hübsche. Du wirst schon sehen.«

Morrie drückte meine Hand. Ich versuchte, mich auf das zu konzentrieren, was das SOCO-Team tat. Es war interessant zu sehen, wie sie nach Fingerabdrücken suchten und Fasern vom Teppich aufsammelten. Aber mein Kopf kreiste immer wieder darum, dass Ashley nur eine Stunde zuvor genau an dieser Stelle gelegen hatte, tot.

Und jetzt war ich die Hauptverdächtige in ihrem *Mordfall*.

12

Alles, was ich tun wollte, war, für immer im Bett zu liegen und mir die Augäpfel zu schrubben, bis ich nicht mehr Ashleys Leiche sah, aus deren Rücken das Messer ragte. Aber ich war jetzt eine verantwortungsbewusste Angestellte, und ich wollte mit Heathcliff und Morrie reden, ohne dass die Polizei dabei war. Ich schleppte mich aus dem Bett, zog eine Schottenhose und ein rotes Seidenhemd an, schluckte einen Schoko-Blaubeer-Rote-Beete-Smoothie hinunter, der wie Schuppen gemischt mit Dreck schmeckte, und lief durch die Siedlung ins Dorf.

Als ich in die Bäckerei ging, um unseren Morgenkaffee und das Gebäck zu holen, war ich überrascht, dass der Laden leer war. Greta – die junge deutsche Bäckerin, der der Laden gehörte – war ein kulinarisches Genie, und normalerweise standen die Arbeiter Schlange, um die ofenfrischen Cornish Pasties und Mince Pies zu kaufen.

Als ich um die Ecke in die Butcher Street einbog, fand ich auch heraus warum. Vor dem Nevermore Bookshop hatte sich eine Menschenmenge versammelt, um in die Fenster zu spähen und in den überwucherten Pflanzkübeln herumzuwühlen. Die örtliche Gerüchteküche hatte bereits ihre dunkle Magie entfaltet. Als ich mich durch die Menge drängte, verfolgte mich Geflüster.

»Das ist Mina. Sie ist diejenige, die die Leiche gefunden hat.« Frau Ellis lehnte sich aus dem Fenster, um ihrer Freundin zuzuraunen. »Gut für sie, sage ich. Es wird Zeit, dass wir hier ein bisschen Aufregung haben.«

»Ich habe gehört, dass sie früher mit dem Opfer befreundet war, aber sie haben sich zerstritten«, flüsterte Frau Ellis' Freundin zurück.

»Sie war also die Mörderin, dieses kleine Biest! Ich wusste schon immer, dass sie es in sich hat. Ihre Mutter heißt ja nicht umsonst Wilde.«

»Ich habe gehört, sie wohnt in der Sozialsiedlung«, schniefte eine andere alte Dame. »Da sieht man es mal wieder, nicht wahr? Die züchten da draußen Kriminelle.«

»*Ich* habe gehört, dass sie gerade aus New York City gekommen ist, wo es die meisten Messerstechereien pro Kopf gibt. Das ist kein Zufall, weißt du?«

»Ich wusste, dass dieser Zigeuner nichts Gutes im Schilde führt. Und jetzt heuert er Kriminelle an, um in seinem Laden zu arbeiten. Was würde Herr Simson wohl denken? Kein Wunder, dass das Dorf vor die Hunde gegangen ist.«

Mit brennenden Wangen hämmerte ich an die Tür. »Heathcliff, mach auf, sonst wird heute noch jemand erstochen.«

Das war geschmacklos, ja, aber es ließ die Klatschtanten zurückweichen. Ihre anklagenden Blicke kribbelten mir im Nacken, während ich wartete. Die Tür öffnete sich einen Zentimeter, und Heathcliffs grimmiges Gesicht erschien über der Kette.

»Ich hoffe, das ist der stärkste Kaffee der Welt«, murmelte er und rieb sich die Augen. Eine Locke seines dunklen Haars fiel ihm über die Wange, und es war so verdammt entzückend, dass ich sie am liebsten zurückgestrichen hätte. Aber es gab dringendere Dinge zu erledigen.

»Dir auch einen guten Morgen«, knurrte ich zurück. »Beeil dich und löse die Kette. Ich sitze hier draußen mit den Dorfklatschtanten fest.«

Heathcliff schob die Kette beiseite und riss die Tür auf. Ich purzelte hindurch, direkt in Morries Arme. Hinter mir jubelte Frau Ellis und erzählte ihren Freundinnen eine Anekdote über den Sex, den sie in der Buchhandlung hatte.

»Mach die Tür zu!«, rief ich, bevor ich ein Bild in meinem Kopf hatte, das nicht einmal mit Bleichmittel wegzukriegen sein würde.

»Wir haben geschlossen«, rief Heathcliff und schlug die Tür zu. Stille kehrte ein, süße, glückselige Stille. Ich hielt den Kaffee in meiner Hand und starrte in Morries eisige Augen. Auf der Treppe hinter ihm hockte Quoth in den Schatten, seine flammenden Augen wie zwei Feuerstiche in der Düsternis.

»Geh mal zur Seite.« Morrie schob sich an mir vorbei, während Heathcliff ein schweres Bücherregal vor die Tür zerrte und es gegen das Holz lehnte. Durch die Glaseinsätze in der Tür würden sie die Barriere sehen können.

»Das sollte sie zurückhalten.« Heathcliff klopfte sich die Hände ab.

»Ähm, Jungs, so sehr ich eure Solidarität schätze, wie wollt ihr den Laden öffnen, wenn ein riesiges Bücherregal im Weg steht?«

»Wir machen heute nicht auf«, knurrte Heathcliff.

»Doch, das tun wir. Du darfst nicht zulassen, dass das, was passiert ist, den Laden in Verruf bringt. Die Leute werden auf jeden Fall tratschen. Das würde uns allenfalls schuldig aussehen lassen. Ich will nicht, dass der Laden wegen der Ereignisse leidet. Das Nevermore ist etwas Besonderes. Du musst nur mehr Leute in den Laden locken, damit sie sich selbst davon überzeugen.«

»Diese Leute wollen lediglich einen Tatort bestaunen und den Argleton Ripper in Aktion sehen«, sagte Morrie.

»Nenn mich nie wieder so. Ich sage, lass sie gaffen. Vielleicht bleiben sie ja und kaufen etwas. Glaub mir, es ist nichts Neues für mich, dass die Leute hinter meinem Rücken über mich lästern. Mit der Gerüchteküche des Dorfes werde ich schon fertig. Außerdem brauche ich etwas zu tun, sonst sitze ich nur zu Hause und starre auf den wackelnden Bauch meiner Mutter.«

»Hm?« Heathcliffs Mundwinkel verzogen sich.

»Vergiss es. Eine lange Geschichte voller Bilder, die man nie wieder vergessen kann, so wie alles, was Frau Ellis sagt.«

»Kommst du gut damit klar, meine Hübsche?« Morrie nahm mir die Schachtel mit Muffins und die Kaffees ab und führte mich in den Hauptraum. Er zog einen Samtstuhl von Heathcliffs Schreibtisch heran und drückte mich hinein. Heathcliff und Quoth liefen hinter ihm her. »Du siehst aus, als hättest du nicht viel Schlaf bekommen.«

»Danke für das Kompliment«, erwiderte ich und schlang meine Hände um meinen warmen Kaffeebecher. »Ehrlich gesagt, bin ich ziemlich aufgewühlt. Ashley war mehr als acht Jahre lang meine beste Freundin, und jetzt ist sie tot. Ich weiß nicht, wer ihr etwas antun wollte, abgesehen von mir selbst.«

»Wir auch nicht. Aber wir werden es herausfinden.« Morrie setzte sich hin.

»Ihr wolltet mir sagen, warum ihr wisst, dass Quoth es nicht getan hat«, sagte ich. »Das würde ich jetzt gerne wissen.«

»Quoth leidet an etwas, das wir Mediziner 'vasovagale

Synkope' nennen. Er wird beim Anblick von Blut ohnmächtig«, sagte Morrie. »Deshalb sieht man ihn auch kaum im Laden. Das Risiko, sich am Papier zu schneiden, ist zu groß.«

»Im Ernst?«

»Im Ernst. Das ist ein echtes medizinisches Problem. Ich kann dir ein medizinisches Lexikon besorgen, wenn du es nachschlagen willst.«

»Ich nehme dich beim Wort. Aber wenn das alles ist, warum durfte ich es dann nicht der Polizei sagen?«

»Weil ich untergetaucht bin«, sagte Quoth von der Treppe aus und seine satte Stimme umschmeichelte meine Ohren. »Ich verstecke mich vor Leuten, die mir schaden wollen. Wenn die Polizei meinen Hintergrund überprüft, werden sie feststellen, dass ich keine Geburtsurkunde oder andere offizielle Dokumente habe, und dann bin ich erledigt.«

»Ich wusste es. Ich wusste, dass Quoth nicht dein richtiger Name sein kann.«

Quoth grinste, aber in seinen Augen lag keine Fröhlichkeit. Dieses Lächeln zerbrach mich fast. Es war das Lächeln von jemandem, der vergessen hatte, was es heißt, wirklich glücklich zu sein. »Ich danke dir für das, was du getan hast. Morrie hätte dich nicht bitten sollen, für mich zu lügen, aber es hat vielleicht mein Leben gerettet.«

»Du kannst es mir zurückzahlen, indem du kein Mörder bist«, sagte ich. »Und auch, indem du Morrie in den Arsch trittst.«

»Mit Vergnügen.« Quoth verbeugte sich.

»Das würde er nie wagen. Nicht, solange er weiß, dass ich ihm geholfen habe. Selbst wenn die Polizei von Quoth wüsste, würden sie dich im Auge behalten, Mina. Und das nicht, weil du so heiß wie die Sünde bist«, sagte Morrie. Von seinem Stuhl hinter dem Schreibtisch aus stöhnte Heathcliff auf.

»Ich habe es kapiert. Ich bin verdächtig, weil Ashley und ich uns zerstritten haben und sie an meinem Arbeitsplatz aufgetaucht ist.« Ich fuhr mit den Fingern durch mein Haar. »Aber warum war sie überhaupt hier?«

»Das müssen wir herausfinden, wenn wir diesen Mord aufklären wollen. Hatte Ashley irgendwelche Feinde?«

»Die Polizei hat mich schon danach gefragt. Ich glaube nicht, nur mich.« Ich ließ mich im Stuhl zurücksinken. »Ich meine, sie konnte egoistisch und selbstverliebt sein, also ist es wahrscheinlich, dass sie ein paar Leuten in der Branche auf die Füße getreten ist, aber sie ist immer noch zu unbedeutend, als dass sich jemand mit ihr anlegen würde. Sie hat versucht, Social-Media-Influencerin zu werden, also hat sie vielleicht irgendeinen Instagram-Promi verärgert und das hier ist eine Internetfehde.«

»Eine Social-Insta-was?« Heathcliff tippte mit seinem Stift auf einen mit Kritzeleien gefüllten Notizblock.

»Ein Social *Influencer*. Das ist, wenn Unternehmen dir Geld dafür zahlen, dass du Selfies von dir mit ihren Produkten machst und sie im Internet postest. Es ist, als wäre man eine Firmenhure, nur dass die Bezahlung schlechter ist.«

Heathcliff warf Morrie einen Blick zu. »Und du behauptest, ich verpasse was vom Leben, wenn ich das Internet nicht nutze.«

»Zugegeben, Mina ist nicht gerade hilfreich dabei, dir das Konzept zu verkaufen.« Morrie tippte auf seinem Handy herum. »Wir können einen Blick auf ihre Accounts in den sozialen Medien werfen und sehen, ob uns etwas auffällt. Was ist mit dem obdachlosen Mann, Erin Wasisseinname?«

»Earl Larson. Er ist harmlos«, sagte Heathcliff.

»Nun, jeder ist verdächtig, wenn es um unsere Mina geht.« Morrie fügte seinen Namen der Liste auf dem Notizblock hinzu. »Ich glaube, er ist unsere beste Spur, vor allem wegen des Geruchs und des gestohlenen Geldes. Mina sagte, dass er unter dem Dachvorsprung Schutz gesucht hat, als sie gestern Abend ankam, bevor der Sturm richtig schlimm wurde. Aber keiner von uns hat ihn nach dem Mord dort draußen gesehen. Wenn er das Buch bewegt hat, bedeutet das, dass er letzte Nacht in den Laden gekommen war. Es könnte sich um einen Gelegenheitsmord handeln. Und was das Messer angeht, Jo hat heute Morgen ihren Bericht eingeschickt.«

»Müssen diese Informationen nicht vertraulich behandelt werden?«

»Natürlich.« Morrie zückte sein Handy: »Dieses Messer ist etwas ungewöhnlich. Es hat eine seltsame Form, fast wie eine alte Klinge aus dem Nahen Osten, und der Griff hat diese kunstvollen Schnitzereien, aber es ist modern. Jo sagt, sie kann es nicht als Replik identifizieren, aber sie bringt es zu einem Experten für antike Waffen.«

»Jo hat einfach so Informationen über eine laufende Mordermittlung an einen Freund der Hauptverdächtigen geschickt?« *Ich kann es nicht glauben. Jo schien so pflichtbewusst in ihrem Job zu sein.*

»Nein, nein. Jo ist viel zu moralisch für so etwas. Ich habe natürlich ihr Telefon gehackt. Weißt du etwas über dieses Messer?«

Ich schaute mir das Bild an und war überrascht, dass ich die Klinge wiedererkannte. »Ja. Marcus Ribald hat vor zwei Jahren eine Kollektion über das Persische Reich herausgebracht. Er hat diese Messer anfertigen lassen, um sie bei der Premiere in die Geschenktüten zu legen.«

»Also haben nur Leute, die bei der Show waren, diese Messer bekommen?«

»Ja, und auch jeder im Büro, aber die Hälfte von ihnen ist mit Sicherheit sofort nach Hause gegangen und hat sie bei eBay eingestellt.« Ich zuckte mit den Schultern. »Das kleine Geheimnis der Modemenschen ist, dass sie bis zum Hals in

Kreditkartenschulden stecken, um ihre Garderobe zu finanzieren. Wenn andere Leute nicht sehen können, dass du es trägst, macht es keinen Sinn, es zu besitzen. Ashley und ich haben in der darauffolgenden Woche unsere Klingen verkauft. Damit haben wir drei Monate lang Miete und Partys bezahlt. Ich bezweifle, dass du herausfinden könntest, wem das Messer jetzt gehört.«

»Aber es ist eine weitere Verbindung zur Modeindustrie, das ist schon mal ein Anfang.« Morrie notierte sich das. »Ich kann mit dem Messer und den eBay-Verkäufen anfangen. Quoth, kannst du rüber zum Polizeirevier gehen und sehen, ob du sonst noch etwas herausfinden kannst?«

»Klar.« Quoth stand auf und joggte die Treppe hinauf.

Morrie spähte durch die verdunkelten Fenster auf die wachsende Menschenmenge draußen. »Du wirst heute viele Bücher verkaufen. Vielleicht können wir diese Woche mal etwas anderes essen als Bohnen aus der Dose oder Essen zum Mitnehmen.«

»Er will heute gar nicht erst aufmachen«, beschwerte ich mich.

»Sie sind nicht hier, um Bücher zu kaufen«, brummte Heathcliff, warf den Notizblock in eine Schublade und holte seinen Ordner hervor.

»Dann mach es unmöglich, dass sie es nicht tun. Verschiebe die Thriller und True-Crime-Bücher in die Soziologie-Regale und lass sie drauflos.« Morrie legte seine Hand auf Heathcliffs Schulter.

»Das ist wirklich brillant«, sagte ich. »Ich könnte anfangen ...«

»Die Bücher bleiben, wo sie sind«, knurrte Heathcliff. »Und wenn ich gezwungen werde, den Laden zu öffnen, wirst *du* nicht hier sein, wenn diese Weiber reinkommen. Geh nach oben und versteck dich. Quoth wird das Feuer für dich anzünden und du kannst Bücher lesen und den ganzen Tee trinken, bis der Laden schließt.«

»Was, einfach in deinem Privatbereich rumhängen und meine Mädchenkeime auf deine wertvollen Sachen verteilen?« Ich grinste und wackelte mit dem Hintern. »Ich werde den Hinternabdruck in deinem Stuhl versauen.«

»*Wage* es ja nicht, dich auf diesen Stuhl zu setzen«, schnauzte Heathcliff. »Das war ein einmaliges Privileg.«

»Es wird zu komisch sein, da oben zu sitzen, während ihr hier unten arbeitet. Kann ich nicht wenigstens etwas zu tun haben?« Ich griff nach dem Ordner. »Ich weiß, lass mich die Bücher abrechnen.«

»Finger weg.« Heathcliff riss mir den Ordner aus der Hand.

»Quoth wird dir Gesellschaft leisten. Er kann später auf die Polizeiwache gehen«, schlug Morrie vor.

»Er kann meinen Stuhl vor Eindringlingen bewachen, das ist es, was er kann«, knurrte Heathcliff.

»Siehst du, du verkaufst es mir nicht wirklich.« Ich mochte Quoth mehr als gestern, aber er war immer noch ein komischer Kauz, der mich aus den Schatten heraus beobachtet hat. Ich war mir nicht sicher, ob ich den Tag damit verbringen wollte, mit ihm Smalltalk zu machen, während Heathcliff und Morrie sich um das Chaos unten kümmerten. Andererseits sollte man keine Gelegenheit verpassen, fürs Lesen und Teetrinken bezahlt zu werden.

Ich seufzte. »Ich gehe nach oben, vorausgesetzt, du zahlst mir das Anderthalbfache.«

»Du verhandelst hart, Frau.«

»Danke. Das habe ich von meiner Mutter gelernt.« Ich schnappte mir ein Exemplar von *Sturmhöhe* aus dem Regal, stellte sicher, dass Heathcliff den Titel sah, als ich an ihm vorbeiging, und stieg die Treppe zu ihrer Wohnung hinauf.

Ich sagte mir, dass ich nicht herumschnüffeln würde,

sobald ich im ersten Stock ankam. Natürlich schnüffelte ich herum. Gestern Abend hatte das SOCO-Team die Teppiche aufgerollt und weggebracht. Dunkle Quadrate auf den Dielen zeigten die Spuren jahrelanger Abnutzung. Es lag immer noch ein schwacher Geruch von Chemikalien in der Luft.

Ashley war tot.

Meine Augen brannten vor Tränen, die ich nicht weinen wollte. Was Ashley mir angetan hatte, hatte meine Gefühle für sie verändert, aber jetzt, wo sie nicht mehr da war, konnte ich mich nur noch an die verrückten Abenteuer erinnern, die wir als rebellische Punkrock-Teenager erlebt hatten. Ich spielte unser letztes Gespräch immer wieder in meinem Kopf ab. Vielleicht hatte sie ja wirklich versucht, mir die Hand zu reichen? Ich hatte sie weggestoßen. Vielleicht hatte sie mich gestern Abend in den Laden gehen sehen und war mir gefolgt, um noch einmal zu reden, und der Obdachlose ist hervorgesprungen und hatte sie angegriffen?

Vielleicht war ich auf irgendeine verrückte Art und Weise für ihren Tod verantwortlich.

Erinnerungen überfluteten mich. Ashley und ich, wie wir uns im Moshpit eines Londoner Clubs austobten. Wie wir beide in Kleidern aus PVC, Netzstrümpfen und Sicherheitsnadeln zu unserem Schulball erschienen sind. Ashley und ich feierten unsere Aufnahme in die Modeschule, indem wir uns die gleichen Totenkopf- und Rosentattoos auf den unteren Rücken stechen ließen.

Tränen kullerten mir über die Wangen. Ich wischte sie weg, aber es kamen noch mehr. Die Tränen spülten die Taubheit weg, die mich seit gestern Abend festhielt, und ließen meinen Körper vor lauter Trauer wund werden. Ich hielt mir die Hände vor die kaputten Augen und weinte um Ashley, um die Freundin, die mich aus meinen dunkelsten Teenagerzeiten herausgeholt und mir beigebracht hatte, mich einen Dreck um das zu scheren, was andere von mir dachten.

Unten knarrten die Dielen, wenn Heathcliff und Morrie herumliefen. Oben war alles still. Quoth war nicht heruntergekommen, um zur Polizeiwache zu gehen, obwohl ich keine Ahnung habe, warum Morrie dachte, dass sie ihm irgendetwas erzählen würden oder warum er überhaupt zur Polizeiwache gehen sollte, wenn wir Quoth doch beschützen wollten.

Das ergab keinen Sinn.

Natürlich ergab es keinen Sinn, weil sie mir nicht die ganze Wahrheit sagten. Ich brauchte nicht Morries überlegenen Intellekt, um das zu erkennen.

Ich musste mit Quoth reden.

Ich riss meinen Blick von dem kahlen Fleck auf dem Boden los und stürmte die Treppe hinauf. Die Wohnungstür stand offen. Das Wohnzimmer war leer. Morries Computer piepte in einem seltsamen Rhythmus. Zahlen und zufällige Zeichenketten flimmerten über den Bildschirm. Ich spähte in die Küche und zog meinen Kopf schnell wieder zurück. Der Raum musste dringend mit Tatortband abgesperrt werden. »Quoth?«, rief ich.

Keine Antwort.

»Ich muss mit dir reden. Diese Blutphobie-Geschichte kaufe ich dir nicht ab.« Ich trat in den Flur und blinzelte, um die dunklen, getäfelten Wände zu erkennen, die mit noch mehr Kunstwerken bedeckt waren, und eine schmale Dienstbotentreppe, die zum Dachboden hinaufführte. Ich warf einen Blick in das erste Zimmer. Es war unglaublich ordentlich. Das Bettlaken war mit Krankenhausecken eingeschlagen, ein metallener Kleiderständer neben dem Fenster hielt eine identische Reihe von Nadelstreifenanzügen, Damastwesten und gestärkten weißen

Hemden. Sechs Paar glänzende Brogue-Schuhe waren auf dem Rand des Bettkastens aufgereiht, auf dem ein Plattenspieler und ein Soundboard standen. An einem Haken neben dem Bett hingen ein paar Ledergürtel mit silbernen Schnallen.

Ich nahm einen in die Hand und bemerkte, dass der silberne Verschluss eine handgelenkgroße Schlaufe bildete. »Argh!« Ich ließ das Ding fallen und wischte meine Hand an meiner Jeans ab. *Das waren keine Gürtel ...*

Es brauchte keinen Sherlock Holmes, um herauszufinden, dass dies Morries Zimmer war und dass ich jetzt viel mehr über den Kerl wusste, als ich wissen wollte. Ich ging zurück, ohne noch etwas zu berühren. Die nächste Tür war geschlossen. Ich stieß sie gerade weit genug auf, um zu sehen, dass es ein Badezimmer war. Dann schlug mir der Geruch entgegen und ich knallte die Tür wieder zu. Ich schätze, Morries Ansprüche erstreckten sich nicht auf Gemeinschaftsräume wie das Badezimmer und die Küche. Wenigstens wusste ich, dass meine Jungs einigermaßen normal waren.

Warum betrachtete ich sie als meine? Ich kannte sie erst seit drei Tagen, und an einem dieser Tage hatten sie mich gebeten, die Polizei anzulügen, und es könnte gut sein, dass sie mich auch jetzt anlogen. Klammere dich nicht zu sehr an sie, nur weil sie heiß sind und nett waren, nachdem ich mein Herz ausgeschüttet hatte. Ich sollte inzwischen wissen, was passierte, wenn ich glaubte, dass ich jemandem vertrauen konnte.

»Quoth!«, brüllte ich und stieß die nächste Tür auf. Der Inhalt dieses Zimmers bestand aus einem Berg von Klamotten, Büchern und abgestandenen Fastfoodpackungen, hinter denen sich ein Bett, Möbel oder Massenvernichtungswaffen verbergen könnten. Ein einzigartiger und unverkennbarer Heathcliff-Moschus stieg mir in die Nase. Leder, Torf und abgestandene Zigaretten vermischten sich mit feuchter Wäsche und verfaulendem Essen. Ich hielt mir die Nase zu und machte einen Rückzieher. Wenn Quoth unter diesem Haufen begraben war, war er so gut wie tot.

Bei Isis, Jungs waren vielleicht Schweine.

Ich ging auf die letzte Tür am Ende des Flurs zu. Ich klopfte. »Quoth? Ich weiß, dass du da drin bist. Wenn du dir gerade einen runterholst, könntest du mir das mit einem Grunzen bestätigen?«

Nichts.

»Warum will Morrie, dass du zur Polizeiwache gehst, wenn du dich doch eigentlich verstecken solltest? Was verheimlichst du mir? Du hast mir gestern Abend zugehört, wie ich mein Herz ausgeschüttet habe. Ich verlange Gleichbehandlung. Quoth?«

Immer noch keine Antwort.

»Quoth, ernsthaft, sag etwas oder ich öffne sofort die Tür.«

Die Haare in meinem Nacken sträubten sich. Die Stille in der Wohnung wirkte bedrohlich. Es war zu still.

Jemand war letzte Nacht in den Laden eingebrochen und hatte Ashley getötet. Wir hatten angenommen, dass er sich nach der Tat aus dem Laden geschlichen hatte, aber was, wenn er sich die ganze Zeit im Laden versteckt hatte? Was war, wenn er sich hinter dem Sofa im Erdgeschoss oder in der Ecke des Kinderbuchzimmers versteckt hatte und nur auf eine Gelegenheit wartete, um sich herauszuschleichen und uns alle zu töten?

Oder was, wenn Quoth hinter mir stand, mit einer Machete und einem bösen Blick in seinen seltsamen Augen?

Ein kribbelndes Gefühl schoss mir in den Nacken. Ich wirbelte herum, aber es war niemand auf dem Flur zu sehen. Ich erstarrte und lauschte angestrengt auf das Geräusch einer Bewegung, aber alles, was ich hören konnte, waren die schwachen Geräusche von Leuten, die an die Haustür klopften, und Heathcliffs Gebrüll.

Nein. Ich hatte es nicht verdient, solche Angst zu haben. Ich würde Antworten bekommen.

Ich drehte mich wieder zur Tür. »Das war's. Ich komme jetzt rein.«

Ich drückte meine Schulter gegen die Tür und riss den Knauf auf. Die Tür flog auf. Ich stolperte über den Teppichboden und stürzte ins Zimmer.

»Was?«

Ich sah nicht das Zimmer eines Mannes, sondern eine ganze Suite. Ein riesiges, kunstvoll geschnitztes Himmelbett beherrschte den Raum. Es war mit dicken Vorhängen behangen, aber ungemacht, und die nackte Matratze war mit einer Staubschicht bedeckt. In einer Nische vor dem Fenster standen Stühle, ein Couchtisch und ein Schnapsschrank, alle mit weißen, verschmutzten Laken bedeckt. Auf der anderen Seite des Bettes befanden sich drei Türen. Als ich eine davon öffnete, fand ich einen riesigen Kleiderschrank vor. Zwei Reihen verschnörkelter Regale, die einen hohen goldenen Spiegel flankierten. In dem staubigen Glas erschien mein Spiegelbild in gesprenkeltem Sepia wie ein altes Foto, dessen Ränder zu einem Nadelloch verblassten, so wie meine Sicht verschwunden war.

Stell dir vor, du hättest so ein Zimmer. Ich stellte mir die Schränke mit meinen Kleidern gefüllt vor, die Regale voller bunter Doc Martins und Vivienne Westwood-Kleider. Wenn ich eine berühmte Modedesignerin wäre, würde man mich für eine Doppelseite in der Vanity Fair vor diesem Schrank fotografieren ...

Nur, dass du nie eine Modedesignerin sein würdest.

Dieser Einwurf riss mich aus meinen Gedanken und holte mich in die Realität zurück. Der Grund, warum ich überhaupt in diesem Raum stand, war, dass ich das Einzige, was ich je geliebt hatte, hatte aufgeben müssen. Ich hasste Marcus Ribald dafür, dass er mich nicht eingestellt hatte, obwohl ich die Stelle verdient hatte. Und ich hasste die Branche dafür, dass sie mir nicht mehr offenstand, und ich hasste Ashley dafür, dass sie mein Geheimnis ausgeplaudert hatte, aber irgendwie hasste ich mich auch dafür, dass ich aufgegeben hatte.

Aber welche andere Möglichkeit hatte ich schon?

Ich ging rückwärts aus dem Schrank und schlug die Tür zu. Dann versuchte ich die Nächste. Die zweite Tür öffnete sich in das unglaublichste Badezimmer, das ich je gesehen hatte. Ein sechseckiger Raum im südwestlichen Türmchen beherbergte eine altmodische Porzellantoilette und ein Waschbecken. Das Buntglasfenster, das eine ganze Wand bedeckte, ließ Licht auf die Kupferwanne fallen, die in der Mitte des Raumes ihren Platz hatte.

Moment mal ... das war kein Sechseck.

Was von der Butcher Street aus, wie ein sechseckiges Türmchen aussah, waren in Wirklichkeit drei Seiten eines fünfseitigen Raumes. Als ich hier im Badezimmer stand, waren die Winkel ganz offensichtlich. Es sah fast so aus, als wäre es als viktorianische Illusion entworfen worden, so wie man gerne geheime Fächer in seine Bücherregale und versteckte Schubladen in seine Schreibtische einbaute.

Aber warum sollte man einen fünfseitigen Raum verschleiern? Und warum sollte man sich so viel Mühe geben, den Raum überhaupt erst zu gestalten? Es bedurfte nicht meines Designerauges, um zu erkennen, dass es nicht so ausgewogen und ästhetisch ansprechend war wie ein Sechseck. Außerdem war es auf diese Weise schwierig, Möbel in den Raum zu stellen.

Ich stand am Fenster und schaute auf die Ansammlung der Klatschtanten, die sich vor dem Buchladen versammelt hatten. Anstatt sich aufzulösen, war die Menge noch größer geworden, und ich konnte ein paar Leute in Jacken des örtlichen Fernsehsenders mit schweren Kameras und Mikrofonen sehen. *Na toll. Ich war mir sicher, dass sie einen absolut wahren und unvoreingenommenen Bericht von den Wichtigtuern aus der Nachbarschaft bekamen.*

Ich wich vom Fenster zurück, bevor mich noch jemand sah, und versuchte es mit der dritten Tür. Sie enthüllte einen kleinen Salon mit Kamin und verziertem Eichentisch. Hier schrieb die Dame des Hauses wahrscheinlich ihre Briefe.

Ich nieste in meine Hand, während um mich herum Staub aufgewirbelt wurde. In diesem Zimmer schlief niemand, was völlig verrückt war. Es war mit Abstand das beste Zimmer im Haus. Es war auch das einzige andere Zimmer auf dieser Etage. Wo also schlief Quoth?

Auf dem Dachboden.

Nachdem ich unter dem Bett und hinter dem Schnapsschrank nach potenziellen Mördern gesucht hatte, ging ich auf den Flur hinaus und schloss die Tür hinter mir. Was auch immer die Jungs für einen Grund hatten, diese Suite zu meiden, ich hatte das Gefühl, dass sie nicht wollten, dass ich dort herumschnüffelte. Außerdem hatte mir das nur noch mehr Fragen eingebracht. Und im Moment brauchte ich Antworten.

Ich nahm zwei Stufen auf einmal und stützte mich an der Wand ab, um mich zu stürzen. Oben war ein schmaler Flur, der zu zwei niedrigen Türen führte, wo früher die Bediensteten des Hauses geschlafen hatten. Ich konnte die Mechanismen einer Klingel sehen, die noch an der Wand hinter mir hingen.

»Quoth, bist du da drin? Komm schon, das ist nicht lustig ...«

Flirrende Geräusche kamen von der linken Tür. Ich schlich mich heran und klopfte.

»Komm nicht rein«, krächzte eine Stimme.

Ich stieß die schwere Tür nach innen. *Zu spät, du Wichser. Du hattest deine Chance. Ich würde jetzt reinkommen und es war mir egal, ob du nackt warst und deinen Schwanz in der Hand hattest.*

Die Tür knallte gegen die Wand dahinter und gab den Blick frei auf eine Szene, die mir das Blut in den Adern gefrieren ließ.

Kunstwerke füllten den winzigen Raum, übereinandergestapelte Leinwände, die in seltsamen Winkeln an den Wänden hingen. Meistens handelt es sich um abstrakte Formen und Gestalten, aber es gab auch realistische Bilder. Landschaften, wie man sie vom Himmel aus oder durch die Äste der Bäume sah. Die kräftigen Farben stürmten auf meine Augen ein, die sich bereits an die Dunkelheit des Ladens gewöhnt hatten.

Inmitten dieser kräftigen Farben kauerte Quoth auf der Kante eines schmalen Messingbetts, völlig nackt. Neben dem Bett stand ein Stapel Bücher, der fast bis zur Decke reichte. Alles wahre Kriminalgeschichten oder Bände mit Titeln wie »Todeskultur in Amerika« und »Ägyptische Begräbnisrituale«. Aber das war es nicht, was mir den Atem auf der Zunge austrocknen ließ.

Schwarze Federn ragten aus Quoths Haut. Ihre Spitzen schrumpften, als sie sich in seinen Körper zurückzogen. Eine spindeldürre Rüsche um seinen Hals ließ es so aussehen, als trüge er eine Halskrause aus dem sechzehnten Jahrhundert. Seine Hände umklammerten den Bettrahmen, ihre Spitzen waren zu scharfen Krallen gebogen, die sich vor meinen Augen zu Fingern verformten. Schwarz gefiederte Stacheln ragten aus seinen Ellenbogen und Handgelenken und bildeten riesige Flügel, die gegen die Wände krachten, als sie sich in seine Ellenbogen zurückzogen.

Wie war das möglich?

Wo sein Mund und seine Nase gewesen wären, ragte ein langer schwarzer Schnabel aus seinem Gesicht. Er schrumpfte, während ich mit offenem Mund vor Entsetzen erstarrte. Er wurde flacher und glatter, bis er zu Quoths Alabasterhaut und den scharfen Wangenknochen geworden war. Runde

Vogelaugen schlossen und öffneten sich, als sich Lider bildeten, und Quoth, der menschliche Quoth, starrte mich entsetzt an.

Ich war immer noch an Ort und Stelle erstarrt und sah zu, wie sich eine schreckliche Verwandlung rückwärts abspielte. In diesem Moment fügte sich alles zusammen. Die Geheimnisse, die sie hatten, die Lügen, die ich erzählen sollte. Ich begriff, was ich da sah, aber ich verstand es nicht.

Quoth war der Rabe.

I3

Wir waren beide erstarrt und glotzten uns gegenseitig an. Ein wortloses Gespräch spielte sich in der aufgeheizten Luft zwischen uns ab. Anklage, Leugnung, Unglauben, Empörung, Entsetzen, Akzeptanz.

Quoth war der Erste, der unsere Pattsituation durchbrach.

»Ich kann es erklären«, sagte er.

Ich klammerte mich an den Türrahmen, dem Einzigen, was mich aufrecht hielt. »Das würde ich sehr begrüßen.«

»Kann ich mir erst eine Hose anziehen?«

»Das begrüße ich ebenfalls.«

Quoth hüpfte vom Bett herunter und durchquerte das Zimmer zu einer kleinen Kommode, die mit Naturszenen und fliegenden Vögeln dekoriert war. Ich wusste, dass ich wegschauen sollte, aber ich hatte Angst davor, was mit mir passieren könnte, wenn ich es täte, also ließ ich meinen Blick auf seinem Körper ruhen. Ich bemerkte das Spiel seiner Muskeln, während ich seine nackte Haut nach den Spuren der Federn, des Schnabels und der Vogelknochen absuchte, die ich erst vor wenigen Augenblicken gesehen hatte. Quoth war dünner als Morrie und Heathcliff, aber er war immer noch durchtrainiert, die Haut straff. Zwischen seinen Beinen schwang ein Schwanz, der selbst im schlaffen Zustand beeindruckend war.

Er zog sich eine Boxershorts und eine enge schwarze Jeans an, dann nahm er sein Handy in die Hand und tippte auf den Bildschirm.

»Was machst du da?«, fragte ich.

»Ich schreibe Morrie eine SMS. Die anderen müssen wissen, was du weißt.«

Mir gefiel der bedrohliche Ton in seiner Stimme nicht. »Warum?«

»Wir wussten, dass es nur eine Frage der Zeit ist, bis du es herausfindest. Wir haben es besprochen. Wir waren der Meinung, dass wir dir vertrauen können. Aber wir dachten, wir hätten *mehr* Zeit. Und nicht einmal Morrie konnte vorhersehen, dass dieser blutige Mord alles durcheinanderbringt.«

Schritte polterten die Treppe hinauf. Einen Moment später tauchte Morries Kopf in der Tür auf. »Gut gemacht, meine Hübsche. Du hast unser Geheimnis gelüftet.«

»Da war kaum eine Lüftung. Ich bin reingekommen und Quoth war ganz fedrig.«

Morrie bot mir eine Hand an. Ich nahm sie und ließ mir von ihm die steile Treppe hinunterhelfen. Quoth folgte uns in einigem Abstand, was ich zu schätzen wusste, da ich ihn nicht in meiner Nähe haben wollte.

Heathcliff saß in seinem Sessel am Feuer, eine Zigarette zwischen den Zähnen eingeklemmt. Grimalkin rollte sich in seinem Schoß zusammen und starrte mich mit wachsamen Augen an. Jemand hatte einen anderen Stuhl so zurechtgerückt, dass er Heathcliff gegenüberstand. Ich erkannte das Design aus der Suite im geheimnisvollen Schlafzimmer.

»Du bist eine richtige Plage, weißt du das?«, knurrte Heathcliff und schob den Stuhl mit seinem Stiefel in meine

Richtung. »Du bist neugieriger als Morries letzter Freund, und der war eine Art Detektiv.«

Morrie hatte einen Freund. Ich fühlte einen Anflug von Enttäuschung, aber keine Überraschung. Ich erinnerte mich an die Lederriemen, die neben Morries Bett hingen. Ich speicherte diese Information ab, um sie später zu verarbeiten. Im Moment musste ich etwas über die Federn wissen. Ich ließ mich in den Stuhl sinken und umklammerte die geschwungenen Arme.

»Quoth, hol den Tee!«, bellte Heathcliff.

»Drei Tage«, murmelte Quoth, als er sich auf den Weg in die Küche machte. »Ich habe nicht einmal drei Tage bekommen.«

»Ich brauche keinen Tee«, sagte ich. »Ich brauche Antworten. Federn ragten aus Quoths Haut. Er hatte einen Schnabel. Und dann wurden sie einfach in seinen Körper gesaugt.«

»Du hast vielleicht vier Jahre in Amerika verbracht, aber im Herzen bist du Britin. Du brauchst Tee.« Morrie zog seinen Computerstuhl heran und faltete seine gertenschlanke Gestalt darin zusammen. Er verschränkte seine Finger wie ein Superschurke aus einem Comic und beobachtete mich mit seinen Eiszapfenaugen.

Wir warteten schweigend, während der Teekessel kochte. In meinem Magen herrschte ein Wirrwarr von Gefühlen. Angst, Misstrauen, Empörung, Wut. Das Pfeifen des Kessels klirrte in meinem Schädel. Ein paar Augenblicke später erschien Quoth in der Tür, ein Tablett in den Händen. Morrie nahm seine Tasse entgegen. Quoth hielt Heathcliff das Tablett hin, der sich eine Tasse nahm und sie an seine Lippen führte. So blieb eine für mich übrig.

Ich nahm die heiße Tasse in die Hand, aber ich traute mir nicht zu, sie an die Lippen zu heben, ohne etwas zu verschütten, also stellte ich sie einfach auf die Stuhllehne. Quoth hatte sowieso zu viel Milch hineingetan.

»Ich habe jetzt meinen Tee. Fangt an zu reden. Warum ist Quoth ein ... ein *Gestaltwandler*?« Das Wort sollte nur in albernen paranormalen Liebesromanen vorkommen. Es sollte *kein* Wort sein, das ich laut zu meinen neuen Freunden sage.

Morrie beugte sich vor. »Du weißt doch, wie du dich über unsere Namen lustig gemacht hast, wie lächerlich es war, dass er Heathcliff war und ich James Moriarty, und ich weiß, dass du auch dachtest, Quoth sei ein seltsamer Name.«

»Es *ist* ein merkwürdiger Name.«

»Unsere Eltern waren keine seltsamen Bibliothekare, die uns nach Figuren aus der Literatur benannt haben. Wir *sind* diese Figuren.« Morrie deutete auf seine Brust. »Ich *bin* James Moriarty, Mathematiker und Meisterverbrecher, Sherlock Holmes' Erzfeind. Er ist Heathcliff, der verschmähte Waise und Geliebte von Cathy aus *Sturmhöhe*. Das hier ist Edgar Allen Poes Rabe, der auf einer Kammertür hockt. Wir wissen nicht, wie wir hierhergekommen sind oder warum, aber wir sollten definitiv nicht in eurer Welt existieren.«

14

I ch schnaubte. »Na klar. Schluss jetzt. Ihr habt gesagt, ihr würdet mir die Wahrheit sagen. Ich will keine Geschichten mehr hören, schon gar nicht so eine blöde.«

»Es *ist* eine Geschichte, Mina«, sagte Heathcliff. »Wir *sind* die Geschichten. Denk mal darüber nach. Warum sonst scheint Morrie völlig unbeeindruckt davon zu sein, dass sein Arbeitgeber über Nacht Millionen von Pfund verloren hat?«

Quoth warf mir von der Tür aus einen entschuldigenden Blick zu. »Warum sonst stechen mir Federn aus der Haut, und du hast mich und den Raben noch nie zusammen in einem Raum gesehen?«

»Warum ist Heathcliff sonst so ein Arschloch?«, warf Morrie ein.

»Aber ... aber das ist unmöglich!«, rief ich.

»Stimmt«, sagte Morrie. »Seit ich hier angekommen bin, habe ich Computersimulationen durchgeführt und versucht, eine Antwort darauf zu finden, wie es passiert sein könnte. Meine Schlussfolgerungen waren immer dieselben, wir sollten nicht hier sein. Und doch sind wir hier.«

»Aber ... *wie?*«

»Wir wissen es nicht«, sagte Morrie achselzuckend. »Ich habe viel Energie darauf verwandt, das Rätsel zu lösen, aber bisher ohne Erfolg. Alles, was ich dir sagen kann, ist, dass der wahrscheinlichste Urheber der Nevermore Bookshop selbst ist.«

»Wie kann eine *Buchhandlung* dafür verantwortlich sein?«

»Ich brauche einen ordentlichen Drink«, erklärte Heathcliff und knallte seine leere Tasse auf das Tablett.

Während er meine Frage unbeantwortet ließ, verschwand Heathcliff in der Küche und kam mit einer staubigen Weinflasche wieder heraus. Er ließ den Korken knallen und füllte ein Glas, das er mir reichte. Er selbst gönnte sich einen langen, tiefen Schluck aus der Flasche.

»Keiner von uns weiß, wie wir hierhergekommen sind«, sagte er zwischen zwei Schlucken. »Das Letzte, woran ich mich erinnere, ist, dass ich in großer Aufregung aus *Sturmhöhe* geflohen bin, nachdem ich gehört hatte, dass Cathy Linton heiraten wollte. Ich hatte eine Flasche von Hindleys bestem Whisky gestohlen und nahm diese Medizin auf der Flucht zu mir, denn ich hatte mich in der Vergeblichkeit der Liebe verloren. Ich stürmte durch das Moor, bis der Alkohol die Wut aus meinen Knochen gespült hatte und ich in einer Pfütze ohnmächtig wurde. Ich wachte auf dem Boden vor der Abteilung für klassische Literatur auf. Herr Simson sammelte mich ein und gab mir ein magisches Elixier, um mich wieder nüchtern zu machen ...«

»Gatorade«, sagte Morrie. »Ich sage dir jedes Mal, dass es nicht magisch ist. Du kannst es für zwei Pfund im Supermarkt kaufen.«

»Halt mal die Klappe«, sagte Heathcliff und trank einen weiteren Schluck Wein. »Herr Simson hat mir erklärt, dass der Laden verflucht ist und dass er mich schon seit einiger Zeit erwartet hat.«

»Er ... was?« Ich sackte in Heathcliffs Stuhl zusammen und presste meine Finger an meine Schläfe.

»Er sagte, ein paar Jahre, nachdem er das Gebäude von seinem Vorbesitzer gekauft hatte, sei die griechische Dichterin Sappho auf dem Boden des Ladens erschienen, so wie ich jetzt dort lag. Er sagte, er habe im Laufe der Jahre noch ein paar andere Besucher gehabt, immer aus den Regalen mit klassischer Literatur. Er sah es als seine Pflicht an, ihnen zu helfen, ihren Weg in der Welt zu finden, so gut er konnte. Er verschaffte Sappho eine Stelle als Wetterfee. Lady Macbeth betreibt eine Frittenbude in Glasgow. Pip aus *Große Erwartungen* ist Stadtplaner in London, wenn du das glauben kannst.«

Ich schnaubte.

»Herr Simson hat gesagt, dass er deshalb die Buchhandlung all die Jahre behalten hat. Er musste ihnen helfen. Er dachte nicht, dass es jemand anderes tun würde. Und er wollte herausfinden, warum wir immer wieder auftauchen. Er wollte den Fluch brechen, bevor der Laden einen wirklich abscheulichen Bösewicht zurückbringt.« Heathcliff warf einen Blick auf Morrie, der engelsgleich grinste. »Deshalb hat er auch die okkulte Abteilung von Nevermore gegründet.«

»Ich habe die okkulten Regale hinter den Tierbüchern gesehen«, sagte ich. »Es ist nicht gerade beeindruckend. Nur ein Haufen Verschwörungen über die Erde als Scheibe und New-Age-Müll.«

»Du hast die Tarotbücher gesehen, die wir für den Pöbel im Regal stehen lassen«, sagte Morrie. »Herr Simson hat alle echten okkulten Bücher unter Verschluss gehalten und geschützt. Er glaubte, dass er in einem dieser Bücher das Geheimnis der Magie des Ladens finden würde.«

»Moment mal«, ich starrte Heathcliff an und begann zu begreifen. »Wenn ich diese Geschichte glaube, was ich nicht behaupte, wurdest du aus deiner Geschichte gerissen, als du Sturmhöhe verlassen hast? Du bist nie zurückgegangen?«

Heathcliff war nie zu der grausamen, verdrehten Gestalt geworden, die Sturmhöhe heimsuchte. Er ist nie dorthin gegangen, wohin er in jenen mysteriösen drei Jahren ging, die sein Herz zu Eis werden ließen.

»Und du?« Ich wirbelte herum, um Morrie anzusehen. James Moriarty, einer der kultigsten Schurken der viktorianischen Literatur. »Du hast nie Sherlock Holmes an den Reichenbach Fällen getroffen?«

Morrie schüttelte den Kopf. »Ich befand mich durch Holmes' ständige Verfolgung in einer solchen Lage, dass ich Gefahr lief, meine Freiheit zu verlieren. Die Situation war unmöglich geworden, also verließ ich England in dem Versuch, meinem Feind einen Schritt voraus zu sein. Im Zug nach Genf schlief ich ein und wachte hier auf.«

»Aber was ist mit dir?«, fragte ich Quoth. Er schüttelte den Kopf.

»Er ist anders«, knurrte Heathcliff. »Herr Simson hat nie etwas über Gestaltwandler gesagt.«

»Ich habe die Theorie, dass er sowohl der Rabe als auch der anonyme Erzähler des Gedichts sein könnte«, sagte Morrie. »Irgendwie wurden sie als eine Einheit aus dem Gedicht gezogen.«

»Ich erinnere mich an wenig aus meinem früheren Leben.« Quoth starrte an die Decke, während die Worte aus ihm heraussprudelten. Ein Strom voller samtiger Vokale, die vor Traurigkeit triefen. »Das ist auch logisch, denn ich bin aus einem Gedicht und nicht aus einem Buch entstanden. Ich erinnere mich nur an einen Raum voller Bücher. Und an das Gefühl, dass die Zeit ohne mich weiterlief, während ich in einer Erinnerung erstarrt war, die ins Nichts verschwand und einen wichtigen Teil von mir mit sich ins Nichts zog. Selbst jetzt noch verfolgte mich diese Erinnerung, und mein Verstand greift nach den Visionen, die immer schwächer werden. Deshalb verbringe ich die meiste Zeit in meiner Rabengestalt.« Quoth kniff in die Haut an seinem Oberschenkel. »Diese menschliche Haut fühlt sich ... unangenehm an. Außerdem sind diese blöden Dinger ein bisschen nutzlos.« Er fuchtelte mit den Armen.

Mir schwirrten die Ohren. Das war eine so wilde Geschichte, dass sie unmöglich wahr sein konnte. Und doch ... Ich hatte gesehen, wie sich Quoths Federn in seine Haut zurückzogen und wie er einen Schnabel dahatte, wo sein Mund sein sollte.

»Aber ich habe Quoths Stimme im Laden gehört, als der Rabe da war«, sagte ich, mein letzter schwacher Protest.

»Das hast du«, sagte Morrie stirnrunzelnd. »Und das ist höchst ungewöhnlich. In seiner Rabengestalt kann Quoth telepathisch kommunizieren, aber bisher konnten ihn nur andere fiktive Figuren hören. Bis auf dich. Deshalb hat Heathcliff dir den Job gegeben.«

Stimmt das? Ich erinnerte mich an Quoths Stimme von meinem ersten Treffen mit Heathcliff, als er sagte, dass ich hübsch sei, dass ich »die Richtige« sei. Hatte er gemeint, dass ich die Richtige für den Job war, weil ich ihn hören konnte? Das konnte er nicht gewusst haben, als er sprach.

Oder ist da noch etwas anderes?

»Warum kann ich dann ...?«

»Noch eine Frage, die wir noch nicht beantworten können, meine Hübsche.« Morrie tätschelte mein Bein. »Lass uns zuerst deinen Namen von diesem Mord reinwaschen und dann können wir vielleicht zu viert die Geheimnisse des Nevermore Bookshops lüften.«

»Was ist mit Grimalkin?«, fragte ich mit leiser Stimme.

»Sie ist nur eine Katze«, sagte Heathcliff.

»Wir sind uns fast sicher«, fügte Morrie hinzu.

»Miau«, bestätigte Grimalkin und streckte sich auf Heathcliffs Schoß aus.

Ich neigte meinen Kopf nach hinten und nippte an dem Wein, dann hielt ich Heathcliff mein Glas hin. »Hast du noch mehr?«

»Hast du vor, solange zu trinken, bis die Magie plausibel erscheint?«, fragte Heathcliff.

»Verdammt richtig.«

»Eine Frau nach meinem Geschmack.« Heathcliff ging zurück zum Kühlschrank und holte eine weitere Flasche billiges Gesöff heraus. Er bot Morrie etwas davon an, doch der schüttelte den Kopf, zog stattdessen einen goldenen Flachmann von einem Riemen um seinen Knöchel und nahm einen tiefen Schluck. Auch Quoth lehnte ab, aber er schien keinen eigenen versteckten Vorrat zu haben.

Ich nahm ein volles Glas von Heathcliff entgegen und trank einen weiteren tiefen Schluck. Die alkoholische Wärme breitete sich in meiner Brust aus, aber das half nicht, das Gesehene und Gehörte zu verdrängen. »Wie kommt es, dass ihr alle hier im Nevermore Bookshop zusammenlebt?«

»Ich war zuerst da«, sagte Heathcliff, während sich seine Finger um die Flasche schlossen. »Herr Simson hatte Kontakte in London, die mir eine Geburtsurkunde und einen Reisepass besorgt haben. Er sagte, er hätte den perfekten Job für mich gefunden, einen, der meinen besonderen Fähigkeiten entspricht. Ich dachte, er würde mich in den Norden schicken, um Schäfer zu werden oder Touristen auf Wanderungen durch die Moore zu begleiten, aber stattdessen übergab er mir die Schlüssel für den Laden.«

»Warum?«

Heathcliff zuckte mit den Schultern. »Er hat es mir nie gesagt und ich habe ihn nie wieder gesehen, um ihn zu fragen. Er hat seine Wohnung ausgeräumt, sein Konto bei der Post in

Argleton aufgelöst und mir ein ziemliches Durcheinander mit den Konten und dem ganzen Gesindel, das von den Bücherstapeln kommt, hinterlassen.«

»Ich war der Erste, der in Heathcliffs Schoß gelandet ist«, grinste Morrie. »Er liebt das Gefühl meiner festen Backen an seinem ...«

Heathcliff knurrte.

»*Wie auch immer*«, grinste Morrie. »Wir haben uns über unser gemeinsames Exil aus der fiktiven Welt angefreundet. Außerdem kann ich mich in die Regierungsunterlagen hacken und Geburtsurkunden und andere nützliche Dokumente fälschen, sodass er nicht ständig nach London fahren muss, wenn ich hierbleibe. Heathcliff gefällt das. So muss er den Laden nicht verlassen, und ich kann kochen. Es dauerte sechs Monate, bis wir unseren ersten fiktiven Gast hatten, Hester Primm. Wir haben versucht, eine Weile mit ihr zusammenzuleben, aber sie brachte immer wieder Fremde mit nach Hause. Heathcliff fand für sie einen netten Job als Kellnerin in einer Sportbar in London. Dann war es Titania ...«

»Du meinst, die Feenkönigin aus dem *Sommernachtstraum*?«

»Ja, genau die. Sie leitet jetzt ein Esel-Rehabilitationszentrum in Cornwall. Und Quoth war der Letzte. Er kam vor sechs Monaten und seitdem hatten wir niemanden mehr, was ein Segen ist, denn mit Quoth zu leben ist, als hätte man ein verdammt nerviges Baby.«

»Ist es nicht«, sagte Quoth.

Morrie hakte die Punkte an seinen langen Fingern ab. »Er erbricht sein Essen. Er reißt die Möbel auseinander. Er malt unbegreifliche Bilder, die wir an den Kühlschrank kleben und bewundern sollen. Er scheißt auf die Kunden.«

»Nur wenn sie dieses verdammte Gedicht zitieren«, knurrte Quoth und der Blick aus seinen braunen Augen schwenkte zu

Morrie. »Wie würdest du dich fühlen, wenn du ständig an die Quelle all deines Kummers erinnert würdest?«

»Ich habe keinen Kummer«, schoss Morrie zurück. »Im Gegensatz zu anderen Menschen habe ich mich an mein neues Leben gewöhnt.«

Obwohl Morrie mit seiner gewohnten Zuversicht sprach, deutete etwas in der Versteifung seiner Finger darauf hin, dass er sich selbst damit überzeugen wollte.

»Wenigstens hast du ein ganzes verdammtes Haus voller Kammertüren, über die du hinausragen kannst«, Heathcliffs leise Worte triefen vor Bosheit. »Ich habe einen Teil von mir selbst verloren, als hätte ich eine Rippe auf der Toilette des Pubs vergessen ...«

»Sag mir nicht, was ich ...« Quoths Worte wurden unterbrochen, als seine Lippen aus seinem Gesicht verschwanden. Seine Augen traten hervor, die Augenhöhlen verdrehten sich und verschoben sich in Richtung seiner Ohren, während sein Hals nach vorne kippte und seine Arme nach hinten gebogen wurden.

Ich schrie auf und kauerte mich im Stuhl zusammen, als schwarze Federn durch Quoths Haut schossen, jede einzelne mit einem schwarzen Film überzogen, der sich auflöste, als sich die Federn entfalteten und aneinanderlegten. Quoth breitete seine Arme aus und flatterte, wobei er Papiere aufwirbelte und seine Kleidung auf den Boden fiel. Sein Körper schwebte einen Moment lang in der Luft, als er sich zusammenzog und in sich selbst zusammenfaltete, bis er zum Raben geworden war. Er umkreiste den Raum dreimal und krächzte entrüstet, dann ließ er sich auf der Sitzstange über dem Kamin nieder und blickte auf Heathcliff herab.

»Das ist der Grund, warum du der Polizei nichts von Quoth erzählen kannst«, sagte Morrie. »Er kann seine Verwandlung nicht kontrollieren, besonders wenn er nervös, gestresst oder wütend ist. Wenn sie ihn mit aufs Revier nehmen und er sich in einen Vogel verwandelt, dann ...«

»Ich verstehe«, keuchte ich und presste meine Hand auf mein Herz, um wieder Luft in meine Lungen zu bekommen. Jeder Zweifel, den ich daran hatte, dass ihre lächerliche Geschichte eine weitere Lüge war, war aus mir herausgeschüttelt worden. »Ist das auch der Grund, warum er keine Geburtsurkunde oder einen Job hat?«

»Wir haben beschlossen, dass es für Quoth einfacher wäre, sich zu verstecken, wenn er gar nicht erst existiert«, sagte Morrie. Der Rabe ließ sich auf seiner Schulter nieder und nickte traurig mit dem Kopf.

»Das ist also der Rabe von Poe ... und du bist in Wirklichkeit Heathcliff ... und du bist James Moriarty ...« Der Speichel trocknete in meiner Kehle. »Du bist ein kriminelles Genie.«

»Ich bin noch nie getestet worden«, sagte Morrie, aber er konnte den Stolz in seiner Stimme nicht verbergen. »Aber ja, es ist wahrscheinlich, dass ich ein Genie bin.«

»Du hast dich in Jos Telefon gehackt und mich dazu gebracht, die Polizei anzulügen und ...« Die Erkenntnis umschloss mein Herz mit eisigen Fäusten. »Das ganze Geld, das von den Konten deiner Firma verschwunden ist, ... du weißt nicht zufällig, wo es hin ist?«

»Ich habe vielleicht eine Ahnung«, sagte Morrie und nahm einen weiteren Schluck aus seinem Flachmann. »Aber ich habe meinen Job verloren, bevor ich der Firma meine wertvollen Erkenntnisse mitteilen konnte. Zum Glück bin ich gut gerüstet, um solche finanziellen Rückschläge zu überstehen. Das ist auch gut so, denn Heathcliff verdient selten genug, um die Hypothek zu bezahlen, also muss ich den Fehlbetrag aufbringen. Ich habe aber noch genug übrig, um damit zu spielen. Willst du ein Pony? Ich habe immer gedacht, dass dieser Laden ein Pony braucht.«

»Verdammter Mist«, Heathcliff kippt den Rest der Weinflasche. »Dieser Laden ist jetzt schon eine verdammte Menagerie.«

Ich seufzte. »Cool. Es ist alles verdammt nochmal cool. Ich arbeite für den größten Antihelden der Geschichte und hänge mit dem Napoleon des Verbrechens und einem verdammten reimenden Vogel ab. Und trotzdem ist das noch nicht das Schlimmste, was mir diese Woche passiert ist. Ich stand gerade über der *Leiche* meiner besten Freundin. Besteht die Möglichkeit, dass Ashleys Tod etwas mit der Sache mit dem verfluchten Buchladen zu tun hat?«

Morrie und Heathcliff tauschten einen Blick aus. »Daran haben wir auch schon gedacht, aber wir wissen nicht, wie. Ist deine Freundin Ashley eine Art rachsüchtige Hexenmeisterin, die es darauf abgesehen hat, fiktive Figuren *in medias res* aus ihren Geschichten zu reißen?«

»Nicht, dass ich wüsste.« Ein schrecklicher Gedanke kam mir in den Sinn. »Du glaubst doch nicht, dass eine böse Gestalt im Laden aufgekreuzt ist, als sie hereinkam, sie erstochen hat und dann weggelaufen ist, oder? Es könnte Jack the Ripper oder Hannibal Lecter gewesen sein oder ...«

Heathcliff schüttelte den Kopf. »Nein. Wir würden es wissen.«

»Wir verspüren ein seltsames Gefühl, wenn es passiert«, sagte Morrie. »Eine unsichtbare Kraft stößt grob eine Hand in deine Brusthöhle und schüttelt deine Organe durcheinander. Keiner von uns hatte dieses Gefühl letzte Nacht ...«

»Hey, ist jemand hier drin?«

Morrie erstarrte. Mein Herz hämmerte. Jemand war unten im Laden. »Ich habe dir doch gesagt, du sollst das Bücherregal stehen lassen«, zischte Heathcliff Moriarty zu.

»Das habe ich. Die Bastarde müssen es verschoben haben

oder durch den Hintereingang gekommen sein. Auf jeden Fall brechen sie ein.«

Heathcliff sprang auf seine Füße. Grimalkin heulte auf, als sie unsanft zu Boden geschleudert wurde. »Ich werde ihnen eins um die Ohren hauen!«

»Nein. Ich kümmere mich um sie.« Ich stand auf. »Sie sind sowieso hier, um mich zu sehen. Da kann ich ihnen auch gleich eine Show bieten.«

Ich machte mich auf den Weg zur Treppe. Bei der Stimmung, in der Heathcliff war, würde er der Kundin den Kopf abbeißen. Und ich ... ich brauchte ein paar Momente, in denen ich nicht mit den dreien im Raum war.

»Nein, Mina, nicht ...«, aber ich war schon auf halbem Weg die Treppe hinunter.

»Hallo, mein Name ist Mina und ich helfe Ihnen gern ...« Ich hielt inne, als ich über die Brüstung nach unten in die Eingangshalle blickte und sah, wer unsere Kundin war. Jo, die Gerichtsmedizinerin.

»Oh, hallo«, rief sie mir zu und schenkte mir ein freundliches Lächeln, das für eine Gerichtsmedizinerin gegenüber einer Mordverdächtigen völlig unangebracht schien. Mein Herz machte einen Sprung. *Bedeutete das, dass sie meinen Namen reingewaschen hatten?* »Draußen ist die Menge versucht, die Vordertür aufzubrechen, also bin ich hintenrum gegangen. Eines der Fenster war lose, also habe ich einfach ...« Sie bewegte ihre Arme, als würde sie den Fensterflügel hochschieben und in den Laden rollen.

»Heathcliff öffnet den Laden heute nicht«, sagte ich vorsichtig, denn ich wusste, dass sich hinter dem Lächeln die Frau verbarg, die mich für lange Zeit ins Gefängnis bringen konnte. »Ich versuche, ihn davon zu überzeugen, dass es besser wäre, den Gaffern zu trotzen, damit es nicht zu einem Aufstand kommt.«

»Ich sage, lasst den Aufstand beginnen«, sagte Jo. »Das letzte Mal, dass in Argleton etwas Aufregendes passiert ist, war, als Danny Evans seinen Lastwagen in die Seite des Pubs gefahren hat.«

Ich lachte und erinnerte mich gut an den Vorfall. Mama hatte an diesem Abend in der Kneipe getrunken und war mit Glassplittern im Bein über die Wiese zu mir in den Buchladen getaumelt, um mir die Geschichte zu erzählen. »Ich war acht, als das damals passierte. Bist du also von hier? Du siehst ungefähr so alt aus wie ich, aber ich kenne dich nicht aus der Schule.«

»Ich bin ein paar Jahre älter«, sagte Jo. »Meine Mama ist gestorben, als ich sechs Jahre alt war, und ich bin mit meinem Vater eine Zeit lang immer wieder umgezogen, habe studiert und bin dann wieder hierher zurückgekehrt. Ich schätze, es ist schwer, dem alten Ort zu entkommen, oder?«

»Das stimmt. Das mit deiner Mama tut mir leid.«

»Mir tut es leid wegen der Leiche in deinem Laden«, sagte Jo. »Falls es dich tröstet: Ich habe heute Morgen meine Untersuchung abgeschlossen und glaube nicht, dass du die Mörderin bist.«

»Nein?«

»Nein. Das Messer wurde mit erheblicher Kraft geführt, was normalerweise eine Angreiferin ausschließen würde. Aber du musst nicht mich überzeugen, und Hauptkommissar Hayes hat dich auf jeden Fall im Visier.«

»Oh, gut. Was machst du denn hier?«

»Oh, richtig. Ja. Du denkst wahrscheinlich, dass es total irre ist, in einen Tatort einzubrechen, aber die Wahrheit ist, dass ich gestern Abend meinen Pullover hier vergessen habe, und hoffte, ich könnte ihn holen. Es ist mein Lieblingspulli. Außerdem ... fahre ich nach London zu einem Glaskörper- und Enukleationskurs und ich brauche etwas zum Lesen im Zug.« Jo drehte sich auf dem Absatz um und wies auf die mit Büchern vollgestopften Regale. »Ich wusste bis gestern Abend gar nicht, dass es diesen Laden gibt, und jetzt weiß ich nicht, wo ich anfangen soll.«

»*Was* für einen Kurs?«

»Glaskörper und Enukleation. Glaskörper nennt man die klare Flüssigkeit zwischen der Linse und der Netzhaut in deinem Auge. Ich bringe den Pathologietechnikern bei, wie man es mit einer Spritze für toxikologische Untersuchungen entnimmt. Bei der Enukleation wird der ganze Augapfel entfernt ...«

»Schon gut. Ich brauche das nicht so genau zu wissen. Klingt nach Spaß.« Bei dem Gedanken daran drehte sich mir der Magen um. Ich erinnerte mich an den Bücherstapel neben Quoths Bett. *Ich wette, er und Jo haben einen ähnlichen Geschmack.* »Ich habe etwas gesehen, das dir gefallen würde, aber ich muss erst fragen, wo ich es finden kann. Sieh dich ruhig nach deinem Pullover um, während ich mit Heathcliff spreche.«

Ich eilte zurück nach oben, wo Heathcliff bereits seine Nase in ein Buch vergraben hatte, und Morrie versuchte, einen nun menschlichen Quoth davon zu überzeugen, eine maßgeschneiderte Weste anzuprobieren. »Es ist Jo. Sie ist durch ein Fenster geklettert. Sie ist auf dem Weg zu einer Augentagung und will ein Buch kaufen. Ich habe mich gefragt, ob es eines der Bücher, die Quoth gelesen hat, zum Verkauf gibt?«

Quoth zog sich seine zweite Socke an und richtete sich auf. »Ich werde sie für dich besorgen. Ich habe sie alle gelesen.«

»Danke«, aber er war schon verschwunden.

»Hat Jo etwas über die Ermittlungen gesagt?«, fragte Morrie.

»Nur, dass die Wucht des Messerstichs auf einen

männlichen Angreifer hindeutet, aber der Hauptkommissar mich immer noch für verdächtig hält.«

Quoth kam zurück und reichte mir eine Auswahl an Büchern. »Das waren meine Lieblingsbücher.«

Ich kam die Treppe wieder herunter, als Jo gerade einen schwarzen Kapuzenpulli hinter einem Bücherregal hervorholte. Ich reichte ihr die Bücher. »Das sind alles wahre Kriminalgeschichten und grausame Dinge, die dir gefallen werden. Hier geht es um die Geschichte des Giftes und hier um die H. H. Holmes-Morde in Chicago ...«

»Hey, danke.« Jo studierte das Cover des Giftbuches. »Das sieht perfekt aus. Das nehme ich.«

»Großartig. Ich werde es für dich abrechnen.« Ich führte sie zum Tresen und tippte die Summe in die alte Kasse. »Tu mir nur einen Gefallen und erzähl mir davon, wenn du zurückkommst. Das Buch, nicht den Kurs. Ich will nichts über Augäpfel und Spritzen hören, aber ich will das hier lesen.«

»Mach ich. Vielleicht können wir einen Kaffee trinken und ich erzähle dir von den Giftfällen, an denen ich im Laufe der Jahre gearbeitet habe. Wusstest du, dass Strychninvergiftungen oft mit Tetanus verwechselt werden, bis der toxikologische Befund des Leichnams etwas anderes ergibt?« Jo schlug sich die Hand vor den Mund. »Oh, das tut mir leid. Ist das seltsam? Es ist total seltsam, oder? Ich will dir kein Ohr mit Augäpfeln und Giften abkauen.«

»Für mich ist es gerade seltsam genug.« Ich grinste und bemerkte das Misfits-Logo auf der Vorderseite ihres Kapuzenpullis, als ich ihre Quittung aufschrieb. Heathcliff führte immer noch handschriftliche Aufzeichnungen, weil er ein Verrückter war, der anscheinend fest entschlossen war, in der imaginären Zeit, aus der er stammte, zu bleiben. »Stehst du auf Punk?«

»Und wie. Vor allem auf Sachen, in denen es um Horror,

Blut und Eingeweide geht.« Jo diktierte mir ihre Nummer und ich schickte ihr eine Textnachricht mit einem Smiley-Gesicht. Sie hielt ihr Telefon mit meiner Nummer hoch. »Jetzt habe ich dich. Wir können mehr über Gift und Punk reden, wenn wir Kaffee trinken. Und kann ich mir auch sicher sein, dass du diese SMS nicht geschrieben hast?«

»Welche SMS?«

»Oh.« Jo schlug die Hände vor den Mund. »Ich darf nichts sagen. Du wirst es bald von der Polizei erfahren. Aber mach dir keine Sorgen. Sie werden sehen, dass es nicht zu deiner üblichen Ausdrucksweise passt und woanders suchen.«

Das klang nicht sehr vielversprechend.

Ich begleitete Jo zurück zum Fenster. Sie kletterte hinaus und sprintete um die Ecke, ihr Giftbuch unter den Arm geklemmt. Ich mochte Jo bereits. Jeder, der durch ein Fenster kletterte, weil er dringend ein Buch zum Lesen brauchte, war für mich schwer in Ordnung. Bei dem Gedanken, sie auf einen Kaffee zu treffen, drehte sich mein Magen vor Aufregung um. Ich wollte, dass sie meine Freundin wurde, aber es war schwer, eine Freundschaft mit einer Person zu beginnen, die dich am Ende vielleicht wegen Mordes überführte.

Sobald Jo außer Sichtweite war, rannte ich zurück nach oben. Morrie saß bereits an seinem Computer, und Quoth und Heathcliff standen sich vor dem Kamin gegenüber, ein Schachbrett zwischen ihnen. Quoth hatte sich in seine Vogelgestalt zurückverwandelt und trabte über das Brett, um die Figuren mit seinem Schnabel zu bewegen.

»Die Polizei hat eine SMS auf Ashleys Handy gefunden, rief ich aus. »Jo schien anzudeuten, dass ich dahinterstecke.«

Heathcliffs Blick hätte einen Vulkan einfrieren können.

Morrie zückte sein Handy und tippte auf den Bildschirm. »Richtig. Sie haben eine Nachricht von einem Wegwerfhandy gefunden, die dreiunddreißig Minuten vor dem Fund der Leiche abgeschickt wurde. Sie lautet: 'Könn wir uns treffen? Es ist safe. K1er bewach den Laden.'«

Ich schaute ihm über die Schulter. »Jeder, der mich kennt, weiß, dass ich nie eine SMS mit falscher Rechtschreibung oder Zahlen anstelle von Wörtern verschicken würde. Aber wie hast du diese SMS gefunden? Haben sie sie an die Zeitungen weitergegeben? Was haben sie über mich gesagt? Haben sie wenigstens ein Bild bekommen, auf dem ich gut aussehe?«

»Du stehst noch nicht in der Zeitung, meine Hübsche.«

»Woher hast du dann den Text?«

»Aus der Polizeiakte.«

»Aber ... Polizeiakten sind nicht öffentlich.«

»Nein.« Morrie öffnete eine App auf seinem Handy. Sein Finger hielt über einer großen roten Taste inne. »Willst du, dass ich die Datei beschädige und dafür sorge, dass die Daten verloren gehen?«

Da ich jetzt wusste, wer Morrie wirklich war, hätte ich nicht überrascht sein sollen. »Nein. Ich will, dass sie Ashleys Mörder fangen, und außerdem wäre das noch verdächtiger. Wir müssen abwarten und hoffen, dass sie nicht alles vermasseln. Aber diese SMS bedeutet, dass Ashley mir nicht einfach hierher gefolgt ist. Jemand wollte, dass sie kommt. Aber warum? Wer wollte Ashley treffen?«

15

Als sie nach ein paar Stunden merkten, dass wir den Laden nicht öffnen würden, um ihnen ihr fröhliches Herumschnüffeln zu ermöglichen, zerstreuten sich die Klatschtanten und Frau Ellis kehrte in ihre Wohnung zurück. Heathcliff, Quoth und ich tranken den Teebestand des Ladens leer und veranstalteten ein Schachturnier. Heathcliff weigerte sich, Morrie spielen zu lassen. »Er schummelt.« »Das tue ich nicht. Ich sage nur den Ausgang des Spiels auf der Grundlage von bekannten Anzeichen und Wahrscheinlichkeiten voraus.« »Ist doch dasselbe.« Also setzte er sich an sein Telefon und hackte weitere Polizeiakten. Wir stellten Theorien über Ashleys Mord auf und darüber, worin sie verwickelt gewesen sein könnte, aber keine von ihnen klang plausibel.

Die Sache war die, dass ich nicht wusste, was in Ashleys Leben vor sich ging. Nicht wirklich. Obwohl wir zusammen in New York City gelebt hatten, hatten wir uns seit Beginn unseres Praktikums immer weiter voneinander entfernt. Sie hatte sich mit einer Reihe von Mode-Influencern von altem amerikanischen Geld angefreundet. Nach der Arbeit ging sie aus und betrank sich, während ich im Studio blieb, um die Details für das Shooting am nächsten Tag fertigzustellen. Wenn Ashley nicht gerade auf den Yachten ihrer Freunde feierte, beschäftigte sie sich mit ihrem Instagram-Account, machte Fotos, antwortete auf Kommentare und betrieb nebulöses »Networking«. Firmen hatten sogar angefangen, ihr kostenloses Make-up und Kleidung zu schicken. Ashleys Instagram las sich wie ein Comic für das Traumleben, das ich mir damals in Argleton ausgemalt hatte. Bilder von uns beiden, wie wir vor dem Büro, auf dem roten Teppich oder in der ersten Reihe bei der Fashion Week lächelten. Aber hinter diesem Lächeln lag eine Spannung, die uns auseinandertrieb. Ich hatte Ashley überhaupt nicht mehr gekannt.

Aber ich wusste von jemandem, der es wissen könnte.

Ich verließ das Nevermore durch den Hintereingang und schlüpfte durch die schmale Gasse hinter dem Laden in die Donahue Road, wo am Ende der Reihe ein kleines, rundherum von Glyzinien umwachsenes Häuschen stand. Ich lehnte mich an das weiße Tor, atmete tief ein und ließ den Duft von Glyzinien und Rosen über mich strömen, der Erinnerungen von Blättern, die im Wind wehten, mit sich brachte. Ashley und ich auf der Schaukel auf der Veranda sitzend, Zigaretten rauchend, Rum und Cola trinkend und über die Jungs redend, die wir mochten. Ich stand jeden Morgen vor der Schule am Tor und wartete darauf, dass Ashley herauskam, ihren Rucksack schwang und über ihre Mutter schimpfte. Ashley und ich, wie wir ihren jüngeren Schwestern halfen, einen Feengarten an der Eingangstreppe anzulegen, indem wir kleine Türen und Fliegenpilze aus Knete modellierten, um sie zwischen den Blumen zu verstecken, und Lichterketten um das Geländer herum aufhängten. Mir schnürte sich die Kehle zu, als ich bemerkte, dass die Lichter am Eisengeländer durchhingen.

Ich stieß das Tor auf. Der Garten umhüllte mich, als ich die ausgetretenen Pflastersteine betrat, über die ich schon so oft gelaufen war. Ich vermied es, auf den Feengarten hinunterzublicken, weil ich wusste, dass mir dann die Tränen kommen würden. Ich trat auf die Veranda und klopfte an die Tür.

Im Haus rührte sich nichts. Ich wartete, mein Herz schlug mir bis zum Hals. *Vielleicht war sie nicht zu Hause. Vielleicht ...*

Die Tür flog auf. Ashleys Mutter stand im Türrahmen. Ihr sonst so ordentliches, mit grauen Strähnen durchzogenes Haar war völlig zerzaust, ihre makellosen Kleider waren zerknittert und ihr gebrochenes Herz war auf ihrem ganzen Gesicht zu sehen.

»Oh, Mina!« Sie schlang ihre Arme um mich und hüllte mich in ihre Wärme ein. Ich sank in sie hinein. In diese Frau, die mich nach der Schule mit Snacks fütterte und meine Haare für den Schulball frisierte. Und die mich nicht ein einziges Mal zwang, einen Smoothie aus grünem Tee, Spargel und Cayennepfeffer zu trinken. Ich wünschte, ich könnte ihr geben, was sie brauchte. Aber ich konnte ihr Ashley nicht zurückgeben.

»Hey, Tante Emma«, murmelte ich in ihr Hemd. »Es tut mir so leid wegen Ashley.«

»Du Ärmste, das weiß ich doch«, flüsterte sie zurück. »Die Polizei hat gesagt, du hättest ihre Leiche gefunden. Ich wusste nicht einmal, dass du wieder in der Stadt bist. Ashley war immer so dankbar, dass du mit ihr nach New York gegangen bist. Ihr wart so gute Freundinnen.«

Ich war nicht mit Ashley nach New York gegangen, sie war mit mir nach New York gegangen! Natürlich hatte sie versucht, sich meinen Traum zu eigen zu machen und dafür gesorgt, dass sich alles um sie drehte.

Ich schob den hässlichen Gedanken beiseite und konzentrierte mich darauf, was Emmas Worte mir verrieten.

Ashley hatte ihr also nichts von unserem Streit erzählt. Gut, das würde die Sache einfacher machen.

»Ich bin vorbeigekommen, um zu sehen, ob ich etwas tun kann, ob ich irgendetwas für euch tun kann. Ich wollte nur ...« Ich schüttelte den Kopf. »Ich weiß nicht, was ich tun soll.«

»Ich auch nicht, Süße.« Emma trat einen Schritt zurück und hielt die Tür auf. »Bitte, komm rein.«

Ich betrat das Haus. Vertraute, beruhigende Gerüche strömten auf mich ein. Als Teenager hatte ich so viel Zeit in diesem Haus verbracht, Sonntagsbraten gegessen, mich geschminkt und im Wohnzimmer zu *Rancid* getanzt. Ashley hatte zwei jüngere Schwestern, und ihr Zuhause war das genaue Gegenteil von meinem. Warm und vorstädtisch und voller Spielzeug und Markensnacks und Kunstwerken an den Wänden und Möbeln, die nicht vom Straßenrand stammten. Und mit Budget für lustige Dinge. Ich konnte nicht mehr bis in die Ecken sehen, aber ich wusste, dass sie mit Spielzeug und Brettspielen und Spielkisten vollgepackt waren.

»Willst du ein Stück Kuchen?« Emma winkte mit dem Arm in Richtung der Küchentheke, die unter dem Gewicht von Pyrex-Schalen und Auflaufformen nachgab. »Die Nachbarn bringen ständig Essen vorbei, als ob ich nicht selbst kochen könnte.«

»Ähm ... klar.« Ich wollte keinen Kuchen, aber ich wusste aus meinem eigenen Kummer wegen meiner Augen, dass es einem half, den Tag zu überstehen, indem man irgendetwas tat. Emma liebte es, die Gastgeberin zu spielen, und ihr Körper erinnerte sich an die Bewegungen, auch wenn ihr Herz taub war. Sie wuselte in der Küche herum, wischte einen Teller ab und nahm die Deckel von verschiedenen Schüsseln.

»War die Polizei schon da?«, fragte ich und beugte mich hinunter, um die Taschen und Tüten zu durchsuchen, die über den Wäscheklammern im Flur hingen. *Gibt es hier irgendetwas aus Ashleys Besitz?*

»Oh ja. Sie haben mir alle möglichen Fragen gestellt. Warum ist Ashley aus New York nach Hause gekommen? Mit wem ist sie unterwegs gewesen? Hat jemand einen Groll gegen sie gehegt oder hat sie erwähnt, dass sie vor jemandem Angst hat? Als ob meine Ashley Feinde haben würde.« Emma schluckte einen Schluchzer zurück. »Sie war so glücklich in New York und hatte gerade diesen tollen Job bekommen.«

»Ja, sie hatte großes Glück«, sagte ich und bemühte mich, das Gift aus meiner Stimme herauszuhalten.

»Ich verstehe es einfach nicht.« Emma knallte die Kühlschranktür so fest zu, dass die Regale wackelten. »Ashley sollte jetzt in New York sein und ihre Träume leben und nicht *ermordet* in der Leichenhalle liegen. Weißt du, warum sie nach Hause gekommen ist? Sie hat mir erzählt, dass der Designertyp auf einer Art Retreat war, aber sie schien abwesend zu sein. Ich habe sie nicht gefragt. Ich hätte sie fragen sollen.«

»Shhhh.« Ich ließ die Tasche fallen, in der ich gewühlt hatte, und eilte in die Küche, um Emma zu umarmen. »Es ist nicht deine Schuld. Wir wissen nicht, was passiert ist.«

Sie schaute mich durch die von ihren Tränen überströmten Finger an. »Es tut mir so leid, dass ich dich so damit überfalle. Ich ... Was hatte sie überhaupt in diesem dreckigen Buchladen zu suchen? Keiner im Dorf traut dem Zigeuner, dem der Laden gehört. Eine unflätige, betrunkene Kreatur. Ich wette, er ...«

»Herr Earnshaw mag ein bisschen grob sein«, sagte ich und drückte sie etwas fester, als ich beabsichtigt hatte. »Aber er ist nicht verantwortlich für das hier. Er hat ein Alibi. Ich verspreche dir, dass ich alles tun werde, was ich kann, um herauszufinden, wer das getan hat. Apropos, ich habe mich gefragt, ob Ashley Gepäck dabeihatte. Wir haben zusammen an einem Projekt gearbeitet und ich wollte es vor der Beerdigung fertigstellen, um sie zu ehren.«

»Natürlich. Ich glaube, das würde Ashley gefallen. Ihr Koffer steht am Ende des Sofas.« Emma wandte sich wieder der Bank zu und wischte sich mit ihrem Ärmel über die Augen. »Ich bringe dir auch ein paar Toad-in-the-Holes mit.«

»Das wäre schön, danke.« Ich fummelte an der Sofakante entlang und holte Ashleys schönen Hermes-Reisekoffer hervor. Ich öffnete den Reißverschluss und stöberte in den Stapeln von Kleidung und Make-up, auf der Suche nach etwas, das mir einen Hinweis darauf geben könnte, warum sie wirklich nach Hause gekommen war. Die Polizei hatte ihre Birkin-Tasche, aber merkwürdigerweise hatte sie ihr Portemonnaie nicht dabeigehabt. Ich fand es in der versteckten Tasche im Inneren des Koffers. Ich klappte es auf, aber es war nichts Interessantes drin. Nur ein Bündel zerknüllter US-Dollar, ihre Visitenkarten »Ashley Greer - Fashion Influencer« und eine Notiz von Marcus Ribald auf einem schwarz umrandeten Post-it. »Du bist mein Star, Ashley! Du bist die Einzige, der ich vertraue.«

Feuer loderte in meinen Adern. *Er sollte mir vertrauen.*

»Hast du bemerkt, dass Ashley einen Diamantring getragen hat?«, fragte ich Emma, als ich die Tasche durchwühlte.

»Die Polizei hat mich nach einem Ring gefragt«, rief Emma zurück und klapperte mit dem Geschirr. »Ich habe ihn noch nie gesehen. Er war auch nicht gerade ihr Geschmack.«

»Ja. Es war wahrscheinlich ein Werbegeschenk einer Modeveranstaltung. Wir bekamen immer irgendwelche Sachen geschenkt.«

Hinter dem Portemonnaie befanden sich ein dicker Umschlag und ein Stapel Papier. Dickes Papier, wie wir es im Büro für Modezeichnungen verwendeten. Ich hielt das Papier hoch, aber das Licht in Emmas Wohnzimmer war zu schwach, um zu erkennen, was darauf gezeichnet war. Ich steckte die Blätter und den Umschlag in meine Tasche, als Emma aus der Küche kam und zwei Teller mit Essen in der Hand hatte.

Ich starrte entsetzt auf den Teller. Sie hatte alles Mögliche zusammengemischt: Toad-in-the-Hole, eine riesige Scheibe Lasagne, zwei Pizzastücke und eine Art fischig riechenden Taco. Daneben lag ein Stück Blaubeerkuchen, über das die Soße tropfte.

»Das ist ... ein ganz schönes Festmahl, Tante Emma.«

»Oh«, Emma starrte auf den Teller, als ob sie ihn zum ersten Mal sehen würde. »Tut mir leid, ich habe es wohl übertrieben. Bitte, iss nur, was du willst und lass den Rest liegen. Oh, und hier, jemand hat mir diese Tüte mit Karamellbonbons gegeben und ich will nicht, dass die Mädchen sie alle aufessen, nachdem ich gerade ihre Zahnspangen bezahlt habe. Nimm sie, bitte. Teile sie mit deiner Mama.«

Ich steckte die Karamellbonbons in meine Tasche, wo sie auf den Papieren lagen. Emma biss zaghaft ein Stück vom Rand der Lasagne ab. »Ich kann einfach nicht glauben, dass jemand meiner Ashley so etwas antut. Sie hat nie jemandem wehgetan.«

Das stimmte nicht ganz. Ich dachte an Ashleys selbstgefälliges Gesicht, als ich an ihr im Flur vor Marcus' Büro vorbeiging. Und daran, wie sie abfällige Bemerkungen über die Outfits anderer Mädchen gemacht hatte, wenn sie jemandem begegnet war, der mächtiger war als sie. Oder daran, wie sie den armen Darren in der Oberschule gequält hatte. »Hat dir die Polizei etwas gesagt?«, fragte ich. »Haben sie eine Spur?«

»Sie haben gesagt, dass sie einen Verdächtigen im Visier haben. Aber mehr wollen sie mir nicht sagen.« Emma starrte auf ihren Teller und schob das Gemüse mit der Gabel hin und her, ohne es an die Lippen zu führen. »Sie haben viele Fragen über Ashleys Zeit in New York gestellt, über ihre Freunde und sogar über dich, kannst du dir das vorstellen? Meine Tochter liegt auf einer Metallplatte und sie verschwenden ihre Zeit damit, ihre beste Freundin zu durchleuchten.«

»Richtig, ja, sie machen nur ihre Arbeit.« Ich zappelte in meinem Sitz und Ashleys Papiere brannten mir ein Loch in die Tasche. »Und ich habe sie gefunden, also müssen sie mich durchleuchten. Ich bin sicher, das ist reine Routine.«

Reine Routine. So sehr ich auch versuchte, mir einzureden, dass Jo recht hatte und die gefundene Textnachricht mich entlasten könnte, lief es mir kalt den Rücken herunter bei dem Gedanken, dass dieser Albtraum gerade erst begonnen hatte.

Ich saß noch ein paar Stunden bei Emma, bis die Mädchen von ihren Großmüttern nach Hause kamen. Sobald das Haus wieder ein schreiendes Durcheinander war, ging ich. Emma musste bei ihrer Familie sein.

Ich ging an der Buchhandlung vorbei. Es war schon nach Ladenschluss und die Eingangstür blieb verschlossen. Ich bemerkte, dass die Lichter in den Fenstern im Obergeschoss brannten. Etwas drehte sich in meinem Bauch. Ich wollte nicht nach Hause zu Mama und ihrem schwabbelnden Bauch gehen. Nicht heute Abend, noch nicht. Ich wollte den Jungs zeigen, was ich gefunden hatte.

Ich schlug mit der Faust gegen die Tür, dann wurde mir klar, dass sie mich von oben auf keinen Fall hören würden, vor allem, wenn Morrie seine Gaming-Kopfhörer aufhatte und Heathcliff entschlossen war, die Außenwelt zu ignorieren. Ich zog eines von Emmas Karamellbonbons aus meiner Tasche und warf es gegen das Fenster im Obergeschoss.

Nachdem ein zweites Karamell das Glas getroffen hatte, glitt das Fenster auf und ein Schatten erschien über dem Sims. »Wer ist da?«, rief eine Stimme. *Quoth.* »Wer klopft an unsere Tür?«

»Ich bin es, Mina. Kannst du mich reinlassen?«

»Sicher. Solange du aufhörst, gute Karamellbonbons zu verschwenden.«

Quoth ließ mich durch die Hintertür rein. Oben angekommen, fand ich die Jungs genau dort, wo ich sie erwartet hatte. Heathcliff am Feuer, Grimalkin zusammengerollt in seinem Schoß und ein Buch über die Stuhllehne gehängt. Morrie an seinem Computer. Quoth zog sich in die Schatten zurück.

»Ich habe gerade Ashleys Mama besucht.« Ich ließ mich auf den Stuhl gegenüber von Heathcliff fallen und warf die Karamellbonbons auf den Tisch neben ihm. »Ich habe etwas in ihrem Koffer versteckt gefunden. Wollt ihr es sehen?«

Das brachte eine Reaktion hervor. Morrie schoss durch den Raum, als hätte ich ihm eine Fußmassage angeboten. Heathcliff lehnte sich in seinem Stuhl nach vorne und kippte Grimalkin auf den Boden, wo sie ihren Herrn entrüstet anstarrte, bevor sie sich umdrehte, um ihr Arschloch zu lecken. Quoth schlüpfte aus dem Schatten und legte sich über die Lehne von Heathcliffs Stuhl, wobei sein schwarzes Haar in einem leuchtenden Wasserfall über sein Gesicht fiel.

An einem langen Arm neben meinem Stuhl hing eine Stehlampe, die vorhin noch nicht da gewesen war. Ich schob sie rüber, sodass sie auf meinen Schoß schien, und breitete die Seiten unter dem Lichtkreis aus. Es waren Modeskizzen, Frauen mit unmöglich langen Beinen und schmalen Taillen, geschmückt mit fransigen Lagenröcken mit Lederdetails, Lederjacken mit hohen Kragen und Spitzeneinsätzen und hochgeschlossenen Blusen mit PVC-Manschetten. Eine geniale Mischung aus viktorianischer Trauermode und Rock'n'Roll-Chic.

Waren das Ashleys Zeichnungen? Sie hatte sie mir noch nie gezeigt. Ich hielt mir jede Seite vors Gesicht und begutachtete die Linien. *Nein, nicht Ashleys.* Zum einen waren sie erstaunlich.

Die Struktur der Kleidungsstücke, die Detailgenauigkeit, sie sahen eher nach einem professionellen Designer aus als nach einer Praktikantin im ersten Jahr. Aber irgendetwas an ihnen kam mir bekannt vor.

»Das sind nur Zeichnungen von richtig schäbigen Klamotten.« Morrie hielt die Spitzen- und Lederjacke neben Quoths Gesicht hoch. »Hey Kumpel, das sieht nach deinem Stil aus.«

»Das sind die Entwürfe von Marcus Ribald, da bin ich mir sicher. Aber ich habe diese Stücke noch nie gesehen.« Ich schielte auf das kleine Gekritzel in der Ecke. Ja, das war Marcus' Unterschrift. Daneben stand noch etwas geschrieben, das ich nicht erkennen konnte. Ich reichte die Zeichnung an Heathcliff weiter. »Kannst du das lesen?«

Quoth nahm es Heathcliff aus der Hand. »Da steht Couture, PFW.«

Ich schnappte nach Luft. »Das ist Marcus' kommende Kollektion für die Pariser Modewoche. Auf keinen Fall würde er diese Zeichnungen jemals aus den Augen lassen, geschweige denn aus dem Atelier. Wir müssen alle eine Geheimhaltungsvereinbarung unterschreiben, wenn wir für ihn arbeiten, damit die Konzeptzeichnungen vor seinen Konkurrenten geheim bleiben. Marcus würde nie zulassen, dass einer von uns sie so mit sich herumträgt. Er war zu besorgt über, dass ...« Ich hielt mir die Hand vor den Mund.

»Was ist los, meine Hübsche?« Morrie beugte sich vor, ein böses Grinsen umspielte seine Mundwinkel. »Ist dir gerade klargeworden, dass deine Freundin sie an den Höchstbietenden verkaufen wollte?«

Niemals. Auf keinen Fall würde Ashley Marcus' Entwürfe verkaufen. Sie verehrte Marcus genauso sehr wie ich, und wenn sie erwischt würde, wäre ihre Modekarriere vorbei. Sie würde ihre Chance nicht verspielen, indem sie ...

Heilige Isis.

Letztes Jahr hatte die konkurrierende Designerin Holly Santiago einen purpurroten Mantel mit persischen Stickereien auf dem Laufsteg präsentiert, ein paar Wochen bevor Marcus seine Empire-Kollektion vorgestellt hatte. Kommentatoren hatten Marcus wegen der Ähnlichkeiten in der Boulevardpresse fertiggemacht und ihn einen Nachahmer und unoriginell genannt, weil er den Mantel nachgemacht hatte. Marcus war stinksauer und überzeugt gewesen, dass jemand im Büro seinen Entwurf gestohlen und an Holly verkauft hatte. Aber ich hatte ihm versichert, dass es nur ein Zufall war. Schließlich konnte Marcus nicht der Einzige gewesen sein, der auf die Idee kam, die alte persische Kultur mit High Fashion zu verbinden.

In derselben Woche trug Ashley stolz eine brandneue Louis Vuitton-Tasche herum. Sie hatte gesagt, das Unternehmen habe sie ihr aufgrund ihrer Instagram-Follower geschenkt. Aber das war eine teure Tasche, die sie da an jemanden verschenkten, der praktisch ein Niemand war. Und jetzt war Ashley mit einem Messer aus eben dieser Show getötet worden und hier waren Zeichnungen für eine noch nie veröffentlichte Marcus Ribald-Kollektion in ihrer Handtasche.

Unter dem Stapel lag ein weißer Umschlag. Auf der Vorderseite stand Ashleys Name in einer krakeligen Schrift, die ich nicht kannte. An den Ecken des Umschlags war Klebeband angebracht, und beim Abreißen des Klebebands war etwas Papier abgerissen worden. Es sah ein bisschen wie eine Buchseite aus, aber es war schwer, es genau zu erkennen.

Ich schob meinen Finger unter das Klebeband, das den Umschlag verschloss, und zog einen Stapel Hundertpfundnoten heraus.

16

Ich starrte auf all das Geld in meinen Händen.

Es war wahr.

Ashley hatte Marcus Ribalds kommende Kollektion an einen anderen Designer verkauft, wahrscheinlich an Holly Santiago. Entweder das oder Marcus Ribald hatte ihr einen *verdammt* hohen Bonus gegeben.

Das könnte erklären, warum Ashley nach Großbritannien zurückgekehrt war, aber es erklärte immer noch nicht, wie sie tot im Laden gelandet war.

»Die Textnachricht«, flüsterte ich. »Vielleicht wollte Ashley sich mit jemandem im Laden treffen, um die Zeichnungen auszutauschen. Aber warum sollte sie sich hier treffen ...«

»Als sie tagsüber kam, meintest du doch, sie verhielt sich seltsam?«, fragte Morrie.

»Nun, dass Ashley in einer Buchhandlung ist, *ist* seltsam. Der einzige Grund, warum sie hier reinkam, war, um mit mir abzuhängen. Sie hat immer gesagt, es wäre so deprimierend und einsam.«

»Vielleicht hat sie es deshalb für einen guten Ort für den Austausch gehalten. Aber warum sollte sie vorher hierherkommen und …« Morrie schnippte mit den Fingern. »Ich habe es gelöst. Ich bin ein Genie. Folgt mir.«

»Muss ich dafür aus meinem Stuhl aufstehen?«, knurrte Heathcliff.

»Ja. Komm schon!«

Ich folgte Morrie die Treppe hinunter, neugierig darauf, was er entdeckt hatte. Er blieb vor dem Soziologieregal stehen, genau dort, wo Ashley neulich gestanden hatte. Er überprüfte die Buchrücken. Ich konnte praktisch sehen, wie sich die Rädchen in seinem Kopf drehten.

»Das sollte einfach sein. Auf den Regalen liegt eine Staubschicht, weil Heathcliff ein ekelhafter Mensch ist, der nie putzt. Da die Leute in dieser Abteilung nicht einkaufen, ist die Staubschicht völlig unberührt. Es sei denn, jemand hat vor kurzem ein Buch herausgezogen und einen Fleck hinterlassen – ah!« Morrie zeigte auf eine Spur im Staub und zog ein Buch heraus. »Hier ist der Übeltäter.«

Morrie reichte mir den Band. »*High Fashion und die Kultur des Überflusses*«, lautete der Titel. Das war zwar etwas hochtrabend, aber das war Ashley. Als ich das Buch aufschlug, fiel ein brauner Umschlag aus dem Schutzumschlag. Ich reichte das Buch an Morrie und bückte mich, um ihn aufzuheben.

»Sieh dir das an«, Morrie hielt das Titelbild hoch und fuhr mit dem Finger über zwei Risse in den Ecken. »Ich verwette den Geheimcode meines Bankschließfachs, dass die mit dem Papier unter dem Klebeband auf deinem anderen Umschlag übereinstimmen.«

»Ich wette, da hast du recht. Und was ist das?« Der Umschlag war braun, anders als der in Ashleys Gepäck, in dem sich das Geld befand. Ich konnte keine Schrift erkennen. Ich schob meinen Finger unter das Klebeband, das den Umschlag verschloss, und zog eine weitere Zeichnung von Marcus heraus. Es handelte sich um ein Ballkleid mit Leder- und

Spitzenbahnen, die an einem Metallrahmen befestigt waren. Ich wusste, dass es das Herzstück von Marcus' Ausstellung sein sollte.

Meine Hand zitterte, als mir klar wurde, dass ich den Beweis, den wir brauchten, in der Hand hielt. Ashley Greer war im Namen der Mode getötet worden.

17

Ich grübelte über die Bedeutung dieser Entdeckung nach. Das Geld in ihrer Brieftasche, zusammen mit dem Stapel von Zeichnungen. Die Textnachricht über das Treffen im Laden. Holly Santiagos viel zu ähnliches Design und Ashleys neue Handtasche.

Ashley hatte bereits einige von Marcus' Entwürfen verkauft, und sie hatte gerade versucht, dieses Stück zu verkaufen, als der Käufer sie stattdessen umbrachte.

»Das erklärt alles«, flüsterte ich. »Wir müssen es der Polizei sagen.«

»Im Gegenteil, das wirft nur noch mehr Fragen auf.« Morrie nahm mir das Bild ab und hielt es gegen das Licht. »Du denkst, dass der Käufer Ashley getötet hat, ja? Vielleicht, damit er oder sie die Zeichnung in die Hände bekommt, ohne noch mehr Geld abzugeben? Aber warum haben sie die Zeichnung dann nicht mitgenommen?«

Da hatte er nicht ganz Unrecht. »Vielleicht hatte er das vor, aber Quoth hat ihn unterbrochen, bevor er sie mitnehmen konnte.«

»Ja, das könnte der Fall sein.« Morrie befühlte den

Buchrücken. »Aber wenn sie es so eilig hatten, warum haben sie dann angehalten, um die Kasse unten auszurauben? Es sei denn, sie haben zuerst das Geld aus der Kasse genommen. Oder es war andersherum. Vielleicht war Ashley diejenige, die für die Zeichnungen bezahlt hat. Vielleicht kann dein Marcus Ribald gar nicht richtig designen und heuert deshalb andere Leute an, die seine Entwürfe für ihn entwerfen, und sie müssen sie heimlich austauschen, damit die Modewelt die Wahrheit nicht erfährt.«

»Das ist lächerlich. Ich habe ein Jahr lang mit Marcus gearbeitet. Ich habe ihn zeichnen sehen. Er ist ein Genie. Das hier hat definitiv er gezeichnet.« Ich hielt den Umschlag hoch. »Wir sollten das zur Polizei bringen. Es würde helfen, meinen Namen reinzuwaschen.«

»Falsche Entscheidung, Süße«, Morrie nahm mir den Umschlag aus der Hand und steckte ihn in seine Jeanstasche. »Alles, was du hast, sind ein paar Zeichnungen und ein Bündel Bargeld, die du aus dem Koffer des Opfers und vom Tatort mitgenommen hast und die jetzt mit deinen Fingerabdrücken versehen sind. Wenn überhaupt, wird dich das nur noch mehr belasten, weil du genau wusstest, wo du diese Gegenstände suchen musstest.«

»Aber wenn ich nichts unternehme, um die Suche nach Ashleys Käufer zu starten, werden sie mich verhaften.«

»Ah, aber du vergisst eines, du hast den Napoleon des Verbrechens auf deiner Seite.« Morrie winkte mit der Hand in Richtung Heathcliff und Quoth. »Und diese beiden Kerle könnten von Nutzen sein.«

»Verzeih mir, wenn ich nicht voller Zuversicht bin.«

»Es wäre hilfreich, wenn wir den Endkäufer identifizieren könnten«, sagte Quoth.

Moriarty drehte den Umschlag um und betrachtete ihn von allen Seiten. »Stimmt. Ich würde mein beträchtliches Vermögen darauf verwetten, dass derjenige, der diese üble Tat begangen hat, nur ein Zwischenkontakt ist, der für jemanden arbeitet, der seine Hände sauber halten will.«

»So etwas ist schon einmal passiert.« Ich erklärte ihnen die Sache mit dem Pelzmantel und Holly Santiago. »Sie war in New York, um sich auf die Fashion Week vorzubereiten, als sie das erste Design veröffentlichte. Ashley hätte sie oder einen Zwischenkontakt leicht auf einer der Veranstaltungen der Fashion Week treffen können.«

»Wo ist Frau Santiago jetzt?«

»Sie hat ein Modehaus in London.«

»Perfekt.« Morrie tippte den Namen in sein Telefon. »Wir haben unsere erste Verdächtige. Ich werde in ihren Finanzen herumstöbern und sehen, ob ich nicht etwas finde, das sie mit Ashley in Verbindung bringt. Heathcliff, du bist morgen auf dich allein gestellt. Kontaktiere diesen Marcus Ribald und finde heraus, ob er wirklich in Martha's Vineyard ist. Mina und ich werden dieser Fashionista einen Besuch abstatten. Das heißt«, wandte sich Morrie an mich, »wenn es Mina nichts ausmacht, eine direkte Aufforderung der Polizei, in der Gegend zu bleiben, zu missachten.«

Und die Chance verpasst zu haben, meinen Namen reinzuwaschen und den Tag mit Morrie in London verbracht zu haben? »Wie der Titel meines Lieblingsalbums von Pennywise sagt: *'Fuck Authority'*. Das stört mich überhaupt nicht. Lass es uns tun.«

18

Nieselregen prasselte auf mich ein, als ich von der Siedlung zu Fuß zum Buchladen kam, um Morrie zu treffen. Ich schaute auf die Uhr, als ich um die Ecke der Butcher Street bog – 6:55 Uhr. *Gut, fünf Minuten zu früh.* Morrie schien Pünktlichkeit zu schätzen und außerdem mussten wir einen Zug (und dann noch einen Zug und noch einen Zug) erwischen.

Ich strich mir die Haare zurück und klopfte an die Ladentür. Nachdem ich um fünf Uhr aufgestanden war, um das perfekte Outfit auszusuchen, war ich mit meiner Entscheidung zufrieden: eine schwarze Jacke im Militärstil mit Samtelementen, schwarze Leggings mit Schnürung an den Seiten und meine roten Lack-Docs. Der Regen hatte zwar meine Jacke durchnässt, aber nicht meine Laune getrübt. Mein Herz raste bei dem Gedanken an die lange Zugfahrt mit Morrie, unsere Beine, die sich auf den Sitzen berührten, seine Hand, die zufällig meine streifte ...

Wo blieb er denn? Ich klopfte erneut. »Morrie?«

»Tse, tse, Mina Wilde, du weckst schon wieder die Nachbarschaft auf!«, rief Frau Ellis von ihrem Fenster herunter.

»Sieh nur, in welcher Aufmachung du um diese Zeit herumläufst! Wem machst du den Hof, dem Großen oder dem Miesepeter?«

Meine Wangen brannten. »Es tut mir leid, Frau Ellis. Ich habe nur noch keinen Schlüssel.«

»Sieh zu, dass du einen bekommst. Die Leute hier nehmen ihren Schlaf sehr ernst. Ich will keine weiteren Morde in dieser Gegend, hörst du?« Sie zwinkerte mir noch einmal zu, woraufhin sich ihr rundes Gesicht wie eine Pflaume zusammenzog. »Wenn ich du wäre, würde ich sie beide nehmen. Stell dir vor, du wärst die Gurke in der Mitte dieses sexy Sandwichs. Also, ich würde ...«

Morrie riss die Tür auf und zerrte mich ins Haus. »Guten Morgen, meine Hübsche.« Er küsste mich auf die Stirn und zauberte mir eine Gänsehaut auf die Haut.

»Du hast dir Zeit gelassen! Frau Ellis wollte mir gerade einen Vortrag über mein Sexualleben halten.«

Morrie gab mir einen Schubs in Richtung Tür. »Geh wieder raus. Das will ich hören.«

Meine Wangen erröteten. »Keine Zeit. Wir müssen einen Zug erwischen. Ich brauche meinen eigenen Schlüssel.«

»Sag das Heathcliff, während ich mich fertig mache. Das heißt, wenn du ihn aufwecken kannst.«

Ich folgte Morrie die Treppe hinauf in die Wohnung. Heathcliff schlief tief und fest in seinem Sessel, Grimalkin hatte sich in seiner Armbeuge zusammengerollt und schnurrte wie eine Kreissäge. Quoth putzte sich auf seiner Sitzstange.

Ich rüttelte an Heathcliffs Schulter, aber er rührte sich nicht.

»Besorg mir einen Schlüssel«, knurrte ich ihm ins Ohr. Er schnaubte als Antwort, aber seine Augen öffnete er nicht. Von der Sitzstange aus gab Quoth ein »hyuh-hyuh«-Geräusch von sich, das sich verdächtig nach dem Lachen eines Raben anhörte.

Morrie kam aus der Halle und trug einen großen schwarzen

Vogelkäfig. »Quoth will mitkommen, also müssen wir den im Zug mitnehmen.«

»Du machst Witze, oder?« Morrie öffnete die Tür des Käfigs, als Quoth von seiner Sitzstange herunterhüpfte und eintrat. »Die lassen uns das doch nicht mit in den Zug nehmen.«

»Doch, das werden sie. Radfahrer dürfen auch mitfahren und die sind viel unangenehmer als Raben.«

Aus dem Inneren des Käfigs schlug Quoth mit den Flügeln und stieß ein entrüstetes »Krächz!« aus.

»Tut mir leid, Kumpel«, Morrie schloss die Käfigtür. »Wir können nicht riskieren, dass du dich im Zug verwandelst, also ist dies die sicherste Option. Ich habe ein paar schöne Beeren für dich reingetan.«

»Krächz!«

In meinem Kopf stieß Quoth eine Reihe von Schimpfwörtern aus.

»So unflätige Worte in Anwesenheit einer Dame«, tadelte Morrie und nahm den Käfig in die eine und eine schlichte Ledertasche in die andere Hand. »Lass uns gehen.«

Morrie besaß kein Auto, deshalb mussten wir mit dem Zug fahren. Ich musste joggen, um mit seinen langen Schritten mitzuhalten, als er durch die engen Straßen und Gassen bis zum Bahnhof am Fluss lief. Wir kamen gerade an, als der Zug einfuhr, und wie Morrie vorausgesagt hatte, zuckte kein einziger Mensch mit der Wimper, als er Quoths Käfig an Bord hob. Wir fanden unseren reservierten Tisch im Erste-Klasse-Wagen und ich schnappte mir einen Fensterplatz. Morrie setzte Quoth auf den Sitz mir gegenüber und ließ sich dann neben mir nieder.

Ich hatte mir eine Playlist mit Oldschool-Punk-Songs zusammengestellt und zwei Bücher für die dreistündige Fahrt eingepackt. Aber Morrie hatte andere Pläne. Er holte ein magnetisches Schachspiel heraus, stellte die Figuren auf und drehte das Brett so, dass die weiße Seite zu mir zeigte. »Ladies first.«

»Wie großmütig von dir. Du wirst nicht mehr so nett zu mir sein, wenn ich dir in den Arsch trete.«

Trotz meines Geschwätzes hatte ich meinen Springer kaum in Aktion gebracht, als Morrie mich schachmatt setzte. Und er war kein gnädiger Sieger, sondern grinste und klatschte, als er die Partie in fünf Zügen gewann. Ich konnte verstehen, warum Heathcliff nicht mit ihm spielen wollte. Wir spielten noch ein paar Runden. Obwohl ich dem Spiel meine ganze Aufmerksamkeit schenkte und versuchte, mich nicht von Morries tätowierten Unterarmen oder der Art, wie seine Augenwinkel zuckten, wenn er einen Plan hatte, ablenken zu lassen, schlug er mich jedes Mal.

»Du bist gut darin«, sagte er, als er das Brett wieder aufstellte.

»Das bin ich nicht. Du hast mich gerade in neun Zügen schachmatt gesetzt.«

»Das sind drei Züge mehr, als die meisten Leute bei mir schaffen«, sagte Morrie und grinste so frech, dass mein Herz Purzelbäume schlug.

Ich hob einen Bauern auf, der nur zwei Züge überlebt hatte, und winkte Morrie damit zu. »Du hast dem armen Kerl PTBS verpasst. Nächstes Mal wähle ich das Spiel aus und es wird etwas Dummes sein, das nur vom Glück abhängt.«

»So etwas wie Glück gibt es nicht. Es ist alles ein Gleichgewicht der Wahrscheinlichkeiten.«

Ich schlug ihm auf den Arm. »Spielverderber.«

Wir begannen ein lockeres Gespräch, gesprenkelt mit Flirtversuchen. Morrie fragte mich nach meinem Leben in New York und meiner Kindheit in Argleton. Er sprach über sein Mathematikstudium und seine Faszination für Asteroiden und darüber, wie er vielleicht eines Tages zu seinem Studium zurückkehren, wieder unterrichten oder in das Raumfahrtprogramm einsteigen würde.

Ich fragte Morrie, warum er diese Dinge nicht einfach jetzt tat. Er war nicht wie Heathcliff und Quoth an die Buchhandlung und die Antworten, die sie ihm geben könnte, gebunden.

»Was glaubst du, wie gut Heathcliff oder unseren gefiederten Freund da drüben ohne mich zurechtkommen würden?« Morrie verschränkte seine langen Finger mit meinen.

Das nehme ich dir übel. Ich war durchaus in der Lage, Nagetiere zu fangen und meine eigenen Beeren zu sammeln, hallte Quoths Stimme in meinem Schädel wider. Ich zuckte bei ihrem Auftauchen zusammen. An das ganze Gestaltwandeln würde ich mich erst einmal gewöhnen müssen.

Morries eisige Augen erwärmten sich. »Selbst jemand wie ich hat das menschliche Bedürfnis, von seinen Freunden gebraucht zu werden.«

Ich ahnte, dass das nicht die ganze Wahrheit war. Hinter der Fassade des Nevermore Bookshops baute James Moriarty sein kriminelles Imperium für das einundzwanzigste Jahrhundert auf. Einerseits hatten sich seine Hacking-Fähigkeiten bereits als nützlich erwiesen, aber andererseits tat er schlimme Dinge und rechtfertigte sich nicht dafür. Er stahl Geld von Leuten und wer weiß, was noch alles ...

Wenn er nicht so heiß wäre, wenn seine Finger verschränkt mit meinen, keine elektrischen Impulse durch meinen Körper jagen würden, könnte ich dann seine Anwesenheit ertragen? Ich war mir nicht sicher, ob mir meine Antwort auf diese Frage gefiel.

Morrie ließ seinen Finger über meine Fingerknöchel gleiten, und alle moralischen Bedenken verschwanden aus meinem Kopf.

Wir stiegen zweimal um und rannten über die Bahnsteige,

während Quoth protestierend krächzte. Ehe ich mich versah, ertönte die Durchsage für Paddington Station. Ich hatte noch nicht ein einziges Mal mein Buch aufgeschlagen. Morrie musste meine Hand loslassen, um das Schachbrett einzupacken und Quoths Käfig hochzunehmen. Meine Finger kribbelten von der Erinnerung an seine Berührung.

Wir stiegen aus und schlängelten uns hinaus auf die Straße. Quoths Kopf drehte sich in alle Richtungen, während er die Menschenmassen, die Wolkenkratzer, die hupenden Autos und knallroten Busse, die die Straßen verstopften, und die vielen Sprachen, die aus den Mündern, Lautsprechern und Radios drangen, auf sich wirken ließ. Schweiß und Abgase, überquellende Mülltonnen, ausgefallene Seifen aus einem nahegelegenen Laden und alle möglichen ethnischen Lebensmittel vermischten sich zu einem einzigartigen Geruch, eklig und wunderbar zugleich.

»Ist es für dich seltsam, hier zu sein?«, fragte ich, als wir an einer Ampel anhielten und Morrie die Route auf seinem Handy kontrollierte.

»Warum sollte es seltsam sein?«

»Als du London kanntest, hatten wir noch nicht einmal Autos. Es muss eine ganz andere Stadt gewesen sein.«

»Das London, das ich kannte, hat nie existiert. Es war eine Fiktion, die Interpretation eines Mannes, wie er London haben wollte, eine Kulisse für seine Pantomime von Gut und Böse. Mit einer Sache hatte Arthur Conan Doyle allerdings recht. London war schon immer ein großer Treffpunkt der Kulturen gewesen und wird auch immer der Knotenpunkt aller Verbrechen sein. Alles, was auf der Welt passiert, führt zurück nach London.«

Ich konnte nicht länger um dieses Thema herumschleichen. »Morrie, hast du wirklich all die Dinge getan, die Sherlock Holmes in den Büchern über dich erzählt?«

Kein Zögern. Morrie grinste. »Natürlich.«

»Du warst ... du *bist* ... der Organisator der Hälfte all dessen, was in dieser großen Stadt an Bösem geschieht, und von nahezu allem, was ungeklärt bleibt?«

»So steht es auf meinen Visitenkarten.« Morrie hielt sein Telefon hoch, um die Karte zu drehen.

»Du weißt, dass es dadurch schwierig für mich wird, dich zu mögen und dir zu vertrauen. Warum musst du auch hier ein Krimineller sein? Du hast eine neue Chance im Leben, eine Chance, besser zu werden. Warum zurück ins gleiche Muster fallen?«

Morrie zog eines der Bücher aus meiner Tasche und hielt es mir vor die Nase. Es war eine Sammlung von feministischen Aufsätzen, die ich mir im Laden besorgt hatte. »Deswegen hier.«

»Ich bin verwirrt.«

»Ich habe das Buch im Laden gefunden, als ich zum ersten Mal in diese Welt kam. Dieser 'Feminismus' war noch nicht einmal ein Begriff, als ich mein Imperium aufbaute, aber er gefiel mir sofort. In dieser Autorin spüre ich einen verwandten Geist. Die Machtstrukturen dieser Welt sind stark zugunsten einer Handvoll Menschen erbaut, von denen viele diese Macht mit schändlichen Mitteln erlangt haben, während sie von sich selbst glauben, moralisch korrekt zu sein. Ich habe keine Geduld für Moral, aber ich *liebe* das Chaos. Die Welt, für die diese Autorin eintritt, diese faire und gerechte Welt, sie ist das pure *Chaos*. Ich *bin* hier, um besser zu werden, Mina. Anstatt die Machtstrukturen zu stärken, die ich mit aufgebaut habe, will ich ihnen einen Strich durch die Rechnung machen und die Dinge aus dem Gleichgewicht bringen.«

»Aber du bist ein privilegierter weißer Mann!«

»*Genau*«, grinste er. Wir überquerten die Straße und Morrie lenkte mich in eine verlassene Gasse. »Ich bringe das System von innen heraus zu Fall.«

»Ich bin mir nicht sicher, ob du das Konzept des Feminismus so richtig verstanden hast, aber ich gebe dir Punkte für den Versuch.«

»Bekomme ich dafür auch Punkte?«, knurrte Morrie. Er riss mich herum, drückte mich mit dem Rücken an die Steinwand und presste seine Lippen auf meine.

Hitze durchströmte meinen Körper, als sich seine Zunge zwischen meinen Zähnen schob und sich mit meiner verhedderte. Jeder Teil von mir erwachte zum Leben. Heiß, schmerzhaft, verlangend. Ich bog mich ihm entgegen, um mehr von seiner Hitze zu spüren.

Quoth protestierte, als sein Käfig klappernd auf das Kopfsteinpflaster fiel. Morries Hände strichen über meine Seiten, zerrten am Saum meiner Jacke und kämpften darum, die nackte Haut darunter zu erreichen. Ich beugte mich der Versuchung, die schon seit unserer ersten Begegnung in meinem Hinterkopf lauerte, und gab mich ganz seinen erfahrenen Lippen hin. Der raue Stein reizte meine Oberschenkel und Morries Hände waren überall und *Oh Isis, es fühlte sich so gut an.*

All die Angst, der Schmerz und die Anspannung der letzten zwei Tage stiegen in mir auf und verbrannten unter Morries Berührung. Seine Zunge kitzelte etwas Tieferes heraus, das schwarze Loch meiner ungewissen Zukunft, das mich zu verschlingen drohte. Sein Feuer erhellte die Dunkelheit und ich erblickte die Leere, und in diesem Moment dachte ich, dass ich mich allem, was mich erwartete, stellen und es besiegen könnte.

Meine Hände bewegten sich wie von selbst nach oben, angezogen von der Hitze, wie eine Motte von der Flamme. Ich fuhr mit meinen Fingern durch Morries Haare, brachte seine perfekt frisierten Locken durcheinander, zog ihn näher heran und schürte das Feuer, das zwischen uns tobte.

Der raue Stein zerkratzte meinen Rücken, aber das war mir egal. Mein Herz hämmerte in meinen Ohren, als Morrie seine Hand unter den Bund meiner Leggings schob. Sein Finger streichelte die Außenseite meines Höschens, das bereits feucht war. Er griff den Stoff und zerrte ihn zur Seite.

Ich kann nicht glauben, dass das passierte.

»Die Leute werden uns sehen«, wimmerte ich, als Morries Finger in mich glitt.

Oh Ishtar, es war mir egal.

»Lass es sie sehen«, murmelte Morrie gegen meine Lippen. »Lass sie eine Frau sehen, die ihr Vergnügen selbst bestimmt.«

Meine Proteste verstummten, als Morrie einen zweiten Finger in mich schob und seinen Daumen gegen meinen Kitzler drückte. Er bewegte sich in einem gleichmäßigen Rhythmus, zunächst langsam, dann kontrolliert. Ich zuckte zusammen, als die Hitze in mir brodelte.

Morrie ließ nicht zu, dass ich mich bewegte, und ließ auch nicht von seinem unerbittlichen Tempo ab. Sein Daumen hämmerte gegen meine Klitoris, während seine Finger sich ihren Weg in mich bahnten, schneller und schneller, bis Sterne in meinen Augen explodierten.

»Beiß mich, meine Hübsche.« Morrie legte seine andere Hand auf meine Lippen. Ich biss auf seine Haut, als die Hitze übersprudelte und ein Orgasmus durch meinen Körper schoss.

Ich sah Sterne. Für einen Moment wurde die Welt schwarz, dann erstrahlte sie in hellem Licht, während mein Körper gegen den rauen Ziegelstein erzitterte. Morries Hand glitt aus meinem Slip und griff nach meiner Hüfte und hielt mich an sich gedrückt, bis ich meine Beine wieder benutzen konnte.

»Whoa«, flüsterte ich.

»Wo das herkam, gibt es noch viel mehr. Du musst nur danach fragen.« Morrie hielt meine Hand hoch und küsste sie. Sein Finger streifte meine Wange und ich roch mich an ihm. Die

Art und Weise, wie er nicht versuchte, sich die Hand abzuwischen, sondern mich weiterhin, mit seinem teuflischen Lächeln angrinste, reichte fast aus, um mich wieder in eine Pfütze zu verwandeln.

Ich strich meine Jacke glatt und richtete mich auf. Sobald ich mich von der Wand löste, stürzten Schuld und Scham auf mich ein und warfen mich fast wieder zurück.

Was hatte ich mir nur dabei gedacht? Das war doch nicht ich. Am helllichten Tag vor aller Augen mit dem Finger gegen eine Wand gefickt werden. Ich durfte das nicht noch einmal zulassen, nicht mit ihm. Das war James Moriarty. Er war nicht nur irgendein Krimineller, er war der Kriminelle. Er sollte für mich verwerflich sein, nicht unwiderstehlich.

Ein anderer Mann hätte meinen abrupten Stimmungsumschwung bemerkt und mich gefragt, ob es mir gut ging, oder zumindest diese Veränderung in unserem Freundschaftsstatus erwähnt. Aber Morrie schaute nur auf seine Uhr und runzelte die Stirn. »Wir werden zu spät kommen, wenn wir uns nicht beeilen.«

Und bevor ich protestieren konnte, hob er Quoths Käfig hoch, packte mich am Arm und zerrte mich die Gasse hinunter und auf den Platz dahinter. Er ging zügig, schwang den Käfig und pfiff vor sich hin, während er an den Leuten auf der Straße vorbeiging, als wären wir ein ganz normales Pärchen, das in London unterwegs war. Als würde Morrie nicht mit zwei Fingern herumwedeln, die nach mir rochen.

Ich musste weg von ihm, um zu verarbeiten, was gerade passiert war, und um herauszufinden, was ich jetzt tun sollte, wenn ich ihn jeden Tag im Laden sah, und wegen der Tatsache, dass Quoth uns gesehen hatte.

Oh Astarte, Quoth hatte mich gerade beim Orgasmus gesehen und Heathcliff, was war mit Heathcliff?

Schuldgefühle schwollen in meinem Magen an, als hätte ich

Quoth und Heathcliff verraten, was lächerlich war, weil ich mit keinem von ihnen zusammen war. Zwischen uns lag nicht einmal der Hauch eines Versprechens in der Luft, nur diese unerbittliche sexuelle Spannung, die jede schattige Ecke des Nevermore Bookshops erfüllte.

Was sollte ich nur tun?

Ich hatte keine Zeit, weiter darüber nachzudenken, denn Morrie blieb stehen und ich krachte in ihn hinein. Quoth krächzte, als Morrie den Käfig in die Luft schleuderte, um mich aufzufangen.

»Wirfst du dich bereits auf mich, meine Hübsche?« Seine Zähne kratzten an meinem Ohrläppchen, was mir einen Schauer über den Rücken und direkt in meine Klitoris jagte und die Schuldgefühle aus meinem Kopf vertrieb. »Leider müssen wir zum Geschäftlichen kommen.«

Morrie deutete auf den Laden vor uns, Holly Santiagos Boutique. Ich hatte gestern angerufen und erklärt, dass ich aus dem Büro von Marcus Ribald komme und wir über eine mögliche Zusammenarbeit sprechen wollten. Hollys Assistentin hatte sich förmlich überschlagen, um uns diesen Termin anzubieten. Mein Blick fiel auf die strassbesetzten Kleider und Kultisten-Tuniken in den Schaufenstern.

»Ich will das.« Ich drückte meine Nase an das Glas und sabberte über ein langärmeliges T-Shirt, das mit okkulten Symbolen verziert war.

»Augen auf das Ziel, meine Hübsche.« Morries Hand schloss sich um meinen Arm. »Du wärst eine schreckliche Gaunerin. Zu leicht ablenkbar.«

»Gut. Ich will keine Gaunerin sein.«

»Dann folge meiner Führung drinnen. Ich muss mir vielleicht ein paar schnelle Lügen ausdenken.«

Ich schüttelte den Kopf. »*Ich* führe dich. Ich kenne diese Welt. Ich habe einen Plan.«

»*Ich* habe einen Plan«, schoss Morrie zurück.

»Meiner ist besser.« Ich holte eine gefälschte Gucci-Sonnenbrille aus meiner Handtasche und schob sie mir auf die Nase. Ich wusste, welche Informationen wir brauchten. Ich musste mich nur in Ashley verwandeln und so tun, als wäre mir alles scheißegal.

Morrie hielt mir die Tür auf. Eine Verkäuferin blickte vom Tresen auf und kam in einer Wolke aus Parfüm auf mich zu. »Ich habe einen Termin mit Frau Santiago«, sagte ich ihr und hielt meine Nase in die Luft. »Jane Eyre, im Auftrag von Marcus Ribald.«

Ich hoffte inständig, dass die Assistentin keine Leseratte war.

Ich hatte Glück. Die Assistentin warf einen Blick in den Terminkalender auf ihrem Tablet. »Hier entlang«, sagte sie und führte uns zu einer Wendeltreppe im hinteren Teil der Boutique. Ich sah, wie sie mein Gesicht musterte, um herauszufinden, ob ich jemand Wichtiges war.

Oben erstreckte sich das Atelier über die gesamte Etage. Ein offener Raum mit Schreibtischen, einer Fotoausrüstung, Nähmaschinen, Kisten mit Stoffen, Schnitten und Zubehör sowie Regalen mit Kleidung. Es juckte mich in den Fingern, die hölzernen Kleiderbügel beiseitezuschieben und in dieser Schatzkammer zu stöbern, aber ich hielt mich zurück und versuchte, uninteressiert zu wirken.

»Ah, Frau Eyre. Wie schön, Sie kennenzulernen.«

Holly Santiago tauchte aus dem Nichts auf. Jedes schwarze Haar auf ihrem Kopf saß perfekt an seinem Platz, als sie auf mich zukam und mir einen Luftkuss auf die Wange gab, wie es Modeleute taten. Sie trug ein weißes Racerback-Tank über einer zerrissenen schwarzen Jeans und Stiefel, die bis zu den Oberschenkeln geschnürt waren. Ihre blutroten Nägel verjüngten sich zu Krallen, die sich in meine Schulter gruben, als sie sich zurückzog. Ich hatte Holly schon zweimal auf Veranstaltungen der Fashion Week getroffen, und beide Male war sie eine kalte Schlampe gewesen. Diese herzliche Begrüßung war seltsam, aber nicht unerwartet. Ich hatte nicht erwartet, dass sie sich an mich erinnern würde. Ich war ein Niemand, aber heute trug ich Marcus Ribalds Namen.

»Holly, es ist mir ein *Vergnügen*.« Ich wies mit einer Geste auf ein plüschiges Ledersofa in der Ecke, unter einem bodenlangen Fenster mit Blick auf Soho. »Sollen wir?«

»Ja, natürlich. Das ist ein interessanter Vogel.« Holly stupste mit einem Finger gegen Quoths Käfig. Er krächzte sie zur Begrüßung an.

»Wir machen nur einen Spaziergang durch London mit ihm.« Morrie stellte den Käfig neben sich auf den Boden und schloss den Riegel heimlich auf, falls Quoth entkommen wollte, um sich irgendwo zu verstecken und sich zu verwandeln. Holly öffnete den Mund, um etwas dazu zu sagen, aber ich warf ihr Ashleys patentierten »Was kümmert es dich?«-Blick zu und sie blieb still.

»Wir sind allein?«, bellte ich Holly an.

»Ich habe meiner Assistentin freigegeben und die Boutique kurz geschlossen, wie du vorgeschlagen hast. Ich muss zugeben, ich bin neugierig. Warum sollte Marcus Ribald so heimlich mit mir reden wollen? Ich bin offen für eine Zusammenarbeit ...«

»Oh, ich bin nicht in Marcus' Auftrag hier.« Ich holte ein Bild aus meiner Handtasche und legte es auf den Couchtisch.

Holly erstarrte. Neben mir zuckte Morrie zusammen. Ich spürte ein Kribbeln der Genugtuung, dass ich ihn überlistet hatte. *Du bist nicht der Einzige, der voller Überraschungen steckt, James Moriarty.*

»Das ...« Holly wich vor dem Bild zurück und ihre Augen flackerten über die Linien von Marcus' Ballkleid-Skizze. »Das ist aus Marcus' kommender Kollektion. Sie ist noch nicht veröffentlicht worden.«

»Aber natürlich.« Ich gab mein Bestes, Ashleys cooles Lächeln zu imitieren. »Es würde Ihnen nicht viel nützen, wenn er es schon vorgestellt hätte. Der Preis ist derselbe wie vorher, aber das Angebot gilt nur für heute, vorausgesetzt, Sie bezahlen den Rest Ihrer Schulden. Sobald ich dieses Gebäude verlasse, verdoppelt sich der Preis.«

»Wovon reden Sie? Warum zeigen Sie mir das?« Hollys rote Krallen gruben sich in den Stoff des Sofas.

»Sie brauchen mir nichts vorzumachen, Holly. Ich weiß, dass Sie bei Ihrem letzten Geschäft mit einem anderen Mädchen zu tun hatten, und ich weiß, dass Sie sie getötet haben, um aus Ihrem Teil der Abmachung herauszukommen. Das war ein Fehler. Ich habe jetzt das Sagen. Auch wenn Sie diese Zeichnung in der Buchhandlung zurückgelassen haben, hat Ihr Kontaktmann sie gesehen und wahrscheinlich fotografiert. Sie haben, was Sie wollten, und trotzdem stehe ich ohne Bezahlung da. Mein Partner und ich sind hier, um das Geld abzuholen.«

»Das ist eine Unverschämtheit!«, kreischte Holly und schmiss die Zeichnung zurück auf den Couchtisch, sodass sie von der Tischkante flog. »Ich habe diese Zeichnung noch nie in meinem Leben gesehen! Von welchem Mädchen reden Sie? Was für eine *Abmachung?*«

»An Ihrer Stelle würde ich mein Temperament zügeln, Holly«, sagte Morrie und seine Stimme nahm einen bedrohlichen Singsang an. »Wir wollen doch nicht, dass die Situation eskaliert.«

»Krächz«, fügte Quoth von seinem Sitzplatz aus hinzu.

»Sie können sich daraufsetzen und eskalieren«, zischte Holly und zeigte ihm einen perfekt manikürten Mittelfinger, während sie um die Lehne des Sofas kletterte. »Ich weiß nicht, was Sie beide hier machen, aber ich werde Sie bei Marcus und der Fashion Group, zu der ich gehöre, melden. Natürlich will ich seine Zeichnungen nicht. Ich werde seine Entwürfe nicht klauen. Ich habe selbst genug davon.«

»Ich weiß, dass das nicht wahr ist«, zischte ich. »Sie sind schon einmal damit durchgekommen, bei Ihrer Winterkollektion. Der karmesinrote Mantel mit der persischen Stickerei, oder haben Sie das vergessen?«

Holly warf ihr glattes schwarzes Haar über ihre Schulter. »Ja, ich gebe es zu. Ich habe meine Jacke nach seinem Entwurf entworfen, aber ich wusste nicht einmal, dass er Marcus gehörte. Ich nahm an einem entsetzlich langweiligen Galadinner teil, bei dem Marcus' sogenanntes Genie gefeiert wurde. Ich verließ die Veranstaltung noch vor dem Dessert, weil ich den Gestank eines Ballsaals voller Kriecher nicht ertragen konnte. Als ich die Treppe hinunterging, um auf mein Taxi zu warten, flog ein Blatt Papier durch die Luft und streifte meinen Knöchel. Ich hob es auf, und da war eine Zeichnung eines bestickten Mantels. Sie war ziemlich gut. Ich knüllte sie zusammen und warf es aus dem Fenster des Taxis, aber die Idee blieb hängen, und später wurde es Teil meiner Sammlung, aber es war keineswegs eine exakte Kopie. Ich habe sie nicht absichtlich von Marcus gestohlen. Er sollte nicht so unbeholfen sein, seine Entwürfe auf der Straße herumflattern zu lassen!«

Ich schnaubte. »Ich finde diese Geschichte höchst unwahrscheinlich. Glauben Sie wirklich, dass sie vor Gericht Bestand haben wird, wenn wir Sie der Polizei ausliefern? Eine Frau wurde ermordet, Holly. Sie werden dafür untergehen, wenn Sie mir nicht geben, was ich verlange.«

»Krächz!«, fügte Quoth hinzu, lauter und eindringlicher.

»Sie wollen, dass ich Ihnen Geld für eine Zeichnung zahle, die ich nicht will, und einen Mord an jemandem zugebe, den ich nicht einmal kannte? Wann ist dieser Mord denn geschehen?«

»Vor zwei Nächten, gegen neun Uhr, in einer Buchhandlung in Argleton«, sagte Morrie.

Holly wich quer durch den Raum zurück. Ihre Wangen röteten sich. »Ich habe niemanden in einer Buchhandlung ermordet und ich kann es beweisen.« Sie stürzte über einen Schreibtisch und griff nach einem Handy.

Panik schoss durch meinen Körper. *Wenn sie das Telefon in die Finger bekam, würde sie die Polizei anrufen.*

Morrie hievte sich vom Stuhl und stürzte durch den Raum. Aber er war nicht so schnell wie Quoth, der durch seine offene Käfigtür sprang und sich auf den Schreibtisch stürzte. Auf halbem Weg dorthin knickte sein Körper in der Luft ein, die Flügelknochen verlängerten sich, die Beine nahmen eine neue Form an und die Krallen formten sich zu Füßen. Schwarze Federn flogen über den Boden, als Quoths Knochen knackten und sich verformten und seine Gesichtszüge seine menschliche Gestalt annahmen.

Scheiße, Scheiße, Scheiße.

»*Kräääääächz!*«, rief Quoth und formte einen menschlichen Schrei, als sein nackter Körper über den Schreibtisch segelte und das Telefon zu Boden warf. Morrie bückte sich und hob es auf.

»Was zum Teufel geht hier vor?«, schrie Holly, rutschte vom Schreibtisch und prallte gegen einen Kleiderständer. Kleider und Jacken flogen in alle Richtungen. »Wo kommt der nackte Kerl her?«

»Er ...« *Nicht vergessen: Heute warst du Ashley.* Mein Herz hämmerte gegen meine Brust, aber ich straffte meinen Rücken und starrte Holly an. »Er gehört zu uns. Er hat Sie gerade davor bewahrt, einen sehr dummen Fehler zu machen. Wir werden Ihnen das Telefon abnehmen, damit Sie nicht die Polizei rufen.«

»Ich habe niemanden angerufen. Ich habe Fotos auf Instagram, die beweisen, dass ich unschuldig bin!«, rief Holly und warf Quoth eine Jacke zu, die er achselzuckend anzog und dann in dem Stapel nach einer Hose suchte. »Es ist alles da. Schauen Sie es sich einfach an. *Bitte.*«

Morrie blätterte bereits durch das Telefon. »Sieh dir das an, meine Hübsche.« Er hielt den Bildschirm hoch und scrollte durch Hollys Instagram-Feed. Und tatsächlich, da war Holly mit fünf anderen Frauen, darunter auch die Assistentin von unten, und stieß mit Champagnergläsern unter dem Eiffelturm an.

»Selbst wenn ich jemanden hätte umbringen *wollen*, was ich *nicht* wollte, hätte ich es nicht tun können, weil ich die letzte Woche in Paris war. Ich habe meinen Mitarbeitern die Reise geschenkt, um mich für ihre harte Arbeit in diesem Jahr zu bedanken. Wir sind gestern zurückgekommen und ich habe die Hotelquittungen und Flugtickets, um es zu beweisen.«

»Sie hätten jemanden dafür anheuern können«, schoss ich zurück. »Das ist ein praktisches Alibi.«

»Jeder, dem ich solch eine Aufgabe anvertrauen würde, war mit mir auf dieser Reise.« Ihre Augen funkelten. »Sie können sich also Ihre Anschuldigungen, Ihre gestohlenen Zeichnungen und Ihren seltsamen nackten Freund in den Arsch schieben. Und jetzt verschwinden Sie!«

19

»Wenn es nicht Holly war, wer könnte es dann gewesen sein?« Ich beugte mich über Heathcliffs Schreibtisch und starrte mit dem Kopf in den Händen auf Marcus' Zeichnung herunter. *Es machte keinen Sinn. Wenn Ashley wegen der Zeichnung getötet worden war, warum hatte der Mörder sie nicht mitgenommen?*

Morrie, Quoth und ich waren vor einer Stunde zu Hause angekommen, gerade als Heathcliff den Laden schloss. Er war schlecht gelaunt, weil der Laden den ganzen Tag voller Gaffer gewesen war, aber er hatte auch eine Rekordzahl von Büchern verkauft, was bedeutete, dass er bereits drei Flaschen Wein der mittleren Preisklasse für uns bereithielt, als wir zurückkamen. Ich war zu niedergeschlagen, um noch die Treppe zur Wohnung hochzugehen, also ließ ich mich gegenüber dem Schreibtisch nieder. Morrie machte es sich unter dem Fenster gemütlich, die Augen auf das Display seines Telefons gerichtet.

Heathcliff stellte ein Glas vor mir ab und ich nahm es dankbar an, um mich von dem kalten, fruchtigen Alkohol von den Strapazen des Tages ablenken zu lassen. Wer weiß, vielleicht war der Wein genau das, was ich brauchte, um

203

herauszufinden, was ich mit Morrie machen wollte, mit meinen gemischten Gefühlen für sie alle, mit Ashley ... mit allem.

»Es könnte immer noch Holly sein«, sagte Morrie, ohne von seinem Handy aufzusehen. »Sie hat wahrscheinlich jemanden angeheuert.«

»Das glaube ich nicht«, sagte Quoth, der auf der Tischkante hockte und die Beine baumeln ließ, während Grimalkin um ihn herumschlich. Er trug immer noch die Jeans und das Hemd, das er sich von Holly »geliehen« hatte. Sie sahen verdammt gut aus und schmiegten sich an seine schmalen Hüften und breiten Schultern, während das tiefe Grün des Hemdes smaragdgrün schimmernde Strähnen in seinem Haar reflektierte. »Ein Auftragskiller hätte weder dieses Messer benutzt, noch hätte er die Tat im Laden begangen, während wir oben waren, oder die Zeichnung zurückgelassen.«

Morrie blickte auf und seine Augen funkelten. »Du hast recht. Meine Genialität färbt auf dich ab.«

»Ich habe ein Buch über Attentäter gelesen. Es ist faszinierend. Wusstet ihr, dass im alten Indien Frauen, die *Vishkanya* genannt wurden, nach und nach Gift einnahmen, bis sie immun dagegen wurden, und sich dann in die Nähe eines rivalisierenden Königs einladen ließen, um ihm vergiftete Speisen zu kochen und zum Essen geben?«

»Das ist wirklich faszinierend«, sagte Heathcliff in einem Ton, der andeutete, dass es überhaupt nicht faszinierend war. »Aber es hilft uns nicht bei dem vor uns liegenden Rätsel.«

»Ich möchte mehr über diese *Vishkanya* wissen«, sagte ich mit dem Gefühl, Quoth beschützen zu müssen. Schließlich war er uns heute zu Hilfe geeilt, als wir dachten, Holly würde die Polizei anrufen, und hatte es riskiert, enttarnt und gefangen genommen zu werden, um sie daran zu hindern, das Telefon zu benutzen. Glücklicherweise war Holly von der ganzen Situation so erschrocken gewesen, dass sie Quoths Verwandlung nicht bemerkt hatte.

»Quoth kennt alle möglichen nutzlosen Fakten.« Morrie *tipp-tipp-tippte* auf den Bildschirm seines Telefons. »Nutzlose Fakten für ein nutzloses Tier.«

Quoths Gesicht verzog sich vor Wut, als würde ein Schalter hinter seinem Schädel umgelegt werden. Der Schmerz sammelte sich in seinen großen braunen Augen, die wie Feuer loderten. Ich streckte die Hand nach ihm aus, um ihn zu fragen, was los war. Aber ich hatte keine Gelegenheit dazu. Federn flogen in alle Richtungen, als sein Körper knackte und sich verdrehte, und einen Moment später flog der Rabe die Treppe hinauf, gefolgt von einer aufgeregten Grimalkin.

»Warum hast du das *gesagt*?« Ich riss Morrie das Telefon aus der Hand. »Du hast seine Gefühle verletzt.«

Heathcliff schnaubte und griff über den Schreibtisch, um sich weiteren Wein einzuschenken. »Gefühle sind ein menschliches Gebrechen, und Quoth ist kein Mensch.«

»Entspann dich, meine Hübsche. Wir sagen ständig solche Sachen. Quoth weiß, dass wir nur scherzen.« Morrie griff nach seinem Telefon, aber ich hielt es hinter meinem Rücken versteckt. Über unseren Köpfen polterten Schritte auf dem Boden, als Grimalkin Quoth durch die Regale jagte.

»Ach ja? Vielleicht habt ihr nicht gemerkt, wie dieser Kommentar auf ihn gewirkt hat, weil ihr beide unsensible Wichser seid, aber ich schon.«

»Ich habe das nur gesagt, weil es *wahr* ist. Quoth kann sich nicht über die Wahrheit aufregen, das wäre unpraktisch. Du hast gesehen, was er heute getan hat, er kann nicht einmal seine Verwandlung kontrollieren. Er geht nicht nach draußen, arbeitet nicht oder hilft Heathcliff im Laden. Er weiß nicht einmal, wie man mit einem anderen Menschen *spricht*. Alles, was er tut, ist, sich auf dem Dachboden zu verstecken, zu malen und zu lesen oder hier unten herumzuflattern, und auf die Möbel zu kacken.«

»Kräääääächz!«, brüllte Quoth von oben. Es gab ein Krachen und Grimalkin heulte.

Ich stand auf. »Ich werde mit ihm reden.«

»Komm nicht zwischen die beiden, sonst landest du noch im Krankenhaus«, warnte Morrie. »Quoth wird sich schon wieder beruhigen. Er hat das alles schon mal gehört. Du kannst ihn nicht nach deinen Maßstäben beurteilen, Mina. Heathcliff sagt die Wahrheit, Quoth ist kein Mensch.«

Ich starrte an die Decke und zuckte zusammen, als es erneut krachte, ein Jaulen ertönte und Bücher auf den Boden knallten.

Kümmere dich nicht um mich, Mina. Quoths Stimme erklang in meinem Kopf. *Ich habe die verdammte Katze genau da, wo ich sie haben will.*

»Siehst du?« Morrie grinste. »Ihm geht es gut. Kein Grund zur Sorge.«

Ich rieb mir die Schläfe. Es war gewöhnungsbedürftig, Quoths Rabengedanken in meinem Kopf zu hören. Widerwillig setzte ich mich wieder hin. Morrie hatte recht: Quoths Krallen waren scharf, und Grimalkin war tödlich, wenn sie wollte. Es war besser, zu warten, bis Frieden herrschte.

»Ich habe es geschafft, Ribalds Büro zu erreichen«, sagte Heathcliff. »Er wollte nicht ans Telefon gehen, aber seine Assistentin sagte, er habe mehrere Termine hintereinander und verschluckte sich fast, als ich andeutete, er wäre vielleicht in Martha's Vineyard. Wir wissen also, dass deine Freundin gelogen hat.«

»Sie ist nicht meine Freundin«, korrigierte ich ihn und winkte mit meinem leeren Glas, damit er es nachfüllen konnte.

»Findest du es nicht seltsam, dass die erste Zeichnung noch nicht in den Medien erschienen ist?« Heathcliff füllte unsere beiden Gläser nach. »Wenn jemand Geld für diese Entwürfe bezahlt hat, würde er sie dann nicht so schnell wie möglich veröffentlichen wollen?«

»Nicht unbedingt. Es kommt darauf an, was sie mit ihnen vorhaben. Wer Ashley so viel Geld bezahlt, will die Entwürfe nicht nur an die Presse weitergeben, sondern die Kleidungsstücke auch in seine eigene Kollektion aufnehmen. Aber da im Januar die Pariser Modewoche stattfindet, werden sie sich anstrengen müssen, um rechtzeitig fertig zu werden. Das ist *Haute Couture*. Diese Kleidungsstücke werden aus den feinsten Naturfasern hergestellt, von Hand gefärbt und von Hand genäht. Jede einzelne Perle wird von Hand angebracht. So etwas kann man nicht einfach an einem Nachmittag nachmachen.«

»Vielleicht war die Idee gar nicht, die Stücke nachzumachen, sondern diesen Ribald zu erpressen?«, schlug Morrie vor. »Genau das würde ich tun, wenn ich diese Zeichnungen in meinem Besitz hätte. Ich würde Dreck über den Kerl ausgraben und ihn zwingen, mir Geld zu zahlen, und meine nächste Kollektion zu entwerfen, um mich zum Schweigen zu bringen. Und wer könnte ihn besser erpressen als seine Praktikantin, die alle Details aus seinem Privatleben kennt?«

Damals, als ich noch gedacht hatte, Moriarty sei nur ein exzentrischer Computerfreak, hätte mich diese Bemerkung zum Lachen gebracht. Aber der Gedanke, dass er tatsächlich Leute erpresst hat, dass er ausgeklügelte Pläne ausgeheckt hat, um das Leben eines anderen zu ruinieren, und dass er sich nichts dabei gedacht hat, nahm mir die Lust an der Sache und sein Lächeln verlor ein wenig an Glanz.

Das hattest du nicht gedacht, als er dich an die Wand gedrückt hatte, drang Quoths Stimme in meine Gedanken ein.

»Welche Wand?« Heathcliff blickte zu mir auf. Seine dunklen Augen bohrten sich in meine Seele. Verdammt! Ich wollte nicht, dass er das mit Morrie und mir herausfand. Das würde ihn in seinem eigenen Laden in Verlegenheit bringen, vor allem, weil ich nicht wusste, was ich mit Morrie machen sollte, und ich ...

War das wirklich der Grund?, fragte Quoth. *Oder war es nicht eher so, dass du dich nicht zwischen ihnen entscheiden konntest?*

»Das ist keine schwere Entscheidung«, sagte Morrie, ohne von seinem Handy aufzusehen. »Köpfchen ist immer besser als Muskeln.«

»Wofür entscheidest du dich?«, knurrte Heathcliff. »Wovon redet dieser verdammte Vogel?«

»Halt dich aus meinem Kopf raus!«, schrie ich die Treppe hinauf und bekam glühende Wangen.

»Krächz!«, kam die Antwort.

»Es könnte also etwas an dieser Erpressung dran sein«, sagte ich schnell, in der Hoffnung, das Thema zu wechseln. »Aber wie sollen wir das herausfinden? Ich werde doch nicht mit Marcus reden müssen, oder?«

»Nicht, wenn wir das Internet auf unserer Seite haben.« Morrie tippte auf ein paar Tasten seines Telefons. »Okay, ich habe mir die Finanzen von Marcus' Ribald angeschaut. Er hat im letzten Jahr zwei große Zahlungen getätigt, eine ein paar Tage vor dem Galadinner und eine erst vor einer Woche.«

»Das könnten Zahlungen sein, die mit der Fashion Week zusammenhängen.«

»Er arbeitet also mit vielen Stylisten zusammen, die anonyme Konten auf den Kaimaninseln haben?«

»Hmmm. Du könntest recht haben.«

»Natürlich habe ich das. Ich bin sehr schlau.« Morrie leerte sein Glas mit einem Schluck und griff wieder zum Telefon. »Wir müssen nur noch herausfinden, wem diese Konten gehören, dann haben wir unseren Mörder gefunden.«

»Und wie sollen wir das *machen*?«

»Wenn man so brillant ist wie ich, braucht man diese Frage gar nicht zu beantworten.« Morrie tippte auf seinem Handy herum. »Gib mir eine Minute, dann habe ich einen Namen.«

»Aber ich verstehe nicht, warum Ashley getötet wurde. Sie ist nicht der Erpresser. Ich kann mir einfach nicht vorstellen, dass sie ein Konto auf den Kaimaninseln eingerichtet hat.«

»Ich schließe daraus, dass eines von drei Dingen passiert ist. Erstens: Deine liebe Freundin war in irgendeiner Form an der Erpressung beteiligt und hat dann beschlossen, aus dem Ring auszusteigen. Sie versuchte zu gehen und unser Erpresser tötete sie, um seine Identität zu schützen. Zweitens: Dein geliebter Marcus Ribald hat jemanden angeheuert, der sich als Käufer ausgibt, und er hat Ashley getötet, um den Kreis zu schließen. Drittens: Ashley hat die ganze Zeit für Marcus gearbeitet und wurde umgebracht, weil sie gedroht hat, die Erpressung zu melden. So enden diese Dinge normalerweise.« Morrie hielt inne. »Nicht, dass ich persönliche Erfahrungen mit Erpressung hätte.«

»Nein, ganz und gar nicht.« Mein Nacken kribbelte und erinnerte mich daran, dass dieser Typ der größte Verbrecher der Welt war, die Spinne im Zentrum eines riesigen, ruchlosen Netzes.

In einer fiktiven Welt. Zählte das überhaupt?

»Das wird noch ein bisschen länger dauern«, murmelte Morrie, während seine Finger über den Bildschirm seines Telefons flogen. »Diese Banken auf den Kaimaninseln sind immer sehr streng mit der Sicherheit.«

Ich wandte mich an Heathcliff. »Ist das eine 'Lass-uns-Pizza-bestellen'-Situation, oder meint er, dass er die ganze Nacht arbeiten wird?«

»Für mich bitte Fleischexplosion.« Morrie schaute nicht einmal von seinem Bildschirm auf, seine Finger waren wie verschwommen. »Ich wette, ich habe es bis zum Abendessen gehackt.«

»Die Wette gilt«, sagte ich. »Der Verlierer kauft die nächste Flasche Wein.«

»Abgemacht. Ich hoffe, du hast brav deine Groschen gespart, meine Hübsche, denn ich habe einen teuren Geschmack.«

Heathcliff nahm den Hörer auf seinem Schreibtisch ab. »Quoth«, rief er. »Willst du das Übliche?«

»Krächz!«

Heathcliff bestellte drei große Pizzen, Pommes frites und Knoblauchbrot. Er musste ein fünfminütiges Gespräch mit der Person am anderen Ende der Leitung über sich ergehen lassen, in dem er betonte, dass er wirklich Heathcliff hieß und kein pickeliger Jugendlicher war, der sich einen Spaß erlaubte.

»Es ist seltsam, dass der Heathcliff, den ich kenne, der aus *Sturmhöhe*, Pizza isst«, sagte ich, nachdem er aufgelegt hatte.

»Wir sind uns alle einig, dass eine Sache, die sich im Vergleich zu unseren fiktiven Welten verbessert hat, die Küche ist«, sagte Heathcliff unwirsch. »Nelly war eine gute Köchin, aber sie kann *Tonys Pizzeria* nicht das Wasser reichen. Ich bin froh, wenn ich für den Rest meines Lebens keine Hammelpastete mehr sehe.«

Ich biss mir auf die Zunge, um nach den Kochkünsten von Isabella Linton zu fragen. Der Schwester von Edgar Linton, den Cathy wegen seines Reichtums und seiner Zuneigung geheiratet hatte, und erinnerte mich rechtzeitig daran, dass Heathcliff in diese Welt kam, bevor er sie heimtückisch geheiratet hatte.

Heathcliff nahm sein Buch wieder in die Hand und Morrie tippte auf seinem Telefon herum. Im Obergeschoss war es still geworden. Ich beschloss, Quoth einen Besuch abzustatten.

»Ruft mich, wenn die Pizza da ist«, rief ich über meine Schulter.

Grimalkin strich an meinen Knöcheln entlang, als ich mich die zweite Treppe hinauf tastete. Quoth war weder im Wohnzimmer noch in der Küche. Ich kletterte die schmale Dienstbotentreppe hinauf und steckte meinen Kopf in sein Schlafzimmer.

Zuerst dachte ich, er sei nicht da. Das Zimmer war dunkel, und niemand hatte das ordentlich gemachte Bett aufgeschlagen. Als sich meine Augen an die Düsternis gewöhnt hatten, bemerkte ich eine Gestalt am Fenster, eine nackte Brust, die von einem blassen Streifen Mondlicht beleuchtet wurde.

Quoth saß auf einem schmalen Holzschemel, wobei seine Knie durch Holly Santiagos kunstvoll zerrissene Jeans ragten. Er hielt einen Pinsel zwischen den Zähnen und einen anderen in der Hand. Mit beiden Pinseln tupfte er auf die Oberfläche einer Leinwand. Die Leinwand war von mir abgewandt, sodass ich das Bild nicht sehen konnte, aber Quoths starrer Blick war ebenso fesselnd.

Ich bewegte mich durch den Raum und versuchte, einen Blick darauf zu erhaschen, was er mit so viel Konzentration malte. Er schien nicht einmal zu bemerken, dass ich im Raum war. Als ich auf die Leinwand schielte, stieß ich mit dem Fuß gegen eine Staffelei, sodass eine Kaskade von Gemälden zu Boden stürzte.

»Argh!« Quoth sprang von seinem Stuhl auf. Federn brachen durch seine Wangen und bedeckten seine Arme.

»Es tut mir leid, es tut mir leid. Ich bin es nur.« Ich rappelte mich auf, um die Bilder aufzuheben, die ich durcheinandergebracht hatte. »Ich wollte dich nicht erschrecken.«

»Es ist ...« Quoth klammerte sich an die Fensterbank und holte tief Luft. Seine Rückenmuskeln verspannten sich.

Langsam zogen sich die Federn in seine Haut zurück. Seine Schultern entspannten sich.

»Du hast dich nicht verwandelt.«

»Manchmal kann ich es kontrollieren.« Er hob seine Pinsel auf. »Wolltest du etwas?«

»Morrie versucht, ein Bankkonto auf den Kaimaninseln zu knacken, bevor die Pizza kommt. Ich dachte, ich schaue mal, ob es dir gut geht.«

Quoth knipste seine Nachttischlampe an und richtete das Licht so aus, dass es auf das Bett schien. Er tätschelte die Decke. »Setz dich.«

Ich gehorchte und war dankbar für das Licht, das Quoths Gesichtszüge in grellem Licht erstrahlen ließ. Sein Haar fiel ihm in üppigen Wellen über die Schultern und die nackte Brust, wobei das Licht Schattierungen von Rotguss, orangefarbenem Sonnenuntergang und Kornblumenblau enthüllte. Ich verlor mich in den Tiefen seiner braunen Augen und suchte nach dem Sturm, der dort vorhin gewütet hatte, aber ich konnte keine Spur finden.

»Es ist mir egal, was Morrie gesagt hat«, sagte Quoth zu mir. Die Ruhe in seinen Augen wich nicht, er hatte nicht gelogen.

Es *sollte* ihm nicht egal sein. Ich hasste es, dass es ihn nicht interessierte.

»Das habe ich anders wahrgenommen. Du sahst verärgert aus, als er dich nutzlos nannte, was ich übrigens keine Sekunde lang glaube.«

»Warum? Es stimmt doch.« Quoth beugte sich vor, und das Licht tanzte auf seinen Haaren, wobei es diesmal blassblaue Strahlen warf. Ich setzte mich auf meine Hände und hoffte, dass das den Drang dämpfen würde, mit meinen Fingern durch diese leuchtenden Strähnen zu fahren. »Ich habe der Welt, in der ich mich befinde, nichts zu bieten, und ich erinnere mich so wenig an die Welt, die ich verlassen habe, dass ich, selbst wenn ich irgendwie zurückkehren würde, ein Fremder wäre.«

Ich schnaubte. »Du meinst das sarkastisch, oder?«

»Das tue ich nicht.«

»Alter, du weißt schon, dass du ein grandioser Künstler bist, oder?« Ich zeigte auf ein Bild, das über dem Bett hing und zwei Totenköpfe inmitten eines Feldes blutroter Rosen zeigte. »Das ist *krass*. Es könnte ein Albumcover sein.«

»Danke.«

»Ich habe ein Tattoo, das ähnlich aussieht.« Ich drehte mich um und hob den Saum meines Shirts an, um ihm die Tinte auf meinem unteren Rücken zu zeigen. »Ashley und ich hatten die gleiche Tätowierung. Ich liebe es, aber der Künstler ist nichts im Vergleich zu dir.«

»Ich bin nichts im Vergleich zu den Künstlern an den Wänden da unten.« Quoth starrte auf den Boden und schaute absichtlich nicht auf mein Tattoo. Ich setzte mich wieder hin.

»Du meinst all diese Drucke von Picasso und Rembrandt? Wenn du dich mit den größten Künstlern der Menschheitsgeschichte vergleichst, fehlt dir vielleicht ein bisschen was. Aber das heißt nicht, dass du kein Talent hast. Hast du die Drucke im Erdgeschoss ausgesucht?« Ich studierte die Verbindungsstelle von Quoths Ohrläppchen und bewunderte seine exquisite Schönheit. Warum war alles an ihm so perfekt, aber so ... *zerbrechlich?* Trotz seiner sehnigen Muskeln bewegte sich Quoth, als ob er aus Glas wäre.

So würde ich mich wohl auch fühlen, wenn mein Körper jeden Moment in Stücke zerspringen und sich in eine andere Form verwandeln könnte.

»Morrie hat sie für mich aufgehängt, nachdem er mich beim Lesen von Büchern in der Abteilung für Kunstgeschichte erwischt hat.« Quoth lächelte, aber wie alles an ihm war auch dieses Lächeln so zerbrechlich, dass mir die Brust wehtat. »Das sind keine Drucke.«

Natürlich waren sie das nicht. Ich beschloss, diese Enthüllung erst einmal ruhen zu lassen. »Ich weiß, auch wenn du es nicht weißt, dass das deine Art ist, aus den Büchern, ach! zu borge, aber warum verkaufst du deine Bilder nicht?«

Quoth stöhnte über meinen armseligen Versuch von Humor. »Wenn du mich weiter mit diesem Gedicht ärgerst, wirst du vielleicht ein Geschenk auf deiner Schulter finden, wenn du es am wenigsten erwartest. Ich kann meine Bilder nicht verkaufen. Keiner will sie haben. Morrie sagt, sie sind zu morbide.«

Ich lächelte über den Blick aus der Vogelperspektive auf einen Friedhof, auf dem ein Friedhofswärter ein neues Grab aushob, während Trauernde den Gang zwischen den Gräbern säumten. »Sie sind verdammt morbide, aber das ist ein Verkaufsargument. Viele Leute würden so etwas an ihrer Wand haben wollen. Ich weiß, dass ich es haben wollen würde. Du könntest sogar Aufträge annehmen, vielleicht Bands und Modelabels deine Dienste anbieten. Du würdest dich nicht nutzlos fühlen, wenn du etwas tust und dieser Welt deinen Stempel aufdrückst.«

»Du musst nicht nett zu mir sein, Mina. Mir geht es gut.«

»Sag es noch einmal, als würdest du es glauben.« Ich schob meine Hand unter meinem Hintern weg und tätschelte sein Knie. Das war ein großer Fehler. Die Wärme von Quoths Haut drang in meinen Körper ein, schlang sich um mein Herz und drückte es zusammen. Feuer flackerte in seinen Augenwinkeln auf. Für einen Moment ließ er seine Deckung fallen, und ich sah die Verzweiflung, die im Verborgenen lag, die Einsamkeit, die auf seiner Porzellanhaut stand.

Mir stockte der Atem. Ich erkannte Quoth, denn er war ein Spiegel meiner selbst. Er war der Geist der jungen Mina, die jeden Tag in den Nevermore Bookshop flüchtete, weil sie keine Freunde hatte, die Trost und Freundschaft in ihrer Fantasie suchte, die ihre Schreie mit lauter Musik übertönte und ihre Narben mit zerrissener Kleidung bedeckte.

Als ich Quoth zum ersten Mal getroffen hatte, hatte er mir Angst gemacht. Aber nachdem er sich mir Stück für Stück offenbart hatte, wusste ich, dass ich keine Angst zu haben brauchte. Ich brauchte nicht vor Quoth gerettet zu werden. Er war derjenige, der gerettet werden musste.

»Mir geht es gut«, flüsterte er. »Du bist hier, und das macht mich glücklich.«

Seine Worte brannten sich in mich hinein. Die Galle stieg mir in die Kehle. Ich zog meine Hand weg, verzweifelt, weil ich nicht spüren wollte, wie sich sein Puls beschleunigte oder wie tief sein Verlangen war. »Du bist glücklich, dass ich hier bin?«

»Du weckst in mir ein ängstlich Grausen, das ich nie gefühlt vorher,« Er lächelte über seinen eigenen Scherz.

»Nun, du bist immer noch der Rabe, der machte, dass ich trotz der Trübsal lachte«, schoss ich zurück.

Ein Grinsen breitete sich auf seinem düsteren Gesicht aus, echt und eindringlich in seiner flüchtigen Schönheit. So schnell wie es aufgetaucht war, war es auch gleich wieder verschwunden. »Ich höre deine Gedanken manchmal, wenn ich ein Rabe bin. Mehr als die anderen. Das tut mir leid, ich möchte nicht in deine Privatsphäre eindringen. Ich kann es nur nicht kontrollieren.«

»Das verstehe ich. Ich werde versuchen, nichts Unanständiges zu denken, wenn du dabei bist.« Ich hatte es als Scherz gemeint, aber Quoth zuckte zusammen. Meine Wangen erröteten, als ich mich daran erinnerte, was in London passiert war. »Ich weiß, dass du gesehen hast, wie Morrie und ich ... das war so falsch. Ich hätte das nicht tun dürfen, während du da warst.«

»Du musst dich für nichts entschuldigen, nicht bei mir und auch nicht bei Heathcliff.«

Ich starrte ihn an und begriff es nicht. Quoth zwinkerte mir zu, und meine Wangen brannten, als es mir dämmerte. *Er hatte meine Gedanken über Heathcliff gehört. Er kannte all die schmutzigen Dinge, die ich mir ausgemalt hatte, ...*

»Du solltest das Chaos umarmen, Mina. Es ist okay, wenn du nicht weißt, was du willst.«

»Und du solltest etwas aus deinen Bildern machen.« Ich rieb mir die Wange und versuchte, die Hitze aus ihr zu vertreiben. »Noch ein paar Wochen und du kannst dich hier keinen Schritt mehr bewegen.«

»Wenn ich sie verkaufen würde, müsste ich mit Leuten reden, einem Galeristen, einem Agenten.«

»Ich werde dir helfen. Wenn du willst, bin ich deine Agentin. Viele von Marcus Ribalds *Haute Couture*-Kunden sind in der Kunstwelt bekannt. Ich wette, ich kenne ein paar Leute, die dir den Einstieg erleichtern könnten.«

»Das glaube ich nicht.«

»Umarme das Chaos, Quoth. Hast du mir das nicht gesagt? Warum versteckst du dich überhaupt hier oben auf dem Dachboden? Unten gibt es ein ganzes Schlafzimmer, in das viel mehr Kunstwerke passen würden.«

»Schlafzimmer?« Quoths Stimme stieg eine Oktave höher.

»Das Hauptschlafzimmer am Ende des Flurs. Ich habe einen Blick hineingeworfen, als ich nach dir gesucht habe ...«

»Du bist doch nicht reingegangen, oder?« Quoths Augen wurden so groß wie Untertassen.

»Natürlich bin ich reingegangen. Ich musste nachsehen, ob du dich nicht unter dem Bett versteckt hast.«

Quoth lehnte sich so nah heran, dass sein Gesicht nur noch wenige Zentimeter von meinem entfernt war. Sein Atem umschmeichelte meine Lippen, und ich hatte Mühe, Luft zu holen. »Was hast du gesehen?«

»Nur ein Schlafzimmer. Es gab ein Himmelbett und ein paar Möbel, die mit Tüchern bedeckt waren. Ein fünfeckiges Badezimmer im Türmchen. Oh, und einen wunderschönen Kleiderschrank. Ich würde für dieses Zimmer töten.«

»Mina, du darfst da nicht mehr reingehen. Das ist eine ernste Sache. Es ...« Quoths Plädoyer wurde durch Gebrüll von unten unterbrochen.

»Die Pizza ist da!«

Quoth zog den Kopf ein und machte sich auf den Weg zur Tür. Der Bann war gebrochen, meine Haut war gerötet und mein Kopf verwirrt. Ich bahnte mir einen Weg durch den dunklen Raum und die schmale Treppe hinunter ins Wohnzimmer.

Heathcliff hatte es sich bereits in seinem Sessel bequem gemacht und das Gasfeuer angezündet. Morrie schob zwei winzige Couchtische zusammen, stellte alle schmutzigen Kaffeetassen in die Ecke des Raumes und öffnete die Pizzakartons. Der Geruch von Knoblauch und Käse stieg mir in die Nase und mein Magen knurrte. Ich hatte gar nicht bemerkt, wie hungrig ich war. Morrie und ich hatten im Zug nichts gegessen. Keiner von uns hatte einen Selbstmordwunsch verspürt.

»Deinem hämischen Lächeln entnehme ich, dass du unsere Wette gewonnen hast?«, fragte ich Morrie, als ich mir ein Stück Pizza Hawaii abholte und mich in meinen eigenen Stuhl setzte.

»Ich habe ganze acht Minuten gebraucht.« Morrie lehnte sich in seinem Stuhl zurück, die Arme hinter dem Kopf verschränkt, während sein verruchtes Lächeln über sein Gesicht huschte. »Ich habe meinen Rekord zwar nicht gebrochen, aber er ist immer noch respektabel. Ich nehme eine Flasche Château

Lafite 1869, bitte sehr. Der Name unseres Erpressers ist Roger Cox.«

»Du bekommst eine Flasche für drei Pfund neunundneunzig aus der renommierten Weinregion South Dakota, und sie wird dir schmecken.« Der Name Roger Cox kam mir bekannt vor. »Ich glaube, ich kenne diese Person, vielleicht war sie Teil von Marcus' Rolodex. Geh zu dieser Adresse.« Ich ratterte eine URL herunter und Morrie rief eine Seite mit glitzernden, gefilterten Fotos von Marcus' Büro und verschiedenen Modeveranstaltungen und ausgefallenen Cocktails auf.

»Ist das dein Social Media-Influencing?« Heathcliff blickte stirnrunzelnd über Morries Schulter.

»Nein, ich habe mein Konto gelöscht, nachdem ich das Praktikum verloren hatte.« Ich zuckte mit den Schultern, als ob es keine große Sache wäre. »Ich werde sowieso nicht mehr lange Selfies machen können. Das ist Ashleys.«

»Puh.« Morrie scrollte die Seite herunter, die zu fünfundneunzig Prozent aus Selfies von Ashley bestand, die in den neuesten Designerklamotten, die sie sich von Marcus' Studio geliehen hatte, in die Kamera schmollte. Ich versuchte, meine Eifersucht zu unterdrücken, als Morrie ihre neuesten Bilder durchblätterte. Von ihr, wie sie vor Broadway-Premieren stand, wie sie den Arm um B-Promis legte, wie sie eine tolle Lederjacke vorführte, wie sie in die Kamera winkte, während sie in der Flughafen-Lounge wartete. »L8rs h8ers. Ich fahre nach Hause in den Urlaub.« Ihre letzten Worte.

Ich scrollte zurück zum Galadinner, wo Holly Marcus' Zeichnung gefunden hatte. Das ganze Büro war eingeladen worden und Ashley und ich hatten Stunden damit verbracht, unsere Outfits und unser Make-up zu perfektionieren. Ashley hatte jeden Moment der Veranstaltung für den Nachlass festgehalten. In vielen dieser Momente war ich zu sehen, wie ich in meinen zu hohen Absätzen durch den Raum taumelte. Und wie ich über meinen Cocktail strahlte, als Ashley mir all die A-Listen zeigte und wie ich in meiner Goodie-Bag nach dem kostenlosen Gucci-Haargummi suchte. Ich versuchte, mich nicht darauf zu konzentrieren, wie glücklich wir aussahen, während wir zusammen abhingen, und suchte stattdessen die Menge nach bekannten Gesichtern ab.

»Da ist er«, sagte ich und stupste mit dem Finger auf den Bildschirm. Zum Glück hatte Ashley fleißig Roger Cox auf ihrem Foto markiert, zusammen mit allen anderen Modeleuten, die sie identifizieren konnte. Er saß am Tisch hinter Ashley und mir und starrte direkt in die Kamera. »Er war definitiv am Abend der Gala dabei. Ich erinnere mich an ihn. Er ist ein britischer Modekritiker, aber ich glaube, er ist im Ruhestand. Marcus sagte, sie seien 'alte Freunde', aber er hat mich nicht gebeten, Cox eine Flasche Champagner zu schicken, wie er es für andere angesehene Gäste getan hat.«

»Schau dir das an, meine Hübsche. Er wohnt in der Nähe.« Morrie drehte sein Handy um und zeigte mir eine Karte. »Willst du den zweiten Tag in Folge gegen eine polizeiliche Anordnung verstoßen und ihn morgen besuchen?«

Ich biss auf meine Pizza und mein Mund füllte sich mit leckerem Käse. Endlich waren wir kurz davor, Ashleys Mörder zu finden und meinen Namen reinzuwaschen. »Na klar!«

20

»Ich bin nicht davon überzeugt, dass das die beste Idee ist«, sagte ich, als wir an der imposanten Fassade von Roger Cox' georgianischem Herrenhaus hochstarrten. »Dieser Typ ist in Modekreisen eine große Nummer. Er wird nicht einfach zugeben, dass er Marcus Ribald erpresst hat.«

»Vertrau mir«, Morrie wirbelte sein Handy durch die Finger, als wäre er ein Punk-Drummer, der der Menge einen Trick zeigt. »Ich schneide mir eine Scheibe von dir ab. Cox wird umfallen wie ein Kartenhaus.«

Mit Quoths Käfig im Schlepptau waren wir mit dem Bus von Argleton in die Cotswolds gefahren und dann von den winzigen Dörfern von Buxtonhenge den Hügel hinauf gewandert, um Roger Cox' Haus zu erreichen. Morrie beschwerte sich die ganze Zeit über den Wind und den Regen und den Kuhmist an seinen Schuhen. Ich wünschte, Heathcliff hätte uns begleiten können. Ich stellte mir vor, wie er ganz in seinem Element war, mit nassen Kleidern, die an seinem Körper klebten, einer aufrechten Haltung und breiten Schultern, während das Gewicht der Welt von ihm abfiel und er die Brutalität der Naturlandschaft genoss, die er so liebte.

Aber dann wieder dachte ich an den Heathcliff aus meinem Lieblingsbuch. Der Heathcliff, den ich kannte – *mein Heathcliff* – schien genauso gerne hinter seinem Schreibtisch zu schmollen und seine Kunden anzuschreien, wie im Moor zu toben.

Quoth klammerte sich an meine Schulter und krächzte mir ins Ohr. *Hör auf, über meine Gedanken zu lachen, du plumpes Federvieh.*

Nimmer mehr, dachte Quoth zurück. Ich tat so, als wollte ich ihm in die Brust schlagen, und er tat so, als wollte er mir die Augen aushacken.

Morrie läutete an der Tür. Wenige Augenblicke später antwortete der Mann des Fotos.

»Was wollen Sie von mir?«, fragte er. »Ich habe *Vanity Fair* bereits gesagt, dass ich keine Interviews geben werde.«

»Oh nein«, trällerte Morrie. »Wir sind nicht für ein Interview hier, zumindest nicht für die Art von Interview, die Sie irgendwo gedruckt haben wollen. Guten Abend, Herr Cox. Mein Name ist Professor James Moriarty. Ich nehme an, als ein belesener Gentleman wie Sie haben Sie schon von mir gehört.«

»James Moriarty, wie der Bösewicht aus den Sherlock-Holmes-Geschichten? Soll das ein Scherz sein?« Cox schaute hinter uns. »Ist das eine dieser blöden Fernsehsendungen, in denen mein Bruder hinter dem Baumstamm hervorlugt und »Buh« schreit?«

»Ganz und gar nicht, Sir. Hier gibt es keine Kameras, nur ein freundliches Gespräch unter Gentlemen. Ich möchte Ihre wertvolle Zeit nicht verschwenden. Ich habe ich in Erfahrung gebracht, dass Sie eine Erpressung durchführen und dachte, ich biete Ihnen meine Dienste als Experte an.«

»Erpressung?« Rote Flecken erschienen auf Cox' Wangen. Fast hätte ich seine Empörung geglaubt, bis ich sah, wie er seine zitternde Hand in seine Hosentasche steckte. *Erwischt, du Mistkerl.* »Ich bin Modeschriftsteller, kein verdammter Baker

Street Gauner. Wen sollte ich denn Ihrer Meinung nach erpressen?«

»Den Designer Marcus Ribald. Deshalb bin ich hier, um meine Dienste als weltweit führender beratender Krimineller anzubieten. Ich glaube, dass Sie von Ribald betrogen werden, und ich kann Ihnen zusätzliche Gelder verschaffen. Gegen eine geringe Gebühr versteht sich.«

»Das ist die absurdeste Behauptung, die ich je gehört habe«, schnauzte Cox. »Marcus Ribald ist ein untalentierter Schmierfink, der seine ganze Karriere damit verbracht hat, alles, wofür *Haute Couture* stehen sollte, zur Farce zu machen. Ich habe keinen Grund, ihn zu erpressen, denn er wird schon bald vor lauter Unfähigkeit auf die Nase fallen. Die Tatsache, dass Sie es *wagen*, einen Fuß in mein Haus zu setzen und mich einer solchen Tat zu beschuldigen, ist lächerlich. Verschwinden Sie und nehmen Sie Ihren dummen Vogel mit, bevor ich die Jagdhunde loslasse!«

»Krächz!«

»Ah, damit ist natürlich alles geklärt.« Morrie schob mich wieder die Treppe hinunter. »Wir haben scheinbar die falschen Informationen. Tut mir leid, dass ich Ihre Zeit in Anspruch genommen habe. Ich muss weiter. Es gibt noch viele potenzielle Kunden zu treffen. Jipp!«

»Na, das hat ja super geklappt«, murmelte ich, als wir sicher vor den Toren standen. »Ich kann nicht glauben, dass du versucht hast, unseren Mordverdächtigen für dich zu gewinnen, und dass er gedroht hat, die Jagdhunde auf uns loszulassen wie ein Cartoon-Verbrecher.«

»Krächz«, fügte Quoth hinzu.

»Ihr habt alle so wenig Vertrauen in meine Fähigkeiten.« Morrie klickte auf sein Telefon und spielte eine Aufnahme von Roger Cox, wie er uns ausschimpft, ab. Er tippte auf ein paar Tasten, zerlegte die Nachricht in einzelne Töne und Noten und ließ sie durch eine Art Schleife laufen. Ein paar Augenblicke später klickte das Telefon das Wort MATCH. »Jetzt habe ich den Schlüssel für das Spracherkennungsschloss zu seinem geheimen unterirdischen Tresor voller geheimer unterirdischer Dinge, den ich durch das Herunterladen des Grundrisses seines Hauses entdeckt habe. Schnell jetzt, es gibt einen Eingang auf der Rückseite, wo wir uns reinschleichen können.«

21

»Warum tun wir das?«, zischte ich, als Morrie uns durch die knorrige Hecke führte, die sich um das Grundstück schlängelte.

»Stell dir vor, was er in diesem Safe haben könnte!« Morrie grinste. »Gefälschte Diamanten! Erpressungsordner! Die Bundeslade! Wenn wir Beweise dafür finden, dass Cox in ruchlose Machenschaften verwickelt ist, können wir diesen Mord aufklären, bevor die Polizei auf die Idee kommt, deine Geschichte anzuzweifeln.«

»Alle Beweise, die wir finden, werden durch die Tatsache, dass wir eingebrochen sind, um sie zu holen, verfälscht werden.«

»Wer hat etwas von Einbruch gesagt?« Morrie hielt Quoth sein Telefon hin, der es mit seinen Krallen festhielt. »Ich war nur auf einem Spaziergang, als dieser Rabe mit meinem Telefon wegflog. Ich kann nicht dafür verantwortlich gemacht werden, was ein dummer Vogel damit anstellt.«

Quoth wippte mit dem Kopf und flog in Richtung Haus, während Morries Telefon unter ihm baumelte.

»Siehst du? Manchmal ist der kleine Unhold ganz nützlich«, grinste Morrie.

Meine Brust schmerzte für Quoth. Morrie hatte recht, er konnte keinen Ärger bekommen, weil er eigentlich gar nicht existierte, was ihn für diesen Ausflug sehr praktisch machte. Aber ich hasste es, dass Quoth nicht die Möglichkeit hatte, normale menschliche Dinge zu tun, weil er sich verstecken musste. Wollte er nicht lernen, wie man Auto fährt, auf Reisen ging oder in einem schönen Restaurant aß?

»Ich schätze, er wird fünfzehn Minuten brauchen, um in den Tresorraum zu gelangen, vorausgesetzt, er wird nicht erwischt.« Morrie legte seine Hand auf meinen Oberschenkel und ließ seine Finger zwischen meine Beine gleiten. »Wie sollen wir uns die Zeit vertreiben?«

Mein Körper wurde hellhörig und meine Haut kribbelte vor Verlangen, als seine Finger näher ... näher ... Ich schloss meine Augen, sammelte jedes bisschen Selbstbeherrschung, das ich besaß, zog mich zurück und schüttelte meinen Kopf. Morrie erstarrte und hielt seine Hand in die Luft.

»Du bereust den gestrigen Tag«, sagte er. Das war keine Frage.

Meine Wangen erröteten. »Das ist nicht wahr. Das ist ganz und gar nicht wahr. Ich muss nur ... über ein paar Dinge nachdenken.«

»Was für Dinge?« Morrie wurde hellhörig. »Ich bin ein ausgezeichneter Denker. Vielleicht kann ich dir helfen?«

»Dinge wie die Tatsache, dass du ein kriminelles Superhirn bist, das sehr böse Taten begangen hat. Nicht gerade die Art von Freier, die ich im Sinn hatte.«

»Nur in einem Buch. Seit ich draußen bin, habe ich mich etwas gebessert. Ich habe immer nur von den Reichen gestohlen, um es den Armen zu geben. Na ja, den Armen und den nach westlichen Maßstäben durchschnittlich

Wohlhabenden. Ich muss Heathcliff mit frischem Toilettenpapier und ausreichend Wein versorgen.« Morrie klopfte sich selbst auf die Schulter. »Im Grunde bin ich Mutter Teresa.«

»Wenn das so ist, bist du definitiv raus. Ich gehe nicht mit Katholiken aus.«

»Wer hat etwas von Ausgehen gesagt?« Morrie lehnte sich näher heran und knurrte gegen mein Ohr. Seine Stimme dröhnte durch meinen Körper und es kostete mich all meine Selbstbeherrschung, nicht mit ihm zu verschmelzen. »Ich spreche von zwei schönen Menschen, die in einem Rausch der Lust zusammenkommen, in gegenseitiger Ekstase Körperflüssigkeiten austauschen und dann ihren Geschäften nachgehen, während einer von ihnen heimlich nach dem gequälten Buchladenbesitzer schmachtet.«

»Hah, ich wusste, dass du auf Heathcliff stehst«, rief ich triumphierend.

»Nicht ich, meine Hübsche, obwohl ich zugebe, dass er ein schönes Exemplar von einem Mann ist. Ich spreche von dir.«

Meine Wangen erröteten und bestätigten Morries Behauptung. »Warte, wie hast du …«

Quoth nutzte diesen Moment, um Morrie das Telefon in die Hand zu drücken.

»Ausgezeichnet.« Morrie setzte sich wieder in die Hecke und blätterte die Fotos durch. »Du hast Beweise gefunden, dass Cox der Erpresser war?«

Quoth verwandelte sich. Er kniete auf einem Bein, wobei sein eindrucksvoller Schwanz zwischen seinen Beinen baumelte. »Nö. Er ist es nicht.«

»Also ist er kein Erpresser?«

»Oh nein, er erpresst Ribald, das stimmt. Aber ich bezweifle, dass er Ashley getötet hat. Schau mal.« Quoth blätterte durch das Fotoalbum auf dem Telefon. Ich schaute ihm über die Schulter und erschrak über das, was ich sah.

Im Tresorraum waren Hunderte von Outfits in Regale gepackt und auf Schaufensterpuppen ausgestellt. Ich erkannte Stücke von einigen der besten Designer der Welt. Rick Owens, Elsa Schiaparelli, Guo Pei und sogar meine geliebte Vivienne Westwood. Wenn sie echt waren, waren sie Tausende wert. Vielleicht sogar Millionen. Aber das war es nicht, was meine Aufmerksamkeit erregte.

Am Ende des Raumes befand sich eine Wand mit glamourösen Aufnahmen von Roger Cox, der mit glitzerndem Make-up und einer Reihe von glitzernden Abendkleidern bekleidet war und dessen kahler Kopf mit fabelhaften Perücken bedeckt war. Quoth blätterte ein Bild nach dem anderen durch, auf dem Cox' runde, faltige Figur aus den Couture-Kleidern hervorlugte. Ein anderes Foto zeigte eine Ecke des Tresorraums, die als behelfsmäßiges Fotostudio eingerichtet war, komplett mit rotem Teppich und Fashion-Week-Kulisse.

»Puuuuuh, okay.« Ich rieb mir die Augen und reichte das Telefon an Quoth zurück. »Das beweist, dass Cox etwas zu verbergen hat, aber nicht, dass er ein Erpresser war oder Ashley nicht umgebracht hat.«

»Ich habe sein Buch der Geheimnisse gefunden.« Quoth zoomte auf einen großen Ordner, der auf einem Sockel lag. »Es ist voll mit Geschichten über Inzest und unrechtmäßige Gewinne. Es gibt eine Akte über jeden großen Designer in der Branche. Es sieht so aus, als ob er jahrelang kostenlose Kleider von ihnen bekommen hat, weil er ihre Affären, Hinterzimmergeschäfte, krummen Verträge und Drogengewohnheiten verschwiegen hat.«

»Wie Charles Augustus Milverton, der Erpresser«, sagte ich. »Das war einer der berühmtesten Fälle von Sherlock Holmes.«

»Er basiert, glaube ich, auf dem realen Meistererpresser

Charles Augustus Howell«, ergänzte Quoth. »Ein Kunsthändler und berüchtigter Erpresser, der Dante Rossetti dazu brachte, die Gedichte auszugraben, die er mit seiner Frau vergraben hatte.«

»Ah, jetzt erinnere ich mich an Howell. Man fand ihn in einer Kneipe in Chelsea, mit aufgeschlitzter Kehle und einer halben Münze im Mund. Ein tragischer Tod für jemanden, der so talentiert war.« Morrie runzelte die Stirn über die Bilder. »Leider hat Quoth recht. Ich glaube, wir müssen Herrn Cox von unseren Ermittlungen ausschließen.«

»Was? Warum?« Ich warf einen Blick über Morries Schulter auf die Bilder, aber nichts Offensichtliches sprang mir ins Auge.

»Cox betreibt hier ein lukratives Geschäft. Ich glaube nicht, dass er seine Zukunft oder die Enthüllung seines Geheimnisses riskieren würde, indem er jemanden ermordet. Er hat Ribald nicht einmal um seine Zeichnungen erpresst.«

»Worum ging es dann?«

»Laut Cox' Ordner hatte Ribald Affären mit mehreren Praktikantinnen.« Quoth schob seine Beine in die Holly Santiago Jeans, die ich für ihn mitgebracht hatte. »Eine von ihnen könnte Ashley gewesen sein. Der Zeitpunkt stimmt überein.«

»Ekelhaft.« Ich verzog das Gesicht. Das passte nicht zu Ashley, aber ich hatte in letzter Zeit viele Dinge an ihr entdeckt, die ich nicht mochte. Ich erinnerte mich an die Notiz von Marcus in ihrem Koffer. *Jap, definitiv möglich.* »Heißt das, Ribald ist unser nächster Verdächtiger?«

»Es wäre seltsam, wenn er Ashley statt Cox angreifen würde. Aber ich denke, wir können Cox definitiv ausschließen.« Quoth zeigte auf eines der Fotos, während er sein Hemd zuknöpfte. »Diese kleine Nummer ist mit der Zeit der Mordnacht abgestempelt. Er hat sich selbst ein Alibi verschafft.«

»Wir stehen also wieder am Anfang«, stöhnte ich und stützte meinen Kopf in die Hände. »Wir haben keine Ahnung, wer Ashley getötet hat, und die Polizei wird mich verhaften und ins Gefängnis werfen, und ich werde nie wieder ein Stück Pizza essen oder eine Keratinbehandlung bekommen.«

»Nicht unbedingt«, sagte Morrie und half mir aus dem Gebüsch. Ich zupfte mir die Dornen aus den Haaren, als wir uns auf den Weg zurück zur Bushaltestelle machten. »Wir sind wieder bei unserer ursprünglichen Theorie. Die Person, die Ribalds Entwürfe kauft, ist der Mörder. Sobald wir diese Person gefunden haben, waschen wir deinen Namen rein.«

Im Bus zurück nach Argleton saß ich neben Quoth. »Danke, dass du eingebrochen bist, um mir zu helfen.«

Er zuckte mit den Schultern. »Es ist schwer, das Gesetz zu brechen, wenn das Gesetz nicht weiß, dass du existierst.«

»*Willst* du denn existieren?«

Quoth starrte aus dem Fenster. »Es spielt keine Rolle, was ich will.«

»Für mich schon. Du hast dich gestern in London erstaunlich gut geschlagen, und heute auch. Du hast mehr Kontrolle, als du denkst. Was ist ...«

»Bitte«, er starrte mich mit dem Blick eines träumenden Dämons an. »Sprich nicht darüber. Wenn ich mich in diesem Bus verwandle, werde ich zu Studienzwecken in ein Labor gebracht.«

»Das werde ich nicht. Ich verspreche es.« Quoth drehte sich von mir weg und zog seinen Kopf zwischen die Schultern. Ich berührte seinen Arm, aber er wich zurück und meine Brust zog sich bei dem Gedanken zusammen, dass ich ihn verärgert hatte. Auf dem Sitz vor uns starrte Morrie völlig unbeeindruckt auf sein Handy.

Ich sackte in meinem Sitz zusammen, während mich die Gefühle durchströmten. Die Reise war eine totale Enttäuschung gewesen. Wir waren mit dem Fall in eine Sackgasse geraten, was bedeutete, dass ich immer noch die Hauptverdächtige war. Der Regen hatte meine Wildlederjacke durchnässt und ich klapperte mit den Zähnen, als ich die Kratzer an meiner Hand von der Hecke begutachtete. Das Schlimmste war, dass ich Quoth verärgert hatte und ich war keinen Schritt weiter, um das verworrene Netz aus Begierden zu durchschauen, das mich überfiel, wenn einer der Jungs im Raum war.

Ich mochte sie alle. Sie waren in vielerlei Hinsicht die Falschen für mich, nicht zuletzt, weil sie fiktive Figuren waren. Aber mein Körper verlangte nach einem von ihnen, nach allen von ihnen. Aber das war lächerlich. Das Flirten, das höschenschmelzende Lächeln und die Berührungen, die meine Haut zum Glühen brachten, konnte nicht so weitergehen. Warum konnte ich nicht eine endgültige Entscheidung treffen, damit wir alle mit unserem Leben weitermachen konnten?

Warum wünschte ich mir insgeheim etwas, das ich nie haben konnte?

22

»Liebling, du wirst es nicht glauben!« Mama strahlte mich am Esstisch an, während sie die Dosensuppe in zwei Schüsseln löffelte. »Ich habe heute zwei Power-Plate-Maschinen verkauft.«

»Das glaube ich tatsächlich nicht.« *Echte, lebende Menschen hatten Geld für diese Dinger bezahlt?*

»Ich spüre, wie sich mein Glück wendet, Schatz. Das ist meine Berufung. Es ist das, was ich mit meinem Leben machen soll.«

»Klar, Mama. Deine Berufung ist es, sinnlose Abnehmgeräte zu verkaufen, die nicht einmal wirken, um unschuldige Rentner um ihr Geld zu bringen?«

»Sei nicht so eine Spielverderberin«, schmollte sie. »Das ist nicht wie mit den Smoothies oder den Disney-Klamotten.«

Ich stöhnte auf. »Ich hatte die Disney-Klamotten vergessen.«

Einer von Mamas ersten Plänen war es, Kleidung und Kostüme mit Disney-Figuren zu verkaufen. Sie holte sich dafür keine Erlaubnis vom Disney-Konzern, sondern zeichnete lieber ihre eigenen Versionen der Figuren und verkaufte sie über eine

233

überraschend professionell gestaltete Website. Am Anfang verkaufte sie recht gut, ihre Entwürfe waren wirklich cool. Wir hatten zum ersten Mal richtiges Essen in unseren Küchenschränken. Leider berichtete eine überregionale Zeitung über das wachsende Geschäft, was eine Horde von Anwälten auf den Plan rief, die sich auf uns stürzten. In jenem Jahr gab es kein Weihnachten, weil sie eine hohe Geldstrafe wegen Urheberrechtsverletzung zahlen musste.

»Kannst du dich nicht etwas mehr für mich freuen, Schatz? Mein Erfolgscoach sagt, dass ich ein Unterstützungsnetzwerk brauche, das meinen kreativen Geist nährt, damit mein Geschäft floriert.«

»Dein *Erfolgscoach* sollte sich einen richtigen Job suchen«, murmelte ich in meine Suppe.

»*Wilhelmina*«, keuchte Mama.

»Tut mir leid«, murmelte ich und wünschte mir, ich wäre wieder im Laden, würde mit den Jungs zu Abend essen und versuchen herauszufinden, wer der Mörder ist. Ich rieb mir die Schläfe. »Ich bin immer noch ein bisschen durcheinander wegen Ashley.«

»Natürlich bist du das«, trällerte Mama. »Es ist so eine schreckliche Sache. Aber Mina, dieses Mädchen hat dich immer wieder herumkommandiert.«

»Mama, bitte, sag nicht so etwas.«

»Aber das *hat* sie, Schatz. Du warst so verzweifelt auf der Suche nach einer Freundin, dass du dich, sobald sie auftauchte, von der mit ihren lächerlichen Schuhen herumkommandieren ließest. Wenn Ashley dich aufgefordert hätte, von einer Klippe zu springen, hättest du es getan. Und dann bist du ihr natürlich nach Amerika gefolgt.«

»*Ich* wollte nach New York gehen! Ashley hat *mich* kopiert.«

»Ja, und während sie dort war, hat sie deine harte Arbeit ausgenutzt und dir den Job unter der Nase weggeschnappt.«

Mama starrte mich finster an. »Glaube nicht, dass ich nicht zwischen den Zeilen lesen kann, Mina. Du hast mir gesagt, dass du wegen deiner Sehkraft nach Hause gekommen bist, aber das stimmt nicht, oder?«

»Nein!«, schrie ich und knallte meinen Löffel auf den Tisch. »Es stimmt nicht. Ashley hat Marcus von meinen Augen erzählt und er meinte, ich würde niemals in der Modebranche arbeiten können. Die beiden haben es in der ganzen Branche verbreitet, sodass ich nirgendwo einen Job bekommen habe. Welchen Sinn hätte es, mich einzustellen? Was soll das bringen? Ich habe mein ganzes Leben lang auf diesen Job hingearbeitet, und sie denken, ich schaffe ihn nicht. Und es ist wahr, es ist wahr. Mein Zustand wird sich verschlimmern, und ich werde nichts mehr sehen können. Alles, was ich in meinem ganzen Leben getan habe, ist sinnlos. Ist es das, was du hören willst, Mama? Macht dich das glücklich?«

»Nein, natürlich nicht.« Mama schob ihren Stuhl beiseite und ging um den Tisch herum zu mir. »Oh, Schatz.« Sie schlang ihre Arme um mich. Ich schmiegte mich an sie und meine Muskeln erschlafften nach der Wucht meines Ausbruchs. »Ich wünschte, du hättest mir schon früher gesagt, wie du dich fühlst, anstatt alles in dich hineinzustopfen. Ich werde dich zu meinem Erfolgscoach bringen. Sie wird dir zeigen, dass, wenn Mode dein Traum ist und du an dich glaubst, dich nichts davon abhalten kann, ihn zu verwirklichen.«

»Was nützt mir die Mode, wenn ich sie nicht einmal *sehen* kann? Du und dein Erfolgscoach könnt diesen »Gib niemals auf«-Mist, den sie dir auf diesen betrügerischen Seminaren beibringen, so viel ihr wollt anpreisen, aber das ändert nichts an der Tatsache, dass ich nicht einmal in der Lage sein werde, ein passendes Outfit zu finden.« Ich schob meine Schüssel weg. »Ich habe keinen Hunger.«

»Du kannst nicht einfach so aufgeben. Wir Wilde Frauen geben nicht auf!«

»Du hast schon hundert Karrieren aufgegeben, Mama. *Tausend.* Die Kosmetiklinie für Babys, die mit Juwelen besetzten chinesischen Fingerfallen, die Schneckenfarmen ...«

»Ja, na schön, aber ich habe meinen Traum, eine *erfolgreiche Unternehmerin* zu sein, nie aufgegeben«, sagte sie. »Lass dir von niemandem sagen, dass du etwas nicht schaffen kannst, Mina. Du bist so klug, jung und clever und du wirst mehr aus deinem Leben machen, als in einer verstaubten Buchhandlung zu arbeiten. Du wirst schon sehen.«

Das war es eben. Ich hatte mein ganzes Leben damit verbracht, meine Mutter dabei zu beobachten, wie sie sich an betrügerische Firmen klammerte, die dumme Produkte anpriesen, die niemand wollte, in dem Glauben, dass das all ihre Probleme lösen würden. Die ganze Zeit über drehten sich Mitleid und Scham in meinem Magen. Ich konnte Mamas aufmunternden Worten keinen Glauben schenken, weil ich gesehen hatte, wie oft sie sich das selbst eingeredet hatte.

Ich konnte nicht diese Person sein, die bemitleidenswerte Praktikantin, die sich mit Verwaltungsarbeit herumschlagen musste, während die anderen Praktikantinnen hinter meinem Rücken über mich lachten, als sie an den Shows arbeiteten. Aber ich wusste nicht, wer ich ohne Mode war. Das konnte ich Mama einfach nicht erklären.

»Du hast recht, es tut mir leid. Ich wollte nur ...« Ich holte tief Luft. »Mein Arzt hat gesagt, dass ich eine Trauerphase durchlaufen werde. Deshalb bin ich hier, um mich zu sammeln und zu überlegen, wie es weitergeht. Ich hätte nur nicht gedacht, dass es so *schwer* sein würde.«

Mama strahlte und ließ mich in Ruhe. Während des Nachtischs (Pfirsichkonserven) und einiger Sendungen im Fernsehen erzählte sie mir immer wieder von ihrem

Wackelgeschäft. Ich nickte an den richtigen Stellen, aber mein Verstand war meilenweit entfernt.

In dieser Nacht lag ich im Bett, starrte auf die Risse an der Decke und fragte mich, wie lange mir noch blieb, bis die Details der Gipsplatten und das abgeplatzte Gesims nur noch Erinnerungen waren. Und bis das Licht über meinem Kopf für immer verschwinden würde.

Wie konnte ich selbst sein, wenn ich nicht sehen konnte?

Und ich dachte an Heathcliff, der eine so große Liebe zurückgelassen hatte, dass sie seine Seele in zwei Teile zerrissen hatte. An Morrie, der den einzigen Erzfeind verloren hatte, der es mit seinem Intellekt aufnehmen konnte. Von Quoth, der sogar für sich selbst ein Rätsel war. Ich war in ihre Welt eingedrungen, aber sie hatten mich wie eine Gleichgestellte aufgenommen und ihre Geheimnisse mit mir geteilt. Und ich dachte: Vielleicht war es kein Zufall, dass wir vier uns gefunden haben. Vielleicht brauchten sie mich genauso sehr, wie ich sie immer mehr brauchte.

Wir waren so unterschiedlich und doch gleich. Vier verlorene Seelen, die herauszufinden versuchten, wer wir jetzt waren.

23

Als ich von der Bäckerei zurückkam, um unsere Frühstücksbestellung abzuholen, hielt Frau Ellis draußen Hof und erfreute ihre Zuhörer mit Erzählungen über die schmutzigen Machenschaften in der verrufenen Buchhandlung. Ich hätte es lustig gefunden, wenn ihre Worte nicht so nahe an meiner Realität gewesen wären.

Wenn ich nicht heimlich hinter drei Typen her wäre.

Ich schlich mich hinten herum, um Frau Ellis' fröhlichen Erzählungen zu entgehen. Heathcliff ließ mich rein. Er überreichte mir einen kleinen schwarzen Schlüssel.

»Ich habe ihn gestern für dich anfertigen lassen«, sagte er. »Du kannst ihn benutzen, wann immer du willst. Auch wenn … auch wenn du nicht arbeitest.«

»Danke.« Diese Geste berührte mich, auch weil ich wusste, wie schwer es für ihn war, jemand Neues in sein Leben zu lassen. Heathcliffs schwarze Augen blickten direkt durch mich hindurch, als könnte er alle Gedanken in meinem Kopf lesen. Das wäre schlecht, denn in den meisten von ihnen trug er nur wenig Kleidung.

»Aber schnüffle nicht in meinen Sachen herum, wenn ich nicht da bin«, fügte er hinzu.

Ich lächelte. »Du bist nie nicht hier.«

Heathcliff trat zurück, um mich hereinzulassen. Quoth tauchte aus einer dunklen Ecke auf, sauste zwischen uns hindurch und nahm Kurs auf die Eiche in der Mitte der Dorfwiese.

»Wo will er hin?«, fragte ich.

»Das weiß nur der Wind«, antwortete Heathcliff. »Er war die ganze Nacht so seltsam und still.«

»Er ist immer seltsam und still.«

»Nicht so wie jetzt. Er hat mich gefragt, ob er ein paar seiner Bilder im Laden aufhängen kann. Mit *Preisschildern*.« Heathcliffs wilde Züge zuckten bei dieser Idee.

»Das ist eine gute Sache. Quoth ist ein großartiger Künstler. Ich wette, die Leute werden seine Werke kaufen.«

»Natürlich sagst du das«, sagte Heathcliff finster. »Du bist diejenige, die ihn auf gefährliche Ideen bringt. Ich wette, du wirst nicht diejenige sein, die ihn tröstet, wenn sich nichts verkauft.«

»Genau, als ob du wüsstest, wie man jemanden tröstet.«

»Ich weiß, wie man ihnen eine Flasche Wein reicht. Zeig dich nicht mehr mit ihm in der Öffentlichkeit. Du bist ein schlechter Einfluss.«

Grinsend folgte ich Heathcliff in den Laden. Wir setzten uns an seinen Schreibtisch und ich breitete meine Backwareneinkäufe aus. »Kein Morrie heute?«

»Er geht einer Spur nach. Anscheinend ist der Ring aus Debenhams, also ist er in die nächste Filiale gegangen, um herauszufinden, wer ihn gekauft hat.«

»Oh, interessant. Das bedeutet, dass er wahrscheinlich nicht Teil einer Modenschau-Goodie-Bag war. Hat er auch gesagt, ob er es für wichtig hält?«

Heathcliff nippte an seinem Kaffee und öffnete seinen Ordner. »Ehrlich gesagt, habe ich nicht zugehört. Morrie redet viel und das meiste davon ist selbstgefälliger Schwachsinn.«

»Da hast du nicht unrecht. Was steht heute auf der Tagesordnung?«

»Wir machen auf. Wir können es uns nicht leisten, es nicht zu tun. Ist das okay für dich?«

»Ich bin diejenige, die dir gesagt hat, dass du öffnen sollst!«

»Wenn du weiter so frech bist, zwinge ich dich dazu, Führungen durch den Tatort anzubieten«, knurrte Heathcliff, lehnte sich in seinem Stuhl zurück und schlug ein Buch auf.

Mir fiel die Kinnlade herunter. *Hatte er das gerade wirklich gesagt?*

»Wenn das ein Witz war, dann war es ein verdammt schrecklicher.« Ich verschränkte meine Arme. Eine angespannte Stille entstand zwischen uns.

Ich wartete auf eine Entschuldigung. Als diese ausblieb, trank ich meinen Kaffee aus, drehte das GESCHLOSSEN-Schild sieben Minuten früher auf OFFEN und stieß die Tür auf. »Willkommen im Nevermore Bookshop«, rief ich auf die Straße. »Kommt rein, kommt rein, jeder ist willkommen!«

»Wir haben noch nicht geöffnet«, dröhnte Heathcliff aus dem Hauptraum.

»Jetzt schon«, schoss ich zurück. Frau Ellis stürmte die Treppe hinauf, und ich grinste und begrüßte sie mit einer Umarmung. »Hallo, Frau Ellis. Ich hoffe, Sie und Ihre Freundinnen bleiben so lange wie möglich. Den ganzen Tag, um genau zu sein. Warum bitten Sie nicht Heathcliff, Sie auf eine Tour durch den Tatort mitzunehmen? Er liegt auf dem Weg zur Erotikabteilung, und ich weiß, dass Sie eigentlich nur deswegen gekommen sind.«

Frau Ellis kicherte, als sie in Richtung des Hauptraums schlurfte. Ich grinste, während ich mich damit beschäftigte, die

Regale abzustauben. Heathcliff hatte einen anstrengenden Tag vor sich.

DIE LEUTE STRÖMTEN den ganzen Morgen durch das Haus, starrten auf die zurückgeschlagenen Teppiche im ersten Stock und tuschelten über den Mord an Ashley und meine mögliche Beteiligung. Ich ignorierte sie, so gut ich konnte, und gegen Mittag waren es nur noch ein paar wenige Schaulustige. Wir hatten sogar eine Sammlung der Folio Society an Frau Ellis verkauft und damit genug Geld für ein leckeres Curry zum Mittagessen eingenommen.

Ich schlürfte gerade den letzten Rest meines Rogan Josh, als Heathcliff einen Karton auf den Tisch stellte. »Ich gehe raus. Ich muss alle Online-Bestellungen zur Post bringen. Du sortierst diese Kiste nach allem, was sich zu behalten lohnt.«

Ich blickte überrascht auf. »Bist du sicher, dass du nicht willst, dass ich stattdessen gehe? Ich dachte, du würdest lieber sterben, als noch ein albernes Gespräch über den Goldfisch von Deidre, der Postmeisterin, zu führen.«

»Stimmt nicht.«

»Das hast du gestern noch gesagt!«

Heathcliff klopfte auf die Kiste. »Das sind Maschinenbaubücher. Ich würde mich lieber den Leuten stellen. Brenne den Laden nicht nieder, während ich weg bin.«

Du wirst dich also nicht entschuldigen?

Heathcliff stapfte nach hinten und knallte die Tür hinter sich zu.

Scheinbar nicht.

»Nun, Grimalkin.« Ich kraulte ich meine einzige Kameradin hinter ihren Ohren. »Ich schätze, wir haben noch einiges zu tun.«

Ich sortierte, katalogisierte, bewertete und ordnete die Bücher in die entsprechenden Abteilungen ein, während Grimalkin um meine Füße schlich und ein Vogelspielzeug am Ende eines Stocks hinter sich herzog. »Okay, okay«, lachte ich, als sie den Stock zum dritten Mal gegen mein Bein schlug. »Ich werde mit dir spielen.«

Als ich den Stock durch die Luft wirbelte, sprang Grimalkin dramatisch von der Spitze des Soziologieregals. Mit einem perfekten Rückwärtssalto stürzte sie sich auf den Vogel, riss mir den Stock aus der Hand und flitzte zwischen den Regalen davon.

»Hey, du Schlingel, komm zurück!« Ich lief ihr hinterher. »Ich kann nicht mit dir spielen, wenn du mir den Stock nicht zurückgibst!«

»Miau!«, zwitscherte Grimalkin als Antwort. Sie huschte um das Ende des Technikregals herum und verschwand in dem kleinen Salon, der uns als Lagerraum diente.

»Komm schon, eine schwarze Katze in einem schwarzen Raum, das ist nicht fair.« Ich tastete an der Wand nach einem Lichtschalter und schaltete ihn ein. Der verborgene Raum erstrahlte im Licht und offenbarte Stapel von Archivboxen, Bücherstapel und in der Ecke gestapeltes Reinigungswerkzeug, das offensichtlich noch nie benutzt worden war.

»Miau!«

Ich schlüpfte zwischen zwei Kistenstapeln hindurch und tastete mich an einer Reihe von Metallregalen entlang. Ein dünner Lichtstrahl beleuchtete einen schwarzen Schwanz, der durch eine offene Tür im hinteren Teil des Raumes zuckte.

Aha.

»Grimalkin, bitte geh da nicht rein.« Aber sie war eine Katze, also verschwand sie natürlich durch den Spalt in der Tür.

Ich klopfte mit der Spitze meines Stiefels gegen die Tür. Sie schwang nach innen und gab einen fünfeckigen, fensterlosen

Raum frei, der mit Bücherregalen ausgekleidet war. *Dieser Raum muss sich direkt unter dem Badezimmer im Obergeschoss und über der Leseecke im Raum für Weltgeschichte im Erdgeschoss befinden.* In der Mitte des Raumes stand ein Podest, auf dem ein riesiges aufgeschlagenes Buch lag. Grimalkin wälzte sich darauf, klemmte den Vogel zwischen ihre Krallen und riss ihm die Federn vom Schwanz.

Heathcliff musste diesen Raum als Erweiterung des Lagerraums benutzt haben. Ich klopfte die Wände ab, bis ich einen Lichtschalter fand und diesen anknipste. Das fahle Licht eines staubigen Kronleuchters erhellte den Raum gerade so weit, dass ich die doppelt gestapelten Bücher in den Regalen erkennen konnte. Alte, mit Gold verzierte Lederrücken drängten sich gegen abgenutzte Bände. Nur wenige trugen einen Titel, aber die, die einen trugen, erfüllten mich mit einem seltsamen, flatternden Gefühl.

Mythohermetisches Wörterbuch (übersetzt von Joseph Zabinski), Testament des Königs Salomon, Liber Thagirion, Uralte Zaubersprüche des Okkulten, Miskatonic University Jahrbuch, 1937.

Okkulte Bücher.

Aber ... das machte keinen Sinn. In der Buchhandlung gab es bereits eine Abteilung für okkulte Bücher mit reißerischen Hochglanzcovern, auf denen barbusige Jungfrauen ihre Schwerter in den Mondschein hielten. Die einzigen Leute, die sich dort aufhielten, waren große Kerle in Ledertrenchcoats und Frauen mit gewelltem Haar, die nach Ylang-Ylang rochen. Warum brauchten wir ein geheimes Hinterzimmer?

»Was soll das alles, Grimalkin?«, fragte ich. »Ich weiß nicht ...«

Aber natürlich. Das ist die geheime okkulte Sammlung, die Herr Simson zusammengestellt hat, um herauszufinden, warum die Buchhandlung immer wieder literarische Figuren zum Leben erweckte.

Grimalkin gähnte, streckte sich auf dem Podest aus und rollte sich auf den Rücken, wobei sie ihre Pfoten in die Luft streckte. Ich streichelte ihren Bauch, während sie schnurrte, und mein Blick fiel auf den Einband des Buches darunter.

Er war aus feinem schwarzem Leder und bis auf ein kleines, in der Mitte eingeprägtes Symbol aus Gold leer. Ich fuhr mit den Fingern über den Buchrücken, und ein Hauch von Eis jagte mir über den Nacken.

Grimalkin miaute und sprang vom Tisch. Sie umkreiste meine Füße, während ich mit den Fingern über die geriffelten Seitenränder fuhr. Eine Gänsehaut bildete sich auf meinen Armen. Ich klappte den Einband auf und erwartete, Türme von Totenköpfen und Spiegelschrift zu sehen. Stattdessen war jede Seite leer.

Meine Finger kribbelten, als ich weiter durch die Seiten blätterte, aber es war nichts in dem Buch. Trotzdem standen mir alle Haare zu Berge. Ich klappte das Buch zu und studierte den Einband, um herauszufinden, ob das Symbol einen Hinweis darauf enthielt, was es war und warum es leer war.

»Was machst du hier drin?«, knurrte eine Stimme hinter mir.

Ich wirbelte herum. Heathcliff stand in der Tür und verdeckte mit seiner Masse das Licht aus dem Lagerraum. Sein wildes Haar stand in allen Winkeln ab, und seine Augen funkelten.

»Reg dich nicht auf. Grimalkin hat sich hinter dem Kistenstapel durch die Tür geschlichen und ich dachte ...«

»Du dachtest, du könntest in meinem Privatbesitz herumschnüffeln? Wie hast du überhaupt das Schloss geknackt? Bildet Moriarty dich zum kriminellen Superhirn aus?«

»Die Tür war offen, und ich bin Grimalkin hierher gefolgt.

Mir war nicht klar, dass das hier privat ist. Ich dachte, es wäre nur altes Inventar oder so.«

Heathcliff packte mich am Handgelenk. »Du solltest nicht hier drin sein. Diese Bücher sind gefährlich.«

Ich riss meinen Arm weg. »Warum? Kann man sich etwa böse an dem Papier schneiden?«

»Ich weiß nicht, warum! Ich weiß nur, dass Herr Simson, als er mir den Laden überließ, mir aufgetragen hat, diesen Raum abzuschließen und niemanden hereinzulassen. Nicht einmal Morrie oder Quoth waren hier drin.« Heathcliff zeigte auf den Türsturz über der Tür, wo eine Reihe von Symbolen in das Holz geschnitzt worden war. »Er hat diese Runen dort angebracht, um die Magie in diesem Raum einzuschließen und zu verhindern, dass jemand ihn betritt. Wie hast du sie überwunden?«

»Ich sage dir, die Tür war *offen*. Ich habe die Runen nicht einmal gesehen. Vielleicht hat Morrie Grimalkin beigebracht, Schlösser mit ihren Klauen zu knacken.«

»Das ist nicht lustig«, knurrte Heathcliff.

»Du glaubst wirklich an diesen ganzen okkulten Zauberkram?«

»Das habe ich nicht, bis ich in diesem Laden aufgewacht bin. Würdest du an Magie glauben, wenn du herausfinden würdest, dass dein ganzes Leben nur aus Worten in einem fremden Buch besteht?«

»Na gut. Und Herr Simson hat auch daran geglaubt.« Ich warf einen Blick auf die fünfeckige Decke. »Glaubst du, dass die Form des Raumes eine Bedeutung hat? Ich weiß, dass Pentagramme in heidnischen Ritualen eine Bedeutung haben. Ich habe *Der Hexenclub* gesehen.«

»Selbst wenn es so wäre, geht dich das nichts an.«

»Natürlich geht es mich etwas an. Ich will dir helfen,

herauszufinden, wie du hierhergekommen bist. Wenn wir den geheimen Zauberspruch aufdecken, können wir ihn vielleicht rückgängig machen und dich zurückschicken.«

»Warum? Du willst mich loswerden.«

»Wie bitte?«

»Du willst mich in das Leben zurückschicken, in dem meine größte Liebe stirbt und ich mich in einen bösartigen Soziopathen verwandle, der Hunde tötet und Kinder missbraucht?« Heathcliffs ganzer Körper zitterte vor Wut. »Hältst du so wenig von mir?«

»Nein, so habe ich das nicht gemeint.«

»Keiner von uns will zurückgehen. Wir *können* nicht zurückgehen. Wenn wir zurückgehen könnten, würde *Sturmhöhe* mit Kapitel neun enden und niemand hätte mehr etwas vom Reichenbachfall gehört. Für uns ist es zu spät. Wir wollen nur verhindern, dass das auch anderen Figuren passiert.«

»Okay, es tut mir leid. Ich wollte nicht ...«

»Warum bist du überhaupt *hier*?« Heathcliff fuchtelte mit der Hand im Zimmer herum, in Richtung des Ladens und des Dorfes draußen. »Du bist mit eingezogenem Schwanz nach Argleton zurückgekrochen, nur weil ein einzelner Wichser ein paar schroffe Worte gesagt hat. Du bist in diese Buchhandlung zurückgekommen, weil du wieder so tun willst, als wärst du ein Kind, das in einer Ecke sitzt, seine Geschichten liest und darauf wartet, dass jemand kommt und es rettet. Nur benutzt du jetzt *unsere* Leben, *unsere* Geschichten, um dich von deinem eigenen Leben abzulenken. Hör zu, Mina. Das Leben geht nach einer Tragödie weiter. Die Zeit marschiert weiter. Dieser Laden ist kein Ort außerhalb der Zeit. Er wird dich genauso wenig retten wie mich. Ich habe einen Blick in meine Zukunft geworfen, und ich bin nicht in der Lage, gerettet zu werden. Und du ...« Er tippte mir mit dem Finger auf die Brust. »Du *wirst* erblinden, aber wenn du nicht nach draußen gehst, wirst du die Fußnote deiner eigenen Tragödie werden.«

Tränen schossen mir in die Augen. Seine Worte durchdrangen mich. Die Wunden, die durch Marcus' Ablehnung, Ashleys Tod und die schreckliche Diagnose des Augenarztes entstanden waren, brannten. *Wie kann er mich so durchschauen? Ich bin schon so lange unsichtbar.*

Ich lehnte mich mit dem Rücken gegen den Sockel und suchte mit meinen Händen nach etwas, das ich festhalten konnte, nach etwas, das Abstand zwischen meinem aufgerissenen, wunden Herzen und Heathcliff schaffen konnte, dessen schwarze Augen alles zu sprengen drohten.

»Ich will nicht auf der Welt sein, wenn ich sie nicht sehen kann«, stieß ich hervor.

»Es gibt viele Freuden auf dieser Welt, für die du keine Augen brauchst«, rief er mir zu.

Ich lachte durch meine Tränen hindurch. »Das klingt wie eine wirklich schlechte Anmache.«

»Es ist die Wahrheit. Ich werde nicht zulassen, dass du auch nur einen Moment deines Lebens aufgibst, um mir meines zurückzugeben. Das liegt nicht in meiner Zukunft. Ich verbiete es dir.«

»Du kannst es mir nicht verbieten, du Idiot. Du vergisst, dass ich auch deine Geschichte gelesen habe. 'Und liebte er auch mit aller Kraft seines kümmerlichen Seins, so könnte er doch in achtzig Jahren nicht so viel Liebe geben, als ich in einem Tag!' Diese Worte hast du gesagt, nicht wahr?« Tränen liefen mir über das Gesicht. Heathcliff starrte mich mit versteinerter Miene an. »Es gibt keine zwei Menschen auf der Welt, die eine solche Liebe teilen. Du denkst vielleicht, ich kann mir nicht vorstellen, wie es ist, das zu verlieren, aber ich kann es. Ich weiß, wie es ist, wenn einem die Leidenschaft genommen wird. Es ist, als hätte man einen Teil von dir herausgeschnitten und weggeworfen.«

Meine Worte wurden unterbrochen, als Heathcliff seine Lippen auf meinen presste.

24

Mein Herz machte einen Sprung in meiner Brust. Das ganze Verlangen in meinem Körper kochte an die Oberfläche und schüttelte die Depression ab, die wie eine zweite Haut an mir klebte. Mein Verstand schrie, dass dies eine schreckliche Idee war. Aber meine Hände griffen nach oben und verhedderten sich in Heathcliffs Haaren, mein Körper schmiegte sich an ihn und ich tauchte in den Abgrund aus Dunkelheit, Verzweiflung und Sehnsucht, der Heathcliffs Seele war.

Der Kuss brachte meinen ganzen Körper zum Glühen und jedes Atom in mir leuchtete. Heathcliffs riesige Hand umfasste meine Wange und drückte mich an sich, als ob er erwartete, dass ich fliehen würde. *Ich sollte fliehen. Ich sollte jetzt so schnell wie möglich weglaufen.*

Aber wie könnte ich fliehen, wenn dieser Mann und ich mit solch einer unausweichlichen Macht miteinander verbunden waren, wenn unsere Körper und Seelen mit der Gewalt der Natur aufeinanderprallen? Wir tranken einander. Ein Elixier, das stärker war als Wein oder die winzigen Pillen, die Ashley und ich eines Abends bei einer Punkshow eingeworfen hatten und die mich in eine Spirale rauschhafter Anbetung versetzten.

Es war, als würde ich einen Teil von mir selbst küssen, und zwar nicht auf eine traurige, narzisstische Art, sondern auf eine »Niemand sieht in all die dunklen Ecken meines Herzens«-Art. *Er ist mehr ich selbst, als ich es bin.*

Hinter mir heulte Grimalkin und stach mit dem Stock ihres Spielzeugs auf uns ein.

Heathcliff riss seine Lippen von meinen. Der Bann war gebrochen. Wir starrten uns über die Leere hinweg an, kämpften beide um Atem, um Kontrolle.

Er wich zurück, seine Augen glühten. »Bleib diesem Raum fern«, knurrte er, zerrte mich aus der Tür und knallte sie hinter sich zu. »Und bleib mir vom Leib.«

25

»Bleib du *mir* vom Leib!«, knurrte ich, während mein Herz gegen meine Brust pochte. »Du bist mein Chef. Du darfst das nicht tun.«

Bevor Heathcliff etwas erwidern konnte, schob ich mich an ihm vorbei, wobei ich ihn mit dem Ellbogen in die Rippen stieß, als ich aus dem Geheimraum, durch den Laden und die Treppe hinunter floh. Seine Stiefel polterten hinter mir her.

»Mina, lauf nicht vor mir weg.«

»Du hast doch gerade gesagt, ich soll verschwinden!«, schrie ich und knallte ihm die Hintertür vor der Nase zu. Ich sprintete die schmale Gasse hinter dem Laden hinunter und tauchte auf der anderen Seite der Bäckerei auf, die auf den Dorfanger blickte. Wütende Tränen kullerten mir über die Wangen, und ich wischte sie weg.

Wohin nun? Nach Hause war nicht drin. Mama war heute da und ich wollte im Moment mit niemandem reden. Der einzige Ort, an dem ich mich in Argleton sicher fühlte, war der Nevermore Bookshop, und Heathcliffs Kuss hatte das alles zunichtegemacht.

Ich ballte meine Hände zu Fäusten, dann löste ich sie. *Verdammter Heathcliff.*

Wie konnte alles so schiefgehen?

Ich dachte, Heathcliff könnte ein Freund sein. Gott weiß, dass ich einige davon gebrauchen konnte. *Aber dann küsst er mich und mein Körper verschmolz regelrecht mit seinem, und ich dachte all diese Dinge über Seelen und Zeilen aus einem Buch ...*

»Mina. Hey, Mina!«

»Nicht jetzt, Darren.« Ich wischte mir über die Augen und drehte mich zu ihm um. Es musste Darrens freier Tag sein, denn er trug einen hässlichen gestreiften Pullover und eine hellbraune Hose und hatte sein Haar hochgekämmt. Seine Augen waren rot umrandet und seine Haut war fleckig. Unter dem Arm trug er eine braune Tüte des Spirituosenladens.

»Ich war gerade auf dem Weg zurück in meine Wohnung und habe dich gesehen. Du bist traurig wegen Ashley«, sagte er mit besorgtem Gesichtsausdruck. »Ich weiß. Ich auch. Seit ich davon gehört habe, kann ich nicht mehr zur Arbeit gehen. Ich kann einfach nicht glauben, dass sie weg ist.«

»Ja, es ist furchtbar.« Frische Tränen liefen mir über die Wangen, Tränen der Schuld. Ashley war tot und ich machte mir Gedanken um einen Mann. Darren, über den Ashley jahrelang gewitzelt und gespottet hatte, war die ganze Nacht wach gewesen und hatte um sie geweint. »Bitte, Darren, ich muss nach Hause ...«

»Hör zu, mir geht es nicht so gut. Ich glaube, es würde mir helfen, wenn ich einfach mit jemandem über sie reden könnte, der sie kannte. Hast du eine Minute Zeit, um mit mir etwas trinken zu gehen?«

Ich schüttelte den Kopf, weil ich mich nicht traute zu sprechen. Der Kuss von Heathcliff brannte noch immer auf meinen Lippen.

»Ich habe es dir nie gesagt, aber ich bin in Ashley verliebt.

War verliebt, muss ich jetzt wohl sagen.« Seine Stimme wurde brüchig. »Ich habe mich in der Oberschule nie getraut, es ihr zu sagen, und ich hatte gehofft, dass ich jetzt, wo sie wieder im Dorf ist, die Chance haben würde, mit ihr auszugehen und ihr zu sagen, was ich empfinde. Jetzt werde ich nie die Gelegenheit dazu haben und ich ...«

»Ich möchte nicht über Ashley sprechen, Darren.«

»Es tut mir leid, Mina. Aber natürlich nicht! Du warst ihre beste Freundin. Ich muss mich einfach mit ihr verbunden fühlen, verstehst du?«

Ich seufzte und wischte mir mit dem Handrücken über die Augen. Mit Darren abzuhängen, würde mich wenigstens davon ablenken, über Heathcliffs Kuss und all die verwirrenden Gefühle nachzudenken, die ich hatte. »Ja, klar, wir können was trinken gehen, solange du bezahlst.«

~

»Das ist von einer Mikrobrauerei etwas außerhalb der Stadt.« Darren machte mit seinem Handy ein Foto von seinem Bier, dann holte er ein abgenutztes Moleskine-Notizbuch hervor und machte sich eine Notiz. »Eigentlich sollte es in einer Tulpe serviert werden, aber manche Leute verstehen einfach nicht, wie wichtig diese Dinge sind. Es hat einen schönen Geschmack; Karamell und einen Hauch von schwarzen Johannisbeeren. Ich kann verstehen, warum Ashley es mochte.«

Ich stöhnte innerlich auf. Darren hatte nicht gescherzt, als er sagte, dass er auf Craft Bier abfährt. Als wir im Cock & Fiddle ankamen, bat er mich, ihm Ashleys Lieblingsbier aus der Region zu empfehlen. Ich wusste, dass Ashley sich einen Dreck um Craft Bier scherte. Eine Brauerei hatte ihr zwei Riesen gegeben, damit sie in ihrem Badeanzug mit ihrem exklusiven Gebräu posierte. Seitdem hatte sie eine Art Kultstatus unter Bierfreaks entwickelt, sodass sie versucht hatte, die Scharade fortzusetzen. Also hatte ich einfach eines ausgewählt, und jetzt behandelte er es wie den Heiligen Gral. Ihr Lieblingsgetränk war Wodka-Cranberry, an dem ich gerade nippte.

Alles, was ich schmecken konnte, war Heathcliff. Seine Zunge. Seine Lippen. Seine moschusartige, torfige *Heathcliffigkeit.*

Heathcliff hatte mich geküsst. Er hatte mich *geküsst.*

Dieser Kuss war *alles.* Kein Wunder, dass Heathcliff als großer romantischer Antiheld unsterblich geworden war. Es ging nichts über einen brütenden Bösewicht, bei dem sich einem die Zehen kräuseln und die Hand unter das Höschen wanderte. Ich spürte noch immer seine Lippen, die mir einen köstlichen Schauer über den Rücken jagten, gefolgt von einem Schauer des Ekels.

Es war der intensivste Kuss, den ich je *in meinem Leben* erlebt hatte. Ich hätte nicht überrascht sein sollen. Ich hatte *Sturmhöhe* oft genug gelesen, um zu wissen, dass Heathcliff mit gleicher Intensität liebte und hasste. Die Art und Weise, wie er über seine Liebe zu Cathy sprach ...

Cathy.

Meine harten Worte und geheimen Ängste kamen mir wieder in den Sinn. Heathcliff hatte das Buch verlassen, als er erfahren hatte, dass Cathy Linton heiraten wollte. Er hatte ihren Tod nicht miterlebt. Er hatte sie nie verlieren müssen. Das bedeutete, dass in seinem Hinterkopf, egal, was er für mich empfand oder wie viele herzzerreißende Küsse wir teilten, der Gedanke blieb, dass sie *vielleicht* auch aus dem Buch herauskommen würde. Und dass er in dieser Welt vielleicht ihre Beziehung retten könnte und sie ihr Happy End haben könnten und er nicht zum Psychopathen Heathcliff werden würde.

Er hatte den Vorteil, dass er in die Zukunft lesen konnte und alle Fehler, die er gemacht hatte, sehen konnte. Er bekam eine zweite Chance. Wenn er sich zwischen mir und Cathy entscheiden müsste, dann würde er natürlich sie wählen. Ja, natürlich. Cathy *war* Heathcliff.

Deshalb hatte er den Kuss abgebrochen, deshalb hatte er all diese Dinge zu mir gesagt, weil ich nichts weiter als eine Ablenkung für ihn war.

Ich schob meinen Stuhl zurück. »Darren, ich muss gehen. Es tut mir leid.«

»Aber du hast deinen Drink nicht ausgetrunken!« Darren tippte auf seinen Block. »Ich wollte von dir wissen, welche Biere Ashley am liebsten trinkt, damit ich sie auf Instagram veröffentlichen kann. Ich habe nämlich, inspiriert von ihr, einen Instagram-Account eingerichtet, um Influencer in der Craftbier-Szene zu werden.«

»Weißt du was? Das klingt, als ob du Ashley besser kennst als ich.« Ich griff nach meiner Jacke. »Tut mir leid, Darren, ich muss gehen.«

Ich hatte in der Nacht kaum geschlafen, weil mir der Kuss immer wieder durch den Kopf ging und ich immer wütender wurde. Heathcliff hatte *kein Recht* dazu gehabt. Er mochte mich nicht einmal. Er meckerte und brummte und stöhnte, wann immer ich sprach. Er hatte mich nur aus einem Grund geküsst, um mich zum Schweigen zu bringen, um mich von den okkulten Büchern und dem Geheimnis abzulenken, von dem er nicht wollte, dass ich es erfuhr.

Und doch blieben Quoths Worte in meinem Kopf hängen. »Du solltest das Chaos umarmen. Es ist in Ordnung, wenn du nicht weißt, was du willst.«

Ich *wollte* den Heathcliff aus den Büchern, aber wer war *mein* Heathcliff?

Am nächsten Morgen tauchte ich mit müden Augen in der Küche auf. Mama beugte sich über den Tisch und tippte stirnrunzelnd Löcher in den Taschenrechner. »Hast du diese Woche schon Geld bekommen, Schatz? Ich bin ein bisschen knapp bei Kasse, während ich mein nachhaltiges Geschäft aufbaue.«

»Ich dachte, du hättest gestern zwei Wobblelators verkauft?«

»*Habe* ich auch, aber der Gewinn der ersten vierzig Stück fließt in die Bezahlung meiner Bestellung. Sobald ich achtunddreißig Weitere verkauft habe, werden wir im Geld schwimmen.«

»Wenn du das sagst, Mama.« Ich füllte den Toaster mit Brot und schob es nach unten. »Heathcliff hat mich noch nicht bezahlt.«

»Na, dann lass es dir heute geben, ja? Du bist ein gutes Mädchen.« Sie reichte mir die Erdnussbutter. »Ich zahle es dir zurück, sobald mein Wackelgeschäft in Schwung kommt.«

Na toll. Jetzt musste ich nach unserem Kuss nicht nur in derselben stillen Buchhandlung arbeiten wie Heathcliff, sondern ihn auch noch um Geld bitten.

Auf dem Weg zum Nevermore Bookshop hielt ich in der Bäckerei an, um unsere üblichen Kaffees zu holen. Ich fügte der Bestellung ein paar Croissants und Honigbrötchen hinzu. Da kann ich ihm auch gleich echten Honig ums Maul schmieren. Während ich in der Schlange darauf wartete, dass die Croissants aufgewärmt wurden, kam Jo durch die Tür und verteilte mit ihren lila Docs Matsch auf der Matte. »Guten Morgen, Greta. Ich nehme das Übliche, danke, und einen Kaffee zum Mitnehmen. Ich bin auf dem Weg zu einer frischen Leiche ...«

Sie hielt kurz inne, als ihr Blick meinen traf. Sie senkte den Kopf und eilte auf die andere Seite des Raumes. Sie starrte auf den Bildschirm ihres Telefons und jede Pore ihres Körpers verriet, dass sie nicht mit mir reden wollte.

Mein Herz schlug heftig. Was war daraus geworden, dass wir uns auf einen Kaffee treffen wollten, sobald sie aus London zurückkam?

Ich wusste, was passiert war. *Berufliche Distanz.* Die Polizei hatte ein paar neue Beweise. Sie sahen nun in mir die Hauptverdächtige.

Wird man mich auch für die Leiche verantwortlich machen, die Jo heute in der Leichenhalle hat?

Mit klopfendem Herzen schnappte ich mir den Kaffee und das Essen und eilte in den Laden. An der Tür stellte ich das Tablett ab und steckte den Schlüssel ein. Der Geruch von schalem Bier und faulen Eiern stieg mir in die Nase. Eine bleiche Hand streckte sich aus dem Gebüsch und griff nach der Tüte mit den Croissants.

»Nimm die Hände da weg!«, schnauzte ich.

Ein Kopf hob sich aus dem Gebüsch, gezeichnet von Schuld und Scham. Es war der Obdachlose Earl Larson, der Mann, von dem wir sicher waren, dass er in der Nacht, in der Ashley ermordet wurde, im Laden war.

Er hatte es getan. Natürlich war er es.

Mein Magen drehte sich um, als ich in die Augen eines Mörders starrte. Hin- und hergerissen zwischen Wut und Schrecken, erstarrte ich. Earl nutzte die Gelegenheit und griff nach meinem Essen.

»Hey!« Ich packte sein Handgelenk und rüttelte es auf und ab, bis er das Essen freigab. »Ich muss mit dir reden.«

»Lassos. Ich habe nichts getan!« Er zerrte an seiner Hand, seine Augen wild vor Angst. Ich hielt sein kleines Handgelenk fest umklammert und war überrascht, wie dünn er war. Ich zwang mich, das Mitgefühl zu ignorieren, das in mir aufstieg. *Dieser Typ hatte Ashley getötet.*

»Du warst in der Nacht hier, als Ashley ermordet wurde.«

»Ich habe der Polizei gesagt, dass ich nichts gesehen habe!« Er riss sein Handgelenk aus meinem Griff, schnappte sich seine Taschen und schlurfte davon, wobei er über seine Schulter zurückblickte.

In meinem Kopf überlegte ich, was ich tun könnte. Jos

besorgtes Gesicht blitzte in meinem Kopf auf und ich traf eine Entscheidung. Ich stieß die Haustür auf, rief: »Der Kaffee ist da!«, stellte das Tablett auf den Boden und rannte Earl die Straße hinunter hinterher.

Ich spähte um die Ecke der Bäckerei. Earl schlurfte die Hauptstraße entlang, schob sich zwischen den Fußgängern hindurch und spähte in die Fenster. Die Ladenbesitzer kamen aus ihren Läden, um ihn zu verscheuchen. Er warf einen Blick über seine Schulter, aber ich drückte mich an die Wand. Als ich wieder um die Ecke spähte, stand er vor dem Supermarkt und starrte ins Fenster. Eine Frau verließ den Laden und sagte etwas Unhöfliches zu ihm, aber er bewegte sich nicht, reagierte nicht.

Er steckte seine Hand in die Tasche und setzte einen entschlossenen Gesichtsausdruck auf. Er riss die Tür auf und marschierte hinein.

Das Herz schlug mir bis zum Hals, als ich um die Ecke der Mauer schlich und durch das Marktfenster spähte. Earl wanderte durch die Gänge, hob Kartons auf und drückte sie an seine Brust. Seine Lippen bewegten sich im ständigen Gespräch mit sich selbst. Immer wieder steckte er seine Hand in die Vorderseite seiner Jacke.

Er hatte Geld in seiner Tasche. *Heathcliffs Geld.*

Wut kochte in mir hoch, als Earl mit ein paar Kartons zum Tresen ging. Er zog ein paar zerknitterte Scheine aus seiner Tasche und warf sie auf den Tresen. Der Mann nahm die Scheine zwischen Daumen und Zeigefinger, als ob sie explodieren könnten, und legte sie in die Kasse. Earl stopfte die Scheine in seinen Trenchcoat und verließ eilig den Laden.

Direkt in mich hinein.

Ich packte ihn am Revers und schleuderte ihn gegen die Wand. Aus der Nähe überwältigte der Geruch von abgestandenem Bier sein übliches, widerliches Aroma. »Woher hast du das Geld?«

»Von der Zahnfee.«

»Ich bin nicht hier, um Spielchen zu spielen, Kumpel. Die Polizei denkt, ich hätte Ashley getötet. Ich weiß, dass ich es nicht war, und ich weiß auch, dass du in der Nacht dort warst und dass der Mörder vielleicht wusste, dass sie viel Geld hatte. Wenn du also nicht willst, dass ich dich dorthin schleppe und ihnen erzähle, was ich weiß, sagst du mir lieber gleich, was los ist.«

»Na gut«, schrie Earl und zitterte am ganzen Körper. »Ich habe es getan. Ich habe das Geld aus der Kasse genommen! Aber ich habe das Mädchen nicht umgebracht. Ich habe sie nicht einmal angefasst. Ich habe niemanden verletzt.«

»Warum hast du dann Heathcliff bestohlen? Er war nett zu dir und du hast ihn ausgenutzt.«

»Das wollte ich nicht, ich schwöre es. Ich mag Herrn Heathcliff. Er ist gut zu mir, er lässt mich in seinem Laden sitzen und die Bücher lesen. Aber als ich dich in den Laden gehen sah, dachte ich, es wäre schön, im Warmen zu schlafen, und ich saß einfach in meinem Stuhl und dachte an das Geld, und dass er nie erfahren würde, dass ich es war.«

»Ich wette, Heathcliff hätte dir etwas Geld gegeben, wenn du nur darum gebeten hättest.«

»Es ist nicht für mich, verstehst du?« Earl öffnete seinen Mantel. Darin befand sich ein kleines graues Fellknäuel, eingewickelt in ein Wirrwarr aus Fetzen. Zwei leuchtende Augen blickten mich an, und der Mund öffnete sich und enthüllte eine rosa Zunge. Ein Kätzchen.

»Miau?« Es fiepte und neigte seinen Kopf zur Seite. Seine Augen wurden noch größer.

»Oh, wie niedlich!« Ich berührte die weiche Wange des Kätzchens und hoffte, dass Grimalkin meinen Verrat später nicht riechen würde. *Kein Wunder, dass er seine Hand in seiner Jacke hatte und dieses Katzenbuch las, und kein Wunder, dass*

Grimalkin Earl angefaucht hatte, als er im Laden war. Sie musste das Kätzchen gerochen haben.

»Der Tierarzt sagt, es ist krank und braucht ein spezielles Futter«, sagte der Obdachlose und drückte mir eine der Schachteln, die er gerade gekauft hatte, in die Hand. »Und der komische Junge vom Markt wohnt direkt über der Metzgerei, also er könnte mich erwischen, wenn ich klauen würde. Ich brauche also Geld, um es zu bezahlen, aber ich will Heathcliff nicht fragen, weil er schon so nett zu mir war. Ich habe das Mädchen nicht umgebracht und ich habe nichts gesehen.«

»Aber du warst zur selben Zeit wie sie im Laden! Du musst *etwas* gesehen oder gehört haben. War Ashley schon im Laden, als du reingekommen bist, oder ist sie erst nach dir gekommen?«

»Es war niemand da«, sagte er. »Aber ich habe draußen ein Mädchen gesehen. Sie tippte auf ihrem Telefon 'rum und schaute zu den Fenstern hoch.«

Ashley.

»Hast du noch jemanden gesehen?«

»Nein«, sagte er. »Ich habe unter der Straßenlaterne auf der anderen Seite des Metzgers angehalten, um das Geld zu zählen. Es kam niemand vorbei.«

Das Kätzchen grub seine Krallen in Earls Trenchcoat und kletterte seinen Arm hinauf, um nach dem Päckchen zu schlagen. »Oh, er will sein Futter.«

Ich schlich mich davon. »Dann solltest du ihn besser füttern. Es tut mir leid, dass ich dich so überfallen habe. Ich habe nur ... Angst, dass ich eines Mordes beschuldigt werde, den ich nicht begangen habe.«

»Schon gut«, zuckte er mit den Schultern. »Ich weiß, wie es ist, wenn die Leute das Schlimmste von einem annehmen. Die meisten Leute nehmen an, dass ich ein schlechter Mensch bin. Ich bin ein guter Mensch, Fräulein, ich habe nur kein Dach über dem Kopf. Und ich stinke nach Bier, aber ich trinke nicht mal. Jemand hat ein paar Dosen in den Rinnstein vor dem Laden geworfen, und als ich sie gestern in den Mülleimer warf, habe ich mich damit bekleckert.«

»Das glaube ich dir, Earl. Wenn du und dein Kätzchen mal ein ruhiges Plätzchen zum Lesen brauchst, könnt ihr gerne in den Laden kommen«, sagte ich und fühlte mich schlecht, weil ich so viel über ihn gemutmaßt hatte.

»Keine Sorge, mein Glück wird sich bald wenden. Neulich hat eine Frau im Tierheim einen Vortrag über diese vibrierenden Trainingsgeräte gehalten und gesagt, dass sie damit Millionen verdient und dass ich der beste Verkäufer sein werde.«

Ich stöhnte auf. »Wenn ich dir einen Rat geben darf, halte dich von dieser Frau fern.«

27

Heathcliff konnte mich nicht einschüchtern. Ich würde stark sein und meine Sicht der Dinge darlegen. Er war mein Chef. Es war unangemessen, dass er sich an mich heranmachte und dann so tat, als ob ich die Böse wäre. Diesmal würde ich es nicht auf sich beruhen lassen. Ich würde zu ihm gehen und ihm meine Meinung sagen, und wenn das bedeutete, dass ich nicht mehr in der Buchhandlung arbeiten und ihn nicht mehr sehen könnte, dann musste ich eben damit leben.

Ich ignorierte das stechende Gefühl in meiner Brust und drückte die Eingangstür auf. »Heathcliff«, rief ich und ließ die Tür hinter mir zuschlagen.

Keine Antwort. Das einzige Geräusch war das leise Glucksen der Rohre im Obergeschoss. Der Kaffee war jedoch verschwunden, also nahm ich an, dass er zumindest in der Nähe war.

»Ich bin gekommen, um über gestern zu reden. Ich denke, du weißt, wie unangebracht es ist, sich an eine Angestellte heranzumachen. Ich weiß, dass du in letzter Zeit viel Stress hattest, aber nur weil ich dein Geheimnis kenne und du meines, heißt das nicht, dass du mich so behandeln darfst ...«

»Was hat er mit dir gemacht?«

Mein Atem blieb mir im Hals stecken. Morrie stand am oberen Ende der Treppe und tupfte sich mit einem Handtuch die Haare trocken. Er trug nichts als sein verruchtes Grinsen. *Aphrodite, rette mich.*

»Ich ... äh ...«

»Er ist nicht hier«, sagte Morrie. »Er ist vor zwanzig Minuten weggeschlichen und hat etwas von einem Termin gemurmelt. Nach dem Rauch zu urteilen, der aus deinen Ohren kommt, wollte er wohl aus der Schusslinie gehen. Ich wiederhole: Was hat er getan?«

»Ich muss dringend mit Heathcliff sprechen.«

»Schau nicht so mürrisch. Ich bin stattdessen hier, und wir werden den besten Tag erleben. Gestern war für mich auch schrecklich. Ich habe drei Stunden damit verbracht, das Kaufhaus zu infiltrieren, nur um herauszufinden, dass diese Ringe so beliebt sind, dass man nicht herausfinden kann, aus welchem Laden sie stammen oder wer sie gekauft hat. Aber heute wird es besser! Als Erstes ordnen wir alle Bücher alphabetisch nach dem dritten Buchstaben des Vornamens des Autors. Oh, oder ...« Seine Augen funkelten verschmitzt, als er die Treppe hinunterstieg. »Wir könnten alle Möbel an die Decke kleben.«

Ich schnaubte. »Nicht, Morrie, bitte. Ich ...«

»Was hat er getan?« Morrie war jetzt nur noch ein paar Meter entfernt. Sein fruchtiger Duft überwältigte mich so sehr, dass ich mich sofort wieder an die Gasse in London erinnerte, an seine Lippen auf meinen. Und seine Hand in meiner Hose, die mich berührte, bis mein Körper unter dem besten Orgasmus meines Lebens erbebte. Mein Magen drehte sich um und ich starrte auf den Boden. Großer Fehler. Ich erhaschte einen Blick auf muskulöse Oberschenkel und den größten halb erigierten Schwanz, den ich je gesehen hatte.

Ich riss meinen Kopf hoch und konzentrierte mich auf einen Punkt an der Wand hinter Morries Ohrläppchen. *Beruhige dich, atme einfach.* »Ich ... wir hatten eine Meinungsverschiedenheit«, brachte ich hervor.

»Eine Meinungsverschiedenheit? Du *wolltest* nicht, dass er seine Zunge in deinen Hals steckt?« Morrie trat näher heran. Hitze stieg von seinem Körper auf. »Das klingt gar nicht nach dir.«

»Woher wusstest du das?«

»Ich wusste es nicht. Ich habe es vermutet und du hast meine Vermutung bestätigt.«

Verflucht seist du, Morrie. »Du solltest dir etwas anziehen. Die Tür ist unverschlossen. Es könnte jeden Moment ein Kunde reinkommen.«

»Warum? Du willst doch nicht, dass ich mir etwas anziehe.«

Die Hitze stieg mir in die Wangen. »Doch, das will ich.«

»Trau mir wenigstens etwas zu. Das Erröten deiner Wangen, die Beschleunigung deines Atems, die subtile Veränderung deines Geruchs, wenn deine Pheromone wirken ... Es ist eine einfache Schlussfolgerung.« Morrie baute sich vor mir auf, ohne mich zu berühren, aber er hielt seinen Körper so nah, dass es sich anfühlte, als würde er mich berühren. Ich brauchte nur nach vorne zu fallen, und wir wären aneinandergefesselt gewesen. Die elektrisierende Anziehungskraft unserer Zuneigung hätte uns zusammengeführt.

Die Zeit blieb stehen.

Ich konzentrierte mich auf meine Atmung. *Ein. Aus. Ein. Aus.*

Morries verruchtes Grinsen hielt die Welt in Atem.

»Was ... wirst du jetzt tun?«, flüsterte ich.

»Nichts«, sagte Morrie. »Bis du den ersten Schritt machst.

Ich werde dich nicht anfassen, bis du darum bettelst, Mina. Aber ich verspreche dir, du *wirst* um mich betteln.«

Ich werde dich nicht anfassen, bis du darum bettelst, Mina. Bei Isis, mein Name klang zauberhaft auf seinen Lippen.

Ich versuchte, darüber zu lachen, aber es kam wie ein hoher Schrei heraus. »Das ist doch lächerlich. Ich kenne dich kaum, und alles, was ich weiß, sagt mir, dass ich vor dir davonlaufen sollte.«

»Du läufst gerne vor deinen Problemen davon, nicht wahr?«, kicherte er und obwohl er mich aufzog, ließ mich das Geräusch vor Freude erschaudern. Meine Brustwarzen verhärteten sich, die Spitzen streiften gerade so seine Haut. Hitze kochte in mir hoch. *Astarte, hilf mir, ich komme gleich.*

»Es ist kompliziert.« Heathcliffs Name kreiste in meinem Kopf. Aber während sich mein Magen zusammenzog und die Hitze in mir aufstieg, fiel mir nicht ein, warum ich mit ihm reden musste.

»Nicht aus meiner Sicht«, flüsterte Morrie. »Du musst nur den ersten Schritt machen, dann wird alles ganz einfach.«

Sieh nicht nach unten, sieh nicht nach unten, sieh nicht nach unten ...

Ich schaute nach unten.

Morries Schwanz stand stramm und ragte aus seinem Körper heraus wie ein Mann auf einer Mission. Er war so lang wie mein Unterarm und hart wie ein Stein.

Hart für mich.

Er will mich.

Er weiß von meinen Augen und er will mich.

Er weiß, dass ich eine Versagerin bin und dass ich meinen Traum aufgegeben habe, und er will mich.

Er weiß, dass ich Heathcliff geküsst habe, und er will mich.

Er weiß, dass ich im Verdacht stehe, meine beste Freundin ermordet zu haben, und er will mich.

»Ich habe Angst«, flüsterte ich.

»Neulich in der Gasse hattest du keine Angst.«

»Das war etwas anderes. Bevor ...«

»Bevor Heathcliff dich geküsst hat und dann mit eingezogenem Schwanz abgehauen ist?«

Ich nickte und traute mich nicht zu sprechen.

»Süße Mina, er ist nur weggelaufen, weil er genauso viel Angst hat wie du. Aber die Einzigen, die jetzt hier sind, sind du und ich. Sehe ich so aus, als hätte ich Angst, dass du beißt? Ich *hoffe*, du beißt.«

Ich erinnerte mich daran, wie er in der Gasse seine Hand in meinen Mund gesteckt hatte und wie ich auf seine Haut gebissen hatte, um die Tigerin zu bändigen, die mir entkommen wollte. »Ich will dich«, flüsterte ich.

»Lauter. Ich bin ein bisschen schwerhörig.«

»Ich will dich.« Mein ganzer Körper kochte vor Feuer.

»Wofür?«

Warum ist das so heiß? »Um mich zu küssen.«

»Und?«

»Und ... vielleicht noch ein paar andere Sachen.«

»Willst du es genauer beschreiben oder soll ich einfach meine Fantasie spielen lassen?«

»Mmmmhmm.«

»Gut«, Morrie wippte auf seinen Fersen nach vorne, schlang seinen nackten Körper um mich und presste seine Härte zwischen meine Beine. »Denn ich stelle mir vor, wie du nackt und unter meiner Macht stehst, seit du zum ersten Mal den Laden betreten hast.«

Morrie forderte meine Lippen. Sein Kuss loderte durch meinen Körper. Ein Waldbrand, der von Glied zu Glied übersprang und sich am Brennstoff meiner Unsicherheit labte. Morries Kuss erleuchtete mich innerlich und äußerlich.

Seine Hände umklammerten meine Arme und drückten

sie an meine Seiten, während er mich mit dem Rücken gegen das Bücherregal im Flur drückte. Jeder Schritt, jede Bewegung, war bedacht und kontrolliert, um das Feuer zu bekämpfen, das ihn zu überwältigen drohte. Morrie unterbrach unseren Kuss für einen Moment, um die Hand auszustrecken und den Riegel der Eingangstür zu schließen. Dann war er wieder da und küsste mich, bis ich atemlos war und nach ihm keuchte.

»Es scheint, als hätten wir das Regal mit den Gedichten erreicht«, murmelte Morrie und seine Finger strichen über meine Brüste. Meine Nippel standen durch meine Kleidung hindurch aufrecht. *Das war verrückt. Was tue ich hier eigentlich? Das ist James Moriarty. Der James Moriarty.* Aber egal, wie sehr ich mich selbst kasteien wollte, ich konnte meine Lippen nicht von seinen losreißen oder meinen Körper davon abhalten, vor Freude zu zittern, als er mit seinen Fingern über meine Brustwarzen fuhr.

Morrie streifte meine Jacke ab und zog mir den Pullover über den Kopf. Er griff hinter mich und nahm einen schmalen Band aus dem Regal. »Ah, John Donne. Das wird dir guttun.« Er blätterte durch die Seiten, während ich wartete, mein Höschen bereits völlig durchnässt.

Mir schwirrte der Kopf. *Ich stehe hier halbnackt, mein Körper brennt, und er liest?*

Morrie verweilte auf einer Seite. Er schob seine Hand hinter mich und öffnete meinen BH. Als er herunterfiel, griff er nach einer Brustwarze und rollte sie zwischen seinen Fingern, während er sprach:

»Vollkommene Nacktheit! Alle Freuden sind dein,
Wie Seelen körperlos, sollen Körper kleiderlos sein ...«

Während Morrie das Gedicht vortrug, schob er seine Hand unter meinen Hosenbund und drückte einen Finger gegen meinen Kitzler. Ich war so erregt, dass diese kleine Berührung genügte, um mich zum Äußersten zu bringen. Ich stemmte mich gegen das Regal, als mich ein Orgasmus durchschüttelte.

Heilige Scheiße!

Ich nahm alles zurück. Wenn ein Mann mit einer Stimme wie Morrie Gedichte rezitierte, während er dich am ganzen Körper berührte, war es das Beste, was es gab.

Morrie hielt mich fest, bis ich mich an ihn schmiegte. »Ich bin noch lange nicht fertig mit dir, meine Hübsche«, murmelte er an meinen Lippen.

Er schob meine Jeans und mein Höschen über meine Oberschenkel und trat sie auf den Teppich. Morries Finger krochen langsam an meinen Schenkeln hinauf. Er strich mit einem Finger über meine Nässe und ich wäre fast gekommen, während ich auf die Regale mit den Gedichtbüchern starrte.

»Und so liegst du da«, grinste er. »Gibst meinen Händen Raum und nicht zu knapp, vorn, hinten, dazwischen, hinauf und ab.«

»Bitte«, flehte ich.

Das war doch verrückt. Gestern hatte mich Heathcliff geküsst und jetzt war ich hier mit Morrie. Ich konnte nicht ...

Aber so schnell, wie der Gedanke kam, verflog er auch wieder. Morrie blätterte in seinem Buch auf eine andere Seite und als er sich zwischen meine Beine beugte, begann er zu lesen.

Er ließ einen Finger in mich gleiten und tauchte ihn im Rhythmus des Gedichtes ein. Ich keuchte auf, als er seine Lippen auf meine Klitoris presste. Er sprach weiter, die Worte wurden durch die Streicheleinheiten seiner Zunge gedämpft, die mit ihren Bewegungen uralte Worte der erotischen Lust buchstabierte.

»Oh, oh, fuck ... Morrie ...« Ich konnte nicht atmen, konnte nicht denken. Ein Druck strömte durch meinen Körper, eine tiefe Sehnsucht, die gegen die Innenseite meiner Haut drückte.

Sie zerplatzte und leuchtend rote Flammen tanzten vor meinen Augen. Morrie hielt meine Beine fest, als mein Körper zu Gelee wurde.

»Oh, wow ... Morrie ... bitte ... Morrie«, murmelte ich und lehnte mein Gewicht gegen ihn. Ich hatte noch nie zwei solche Orgasmen hintereinander gehabt. Noch nie. Und der Zweite, wie hatte er das gemacht?

Er gluckste. »Ich habe dir doch gesagt, dass ich dich zum Betteln bringen werde.«

Morrie hob mich mit Leichtigkeit hoch, wobei seine Lippen meine nicht verließen. Er schmiegte meinen Körper an seinen, während seine starken Arme mich an sich gedrückt hielten.

»Wo willst du es machen?«, flüsterte Morrie gegen meine Lippen. »An den Regalen? Auf Heathcliffs Schreibtisch? Wir könnten auch richtig verrucht sein und in der Religionsabteilung vögeln.«

»Was ist mit dem Zimmer oben?«, murmelte ich und schlang meine Arme um seinen Hals. »Das mit dem Himmelbett und dem schicken Bad?«

Morrie zog sich zurück und verzog den Mund zu einer festen Linie. »Du warst da drin?«

»Ja, als ich nach Quoth gesucht habe. Ist das schlimm?«

»Kann sein.« Morrie küsste mich erneut. »Das ist in Ordnung. Ich mag böse Mädchen. Aber wir machen es nicht da drin.«

»Wieso nicht?«

Ich schrie auf, als Morrie mich umdrehte und auf den Teppich fallen ließ, und mit seinen Händen über meinen Hintern strich. Ich kniete mich hin und hielt mich an der Brüstung fest, als er zwischen meine Schenkel glitt. Folie raschelte, als er ein Kondom überzog. *Woher hatte er überhaupt das Kondom genommen?* Aber mein Verstand konnte es nicht verarbeiten, denn die Spitze seines Schwanzes drang in mich ein.

Seine Größe schockierte mich und raubte mir den Atem, als er mir noch einen Zentimeter gab und noch einen und wartete, bis ich mich angepasst hatte, bevor er tiefer stieß. *Er musste jetzt ganz in mir drin sein.*

Aber nein, da war noch mehr, so viel mehr. Ich nahm ihn in mich auf und hielt ihn fest, und ich hatte mich noch nie so voll gefühlt, war so zufrieden oder hatte mich so *verzweifelt* nach etwas gesehnt.

Morrie zog ihn aus mir heraus und langsam, ganz langsam, und während ich ausatmete, glitt er wieder in mich hinein. Meine Finger krallten sich um das Holz, als ich ihn aufnahm, mein Körper entspannte sich und gab sich ihm hin.

Wieder raus. Wieder rein. Langsam und träge und heiß. *Oh, so heiß.*

Ich warf einen Blick über meine Schulter auf Morrie und bemerkte seinen Gesichtsausdruck. Eine Fassade intensiver Konzentration verbarg die Bestie darunter. Morrie kämpfte mit seiner Zwillingsnatur – Kontrolle und Chaos.

Ich hatte die Kontrolle. Ich wollte das Chaos. Ich wollte alles, was er zu geben hatte.

»Morrie«, flüsterte ich. »Genug von dieser Sanftheit. Ich will, dass du mich fickst.«

Sein Atem küsste meinen Rücken. »Wunderbar, ich dachte schon, du würdest nie fragen.«

Morrie stieß in mich hinein, trieb seine Länge so weit wie möglich in mich hinein und streichelte alle richtigen Stellen. Meine Knie brannten auf dem Teppich. Ich klammerte mich an der Treppe fest, als Morrie mit der ganzen Kraft seiner Persönlichkeit in mich stieß. Er nahm mein Haar in die Hand und bog meinen Nacken zurück, während er mit den Zähnen an meinem Schlüsselbein entlangschabte.

Ich stieß meine Hüften gegen ihn, trieb ihn tiefer und verbrannte mich an seiner Haut.

»Das wollte ich schon tun, seit ich dich das erste Mal in den Laden kommen sah«, murmelte Morrie an meinem Ohrläppchen und seine Hände glitten zwischen meine Beine. Er berührte meinen Kitzler und ich kam erneut. Mein Körper erbebte um seinen Schwanz. Seine Zähne fuhren über meine Haut und sein Körper zuckte, als ihn sein eigener Orgasmus überkam. Sein langer Körper schmiegte sich an meinen und er sackte an mir zusammen, verschwitzte Haut auf verschwitzter Haut.

Was hatte ich getan?

»Ich werde Donne nie wieder auf dieselbe Weise lesen können«, knurrte eine dunkle Stimme hinter mir.

Heathcliff.

28

Ich wirbelte herum, mein Herz schlug mir bis zum Hals.

Nein, nicht Heathcliff. Dort, auf der Treppe, saß Quoth in seiner menschlichen Gestalt. Seine Haut schimmerte im Kontrast zu der dunklen Holzverkleidung.

Mir schwirrte der Kopf. *Hatte er uns beobachtet?*

Und dann ein weiterer Gedanke, der mich überraschte und erschreckte. *Hatte ihm gefallen, was er gesehen hatte?*

Mit heißem Gesicht kramte ich nach meinen Kleidern. *Wer war diese Person, und was hatte sie mit Mina Wilde gemacht?*

Das war nicht ich. So etwas würde ich nicht tun; irgendeinen wildfremden Menschen mitten in einer Buchhandlung ficken, wo jeder hereinspazieren oder durch die Fenster gucken könnte.

Aber Morrie war kein wildfremder Mensch, was noch *schlimmer* war. Er war James Moriarty, und ich kannte ihn schon mein ganzes Leben lang, weil er ein Teil der anderen Welt war, in der ich lebte. Der Welt der Bücher und der Fantasie, in der ich die Heldin und nicht das Opfer war.

Und diese Heldin hatte gerade mit dem Schurken geschlafen.

Ich schob mich an Quoth vorbei und ging die Treppe hinauf. »Ich brauche einen Moment«, rief ich, als ich durch die Tür zu ihrer Wohnung stolperte. Ich stieß die Badezimmertür auf, aber der Geruch schlug mir entgegen, und ich schlug sie wieder zu.

Meine Hand legte sich um den Griff des Gästezimmers, das mit dem Himmelbett. Ich dachte an das, was Quoth gestern gesagt hatte, und daran, wie Morrie reagiert hatte, als ich es als Ort für unser Stelldichein vorgeschlagen hatte. Aber es war hier und sie waren es nicht. Ich drückte die Klinke.

Die Tür rührte sich nicht. Abgeschlossen. Aber wer hatte sie abgeschlossen? *Hatten die Jungs das getan, damit ich nicht in den Raum konnte? Was bewahrten sie drinnen auf?*

»Hey.«

Ich wirbelte herum. Quoth stand auf dem Flur. Er hatte ein schwarzes T-Shirt von einer Band namens Blood Lust angezogen. Es zeigte eine Frau in einem wallenden roten Kleid, die vor einem gruseligen, mit Ranken bewachsenen gotischen Herrenhaus stand.

»Argh!« Ich hielt mein Hemd über meinen Intimbereich. »Ich bin nicht angezogen.«

»Das kann ich sehen.«

»Jemand hat die Tür verschlossen.« Ich konnte den anklagenden Ton nicht aus meiner Stimme heraushalten.

Quoth schüttelte den Kopf. »Sie ist immer verschlossen.«

»Aber wie ...«

»Darüber solltest du mit Heathcliff sprechen.« Er wandte seinen Blick von der Decke ab. »Ich bin hergekommen, um mich bei dir zu entschuldigen. Außerdem kannst du dich in meinem Zimmer umziehen, wenn du willst.«

»Das weiß ich zu schätzen, aber ich denke, ich werde einfach ...« Ich ließ meine Klamotten auf einen Haufen fallen und zog meinen BH an, besser, ich machte das gleich, bevor der Rest der Nachbarschaft mich sah.

»Ich wollte dir nicht nachspionieren«, sagte Quoth. »Ich habe ein Geräusch gehört, als ob jemand schreien würde, also bin ich runtergekommen, um zu sehen, ob es dir gut geht, und da warst du. Ich habe nicht viel gesehen, falls es das ist, was dir Sorgen bereitet hat. Morries weißer Arsch hat den größten Teil der Sicht verdeckt.«

»Es ist nicht deine Schuld.« Meine Wangen brannten vor Hitze. Ich konnte nicht glauben, dass er mich gesehen hatte.

»Ich war unhöflich. Ich entschuldige mich dafür.«

»Ist schon gut. Ich ...« Meine Schultern sackten in sich zusammen. »Ich weiß nicht, was zum Teufel ich hier eigentlich tue.«

»Ich weiß. Heathcliff hat gestern Abend davon gesprochen, dich zu küssen.«

»Hat er das?« *Daher wusste Morrie also tatsächlich Bescheid. Verlogener Mistkerl.* »Was hat er gesagt?«

»Im Grunde genommen, dass er sich wie ein richtiger Trottel benommen hat. Ehrlich gesagt, ich glaube, er hat ein bisschen Angst vor dir.«

»Das hat Morrie auch gesagt. Warum?«

»Weil er dachte, dass er für niemanden mehr etwas empfinden würde, nachdem er Cathy verloren hat, nachdem er gelesen hat, was mit ihr passiert ist. Und dann bist du im Laden aufgetaucht und er weiß nicht, was er jetzt denken soll.«

»Willst du damit sagen, dass er mich mag?«

»Sehr sogar«, flüsterte Quoth und ein dunkler Schatten zog über seine Augen.

Ich vergrub mein Gesicht in meinen Händen. »Toll. Mein Chef steht also auf mich, und ich habe gerade mit seinem Freund geschlafen. Ich habe alles vermasselt.«

»Das hast du nicht. Das ist kein gewöhnlicher Buchladen, den du betreten hast. Heathcliff mag dich. Morrie mag dich. Beide wissen das, aber keiner von ihnen hat vor, um deine

Zuneigung zu wetteifern. Stattdessen wollen sie nur, dass du glücklich und sicher bist.« Quoth hielt inne. »Ich mag dich auch.«

Mein Kopf schnellte hoch, aber Quoth war verschwunden. Eine einzelne schwarze Feder flatterte auf den Boden.

29

Ich mag dich auch.

Ich sackte über dem Bücherstapel auf unserem abgeplatzten Tisch zusammen. Ich hatte beschlossen, mein Flughafenbuch-Kunstprojekt in Angriff zu nehmen, um mich vom Nevermore Bookshop abzulenken, aber es hatte nicht funktioniert. Alles, was ich geschafft hatte, war, drei Origami-Kraniche zu falten und über Quoths Worte nachzudenken. Was wollte er damit sagen, dass die drei mich gerne ... teilen würden? Gab es so etwas überhaupt?

Ich griff nach meinem Handy und begann Ashley eine SMS zu schreiben. »Ich brauche deine Hilfe. Ich ...«

Scheiße.

Ich konnte Ashley nicht schreiben.

Ashley war tot.

Die Trauer überkam mich wie eine Welle. Ich war in den letzten Monaten so sehr damit beschäftigt, wütend und verletzt zu sein, dass ich nicht darüber nachgedacht hatte, was ich alles aufgegeben hatte, indem ich mich weigerte, Ashley zu vergeben. Und jetzt ... Ich würde sie nie wieder so zum Lachen bringen, dass sie Schluckauf bekam. Wir würden nie wieder nach einem langen Tag im Büro etwas trinken gehen oder auf der Afterparty der Fashion Week tanzen, bis uns die Füße abfielen.

Die letzten Worte, die ich mit ihr gesprochen habe, waren voller Wut gewesen. Vielleicht hatte sie versucht, auf mich zuzugehen, in der Hoffnung, die Leere zwischen uns zu beenden. Vielleicht hätte sie mir sogar gestanden, dass sie Marcus' Zeichnungen verkauft hatte, wenn ich mich wie eine Freundin verhalten hätte, wenn mir ihr seltsames Verhalten aufgefallen wäre. Aber ich wollte es nicht bemerken.

Jetzt war sie tot. Und ich verstrickte mich immer tiefer in den Schlamassel mit diesen Typen, und ich hatte niemanden, mit dem ich darüber reden konnte.

Mein Herz sehnte sich nach einer Verbindung zu ihr. Mein Handy-Display verschwamm durch meine Tränen, als ich zu ihrem Instagram-Feed navigierte. Ich scrollte durch Ashleys Fotos bis zu einem Bild von uns beiden, auf dem wir mit herausgestreckten Zungen auf dem Empire State Building posierten.

Da war noch ein anderes: ein Selfie von ihr, wie sie an ihrem Schreibtisch im Büro saß und in die Kamera strahlte, während sie eine Geschenktüte hochhielt, die wir von einer Make-up-Firma vor Marcus' letzter Show bekommen hatten.

Du sahst so glücklich aus. Ich konnte nicht glauben, dass du alles riskiert hattest, um Marcus' Designs zu verkaufen. Oh, Ashley, warum hattest du das getan? Was hattest du mir nichts erzählt?

Mein Finger fuhr über ein Bild von Ashley in unserer alten Wohnung, auf dem sie einen großen Stapel Ordner und Papiere in der Hand hielt, ihre Haare frisch frisiert und ihr kleines schwarzes Kleid glatt über ihren umwerfenden Körper gestreift. *Ich erinnere mich daran, es war kurz vor dem Galadinner. Wir waren spät dran, aber sie hatte mich angefleht, dieses Foto zu machen.*

Warte eine Sekunde …

… war das …?

Oh, wow.

Am Rand von Ashleys Papierstapel war die vertraute Unterschrift von Marcus zu sehen und die Ecke einer Zeichnung. Mein Herz klopfte, als ich die gezackten Ränder des Pelzmantels erkannte, der letztes Jahr geleakt worden war.

Ashley hatte die Bildunterschrift hinzugefügt: »Ich bereite mich auf das große Galadinner vor. Ich habe ein besonderes Überraschungsgeschenk für einen unserer Gäste. Komm und sag hi, aber erst, nachdem ich meine Garnelen gegessen habe.«

Ich sprang von meinem Stuhl auf und warf überall Kleber, Scheren und Bücher umher. Das Auto war schon wieder explodiert, zumindest war das die Ausrede meiner Mutter, warum ich es nicht benutzen konnte, also musste ich rennen, wenn ich die Jungs persönlich sehen wollte. »Mama, ich muss kurz in den Laden gehen. Warte nicht auf mich!«

Ich steckte meinen Schlüssel in die Tür und rannte hinein, wobei meine Lungen nach dem Sprint von zu Hause bis hierher platzten. »Morrie, Quoth, schwingt eure Ärsche hier runter. Ich habe herausgefunden …«

Ich hielt kurz inne, als Heathcliffs dunkle Gestalt in der Tür zum Hauptraum erschien. Er starrte mich an, und meine Worte erstarben auf meinen Lippen.

»Mina«, sagte er. »Komm mit mir. Ich habe dir etwas zu zeigen.«

Überrascht von seiner abrupten Anweisung, biss ich mir auf

die Zunge und folgte ihm in den Hauptraum. Heathcliff ließ sich in seinen Stuhl gleiten und bedeutete mir, mich auf den Samtstuhl neben dem Schreibtisch zu setzen.

»Was ist das für ein Monstrum?« Ich stupste ein riesiges Buch an, das die Hälfte von Heathcliffs Schreibtisch einnahm.

»Das ist es, was ich dir zeigen wollte. Das ist das Buch des Jüngsten Gerichts. Es verzeichnet den Besitz jedes Mannes in England während der Herrschaft von Wilhelm dem Eroberer.«

»Der Titel klingt bedrohlich.«

»Es wurde so genannt, weil es ein genaues Verzeichnis der Besitztümer und Werte darstellte, damit Wilhelm die unter Edward dem Bekenner geschuldeten Steuern festlegen und die Rechte der Krone wieder geltend machen konnte. Seine Entscheidungen waren, wie die des Jüngsten Gerichts, unabänderlich.«

»Und du hast diesen Wälzer als leichte Lektüre dabei?«

»Ich wollte sehen, ob es eine Aufzeichnung über dieses Grundstück gibt.«

»Im Jahr 1086? Aber dieses Gebäude ist doch georgianisch und viktorianisch.«

»Ja, aber es gab schon viele Gebäude an dieser Stelle. Man kann mindestens zwei verschiedene Schichten von Tudormauern im Keller sehen.« Heathcliff öffnete den Umschlag. Er knallte auf den Schreibtisch und wirbelte eine Staubwolke auf. Er fuhr mit dem Finger eine Liste ab. »An dieser Stelle befand sich im Jahr 1086 das Büro von Herman Strepel, einem Buchhändler und Kopisten. Strepels Team nahm Bestellungen von Klerikern und Domherren für bestimmte Bände entgegen und ließ diese dann im Stil des Kunden anfertigen. Im Grunde genommen war das das mittelalterliche Äquivalent zu einer Buchhandlung. Willst du mal sehen? Wie steht es um dein mittelalterliches Latein?«

»An dem Tag, an dem wir in der Modedesignschule Latein hatten, war ich krank. Ist es denn so merkwürdig?«

»Dass ein Gebäude über viele hundert Jahre hinweg genau dieselbe Funktion hat? Ein bisschen seltsam, ja.« Er knallte das Buch zu und wirbelte eine Staubwolke auf, die bei mir einen Hustenanfall auslöste.

Heathcliff lehnte sich in seinem Stuhl zurück und schaute an die Decke. »Mina, ich ...«

Morrie stürmte heran und legte seinen Arm um Heathcliffs Schultern. Ein Rabe flatterte von den Regalen herunter und setzte sich auf das Gürteltier.

»Du hast nach uns gerufen, meine Hübsche.« Bei Morries Grinsen wurde meine Brust ganz eng.

»Auf der Gala gab es Garnelen zur Vorspeise«, sagte ich und hielt mein Handy hoch. »Ashley war so aufgeregt, weil sie noch nie zuvor Garnelen gegessen hatte. Sie hat immer wieder davon gesprochen und es hat sich herausgestellt, dass die Garnelen total eklig waren. Aber so bekommt sie Nachrichten an ihren Typen!«

»Was meinst du?«

»Ich habe es herausgefunden. Schau mal.« Ich tippte auf den Bildschirm. Morrie spähte über die Lehne, um einen Blick auf das Telefon zu werfen. Heathcliff blieb, wo er war, sein Blick unleserlich. »Sie benutzt ihre sozialen Medien. Auf diesem Foto sagt sie dem Käufer, dass er sie beim Galadinner treffen soll und dass sie die Übergabe nach dem ersten Gang machen wird. Deshalb erwähnt sie auch die Garnelen. Ich wette, in den Fotos sind auch noch andere Botschaften versteckt.«

Ich scrollte bis zum Ende des Feeds. Ich blieb beim letzten Foto stehen, dem Schnappschuss, den sie am Tag ihrer Ermordung hier im Laden gemacht hatte. Neulich wollte ich die Bildunterschrift nicht lesen, weil ich Angst hatte, dass sie etwas über mich aussagen könnte, aber jetzt erfüllten mich die Worte mit einem seltsamen Hochgefühl.

»Habe einen ganz besonderen Bildband in dieser urigen Buchhandlung in meiner Heimatstadt abgegeben. Ich habe auch ein Exemplar von *High Fashion und die Kultur des Überflusses* gefunden, ein Klassiker für jedes Modepüppchen!«

»So wusste der Käufer, dass er in die Buchhandlung kommen musste, um die Bilder abzuholen. Er hat ihren Instagram-Feed verfolgt.« Ich hielt inne. »Aber wenn diese Nachricht stimmt, hat Ashley das Geld eingesammelt und das Bild am Nachmittag abgegeben, warum war sie dann am Abend im Laden?«

»Vielleicht wollte sie ihn zur Rede stellen, oder sie hoffte, die Bilder von ihm zurückzubekommen und das Geld zu behalten?«, schlug Quoth vor.

Ich reichte das Telefon an Morrie weiter. »Kannst du eine IP-Adresse für diese Kommentare herausfinden?«

»Das kann ich, aber es ist nutzlos.« Morrie tippte auf seinem Telefon herum. »Es ist ein privater Proxy. Es wird einige Zeit dauern, bis ich die echte IP-Adresse herausfinde, und selbst dann ist es keine Garantie.«

»Was sollen wir überhaupt mit der Adresse dieser Person machen?« Ich rieb mir die Schläfe. »Zu seinem Haus gehen und ihn verprügeln, bis er gesteht? Wir können nicht mit der Polizei über Ashleys Betrug sprechen. Wegen ein paar Zeichnungen und einem Instagram-Post werden sie uns niemals glauben.«

»Es muss einen Weg geben, wie wir ihn zu einem Geständnis bringen können«, sagte Morrie. »Mein Erzfeind hat viele meiner Zeitgenossen auf diese Weise getäuscht.«

»Aber wie? Er weiß offensichtlich, dass Ashley tot ist. Wir können ihm ja nicht einfach eine weitere Nachricht schicken, in der steht – oh Gott, das ist es. Das ist genau das, was wir tun können.« Ich warf das Telefon zu Morrie. »Du hast dich doch schon einmal in ihr Instragram gehackt, oder? Also kann ich etwas posten und es wird so aussehen, als wäre sie das?«

Morrie tippte ein paar Tasten auf dem Telefon an und reichte es mir zurück. »Da hast du es.«

»Ich brauche Papier und einen Bleistift. Und einen Platz zum Sitzen.«

Ohne ein Wort zu sagen, schwang Heathcliff seinen Arm über den Schreibtisch und warf eine Kaskade von Stiften, Papieren und Büchern auf den Boden. Morrie schnappte sich den Monitor, bevor er sich zu dem Rest gesellte. Quoth schlich die Treppe hinauf und kam mit einem schicken Kunstdruckpapier und Bleistiften zurück. Ich ließ mich in Heathcliffs Stuhl fallen und skizzierte einen Entwurf. Es war einer meiner eigenen Entwürfe für ein figurbetontes Fischschwanzkleid mit Leder- und Spitzeneinsätzen, das zum allgemeinen Stil von Marcus' neuester Kollektion passte. Als ich fertig war, ordnete ich ein paar Bücher darum herum an und achtete darauf, dass auch der Band dabei war, in dem wir das Geld gefunden hatten. Ich machte ein Foto, fügte einen Filter und genügend Hashtags hinzu, damit es seriös aussah, und lud es auf Ashleys Profil hoch.

»Das ist ziemlich clever, meine Hübsche«, sagte Morrie.

»Jetzt kommt der letzte Schliff.« Ich tippte eine Nachricht, die ganz nach Ashley klang. »Hey ihr Deppen. Ich mag vielleicht tot sein, aber ich bin noch nicht begraben. Ihr findet mich unter dem Vollmond an dem Ort, an dem wir uns das letzte Mal getroffen haben. Diese Zombie-Schlampe ist bereit, noch einmal ordentlich auf den Putz zu hauen.«

Ich drückte auf »Veröffentlichen« und der Beitrag erschien in Ashleys Feed. Sofort begannen die Leute zu liken und zu kommentieren. »So. Wer auch immer morgen Abend in diesem Laden auftaucht, hat Ashley umgebracht.«

»Gute Arbeit, meine Hübsche.« Morrie zog mich in seine

Arme und belohnte mich mit einem Kuss, der mich atemlos machte. Die Spannung im Raum verschob sich und die Haare in meinem Nacken stellten sich auf.

Ich löste mich von Morrie und griff nach meiner Handtasche, nahm sie aber dann doch noch nicht hoch. »Ich muss los, es ist schon spät und meine Mama will noch, dass ich eine Facebook-Seite für ihr Wackelgeschäft einrichte.«

»Du gehst doch nicht zu Fuß, oder?«

»Nein, ich nehme eine Mitfahrgelegenheit. Es wird nicht billig sein, also wäre es schön, wenn mich jemand bezahlt«, sagte ich mit einem Blick auf Heathcliff.

Er grunzte als Antwort. Ich rief die Mitfahrgelegenheit über mein Telefon an. Es würde ein paar Minuten dauern, bis sie eintraf. Ich holte tief Luft – *jetzt oder nie.*

Nachdem ich Quoth zum Abschied umarmt hatte, nahm ich meine Tasche. »Wartest du mit mir draußen?«, fragte ich Heathcliff.

»Ich bin beschäftigt.«

»Bitte.«

Heathcliff seufzte, aber er stand auf und folgte mir in Richtung Tür.

»Hör zu«, sagte ich, bevor ich die Nerven verlor. »Ich weiß, dass du sauer auf mich bist wegen gestern, aber du kannst mich nicht so behandeln. So sehr ich die Buchhandlung auch liebe, ich kann nicht an einem Ort arbeiten, an dem der Chef mich ignoriert und mir aus dem Weg geht. Also musst du entweder mit mir darüber reden, oder ich werde morgen nicht zur Arbeit kommen.«

»Ich bin nicht böse auf dich, Mina.« Heathcliff starrte an mir vorbei in die düstere Nacht.

»Warum hast du mich dann angeschrien?«

»Das spielt keine Rolle.«

»Es ist aber wichtig. Du bist mein Boss. Verstehst du nicht, dass der Kuss und diese Psychospielchen nicht angemessen sind?«

»Bist du nur deshalb wütend auf mich, weil ich dein Arbeitgeber bin?«

»Nein. Erst küsst du mich und dann schreist du mich so an? Ich vermute, ich habe dich verärgert oder irgendwie verletzt. Entgegen meinem gesunden Menschenverstand bist du mir wichtig, okay? Als ... mehr als nur mein Chef. Und das ist auch nicht gut.«

Heathcliff seufzte und sein großer Körper hob sich. Er starrte den Mond an und ballte seine Hände zu Fäusten. »Morrie und Quoth, die haben niemanden zurückgelassen. Aber ich habe *sie* verlassen, und jedes Mal, wenn ich dich ansehe, habe ich das Gefühl, sie zu verraten.«

Jetzt kommt's. »Cathy.«

»Ich habe mein Buch gelesen«, knurrte Heathcliff. »Ich weiß, was mit ihr passiert und was es mit mir macht. Ich weiß, was für ein Monster ich werde. Ich habe mir geschworen, dass ich diesen Fehler nie machen werde. Wenn ich niemals auf dieser Welt lieben würde, würde ich dem Monster das Feuer nehmen, das es zum Wüten braucht. Aber dann kamst du und ich ... und ich ...«

Seine Fäuste ballten sich und lösten sich wieder.

»Du?«, flüsterte ich und meine Brust zog sich zusammen.

Die Tür knallte auf, und die Ladenglocke bimmelte.

»Ich war noch nie so froh, einen Kunden zu haben«, rief Heathcliff, drehte sich von mir weg und brach den Bann, der zwischen uns herrschte. Er eilte zurück in die Sicherheit des Ladens. »Kommen Sie rein, kommen Sie rein. Fühlen Sie sich wie zu Hause. Wir haben heute Abend länger geöffnet! Holen Sie Ihr Handy raus und machen Sie so viele Selfies, wie Sie wollen. Zu den Büchern bitte hier entlang! Kommen Sie und lenken Sie mich mit Ihren albernen Fragen ab!«

Er betrat den Flur und blieb kurz stehen. Mein Herz pochte. Irgendetwas stimmte nicht.

Kommissar Hayes drängte sich an Heathcliff vorbei und schritt auf mich zu, wobei er mich mit grimmigem Blick fixierte. »Wilhelmina Wilde, wir verhaften Sie wegen des Verdachts auf Mord an Ashley Greer.«

30

»Ich weiß nicht, was ich Ihnen noch sagen soll.« Ich grub meine Fingernägel in meine Handflächen, um mich daran zu hindern, über den Tisch zu greifen und Kommissar Hayes zu erwürgen. »Ich habe Ashley nicht umgebracht.«

Nachdem der Kommissar mir meine Rechte vorgelesen hatte, hatte er mich aus der Buchhandlung geführt. Alle Menschen im Dorf, die um acht Uhr noch wach waren, hatten die Kneipe verlassen oder waren auf der Straße stehengeblieben, um zu sehen, wie ich in ein Polizeiauto gesetzt wurde. Auf dem Rücksitz des Wagens hatte es nach Urin gerochen und zum ersten Mal in meinem Leben hatte ich mir gewünscht, dass meine Mutter bei mir wäre.

Auf dem Revier waren dann meine Fingerabdrücke genommen worden und ich war darum gebeten worden, ihnen einige Haarsträhnen zu geben, die sie auf DNA und Spuren untersuchen konnten. Ich hoffte, dass Jo irgendwie meine Unschuld beweisen konnte, aber so wie sie aus der Bäckerei geflohen war, hatte sie wohl genug gesehen, um mich zu verdammen.

291

»Sie waren wütend auf Ashley, weil Sie Ihr Praktikum verloren hatten. Sie haben herausgefunden, dass sie wieder in der Stadt ist, und haben sie bedroht.« Kommissar Hayes schob ein Blatt Papier über den Tisch. Darauf stand eine Liste mit Kommentaren, die ich auf Ashleys Instagram-Account hinterlassen hatte, nachdem sie sich über mich ausgelassen hatte. Wenn man sie aus dem Zusammenhang heraus betrachtete, waren all diese »Ich hasse dich« und »Ich hoffe, du erstickst an einem Radieschen« keine so gute Idee gewesen. Das mit dem Radieschen war ein Insiderwitz zwischen uns, den ich ihr vor die Füße werfen wollte, aber jetzt ... ja, es sah wie eine Drohung aus.

»Ich war wütend auf sie«, sagte ich. »Ich konnte nicht klar denken. Wie Sie sehen, habe ich nach ein paar Tagen mit diesen Kommentaren aufgehört, als ich mich beruhigt hatte. Überprüfen Sie ruhig meine Quittungen aus dem Supermarkt. Ich habe keine Radieschen gekauft.«

»Und was ist damit?« Der Kommissar schob einen weiteren Stapel Papiere, die in Klarsichthüllen gesteckt waren, auf den Tisch. Marcus' Zeichnungen. »Die haben wir in Ihrer Handtasche gefunden. Können Sie uns erklären, woher sie stammen?«

Scheiße. Okay, das sah nicht gut aus.

»Ich habe sie in Ashleys Tasche gefunden«, sagte ich.

»Wir haben ihre Tasche durchsucht und diese Zeichnungen nicht gefunden.«

»Sie haben ihre *Handtasche* durchsucht. Ich habe sie in ihrer Reisetasche bei ihrer Mama gefunden.«

»Warum haben Sie ihre Reisetasche durchsucht?«

»Sie hat Marcus die Entwürfe vor der Nase weggeschnappt, um sie an andere Designer zu verkaufen, damit sie ihm zuvorkommen konnten. Die Zeichnungen beweisen das, und ich glaube, dass sie deshalb umgebracht worden ist. Ich habe versucht, die Person zu finden, die sie gekauft hat. Das ist nichts, was eine schuldige Person tun würde.«

»Tatsächlich ist es typisch für eine schuldige Person, dass sie versucht, die Schuld auf andere abzuwälzen. Sie erwarten von uns, dass wir diese weit hergeholte Geschichte glauben?«

»Es ist die Wahrheit! Rufen Sie Marcus Ribald an, fragen Sie ihn, ob das seine Zeichnungen sind.«

»Das haben wir schon getan. Aber wir haben nur Ihr Wort, dass Ashley sie gestohlen hat. Viel wahrscheinlicher ist, dass *Sie* sie gestohlen haben und vorhatten, sie Ashley unterzuschieben, um sich an beiden gleichzeitig zu rächen. Nur die Ankunft Ihrer Freunde aus dem oberen Stockwerk hat Sie daran gehindert.«

»Morrie und Heathcliff sind einen Moment vor mir die Treppe heruntergekommen. Ich hatte keine Zeit, etwas zu tun.«

»Ein praktisches Alibi«, sagte Wachtmeisterin Wilson, die sich ebenfalls im Raum befand. »Wir werden ihren Aussagen nachgehen. Für ein hübsches, junges Mädchen wie Sie sind sie sicher nur zu gerne bereit, ihre Aussagen zu verfälschen.«

»Ich kann es beweisen.« Ich deutete auf das Datum in der unteren Ecke. »Marcus hat seine Zeichnungen immer datiert und abgeheftet. Diese wurden alle gezeichnet, nachdem ich mein Praktikum verloren hatte. Ich war nicht einmal in New York, also kann ich sie unmöglich gestohlen haben.«

Ich lehnte mich zurück und wartete darauf, dass sie sich entschuldigen würden, aber Wachtmeisterin Wilson sah nicht überzeugt aus. »Ist es das Praktikum, aus dem Sie gefeuert wurden, weil Sie das Opfer schikaniert haben?«

»Was? *Nein.* Ich habe Ashley nie schikaniert. Sie war meine beste Freundin. Marcus hat mich nicht *gefeuert.* Er hatte nur eine bezahlte Stelle, und obwohl er zugab, dass ich am qualifiziertesten für die Stelle war, entschied er sich, sie Ashley zu geben, weil ich dabei bin, zu erblinden.«

Etwas schlug gegen die Tür. Kommissar Hayes blickte auf,

als sich der Türknauf drehte und Heathcliff hereinplatzte. »Sag kein Wort mehr, Mina. Diese Beamten sollten dich nicht ohne einen Anwalt befragen.«

»Sie sind kein Anwalt«, warf Kommissar Hayes ihm vor.

Heathcliff knallte ein Stück Papier auf den Tisch. »Das ist die Kopie meines Anwaltszeugnisses. Ihre Sekretärin hat meinen Namen bereits im Register bestätigt. Dieses Gespräch ist beendet, da ich eine Besprechung mit meiner Mandantin habe. *Unter vier Augen*«, fügte er mit einem Blick hinzu, der tausend Schiffe hätte versenken können.

Kommissar Hayes warf ihm einen bösen Blick zu, aber er winkte Wilson, aufzustehen. Sie verließen beide den Raum. »Zwanzig Minuten«, zischte Kommissar Hayes Heathcliff zu.

»Ich nehme mir so viel Zeit, wie ich will«, schoss Heathcliff zurück und knallte die Tür so fest ihnen zu, dass die Wand wackelte. Er hob den Rekorder vom Tisch und riss die Kassette aus dem Schlitz.

Ich stolperte gegen ihn und mein Körper sackte gegen seinen. »Bin ich froh, dich zu sehen.«

Heathcliff versteifte sich unter meiner Berührung. *Du wirst einfach damit klarkommen müssen, Kumpel. Ich bin ein Mädchen und ich brauche eine Umarmung.*

Nach ein paar Augenblicken schlang Heathcliff seine Arme um meine Schultern und hüllte mich in Leder und Torf und Stärke ein. *Bei Isis, er fühlte sich so gut an meinem Körper an.*

»Ich war nie böse auf dich«, murmelte er in mein Ohr.

»Ich weiß. Heathcliff, bist du wirklich ein Anwalt?«

»Natürlich nicht. Morrie hat eine Urkunde für mich gefälscht. Und jetzt«, er strich mit seinen Fingern über meine Fingerknöchel, was mir einen Schauer über den Arm und direkt in mein Innerstes jagte. »haben wir einen Plan.«

»Natürlich habt ihr den«, klopfte ich ihm auf den Arm. »Da

Morrie dahintersteckt, nehme ich an, dass er das Gesetz brechen will?«

»Mehrere Gesetze nehme ich an. Halt dich bereit. Quoth wird dich heute Nacht abholen kommen. In ein paar Stunden werden wir den Mörder fangen und dich wieder in die Arme schließen.«

»Heathcliff, weißt du, dass Morrie und ich ...«

Er nickte.

»Stört es dich ...?«

»Willst du, dass wir uns um deine Tugend duellieren? Ich würde natürlich gewinnen, aber nach dem, was Morrie mir erzählt hat, gibt es nicht mehr viel Tugend, die man beanspruchen kann.«

»Nein, ich ...«

Heathcliff tätschelte meine Hand, die intimste Geste, die er mir je entgegengebracht hatte. Seine Augen funkelten vor Ehrfurcht. »Zuerst holen wir dich hier raus, Mina. Und dann werden wir sehen, was passiert.«

Heathcliff blieb an meiner Seite, während die Beamten ihre Befragung beendeten. Nicht, dass sie viel aus mir herausbekommen hätten, denn er bellte nach jeder Frage »Kein Kommentar!«, und legte seine Hand auf mein Knie, während sich die Finger seiner anderen Hand um die Tischkante krümmten.

Schließlich beendete Kommissar Hayes das Gespräch. Er erklärte mir, dass er mich zurück in die Zelle bringen würde, wo sie mich zur Befragung festhielten, bevor sie mich verhaften würden.

Die Vorstellung von Messern, die meine Haut aufschlitzen, verfolgte mich, aber als ich in der Zelle ankam, stellte ich erleichtert fest, dass ich allein schlafen würde. Wenn ich auf der schmalen Holzpritsche in einem kahlen Raum, der nach Urin stank, überhaupt schlafen könnte. Rote Flecken hatten sich zwischen den Fliesen auf dem Boden festgesetzt. Etwa Blut?

Ich legte mich auf das Bett und starrte an die Decke. Ich hörte, wie sich zwei männliche Gefangene in der anderen Zelle unterhielten und wie die Polizeibeamten Anrufe entgegennahmen. Draußen bellte ein Hund. Autos fuhren die Straße entlang. Ich zählte sie. Mir war so verdammt langweilig.

Mein Verstand rebellierte gegen die Stagnation in der Zelle. Ich durchsuchte jeden Winkel meines Gedächtnisses nach Gesichtern und Namen von Leuten aus der Modebranche oder allen, mit denen Ashley Kontakt hatte und die Marcus Ribald vernichten wollten.

War es Holly? Sie hatte ein Alibi für diese Nacht, aber sie könnte jemanden angeheuert haben. War es Roger Cox? Aber das passte nicht zu seiner Geschichte. Ich glaubte auch nicht, dass es Earl Larson war. Aber wer hatte dann den Laden betreten und Ashley getötet? Earl hatte gesagt, dass niemand an ihm vorbeigegangen war, also mussten sie sich die ganze Zeit im Laden versteckt haben, oder was?

Und abgesehen von dem Mord gab es ein noch größeres Rätsel. Was ging im Nevermore Bookshop vor sich? Heathcliff. Morrie. Quoth. Wie konnten sie echt sein? Wie konnte eine Person aus den Seiten eines Buches treten und in Fleisch und Blut übergehen? Drei verdammt heiße Charaktere aus der Feder von drei meiner Lieblingsautoren.

Es war fast so, als hätte sie jemand extra für mich ausgesucht.

Eine Beamtin brachte mir das Abendessen – ein Schinken-Käse-Sandwich auf altem Brot und etwas wässrigen Orangensaft. Ich aß jeden Bissen auf.

Ich lehnte mich auf dem Bett zurück und beobachtete, wie das Licht draußen von Grau in einen blassblauen Mondschein überging. *Kratz, kratz, kratz.* Etwas Scharfes kratzte über den Beton. Ich stand vom Bett auf und spähte zum Fenster hinauf. »Quoth, bist du das?«

»Krächz«, antwortete der Rabe. Mein Herz pochte. Ein Schlüsselbund fiel durch die Gitterstäbe und auf das Bett neben mir.

»Das ist toll, aber wie soll ich an den Wachen vorbeikommen?«, zischte ich aus dem Fenster.

Keine Antwort. »Quoth?«

Immer noch nichts.

Ich schätzte, ich sollte einfach abhauen. Warum hielten sie das für eine gute Idee?

Weil ich den Instagram-Post eingestellt hatte. Kam der Mörder aus der Modebranche, konnte ich ihn vielleicht als Einzige identifizieren. Ich musste dabei sein, Ashley zuliebe. Das hatte sie verdient.

Na toll. Ich starrte auf die Schlüssel in meiner Hand. *Ich schätzte, ich würde es tun. Ich würde so viel Ärger bekommen.*

Nach etwas Herumhantieren im Dunkeln gelang es mir, meine Hand um das Gitter zu legen und den richtigen Schlüssel von außen in das Schloss zu stecken. Er ließ sich leicht drehen und die Zellentür schwang mit einem Knarren auf, das mir das Trommelfell zerschmetterte. Mit klopfendem Herzen zog ich die Tür wieder ran.

Zehn Sekunden. Zwanzig Sekunden. Auf dem Gang rührte sich nichts. Die Kerle in der Zelle neben mir schnarchten weiter.

Ich eilte zurück zum Bett, zog meinen Kapuzenpullover und meine Jeans aus und legte sie zusammen mit den Kissen unter die fadenscheinige Decke, damit es so aussah, als würde ich schlafen. Ich stieß die Tür gerade so weit auf, dass ich hindurchschlüpfen konnte, dann schob ich sie wieder in die Scharniere und schloss sie ab.

Ich schlich den Flur entlang und blieb vor der Tür zur anderen Zelle stehen. Mit angehaltenem Atem huschte ich am Türrahmen vorbei und stieß mit dem Rücken gegen die Wand. Das Schnarchen veränderte sich nicht.

Ein Hindernis weg, jetzt zu den Wachen.

Der Korridor endete in einem Treppenhaus. Oben war der diensthabende Beamte. Ich schlich die erste Treppe hinauf, lehnte mich an die Wand und spähte um die Ecke. Der Beamte saß hinter seinem Schreibtisch und brütete über Papierkram. Er machte eine Pause, um einen Schluck Kaffee zu trinken. Ein Schatten bewegte sich hinter seinem Kopf.

Was zum ...

Ein Rabe flog von der Spitze des Aktenschranks herunter und schlug dem Polizisten mit den Flügeln ins Gesicht. »Argh, was zum Teufel!« Er taumelte aus seinem Sitz und hob einen riesigen Wälzer mit dem Titel »Handbuch der Selbstverteidigung« auf. Der Polizist schwang mit dem Buch nach dem Raben, aber Quoth tauchte gerade noch rechtzeitig ab und der Polizist schlug sich selbst ins Gesicht.

»Argh, meine Nase!« Er umklammerte sein Gesicht, drehte sich und stolperte über seinen Stuhl.

Ich sprintete die Treppe hinauf und duckte mich hinter den Schreibtisch. Mein Herz pochte so laut, dass ich mir sicher war, dass der Polizist es hören konnte, aber er fluchte weiter und schlug nach Quoth. Ich krabbelte zu einer Tür auf der anderen Seite des Raums und schob mich hindurch. Sie führte zu einem weiteren langen Korridor. Am Ende befand sich ein Raum mit der Aufschrift »Pausenraum«. Ich warf einen Blick hinein. Er war menschenleer. Zwei Reihen mit großen Fenstern mit Blick auf die Sportfelder der örtlichen Schule.

Ich stieß ein Fenster auf, kletterte hindurch, ließ mich in die Büsche darunter fallen, und holte erst einmal Luft. Wenige Augenblicke später schwebte ein schwarzer Punkt über den Mond und zog die wütenden Schreie des Polizisten hinter sich her.

Der Rabe ließ sich neben mir in die Büsche fallen. Eine Sekunde später materialisierte sich Quoth leibhaftig. Er grinste, als er meine fehlende Kleidung bemerkte. »Ist es nicht ein bisschen früh für Partnerlooks?«

»Ich musste meine Kleidung benutzen, um eine Mina-Puppe im Bett zu erschaffen, falls sie nach mir sehen.«

»Gute Idee. Außerdem gefällt mir der Anblick.«

Ich schlug ihm auf den Arm. »Danke für die Ablenkung da drinnen. Wie hast du die Schlüssel bekommen?«

»Das war ganz einfach. Ich habe sie ihm vom Gürtel gerissen, als er aus dem Auto kletterte. Der Idiot hat es nicht einmal bemerkt.« Quoth ergriff meine Hand. »Bist du bereit, zu rennen? Du wirst in deiner Unterwäsche sehr auffallen.«

»Kann ich nicht einfach auf deinem Rücken sitzen, während du mich in Sicherheit fliegst?«

»Verdammt geil, das wäre ein Spaß. Ich wünschte, das würde funktionieren. Folge mir. Wir nehmen den Hintereingang. So ist die Gefahr geringer, dass du entdeckt wirst. Ich bleibe in deiner Nähe, damit du mich sehen kannst. «

Quoth knirschte mit den Zähnen, als sich die Federn durch seine Haut bohrten und seine Knochen einknickten und sich verdrehten. Einen Moment später erhob er sich in die Lüfte und flog so tief, dass ich seine Umrisse im Gras sehen konnte. Ich rieb mir mit den Händen über die gänsehautbedeckten Arme, schaute mich nach Schaulustigen um und stürzte ihm hinterher.

Die Polizei hatte meine Schnürsenkel konfisziert, sodass meine Stiefel an den Knöcheln herumflatterten, während die Sohlen im weichen, nassen Gras versanken. Ich sprintete auf die Baumreihe zu, die die Polizeistation von der Donahue Road trennte. Meine Augen suchten den Boden vor mir ab, aber mit meiner schwindenden Sehkraft konnte ich kaum noch etwas ausmachen. Ich lauschte auf das Rascheln der Blätter an der Baumgrenze und auf den Wind, der über Quoths Flügel strich. *Er würde mich leiten.*

Die Luft war feucht und schwer, mit einer beißenden Kälte, die mir in den Knochen brannte. Aber wenigstens regnete es nicht mehr. Zweige zerkratzten meine Haut, als ich Quoth entlang der Baumgrenze folgte, die Donahue hinunter, an Emmas Häuschen vorbei und in Richtung der Gasse hinter der Buchhandlung.

Ach, wie schön war die Freiheit, wo die Luft nicht nach abgestandenem Urin stank.

Quoth flog in die Mitte der verlassenen Straße. Ich spähte zu den Geschäften hinauf, aber die einzigen Lichter, die ich sehen konnte, kamen aus dem oberen Stockwerk des Nevermore Bookshops. Ich holte tief Luft und sprintete über die Straße, wobei meine Stiefel auf dem feuchten Asphalt aufschlugen und eiskaltes Wasser an meine Beine spritzte. Die Hintertür schwang gerade auf, als ich sie erreichte, und eine raue Hand umklammerte meinen Arm und zerrte mich hinein.

»Warum läufst du ohne Kleider herum?«, verlangte Heathcliff zu wissen und schlug die Tür hinter mir zu. »Du wirst dich noch erkälten.«

»Weil sie ihre Kleidung benutzt hat, um eine Mina-Puppe im Bett zu erschaffen, damit niemand ihr Fehlen für ein paar Stunden bemerkt«, meldete sich Moriarty aus dem vorderen Zimmer. »Das ist doch offensichtlich.«

»Woher weißt du das?«, fragte ich und klapperte mit den Zähnen.

»Weil du clever bist, Mina Wilde, genau wie ich.«

»Sie ist nicht wie du«, knurrte Heathcliff.

»Hey, mir gefällt der Gedanke, dass ich wenigstens ansatzweise klug bin«, protestierte ich. Ein kalter Schauer lief mir durch den Körper. »Kann mir einer von euch ein paar K-K-Klamotten leihen?«

Morrie sprang auf und nahm mit jedem Schritt zwei Stufen auf einmal. Heathcliff führte mich zu seinem Stuhl und drückte mich hinein. Er zog seinen Mantel aus. Quoth trug bereits eine

Teekanne herüber und hielt das Tablett so, dass er dahinter seine Genitalien verbergen konnte.

Er musste sich die Eier abfrieren. Ich wettete, das war der Grund, warum er nicht wollte, dass ich ihn sah.

Ich umschloss die heiße Tasse Tee mit meinen Händen und wunderte mich, dass Quoth, der mich erst seit drei Tagen kannte, ihn genau richtig zubereitet hatte, während Ashley sich nie daran erinnern konnte, ob ich ihn mit Milch trank. Morrie erschien mit einem Arm voller Kleidung in der Tür.

»Da du eine Frau mit feinem Geschmack bist, habe ich Quoths Kleiderschrank und Heathcliffs stinkende Jauchegrube übersprungen und diese Kleider aus meinem eigenen Kleiderschrank besorgt.« Er reichte mir ein Paar butterweiche graue Hosen. Ich zog sie an. Morrie biss sich auf die Lippe, als ich die Säume hochkrempelte und sie in meine Stiefel steckte. Er reichte mir ein langärmeliges schwarzes Seidenhemd und eine feine Wolljacke. *Ich wünschte, ich hätte einen Spiegel. Ich wettete, ich sah verdammt schick aus.* »Ich habe auch einen Gürtel für dich gefunden, denn die Hose wird dir von deiner schmalen Taille rutschen.« Er reichte mir einen geschmeidigen Gürtel aus feinem Leder und ich fädelte ihn durch die Schlaufen.

Ich posierte. »Wie sehe ich aus?«

»Nicht so lächerlich wie Morrie«, antwortete Heathcliff.

»Es ist auch schön, Sie wiederzusehen, Euer Ehren«, grinste ich.

»Ich bin dein Anwalt, kein Richter.«

»Im Moment ist mir das egal. Wie lautet der Plan? Wir konnten keine Details besprechen, bevor ich von der Polizei weggeschleppt wurde.«

»Du wartest hier, bis unser Freund auftaucht.« Morrie klopfte mir auf die Schulter. »Heathcliff, Quoth und ich werden uns zwischen den Regalen verstecken. Wir werden dem Kerl auflauern, wenn er auftaucht.«

»Warum muss ich der Köder sein?«

»Aus drei Gründen. Weil der Typ eine Frau erwartet. Wenn er Ashley kennt, kennt er wahrscheinlich auch dich. Ich bin das kriminelle Superhirn, also spiele ich nicht den Köder. Und auch, weil Heathcliff und Quoth als Modepüppchen einfach nicht überzeugend sind.«

»Stimmt auch wieder.« Ich wedelte meine Hand in Heathcliffs Richtung. »Runter von dem Stuhl. Du musst dich verstecken und ich muss so aussehen, als würde ich hierhergehören.«

»Wenn du meinen Arschabdruck ruinierst, feuere ich dich«, sagte Heathcliff und schlurfte in Richtung des Raums für alte Sprachen auf der anderen Seite des Flurs.

»Pass auf dich auf, Mina.« Quoths stechender Blick bohrte sich in meinen. Er beugte sich herunter und strich mit seinen Lippen über meinen Kopf. Die federleichte Berührung hallte durch meinen ganzen Körper und durchbohrte mein Innerstes. »Ich lasse dich nicht aus den Augen.«

Er sackte auf die Knie und hielt sich den Kopf, während sich sein Körper in einen Raben verwandelte. Mein Herz weinte um ihn. Er hatte sich heute Abend schon so oft verwandelt. Sein Körper musste vor Schmerz schreien, aber er ließ sich nichts anmerken.

Quoth flatterte auf den Kronleuchter, legte seine Flügel an und versank in den Schatten. Wenn man nicht gerade nach ihm suchte, würde ihn dort niemand sehen.

Morrie legte einen Finger unter mein Kinn und hob meinen Kopf nach oben. »Du bist der schärfste Köder, den ich je benutzt habe.«

»Danke, glaube ich.«

Er presste seine Lippen auf meine, verschlang mich mit seiner chaotischen Energie und gab mir die Kraft, die ich brauchte, um das hier durchzustehen.

Morrie zog sich zurück, aber seine Zärtlichkeit blieb zurück.

Ich setzte mich hinter den Schreibtisch und berührte meine Lippen. Ich zog ein Buch aus Heathcliffs Stapel heraus. Zu meiner Überraschung war es *Sturmhöhe. Warum las er schon wieder seine eigene Geschichte? Damit quälte er sich doch nur selbst?* Ich wühlte mich durch den Stapel, bis ich ein Buch von Agatha Christie fand und schlug es auf. Nachdem ich zwölfmal dieselbe Seite gelesen hatte, ohne ein Wort zu verstehen, klappte ich das Buch zu und begnügte mich damit, alle zwanzig Sekunden auf meine Uhr zu schauen.

Ich brauchte nicht lange zu warten. Die Tür öffnete sich knarrend und ließ mein Herz höherschlagen. Ich lehnte mich über den Schreibtisch und blinzelte in die Dunkelheit.

Eine dunkle Gestalt erschien im Türrahmen. *Das war er. Das war der Typ, der Ashley getötet hatte.*

»Hallo«, sagte ich und hielt die Zeichnung hoch. »Ich habe hier etwas, das du sicher haben willst. Komm her und wir werden uns sicher einigen können.«

Die Gestalt trat unter dem Lichtstrahl des Kronleuchters hervor. Seine Gesichtszüge zeichneten sich im Profil ab, und ich zuckte überrascht zusammen.

»Darren?«

32

Darren starrte mich von der anderen Seite des Tisches an. »Hi, Mina.«

Mir schwirrte der Kopf. Schnell schob ich die Zeichnung unter den Bücherstapel. Darren musste mich an der Tür gesehen haben und gekommen sein, um mit mir über Ashley zu reden. *Ich musste ihn hier rausschaffen, bevor der Mörder eintraf.*

»Hi Darren. Es tut mir leid, aber ich kann jetzt nicht reden. Der Laden ist eigentlich geschlossen. Ich mache gerade ein paar Abrechnungen und will das fertigkriegen.«

»Ich habe nicht erwartet, dich hier zu sehen.«

Sein Blick beunruhigte mich. *Warum war er dann in den Laden gekommen?* »Wen hast du denn erwartet, Darren?«

»Ashley natürlich.«

»Ähm, warum sollte Ashley in der Buchhandlung sein?« Ein nervöses Kribbeln machte sich in meinem Nacken bemerkbar.

»Das ist der letzte Ort, an dem ich sie gesehen habe«, sagte er und verlagerte sein Gewicht auf seinen anderen Fuß. »Ich dachte, ich dachte, ich hätte sie für immer verloren, aber als ich ihre Nachricht erhielt, wurde mir klar, dass sie nicht wirklich tot war, also bin ich zu ihr gekommen. Ich wollte sehen, ob sie mein Angebot jetzt annehmen würde.«

Darrens Worte gingen mir nicht mehr aus dem Kopf. *Der letzte Ort, an dem ich sie gesehen habe.*

Darren war in dieser Nacht im Laden gewesen.

Andere Puzzleteile fügten sich an ihren Platz. Er hatte im Supermarkt erwähnt, dass er Ashley in den sozialen Medien gefolgt war. Dass er über der Metzgerei wohnte und jedes Kommen und Gehen hätte sehen können, und dass er es schaffen würde, rein und rauszugehen, ohne an Earl an der Ecke vorbeizukommen. Wie Earl zwei Bierdosen in den Büschen vor dem Laden fand. Nicht irgendein Bier, teures, lokal gebrautes Craftbier.

Scheiße!

Es war Darren.

Darren hatte Ashley getötet. Aber warum?

Ich warf einen Blick auf die Regale hinter Darrens Kopf, aber es war so dunkel, dass ich Quoth nirgends entdecken konnte.

Bring ihn zum Reden. Bring ihn dazu, zu gestehen.

»Was denn für ein Angebot, Darren?«

»Ich habe sie gebeten, mich zu heiraten. Ich habe mein ganzes Geld von der Arbeit im Supermarkt gespart, jeden einzelnen Penny. So konnte ich es mir leisten, diese Zeichnungen zu kaufen. Ich habe ein paar hässliche Messer bei eBay gekauft, nur weil sie sie verkauft hat.«

Die Mordwaffe. »Aber warum? Wenn du sie so sehr geliebt hast, warum hast du sie dann umgebracht?«

»Als Ashley nach New York ging, hat sie die Sonne und den Mond mitgenommen. Ich konnte es nicht ertragen, von ihr getrennt zu sein, aber wenigstens konnte ich sehen, was sie in den sozialen Medien machte. All diese berühmten Leute liebten sie! Natürlich haben sie das, sie ist unglaublich.«

Darren trat vor. »Sie hat mir Nachrichten geschickt. Sie brauchte Geld, um ihre sozialen Medien zu bewerben. Sie wollte genug verdienen, um professionelle Model-Fotos machen zu lassen, damit sie nach LA gehen und ein Filmstar werden konnte. Sie wollte der größte Star der Welt werden! Aber es würde hart werden, finanziell, während sie ihre neue Karriere aufbaute. Ich beschloss, ihr zu zeigen, dass ich für uns beide sorgen konnte. Also kaufte ich ihre Zeichnungen. Ich habe alle angesagten Leute, die sie haben wollten, überboten. Sie sagte mir, ich solle mir einen Aushilfsjob als Kellner bei der Gala besorgen, also gab ich meine Ersparnisse für eine Eintrittskarte aus. Es war es wert, um sie wieder persönlich zu sehen. Sie sagte mir, ich solle ein Wegwerfhandy benutzen, damit niemand den Austausch zu mir zurückverfolgen könne, aber ich hatte alle ihre Nachrichten ausgedruckt. Ich wollte auf keinen Fall eines ihrer kostbaren Worte zerstören. Einmal hat sie mir ein Liebesherz-Emoji geschickt, weil sie genauso empfand.«

Ich erinnerte mich an einen schrecklichen Actionfilm, in dem man bei Verhandlungen mit durchgeknallten Angreifern versuchte, sie so zu behandeln, als wäre man auf ihrer Seite und man rechtfertigte alle ihre Wutausbrüche, bis sich eine Gelegenheit bot, sie auszuschalten. Ich nickte. »Ja. Sie hatte Gefühle für dich.«

»Ich wusste es«, stöhnte Darren und wischte sich mit der linken Hand die Tränen aus dem Gesicht. Seine rechte Hand blieb hinter seinem Rücken. »Ich wusste, dass sie mich liebt. Sie hat mir immer besondere Aufmerksamkeit geschenkt, mich immer gebeten, ihr mit dem Computer zu helfen oder ihre Hausaufgaben zu machen. Sie brauchte mich. Sie vertraute mir. Sie ...«

»Darren, erzähl mir von dem Abend auf der Gala. Was ist dann passiert?«

»Oh ja.« Darren blickte auf und seine Augen wurden glasig,

als hätte er vergessen, wo er war. »Ich traf Ashley am Serviceeingang, nachdem ich die Vorspeise serviert hatte. Ashley konnte nicht lange bleiben, weil sie zurück zu dir musste. Ich habe dich an diesem Abend gehasst, Mina, weil du mit ihr zusammen warst. Aber ich wusste, dass es nicht lange dauern würde, bis ich derjenige sein würde, den sie auf schicke Galas mitnimmt. Ich habe Ashley das Geld gegeben und sie hat mir die Bilder gegeben und mich auf die Wange geküsst.« Er rieb sich eine pickelige Stelle im Gesicht und seine Augen rollten zur Decke. »Ich war so glücklich, sie zu sehen und ihr Vertrauen zu haben, dass ich einfach meine Schürze hinwarf und rauslief. Ich habe sogar eine der Zeichnungen auf der Treppe draußen fallen lassen. Kannst du dir mein Gesicht vorstellen?« Er grinste fröhlich. »Es hat sich gelohnt, nur um sie zu sehen. Es war unser erstes richtiges Date.«

»Was hast du mit den Zeichnungen gemacht?«, fragte ich.

»Oh, ich bewahre sie gepresst in einem Album unter meinem Bett auf«, sagte er. »Sie erinnern mich an Ashley, und sie wollte, dass ich sie behalte. Ich würde nicht im Traum daran denken, sie zu verkaufen.«

»Du hast mich im Supermarkt belogen. Ashley hat sich bei dir gemeldet, als sie beschlossen hat, nach Argleton zurückzukommen.«

»Es war der beste Tag meines Lebens, als ich diese SMS bekam«, grinste er. »Sie hat mir nicht viel Zeit gelassen, also habe ich alles geplant, so gut ich konnte. Ich habe einen wunderschönen Ring bei Debenhams gefunden. Zum Glück hatten sie gerade Ausverkauf, sodass ich mir auch ein neues Hemd kaufen konnte. Zur Feier des Tages hatte ich eine Flasche amerikanisches Craftbier importiert. Aber sie wollte mich nicht persönlich sehen. Sie hielt es für zu gefährlich, also zwang sie mich, das Geld in ein Buch zu stecken, und dann wollte sie zurückkommen, um das Buch zu holen und die Zeichnungen zu hinterlassen. Aber die Zeichnungen waren mir egal. Ich interessierte mich für sie. Ich habe vor der Buchhandlung auf sie gewartet, als sie die Zeichnungen vorbeibrachte, aber sie kam nicht heraus und ich musste wieder zur Arbeit gehen. Sie hat nicht auf meine Nachricht geantwortet, dass wir uns treffen könnten. Ich verstehe das, ich meine, sie ist so beschäftigt und wichtig. Aber ich musste sie sehen«, sagte er.

»Ich dachte, ich hätte meine Chance verpasst, aber dann sah ich sie an diesem Abend durch mein Fenster in die Buchhandlung gehen, und mir wurde klar, dass das die perfekte Gelegenheit war. Ich fand sie neben dem Bücherregal. Ich ging auf die Knie und sagte ihr, wie sehr ich sie liebe.« Darrens Mundwinkel zuckten. »Sie stieß mich weg. Sie sagte, ich solle aufhören, so albern zu sein, ich solle verschwinden, sie müsse mit dir reden. Dass sie gekommen sei, um dich zu sehen. Ich war ihr völlig egal. Immer Mina, Mina, Mina.«

Darrens Hand ballte sich zu einer Faust. Seine Wangen röteten sich und sein Kiefer verkrampfte sich. »Du hast alles kaputt gemacht! Du hast mir Ashley weggenommen und sie gegen mich aufgebracht. Sie wurde von dir verdorben und verzogen. Sie konnte nicht meine Frau sein, und das war alles deine schuld!«

»Also hast du sie getötet.«

»Nein, *du* hast sie getötet«, flüsterte Darren. »Du hast sie getötet, weil du sie nicht gehen lassen konntest. Du hast mir meine Ashley weggenommen. Sie ist mit dir nach New York gegangen und hat mich nicht mehr geliebt, und dann hast du ihr das Herz gebrochen, sodass sie mich nicht mehr lieben konnte.«

»Nein, das ist …«

»Du hast Ashley wehgetan«, Darren holte seine Hand

hinter seinem Rücken hervor und enthüllte einen langen Gegenstand, der im Licht glitzerte. Ein Messer. Er hob die Klinge über seinen Kopf und starrte mit hasserfülltem Gesicht auf mich herab. »Und jetzt werde ich dir wehtun.«

33

Darren stürzte über den Schreibtisch und zielte mit dem Messer auf meine Kehle. Ich stieß mich vom Schreibtisch ab. Der Stuhl rutschte über den Hartholzboden und prallte gegen die Wand. Darrens Messer drang in den Schreibtisch ein und die Klinge grub sich einen Zentimeter tief in das Holz. Darren packte den Griff mit beiden Händen und versuchte, ihn loszureißen. Als es sich nicht rührte, hob er das Buch des Jüngsten Gerichts auf, das Heathcliff auf dem Schreibtisch liegen hatte, und stürzte sich erneut auf mich.

Ich schrie auf und wich nach links aus, gerade als Darren mit dem Buch dort zuschlug, wo eben noch mein Kopf gewesen war. Das schwere Buch brachte Darren aus dem Gleichgewicht und er kippte nach vorne.

Ein wildes Kreischen hallte durch den Raum, als etwas über meinen Kopf hinwegflog. Quoth grub seine Krallen in Darrens Schultern. Darren schrie auf und schwang das Buch hinter seinen Rücken.

»Quoth!«, rief ich, aber der Rabe wich mit einem Ruck aus dem Weg. Das Buch knallte auf Darrens Rücken. Er schrie auf und fiel auf den Boden. Heathcliff sprang aus dem Schrank und stürzte sich auf ihn, hielt Darren mit den Knien am Boden und schlug ihm die Faust mit solcher Wucht auf die Nase, dass ich erwartete, Darrens Körper würde durch den Boden brechen.

»Nein!«, brüllte ich. Heathcliff schlug erneut auf Darren ein. Darren schluchzte, während sein Blut die Seite des Schreibtisches hoch spritzte. Quoth zerrte an seinem Hemd, aber Heathcliff hörte nicht auf. Seine Augen glühten vor einer Wut, die mich erschreckte.

»Ganz ruhig, Großer.« Morrie packte ihn an den Schultern und warf ihn von Darren herunter. »Wir lassen die Polizei mit ihm fertig werden.«

Die Tür flog auf und hereinkamen Kommissar Hayes und Wachtmeisterin Wilson, flankiert von zwei Beamten und Jo.

»Mina würde hierhergehen«, sagte sie atemlos und strich sich das blonde Haar aus den Augen. »Bitte nehmt sie nicht zu hart ins Gericht. Ich bin sicher, sie hat nur Angst gehabt.«

Jo hielt kurz inne, als sie mich sah. Sie blinzelte zweimal. »Mina?«

»Ah. Ich sehe, die Polizei ist uns weit voraus.« Morrie ließ sein Telefon zurück in die Tasche fallen.

»Mina Wilde«, dröhnte Kommissar Hayes. »Ausbruch aus polizeilichem Gewahrsam ist ein schweres Vergehen und Sie werden ...«

»Ah, gut, Sie kommen gerade rechtzeitig«, sagte Morrie und trat mit seinem Brogue gegen Darrens schlaffen Fuß. »Miss Wilde, Herr Earnshaw und ich haben den Mörder von Ashley Greer gefasst.«

»Was?« Der Blick des Kommissars fiel auf Darrens schlaffen Körper, Heathcliffs mörderischen Blick und die Blutspritzer an der Wand.

»Das haben wir.« Ich nickte. »Sie müssen uns nicht danken. Verleihen Sie uns einfach gold-glänzende Medaillen.«

»Was soll das alles?«, fragte Wilson. »Wilde ist die

Mörderin. Das hat sie bewiesen, indem sie sich aus dem Staub gemacht hat. Warum mischt ihr zwei Jungs euch in eine Polizeiangelegenheit ein?«

»Weil unter Ihrer Aufsicht ein großer Justizirrtum geschehen wäre«, sagte Morrie und grinste mich böse an. »Und ich bin ein großer Fan von Gerechtigkeit.«

»Es würde nicht gut aussehen, wenn ihr inkompetenten Trottel die falsche Person verhaftet«, fügte Heathcliff hinzu und hob Darren vom Boden auf.

»Helfen Sie mir«, wimmerte Darren und hielt sich die blutige Nase.

»Was machen Sie mit dem Jungen?«

»Ich bewahre ihn für Sie auf, Herr Kommissar. Das hier ist der wahre Mörder von Ashley Greer.«

»Er hat mir die Nase gebrochen!«, schrie Darren. »Ich brauche einen Krankenwagen.«

»Wir haben genug Beweise, um Miss Wilde für das Verbrechen anzuklagen ...«

»Aber ich habe es nicht getan. Und ich kann es beweisen.« Ich hielt die Zeichnung hoch, die ich angefertigt hatte. »Ashley hat Marcus Ribalds Zeichnungen an Darren verkauft. Sie hat über ihre Social-Media-Seite verschleierte Nachrichten darüber verschickt, wann sie sich treffen und den Austausch vornehmen wollen. Was ich Ihnen auf dem Revier erzählt habe, stimmt. Ich hatte Marcus' Zeichnungen in meiner Handtasche, weil ich sie aus Ashleys Koffer genommen hatte. Als wir sie fanden, nahmen wir an, dass derjenige, der die Zeichnungen gekauft hatte, Ashley getötet haben könnte, um sie zum Schweigen zu bringen. Ich erstellte einen gefälschten Beitrag mit einer gefälschten Zeichnung auf Ashleys Social-Media-Seite und forderte den Mörder auf, mich heute Abend hier zu treffen. Und Darren ist aufgetaucht und hat versucht, mich zu töten.«

Ich zeigte auf das Messer, das im Schreibtisch steckte. Jo

beugte sich vor, um einen Blick auf die Klinge zu werfen. »Sie hat die gleiche Größe und Form wie die Klinge, mit der Greer getötet wurde.«

»Es könnte *ihre* Klinge sein«, beharrte der Beamte.

»Unwahrscheinlich. Mina und Ashley haben ihre Klingen gemeinsam verkauft. Dieser junge Mann ist seit der Mittelschule von Frau Greer besessen. Er hat sie gekauft, um etwas zu besitzen, das sie berührt hat.« Morrie legte sein Telefon auf den Schreibtisch und drückte auf die PLAY-Taste. Darrens Stimme drang durch die Luft und ließ seine Leidensgeschichte erklingen.

Morrie klappte das Telefon zu und reichte es dem fassungslosen Kommissar. »Es ist alles drauf. Wie Darren Ashley nach New York gefolgt ist, um den ersten Satz Zeichnungen zu kaufen, und dabei scheinbar andere Käufer überboten hat, um dafür zu sorgen, dass Ashley ihn brauchte.« Er tippte mit dem Finger auf den Bildschirm. »Ich habe mir auch erlaubt, Darrens Flugplan und seine Hotelrechnung aus dem Big Apple herunterzuladen. Wenn Sie sich die Sicherheitsaufzeichnungen vom Galadinner in derselben Woche ansehen, können wir sicher beweisen, dass er am selben Ort wie das Opfer war. Laut seinem Geständnis setzte er sich mit ihr in Verbindung, als er auf ihren sozialen Medien sah, dass sie nach Argleton zurückkehren würde, und fragte, ob sie weitere Zeichnungen verkaufen wolle. Sie vereinbarte, die Zeichnungen in ein Buch in diesem Laden zu legen. Ein Buch, von dem sie wusste, dass es niemand in die Hand nehmen würde. Und Darren sollte sie später abholen und das Geld hinterlassen. Als er jedoch herausfand, dass er Ashley bei der Übergabe nicht einmal sehen würde, suchte er nach einer anderen Möglichkeit, ihr seine Liebe zu gestehen. Das ist die Textnachricht, die Sie auf ihrem Handy gefunden haben, in der er sie um ein persönliches Treffen bat. Er beobachtete von seiner Wohnung aus, wie sie an diesem Abend am Laden vorbeiging und bemerkte, dass die Tür offenstand. Sie schlich sich nach oben, um mit Mina zu reden. Er folgte ihr, um ihr einen Antrag zu machen. Sie hat ihm natürlich ins Gesicht gelacht ...« Morries Lippen verzogen sich zu einem grausamen Lächeln. »Das habe ich zwar nicht auf Band, aber wir wissen, dass es so war. Er wurde wütend und brachte sie um. Der Fall ist abgeschlossen. Falls Sie mit Ihrem erbsengroßen Verstand nicht begreifen können, was ich gerade gesagt habe, habe ich sein ganzes Geständnis aufgenommen.«

»Wenn Sie unter seinem Bett suchen, werden Sie einen Ordner mit Bildern von Marcus Ribald finden«, fügte ich hinzu. »Und wahrscheinlich auch ein paar seltsame Stalker-Fotos von Ashley.«

»Ich wette, er hat eine Schachtel voll mit ihren gebrauchten Stofftaschentüchern«, fügte Heathcliff hinzu.

»Kumpel, niemand benutzt mehr Stofftaschentücher.« Ich grinste ihn an. Zu meiner Überraschung lockerte sich Heathcliffs finsterer Blick ein wenig auf.

»Äh ... da haben Sie recht.« Kommissar Hayes kratzte sich am Ohr. Er klickte erneut auf »Play« in der Audiodatei. Darrens blecherne Stimme erfüllte den Raum. Als das Geständnis zu Ende war, wandte er sich an Wilson.

»Besorgen Sie einen Durchsuchungsbefehl für die Wohnung dieses Mannes. Finden Sie diese Zeichnungen. Frau Wilde, es sieht so aus, als ob wir Ihnen eine Entschuldigung schulden.«

»Aber ..., aber sie ist aus dem Gefängnis ausgebrochen!«, stotterte Wilson.

Heathcliff schritt auf die Wachtmeisterin zu und überragte sie mit seiner beeindruckenden Größe. »Meine Mandantin bereut ihre Flucht vor dem Gesetz sehr«, sagte er. »Aber ich denke, in Anbetracht der Umstände und der Tatsache, dass wir den Mord aufgeklärt und Ihnen die ganze Arbeit abgenommen haben, könnten Sie über Minas Vergehen hinwegsehen. Immerhin ist sie eine Frau und neigt zu hysterischen Anfällen.«

»Hey!«, knurrte ich. War ihm überhaupt klar, in welchem Jahrhundert wir uns befanden? Ich notierte mir, dass ich Heathcliff einen Stapel feministischer Bücher zu lesen geben würde.

»Nehmen Sie sich in Acht, Heathcliff«, sagte Wilson. »So funktioniert das Gesetz nicht.«

»Die Alternative ist, dass unser Freund, Herr Earnshaw, der ein erfahrener Jurist ist, Ihnen eine Menge Ärger wegen der Misshandlung seiner Klientin macht«, meldete sich Morrie zu Wort. »Und da Sie in den nächsten Monaten für eine Beförderung vorgesehen sind, glaube ich nicht, dass Sie das wollen.«

»Wir haben sie nie misshandelt!«

»Es geht nicht darum, was tatsächlich passiert ist«, sagte Morrie. »Es geht darum, was ein Gericht von Zeitgenossen *glaubt*, dass es passiert ist.«

Wilson wurde blass. Der Kommissar schob sie in Richtung Tür. »Es tut uns leid, dass wir Sie verhaftet haben, Frau Wilde. Ihnen ist sicher klar, dass es Beweise gab, die daraufhin deuteten.«

»Ist schon gut«, antwortete ich grinsend. »Wir sind quitt.«

Die Beamten folgten ihnen hinaus. Jo verweilte an der Tür und ihr Lachen brach endlich durch. »Ein Gericht von Zeitgenossen? Du bist wirklich etwas Besonderes, Morrie. Ich weiß nicht, wie du sie überzeugt hast, Mina gehen zu lassen, aber ich bin verdammt froh, dass du es getan hast.«

»Mina war die wahre Heldin«, sagte Morrie. »Sie hat herausgefunden, wie Ashley die Zeichnungen an ihren Käufer weitergegeben hat, und das hat uns zu Darren geführt.«

»Das klingt, als wäre sie genau die Richtige, um euch auf

Trab zu halten.« Jo winkte mir zu. »Es sieht so aus, als würde ich heute Abend arbeiten müssen, wenn sie noch mehr Beweise aus Darrens Zimmer bringen. Aber wie wäre es, wenn ich morgen anrufe und wir einen Kaffee trinken gehen?«

»Abgemacht«, antwortete ich strahlend.

Jo pfiff einen Clash-Song vor sich hin, als sie den Beamten zur Tür hinaus folgte. Kaum war die Tür zugefallen, packte mich Morrie an der Taille und hob mich hoch.

»Du bist frei, Mina«, sagte er strahlend. »Das britische Strafverfolgungssystem triumphiert erneut!«

»Ich kann es nicht glauben.« Ich grinste und die Last der letzten Tage fiel von meinem Körper ab.

Morrie drückte mir einen atemberaubenden Kuss auf die Lippen. »Wie ein alter Kollege von mir immer zu sagen pflegte: 'Wenn Du das Unmögliche ausgeschlossen hast, dann ist das, was übrigbleibt, die Wahrheit, wie unwahrscheinlich sie auch ist.' Keiner von uns konnte die wahren Motive des Mörders vorhersehen, und doch waren die Hinweise eindeutig. Die Bierdosen im Garten draußen, der Ring in ihrer Tasche und die Tatsache, dass der Mörder die Bilder zurückgelassen hatte.«

»Ich werde ganz schön schrubben müssen, um diese Blutflecken von meinem Schreibtisch zu entfernen«, knurrte Heathcliff.

»Lass sie da.« Quoth verwandelte sich von einem Vogel in einen Menschen. »Als Warnung für jeden, der es wagt, dich zu verärgern.«

»Das ist ein Grund zum Feiern. Ich werde den Wein holen.« Morrie hüpfte die Treppe hinauf, Quoth folgte ihm dicht auf den Fersen.

Heathcliff rieb an dem Blutfleck. Eine peinliche Stille trat ein.

»Mina ...« Heathcliffs Kopf schnellte hoch und starrte auf eine Stelle hinter meiner Schulter. »Wegen neulich ...«

»Du meinst, als du mich geküsst hast? Du kannst es ruhig sagen, weißt du. Ich bin nicht zimperlich.«

»Na gut«, murmelte er. »Ich habe mich geirrt.«

»Der mächtige Heathcliff gibt zu, dass er sich geirrt hat. Also, was hast du falsch gemacht?«

»Es war falsch, eine Angestellte zu küssen. Aber jetzt beantworte mir mal eine Frage. Wenn ich nicht dein Chef wäre, was würde es dann bedeuten?«

Wenn ich nicht dein Chef wäre ...

Was wollte er damit sagen?

Die Luft zwischen uns wurde dünner. Heathcliffs Atem ging stoßweise. Mein Körper pulsierte vor Energie. Ich ging auf ihn zu, als würde mein Körper von einer unsichtbaren Kraft angezogen.

Heathcliff knurrte und wandte sich ab. »Daran sollten wir nicht denken«, sagte er.

»Du siehst aus, als würdest du aber gerade daran denken.«

»Nerviges Frauenzimmer.«

»Wenn du ein Problem mit mir hast, dann solltest du mich feuern.«

»Ich *sollte* dich feuern«, knurrte er. »Komm mit nach oben und trink ein Glas Wein mit uns.«

Ein breites Grinsen breitete sich auf meinem Gesicht aus. Ich streckte meine Hand aus und Heathcliff nahm sie in seine. Die Hitze seiner Finger schoss durch meinen Körper. »Du bist dran.«

34

»Ich bin froh, dass du nicht die Mörderin bist.« Jo goss Wein in zwei Gläser und schob eines zu mir rüber. »Jetzt kann ich mit dir abhängen, ohne Angst haben zu müssen, dass ich ein Messer in den Rücken gestoßen bekomme.«

Wir saßen an Heathcliffs Schreibtisch und hielten die Stellung, während Herr Griesgram eine arme, wehrlose Bankangestellte wegen einer Scheckverwechslung anbrüllte, als wäre es ihre Schuld, dass er nicht wie der Rest des Universums die Online-Banking-App benutzen konnte.

Ich stieß mit Jo an. »Ich bin auch froh. Obwohl ich mir nicht sicher bin, ob du der beste Einfluss auf mich bist. Ich bin offiziell zur Tagestrinkerin geworden.«

»Du arbeitest in einer Buchhandlung im Zeitalter der digitalen Medien. Ich glaube, da gibt es außer Trinken keine andere Möglichkeit.«

Ich lachte. »Den Witz habe ich schon mal gehört.«

»Ich bin mir nicht sicher, ob es ein Witz ist, sondern eher eine allgemein anerkannte Tatsache.«

Es war zwei Wochen her, dass wir Darren geschnappt hatten, und Jo und ich trafen uns alle paar Tage und tranken meistens Wein beim Mittagessen. Sie liebte es, mich mit schaurigen Geschichten über das Leben im Labor zu verwöhnen, und ich speicherte alle Geschichten über Heathcliffs Kundenkontakte für sie ab. Sie war in fast jeder Hinsicht das komplette Gegenteil von Ashley, aber ich hatte das Gefühl, dass ich gerade meine nächste beste Freundin kennenlernte.

Nachdem wir unseren Wein ausgetrunken hatten, ging Jo. Sie musste am Nachmittag zwei Autopsien durchführen. Während ich auf die ordentlich eingeräumten und abgestaubten Regale starrte, was natürlich mein Werk war, und versuchte, nicht daran zu denken, wie Jo in den Organen von jemandem herumwühlte, fuhren meine Finger am Rand des Buches des Jüngsten Gerichts entlang, das auf dem Schreibtisch lag.

Heathcliffs Entdeckung kam mir wieder in den Sinn, dass das Gebäude schon seit Hunderten von Jahren im Buchhandel tätig war. Ich dachte über das Zimmer im Obergeschoss nach und wie makellos ich es aufgefunden hatte, als ob es erst seit ein paar Monaten verlassen war. Aber die Möbel waren alt gewesen, viktorianisch oder vielleicht spätgeorgianisch. Es schien unmöglich zu sein, dass sie all die Jahre in diesem Zustand geblieben waren, ohne zu altern.

Ich blätterte um und dachte an den Okkultismus-Raum und die alten, verstaubten Einbände einiger dieser Bücher zurück. *Ich fragte mich, ob etwas aus der Zeit stammte, als der Laden gegründet wurde.*

Ich öffnete die oberste Schublade von Heathcliffs Schreibtisch. Dort lag unter einer Packung zerdrückter Wagon Wheels Kekse ein altmodischer Schlüsselbund. Ich steckte den Schlüsselbund in meine Tasche.

»Pass für mich auf den Schreibtisch auf«, rief ich zu Quoth hinauf. »Ich muss nur etwas im ersten Stock überprüfen.«

Quoth nickte von seinem Sitzplatz auf dem Gürteltier. Ich hüpfte die Treppe hinauf und schlüpfte in den Lagerraum. Heathcliff hatte ein großes NICHT BETRETEN-Schild an die Tür geklebt und sie war fest verschlossen. Ich probierte die Schlüssel aus, bis sich einer drehte. Die Tür schnappte auf und ich trat ein.

Diesmal ignorierte ich das Buch auf dem Sockel und ging auf die Regale zu, zog wahllos Bücher heraus und überprüfte ihre Innenklappen. Viele von ihnen waren nicht auf Englisch, und es war ja nicht so, dass sich alle an das Urheberrecht gehalten hätten, als sie geschrieben wurden, aber nach ein paar Bänden fand ich eines, das auf das vierzehnte Jahrhundert datiert war. Natürlich war es auf Latein.

Warum gab es in der Modeschule keinen mittelalterlichen Lateinkurs? Verdammter Mist.

»Morrie!« Ich schnappte mir den Band und brachte ihn nach oben.

»Ja, meine Hübsche?« Morrie steckte seinen Kopf aus der Nische, sein Gesicht vom Schein der Bildschirme erhellt.

Ich schob ihm das Buch unter die Nase. »Was steht hier auf der ersten Seite?«

Morrie starrte auf den Band. »Das ist der Titel des Werkes, ein *faszinierendes* Buch über Dämonologie, und hier steht der Name des Buchhändlers, von dem es kopiert wurde, Herman Strepel.«

Ich wusste es. »Das ist derselbe Typ, der *hier* früher einen Laden hatte. Gibt es eine Möglichkeit, mehr über diesen Strepel herauszufinden? Am besten mit einer Liste der Texte, die er zum Verkauf hatte.«

»Antike Bücher sind nicht wirklich mein Ding, es sei denn,

wir reden davon, sie zu stehlen. Aber ich werde mit einigen Leuten reden.« Morrie grinste mich an.

»Es könnte wichtig sein. Es könnte ein wichtiger Hinweis darauf sein, warum der Laden tut, was er tut. Aber Morrie, wenn ich etwas herausfinden will, muss ich wissen, was es mit dem großen Schlafzimmer auf sich hat.«

»Da musst du Heathcliff fragen ...«

»Ich frage dich.« Ich sah ihn so streng an, wie ich konnte.

Morrie seufzte. »Herr Simson hat Heathcliff gesagt, dass er dieses Zimmer nicht betreten darf. Er hat gehorcht, aber ich nicht. In der ersten Nacht, in der ich hier war, stahl ich den Schlüssel von seinem Schreibtisch und öffnete die Tür. Drinnen fand ich einen Wald.«

»Einen ...«

»Wald. Bäume, seltsame Palmwedel-Dinger. Dreck. Mein erstes Paar Brogues war danach komplett ruiniert.« Er verzog das Gesicht bei der Erinnerung.

»Aber das ist doch unmöglich.«

»Nicht unbedingt. Ich habe ein paar Berechnungen angestellt und ich glaube, der Raum funktioniert wie eine Art Wurmloch durch Raum und Zeit. In diesem Fall durch die Zeit. Ich glaube, es zeigt vergangene und vielleicht sogar zukünftige Variationen des Buchladens. An diesem Ort befindet sich, was einmal war und was noch sein wird. Nachdem ich aus dem Wald geflohen war, erzählte ich Heathcliff, was ich gesehen hatte. Nachdem er mich drei Stunden lang angeschrien hatte, schauten er und ich erneut in den Raum, und diesmal war es ein staubiger, leerer Raum. Kein einziges Möbelstück. Das Einzige, was sich darin befand, war ein großes, in Leder gebundenes Buch, mit leeren Seiten und mit einem goldenen Symbol auf dem Einband. Dasselbe Buch liegt unten im Okkultismusraum.«

»Ich habe es gesehen.«

»Ja, und du hast ein viktorianisches Schlafzimmer gesehen, nachdem sich die Tür für dich von selbst geöffnet hat. Der okkulte Raum hat sich ebenfalls für dich geöffnet. Ich weiß nicht, was es bedeutet, aber ich weiß, dass die Buchhandlung will, dass du ihre Geheimnisse entdeckst.« Morrie grinste und kniff mir in den Hintern. »Das ist gut. Geheimnisse machen Spaß. Ich genieße es, deine Geheimnisse zu entdecken, Mina Wilde.«

Ich grinste zurück. Möglicherweise wussten wir immer noch nicht, warum die Jungs hier waren oder welche Art von Magie die Buchhandlung besaß. Und möglicherweise war Quoth hier irgendwie gefangen, und möglicherweise war ich irgendwie in alle von ihnen vernarrt. Aber zum ersten Mal seit langer Zeit fühlte ich mich beim Gedanken an die Zukunft wohl. Ich fühlte mich gefestigt. Ich hatte das Gefühl, dass ich die Kraft haben würde, mit meiner Erblindung fertig zu werden.

Im Nevermore Bookshop fühlte ich mich, als wäre ich nach Hause gekommen.

~

Willst du noch mehr Geheimnisse des Nevermore Bookshops aufdecken? Dann hol dir Buch 2. Von Mäusen und Morden.
(Blättere um für einen spannenden Auszug).

Https://books2read.com/nevermoredeutsch2

~

Du kannst nicht genug von Mina und ihren Jungs

bekommen? Lies eine kostenlose Alternativszene aus Quoths Sicht sowie weitere Bonusszenen und Extrageschichten, indem du dich für den Steffanie Holmes Newsletter anmeldest.

http://www.steffanieholmes.com/newsletterdeutsch

AFTERWORD

Keine Sorge! Ich verspreche, dass es in ein paar Seiten einen Auszug aus Buch 2 geben wird. Vorher muss ich mich aber noch bedanken und ein paar Dinge sagen.

Die Geheimnisse des Nevermore Bookshop gehören zu den persönlichsten Büchern, die ich je geschrieben habe, und das aus mehreren Gründen. Ich habe meine Liebe zu Büchern in die Figuren einfließen lassen und versucht, die Macht von Geschichten zu vermitteln, die unser Leben verändern, sowohl die Geschichten, die wir lesen, als auch die, die wir uns selbst erzählen.

In Minas Fall haben Bücher sie gerettet, als sie einsam und verletzlich war. Als sie nach Argleton zurückkehrt, werden Bücher und ihre heißen fiktiven Männer sie bei ihrer neuesten Herausforderung unterstützen.

Du weißt es vielleicht nicht, aber ich bin blind. Im Gegensatz zu Mina hat mein Augenlicht nicht mit der Zeit nachgelassen. Ich wurde mit der genetischen Krankheit *Achromatopsie* geboren. Das bedeutet, dass meinen Augen die Millionen von Zapfenzellen fehlen, die für die Erkennung von Farben und die Wahrnehmung von Tiefe notwendig sind. Ich

327

bin völlig farbenblind, lichtempfindlich und habe eine schlechte Tiefenwahrnehmung. Ich blinzle und das ständig und habe Schwierigkeiten, Augenkontakt herzustellen. Ich bin so kurzsichtig, dass ich als blind gelte.

Als Kind wurde ich unerbittlich gemobbt, weil ich anders war. Ich hatte schräge Augen, eine lebhafte Fantasie und war eine Niete im Sport. Andere Kinder verspotteten mich, weil ich nicht das konnte, was sie konnten. Ich dachte, ich sei ein Freak und dazu bestimmt, nie Freunde zu haben. Ich erwartete, für immer allein zu sein.

Ich fand Trost in Büchern und in der Musik. Ich verlor mich in Welten, die mich weit weg von meiner Kleinstadt und den Menschen brachten, die mich hassten. In diesen Welten war es in Ordnung, anders zu sein, und unwahrscheinliche Heldinnen konnten alle möglichen Abenteuer erleben.

Als ich älter wurde, erlebte ich Diskriminierung auf ähnliche Weise wie Mina. Ich spürte sowohl die Anziehungskraft der Empörung als auch den Druck der Unvermeidlichkeit. Wenn jemand sagt, dass ich eine Arbeit nicht schaffen würde, hat er dann recht? Unsere Welt gibt sich alle Mühe, uns zu sagen, dass Menschen, die anders sind, nicht beachtete werden sollten.

Scheiß darauf!

Manchmal schließt dich das Leben von Chancen aus, von Dingen, die du verdienst. Manchmal ist es nicht genug, hart zu arbeiten. Das ist scheiße und tut weh, aber es gibt nur zwei Möglichkeiten: Du kannst dich verkriechen und verkümmern, oder du kannst dir deine eigenen Chancen erarbeiten.

Als ich 2015 mein erstes Steffanie Holmes-Buch veröffentlichte, hatte ich keine Ahnung, wohin das führen würde. Es führte zu einer Vollzeitkarriere als Autorin, Tausenden von Fans auf der ganzen Welt und dem Schreiben dieser unglaublichen Serie, die Minas Geschichte und auch einen Teil meiner eigenen Geschichte erzählt.

Es gibt so viele Menschen, die mich unterstützt und an mich geglaubt haben, selbst als ich Schwierigkeiten hatte, an mich selbst zu glauben. Meine Eltern, Mutter und Vater Metal, und meine Schwester Belinda, für ihre unbeirrbare Unterstützung.

Die Autor*innen, mit denen ich gefeiert und gelitten habe. Die Leute auf Dirty Discourse, die tollen Damen von Romance Writers of New Zealand und SpecFic Slack, die Badass Authors und meine Reverse Harem Babes. Danke, dass ihr mich gelehrt habt, dass der Erfolg von einer von uns alle nach oben bringt.

Meinen Freunden, den Bogans, meiner erweiterten Familie, meinen Metalbrüdern und -schwestern. Ich entschuldige mich für die Menge unserer Albernheiten, die in meinen Büchern landen.

Und immer wieder bei meinem zänkischen Schlagzeuger-Ehemann, der einfach alles ist. Jeder Held, den ich schreibe, ist ein Stück von dir und dem, was du mir bedeutest.

Eine Billion Dankeschöns an all die fantastischen Kickstarter-Unterstützer, die die Sonderausgaben möglich gemacht haben!

Und schließlich an euch, meine Leser*innen, dafür, dass ihr mit mir auf diese Reise gegangen seid. Ich liebe euch mehr, als Worte sagen können.

Mina hat eine höllische Reise vor sich. Sie kam gebrochen und besiegt zum Nevermore Bookshop, aber sie ist stärker, als sie ahnt. Und sie hat Heathcliff, Morrie, Quoth und Jo an ihrer Seite. Mit so einer Bande ist sie unbesiegbar.

Xxx

Steffanie

AUSZUG

»Wie sieht das aus?«, rief Morrie aus seiner prekären Position auf der Holzleiter, während er das Bild einer tobenden Godzilla-Katze, die eine Stadt voller fliehender Mäuse terrorisierte, gegen die dunkle getäfelte Wand über der Treppe hielt.

»Wie die Eingeweide einer von Grimalkins ausgeweideten Mäuse«, knurrte Heathcliff.

»Miau«, rief Grimalkin von ihrem Sitzplatz auf Heathcliffs Schulter.

»Hey«, schmollte Quoth. Er saß auf der untersten Stufe. Sein schwarzes Haar hing ihm über das Gesicht und hüllte ihn in Schatten. »Ich habe hart an dem Bild gearbeitet.«

»Ignoriere Heathcliff, er ist keine Hilfe.« Morrie stützte sich an der Wand ab, als die Leiter wackelte. »Mina, was denkst du?«

»Ich finde, die Leiter sieht nicht sehr stabil aus.«

Morrie knirschte mit den Zähnen, als sich seine Armmuskeln durch das Halten des Gemäldes verkrampften. »Ich möchte dich daran erinnern, dass ich hier oben meinen schönen Hals für *deinen* genialen Plan riskiere. Wir *müssen* Quoths Gemälde nicht überall im Laden aufhängen ...«

»Schon gut, schon gut. Schieb es fünf Zentimeter weiter nach links, damit es mittig an der Wand hängt.« Morrie lehnte sich vor und streckte seine Arme den letzten Zentimeter. Ich nickte und er griff nach seinem Hammer und …

Etwas Warmes strich über meine Stiefel. Eine kleine weiße Gestalt huschte die Treppe hinauf und am Rahmen der Leiter entlang. Eine zuckende Nase schnupperte an der Luft, während die Maus ihren nächsten Schritt überlegte.

»Iiiiaaaau!« Heathcliff stöhnte auf, als sich Grimalkins Krallen in seine Schulter gruben. Sie warf sich quer durch den Raum, flog die Treppe hinauf und landete auf der untersten Sprosse der Leiter, gerade als die Maus an Morries Hosenbein hochschnellte.

»Hilfe, sie ist in meiner Hose!« Morrie stürzte nach vorne und hüpfte von einem Fuß auf den anderen, während er mit dem Gemälde nach seinem Bein schlug. Die Leiter wackelte auf der Stufe und taumelte auf den Rand der Treppe zu.

»Morrie, pass auf!«, rief ich. Morrie sprang gerade von der Leiter, als diese über die Kante der Stufe kippte und die Treppe hinunterstürzte. Das Bild flog ihm aus der Hand und segelte durch die Luft.

Federn flogen in alle Richtungen, als Quoth sich in seinen Raben verwandelte. Er flog aus dem Weg, als die Leiter über die unterste Stufe rutschte. Ich schnappte nach Luft.

Quoth flog über mich hinweg und fing den Rahmen mit seinem Schnabel, kurz bevor er auf dem Boden aufschlug. Er flatterte mit den Flügeln und setzte ihn an der Wand ab.

Die Maus flitzte an ihm vorbei. Grimalkin hüpfte die Treppe hinunter und sprang ihr hinterher. Quoth streckte eine Kralle aus, um das Tier zu fangen, aber die Maus schlüpfte durch seinen Griff und verschwand unter einem Regal.

Grimalkins Vorderpfoten rutschten auf den Dielen ab, und

sie heulte auf, als sie in Quoth hineinrutschte und die beiden in einem wütenden Knäuel aus Fell und Federn durch den Raum kullerten.

Mit klopfendem Herzen rannte ich die Treppe hinauf und schlang meine Arme um Morrie, der immer noch wie wild auf sein Hosenbein schlug.

»Holt sie raus, holt sie raus, holt sie raus!«, jaulte er.

»Sie ist weg.« Ich packte ihn unter den Armen und zog ihn auf die Beine, wobei ich überrascht war, nasse Flecken unter seinen Armen zu spüren. *Hat James Moriarty, kriminelles Superhirn und renommierter Mathematikprofessor, etwa Angst vor einer kleinen* Maus?

Es sah ganz so aus. Morrie vergrub sein Gesicht in meinem Nacken. »Sie hatte kleine kratzige Beine«, flüsterte er mir ins Haar.

»Sei nicht so dramatisch. Wo ist sie hin?« Heathcliff riss Grimalkin und Quoth auseinander.

»Unter die Regale. Ich bin sicher, dass es kein Grund zur Sorge ist. Es ist nur eine kleine Maus.« Ich wischte Morrie eine Haarsträhne aus dem Gesicht. Seine Unterlippe zitterte ganz entzückend. »Der Reihe von kleinen Trophäen nach zu urteilen, die an der Sitzstange über der Tür hängen, werden Quoth und Grimalkin früher oder später kurzen Prozess mit ihr machen.«

»Das war keine normale Maus«, knurrte Heathcliff. »Er ist die Graue Furie, die Maus der Baskervilles, die Dämonenmaus der Butcher Street.«

»Wer ist jetzt dramatisch?«

»Hast du die Zeitung nicht gelesen?« Morrie ließ sich auf die Vordertreppe fallen und faltete die Hände über seinen langen Beinen. »Dieser kleine Kerl hat in allen Läden der Stadt die Runde gemacht, sich durch Stromkabel und Rohrleitungen gefressen, Kunden erschreckt und gegen die

Gesundheitsvorschriften verstoßen. Es sieht so aus, als hätte er beschlossen, sich jetzt in unserem Laden niederzulassen. Das gefällt mir nicht. Ich kann nicht gut mit *Ungeziefer* umgehen.«

»Eine *Maus* macht Schlagzeilen im Argleton *Anzeiger*?« Vier Jahre in New York City hatten mich den Irrsinn des Dorflebens vergessen lassen.

»Nicht nur Schlagzeilen. Sie ist auf der ersten Seite.« Morrie zuckte zusammen, als er sich aufrichtete und seine Hose abwischte. »Diese Hose ist jetzt kontaminiert. Ich werde sie wegwerfen müssen, dabei hat sie vierhundert Pfund gekostet.«

»Du kannst vierhundert Pfund für eine Hose ausgeben?« Ich glaube nicht, dass ich jemals in meinem Leben vierhundert Pfund gesehen habe.

»Vergiss seine verdammten Hosen. Sieh dir an, was du mit meinem Laden gemacht hast!« Heathcliff verschränkte die Arme und starrte auf die Leiter, die eine Holzleiste zertrümmert und einen langen Kratzer an der Brüstung hinterlassen hatte.

»Das war nicht ich«, protestierte Morrie. »Es war die Maus!«

»Miiiiiiiauuuuuu!«, heulte Grimalkin.

Meine Schläfen pochten. *Ein ganz normaler Tag im Nevermore Bookshop.*

Die Ladenglocke bimmelte. Heathcliff runzelte die Stirn, als das Geräusch von polternden orthopädischen Schuhen die Ankunft eines älteren Kunden ankündigte. Diese Art von Kunden mochte er am wenigsten, nach Kindern, Millennials und allen anderen.

Heathcliff war der einzige Ladenbesitzer, den ich kannte, der sich wünschte, die Kunden würden ihn einfach in Ruhe lassen. Seit ich im Nevermore Bookshop arbeitete, strömten die Kunden in Strömen zu uns, aber dafür machte ich den jüngsten Mord in der Soziologieabteilung verantwortlich. Obwohl die

Polizei das Verbrechen vor über einem Monat aufgeklärt hatte, mit ein wenig Hilfe von Heathcliff, Morrie, Quoth und mir, strömten die Dorfbewohner immer noch zu dem Raum im Obergeschoss, in dem der Mord stattgefunden hatte.

Ob du es glaubst oder nicht, ein Mord in meiner ersten Arbeitswoche war bisher das *geringste* meiner Probleme gewesen. Es hatte sich herausgestellt, dass es sich bei dem Mordopfer um meine ehemalige beste Freundin Ashley handelte, und da ich die Leiche mit gefunden hatte, war die Polizei davon überzeugt gewesen, dass ich es getan hatte. Zum Glück hatten wir es geschafft, meinen Namen reinzuwaschen und einen gefährlichen Mörder hinter Gitter zu bringen.

Es hatte sich auch herausgestellt, dass mein neuer Chef und seine beiden Mitbewohner in Wirklichkeit die fiktiven Figuren Heathcliff, James Moriarty und Poes Rabe waren. Und die Buchhandlung, die ich, seit meiner Kindheit geliebt hatte, ist keine gewöhnliche Buchhandlung, sie wurde von einem Fluch heimgesucht, hatte eine versteckte Sammlung okkulter Bücher und einen Raum, der sich vorwärts und rückwärts in der Zeit bewegte.

Und weil mein Leben nicht schon verrückt genug war, hatte ich irgendwie ... mit Morrie *geschlafen*. Na ja, geschlafen wurde nicht viel. Er hat mich hart gegen eines der Bücherregale im Flur genommen. Meine Wangen röteten sich, wenn ich nur daran dachte. Seitdem hatten wir es überall getrieben, wo wir konnten, in der Abstellkammer, auf seinem perfekt gemachten Bett, auf Heathcliffs Stuhl im Wohnzimmer. Mein Körper kribbelte, wenn ich nur daran dachte, wie Morries Hände über meine Haut glitten. Mein Leben war verrückt, aber es war noch nie so perfekt gewesen. Abgesehen von dem winzigen, ungelösten Problem, dass ich nicht mit einem Meisterverbrecher zusammen sein wollte, dass Heathcliff mich geküsst und Quoth erklärt hatte, dass er etwas für mich empfand, und ich nicht wusste, für wen ich mich entscheiden sollte.

Ach ja, und ich war dabei, blind zu werden. Das war auch so eine Sache.

Quoth flatterte davon, um unseren Kunden zu begrüßen, während Morrie sich bemühte, die Leiter in Ordnung zu bringen. Heathcliff schlurfte zurück zu seinem Schreibtisch, ließ seinen muskulösen Körper in seinen Stuhl gleiten und schlug das Buch vor sich mit einem dumpfen Knall auf.

Ich schätzte, dann würde ich dem Kunden wohl helfen. Ich drehte mich um, um zu sehen, wer durch die Tür gekommen war.

»Oh, hallo, Frau Ellis!« Frau Ellis war die urkomische alte Schachtel, die früher meine Lehrerin gewesen war. Sie hatte meine Liebe zum Lesen gefördert, indem sie mir immer Bücher geschenkt hatte, die weit über meinem Niveau gelegen hatten und auf deren Titelseiten meist muskulöse Männer und schwitzende Frauen in verschiedenen Stadien der Nacktheit abgebildet waren. Sie war schon vor Jahren in den Ruhestand getreten und wohnte jetzt in einer kleinen Wohnung über der Frittenbude auf der anderen Straßenseite. Das kam ihr sehr gelegen, da sie von dort aus die Gespräche auf der Straße belauschen und den ganzen Dorfklatsch mitbekommen konnte.

»Hallo, Mina, Liebes.« Frau Ellis schlang ihre Arme um mich und umarmte mich mütterlich. Ich atmete einen Schluck Hyazinthenparfüm ein und versuchte, nicht zu würgen. Als ich mich von ihr löste, blickten mich zwei graue Augen über Frau Ellis' Schulter an.

Die Augen gehörten einer mürrischen Frau in einem purpurroten Anzug, mit passender Handtasche und Hut. Sie schaute durch eine Hornbrille auf mich herab.

»Das ist kein angemessenes Outfit für einen Job im Einzelhandel«, sagte sie stirnrunzelnd und ließ ihren urteilenden Blick über meinen Körper gleiten.

Ich strich die Vorderseite des T-Shirts glatt, das ich am Abend zuvor im Siebdruckverfahren bedruckt hatte. Darauf stand: »I like big books and I cannot lie«, wobei die OOs in dem Wort BOOKS strategisch über meinen Brüsten angeordnet waren. Morrie und Quoth fanden es witzig, während Heathcliff es noch nicht bemerkt zu haben schien. »Was meinen Sie denn?«, fragte ich voller Sonnenschein und Unschuld. »Ich erkläre damit meine Liebe zum geschriebenen Wort.«

»Das impliziert, dass Sie von Büchern sexuell erregt werden, wie eine Art perverse *Lesbe*.« Sie schnaubte verächtlich.

»Oh nein«, rief Morrie vom oberen Ende der Treppe. »Ich kann Ihnen versichern, dass sie ein großer Fan von Schwänzen ist.«

Frau Ellis kicherte und drückte meine Hand. »Ich wusste, dass du dir einen dieser hübschen Kerle angeln würdest, Liebes. Erzähl mir, ist er lang und schlank an den richtigen Stellen?«

Mein Gesicht glühte vor Hitze. *Könnte mich der Boden jetzt einfach verschlucken?*

Das Gesicht der Frau wurde knallrot. Sie rief die Treppe hinauf. »Junger Mann, das ist eine unangemessene Ausdrucksweise in Gegenwart der Älteren und Sie ...«

Da ich spürte, dass sich eine Belehrung anbahnte und wie Heathcliffs Wut im Hintergrund brodelte, schaltete ich mich ein. »Es tut mir leid wegen meines Freundes und meines T-Shirts. Ich freue mich, dass ich zwei so reizenden jungen Damen beim Bücherkauf helfen kann.«

Frau Ellis kicherte. Ihre Begleiterin sah nicht annähernd so amüsiert aus, obwohl sie sich einen unsichtbaren Fussel von der Schulter strich.

»Ach du liebe Zeit, wo bleiben meine Manieren. Mina, das ist meine liebe Freundin, Gladys Scarlett.« Frau Ellis strahlte und drückte Gladys' Hand. »Wir sind zusammen im Spendenausschuss der Kirche.«

»Ich bin *Vorsitzende* des Ausschusses, vielen Dank auch«, korrigierte Gladys Scarlett sie.

»Ja, natürlich. Gladys ist sehr engagiert in der Gemeinde. Sie ist in allen möglichen Ausschüssen. Ich habe vergessen, welche es überhaupt sind.«

»Schön, Sie kennenzulernen, Gladys«, sagte ich und schüttelte der alten Frau die Hand. Sie hatte einen festen Griff. »Ich bin Wilhelmina Wilde. Ich bin eine von Frau Ellis' ehemaligen Schülerinnen ...«

»Wilde?« Frau Scarletts Augen leuchteten auf. »Sind Sie etwa mit unserem Oscar verwandt?«

»Ähm, ich glaube nicht.« Mein Herz setzte einen Schlag aus. Meine Mama war mit sechzehn von zu Hause weggelaufen, um mit meinem Vater zusammen zu sein, der sie kurz darauf verlassen hatte, als sie mit mir schwanger wurde. Sie sprach immer noch mit niemandem in ihrer Familie, und ich hatte noch nie Verwandte kennengelernt. »Ich kenne niemanden, der so heißt.«

»Nein, nein, nein, *Oscar Wilde*, der große viktorianische Schriftsteller und Provokateur. Wir haben letzten Monat im Buchclub *Das Bildnis des Dorian Grey* behandelt, nicht wahr, Mabel?«

»Ja, das haben wir. Obwohl ich zugeben muss, dass es nicht so vulgär war, wie ich erwartet hatte.«

»Das Buch, das wir diesen Monat ausgesucht haben, dürfte eher nach deinem Geschmack sein«, erklärte Frau Scarlett. »Es ist eines der meistverbotenen Bücher in Amerika, seit es 1962 veröffentlicht wurde, wegen seiner Vulgarität und Sprache.«

»Sie sind beide in einem Buchclub?«, fragte ich interessiert.

»Aber natürlich! Es wundert mich, dass Heathcliff dir nichts davon erzählt hat«, sagte Frau Ellis, die gerade die Bücher auf dem Regal durchstöberte, wahrscheinlich auf der Suche nach weiteren ihrer Lieblingsgroschenromane. »Gladys leitet seit fünfzehn Jahren den Argleton Club der verbotenen Bücher.«

»Club der verbotenen Bücher? Ihr lest also nur verbotene Bücher?« Die Idee faszinierte mich. Heathcliff stampfte mit dem Fuß auf, um mich zur Eile zu bewegen, aber ich ignorierte ihn.

»Ja. Es war meine Idee. Wir halten es für wichtig, dass die Zensur weiterhin infrage gestellt wird«, sagte Frau Scarlett. »Jeden Monat wählen wir ein anderes Buch aus, das auf irgendeine Weise verboten wurde, und wir lesen und diskutieren seine Vorzüge und Charaktere bei einer Tasse Tee.«

»Wir kommen jeden Monat hierher, um die Bücher für unsere Mitglieder zu sammeln.« Frau Ellis winkte Heathcliff zu. »Herr Earnshaw ist so gut und legt unsere Wünsche für uns beiseite. Deshalb sind wir heute hier, wegen unserer sechs Exemplare von *Mäusen und Menschen*.«

»Sprecht nicht von Mäusen!«, brüllte Morrie von oben.

»Er ist im Moment etwas empfindlich«, flüsterte ich laut genug, dass Morrie es hören konnte. »Eine kleine Maus ist ihm in die Hose gerannt und seitdem ist er nicht mehr derselbe.«

»Es war keine kleine Maus. Sie war riesig, wie alle Dinge in meiner Hose!«

»Ich verstehe, warum du dich in diesem Laden so wohlfühlst, Mabel«, empörte Frau Scarlett sich. »Junge Dame, bitte sagen Sie mir, dass Sie alle sechs Exemplare haben. Ich kann nicht zulassen, dass noch etwas schiefgeht.«

Heathcliff kippte einen Stapel Bücher auf den Schreibtisch. »Hier. Sechs Exemplare in nahezu perfektem Zustand. Wenn Sie Mäusekot finden, können Sie sie zum halben Preis haben. Können wir jetzt weitermachen? Das hier ist eine Buchhandlung und keine verdammte Kaffeeklatschrunde ...«

»Was ist sonst noch schiefgelaufen?«, fragte ich, als ich Heathcliff mit dem Ellbogen aus dem Weg schob, um die Kasse zu bedienen.

»Sonst treffen wir uns immer in der Dorfhalle, aber ein paar Arbeiter haben bei der Erschließung von King's Copse die Kontrolle über den Bagger verloren und sind direkt durch die Wand gefahren.« Frau Ellis' Gesicht leuchtete vor Freude. »Natürlich ist der Ort in einem schlimmen Zustand und die Sicherheitsvorschriften erlauben uns nicht mehr, uns dort zu treffen.«

»Wir haben gefragt, ob wir den Raum der Sonntagsschule benutzen dürfen, aber einige Mitglieder des Kirchenvorstandes waren dagegen«, erklärte Frau Scarlett. »Anscheinend hat unser Buchclub einen schlechten Einfluss auf die Gemeinde. Ich persönlich halte das für einen Versuch, mich von meinem Platz zu verdrängen und durch diese miese Helen Ingram zu ersetzen.«

»Nun ja, wir *lesen* Bücher, die die Kirche für verwerflich hält«, gluckste Frau Ellis. »Aber wie jemand etwas gegen Harry Potter haben kann, ist mir schleierhaft. Der junge Harry kommt einfach nicht zum Zug.«

»Ja, und wie man gegen gute Literatur sein kann und trotzdem dieses abscheuliche Bauvorhaben unterstützt, ist mir unbegreiflich!«

»Bauvorhaben?«, fragte ich. In New York City war ich nicht auf dem Laufenden geblieben, was Argleton anging. Ich wusste nichts von einem Bauvorhaben.

»Ein großes Bauunternehmen hat den alten King's Copse Wald gekauft. Sie bauen ein riesiges Neubaugebiet hinter Argleton.« Frau Ellis verzog das Gesicht. »Auf dem Streifen zwischen dem Wald und dem Dorf stehen schon einige Häuser. So wurde das Gemeindehaus durchbrochen.«

»Ich wette, das haben sie mit Absicht gemacht. Das ist ein

schreckliches Geschäft, dieses Bauvorhaben.« Frau Scarlett schnalzte mit der Zunge. Sie lehnte sich näher heran und flüsterte verschwörerisch, wobei ihr Atem einen Hauch von Knoblauch verströmte: »Aber wir werden dem bald ein Ende setzen.«

»Wie das?« Ich versuchte, mir vorzustellen, wie Frau Scarlett und eine Horde furchterregender alter Weiber sich an Bäume ketteten.

»Das Land gehört zwar den Bauherren, aber wenn sie etwas darauf bauen wollen, müssen sie das Bebauungsplanverfahren durchlaufen, so wie alle anderen auch«, erklärte Frau Scarlett und reckte das Kinn. »Als Vorsitzende des Planungsausschusses werde ich nicht zulassen, dass ihre modernen Monstrositäten unser malerisches Ortsbild verschandeln. Argleton ist ein beliebtes Ziel für Touristen und Einheimische, weil es den Charme der alten Welt versprüht, und dieses Projekt bedroht ihn. Ich bin überrascht, dass Sie sich nicht mehr Gedanken darüber machen«, sagte sie zu Heathcliff. »Sie werden Ihnen die Kunden vertreiben!«

»Gut«, murmelte Heathcliff. »Ich hoffe, sie beginnen morgen mit dem Bau.«

»Gladys hat eine Petition mit Unterstützern aus der Gemeinde gesammelt, um die Pläne zu blockieren, bis ein Entwurf vorgelegt wird, der besser zu unserem Erbe passt. Sie ist wirklich sehr klug«, fügte Frau Ellis hinzu. »Ich freue mich schon auf die Versammlung nächste Woche, bei der sie den Entwurf vorstellen wird. Dieser Bauleiter, Edward Lachlan, ist ziemlich gutaussehend.«

»Er ist ein *Schurke*«, zischte Frau Scarlett. »Wenn seine Frau nicht im Buchclub wäre, würde ich ihn aus dem Dorf vertreiben lassen. Aber das löst nicht die Frage nach einem Treffpunkt für unseren Buchclub. Weiß jemand von Ihnen zufällig, ob es im Dorf einen Raum zu mieten gibt? Wenn wir nichts finden, müssen wir uns im Haus von Lachlan treffen, und das will ich auf keinen Fall.«

»Warum treffen Sie sich nicht hier?«, fragte ich.

Heathcliffs Stiefel knallte auf meinen Fuß. Ich tat so, als würde ich es nicht bemerken.

»Oh, das wäre wunderbar!« Frau Ellis klatschte in die Hände. »Wie passend, wenn wir unseren Buchclub in einer echten Buchhandlung abhalten!«

Frau Scarlett schnaubte, als sie die mit Büchern gefüllten Regalreihen, den zerrissenen Ledersessel neben dem Fenster und das ausgestopfte Gürteltier in der Mitte des Ausstellungstisches betrachtete. »Es ist ziemlich dunkel hier drin. Man muss *Von Mäusen und Menschen* lesen können, um darüber diskutieren zu können.«

Da stimmte ich ihr zu. Ich hatte nach und nach Lampen in den oberen Stockwerken angebracht, um den Raum zu erhellen, damit ich etwas sehen konnte, aber das hatte ich Heathcliff noch nicht gestanden.

Stattdessen sagte ich. »Wie viele sind denn in Ihrem Buchclub? Sie würden alle in den Raum für Weltgeschichte passen.« Der Nevermore Bookshop war in mehrere kleine Räume und verwinkelte Gänge unterteilt. Der Weltgeschichtssaal war der größte Raum im Erdgeschoss und wurde von einem Erker dominiert, der Teil eines fünfeckigen Türmchens an der westlichen Ecke des Gebäudes war. Die raumhohen Fenster und die pastellgelbe Tapete verliehen dem Raum eine fröhliche Atmosphäre. »Da drin ist es schön hell.«

»Mal sehen.« Frau Scarlett begann, an ihren Fingern abzuzählen. »Da wären wir beide und Sylvia Blume, sie ist das örtliche Medium, eine etwas verrückte Dame, aber sie bringt die leckerste Teeauswahl mit. Frau Lachlan natürlich, die Frau des verhassten Bauunternehmers. Sie leben in dem großen Haus auf dem Hügel und tun so, als wären sie reich, obwohl sie in Wirklichkeit nur ein paar Penner aus dem East End sind. Dann gibt es noch die junge Ginny Button und meine liebe Freundin Brenda Winstone, sie ist Mabels Cousine, nicht wahr?«

»Das ist sie. Eine reizende Dame, obwohl sie diesen Trottel Harold geheiratet hat. Ich bin froh, dass er nicht in unserem Club ist.« Frau Ellis zog die Stirn in Falten. »Wir würden gerne den Club der verbotenen Bücher im Laden veranstalten und ich hoffe, dass du und der hübsche Herr Earnshaw uns Gesellschaft leisten werdet.«

»Daraus wird nichts«, knurrte Heathcliff und knallte einen staubigen Bücherstapel auf den Tresen.

»Ich würde mich riesig darüber freuen.« Ich strahlte.

»Oh, wie wunderbar.« Frau Ellis klatschte in die Hände. »Wir lassen unsere Treffen immer von Greta aus der Bäckerei beliefern. Sie macht die tollsten Krapfen mit Sahne. Gladys und ich essen jeden Morgen nach unserem Spaziergang einen, nicht wahr? Wir gehen rüber, nachdem wir unsere Bücher bezahlt haben und sorgen dafür, dass sie genug für alle bereithält.«

»Ihr müsst das Buch bis Mittwoch lesen. Aaaaaaahhhh!« Frau Scarlett fasste sich an die Brust. Ihr Gesicht schwoll an und ihre ohnehin schon roten Wangen wurden noch dunkler. »Eine Maus!«

Ich wirbelte herum und sah gerade noch rechtzeitig, wie ein weißer Streifen über den Boden flog und hinter Heathcliffs Schreibtisch verschwand. Er sprang fluchend auf. Quoth stürzte vom Kronleuchter herab und sprang dem Nagetier hinterher. Die Maus verschwand in den Bücherstapeln, aber Quoth war nicht klein genug, um in die Lücke zu passen, und er konnte nicht mehr rechtzeitig anhalten. Er prallte gegen das Regal und purzelte in einem Wirbel aus Federn über den Boden.

»Quoth!« Ich hob ihn auf und wiegte ihn in meinen Armen,

während ich seinen Körper nach gebrochenen Knochen abtastete.

Er blinzelte mich mit seinen Augen an und plusterte sich auf, als ich ihm über den Kopf streichelte.

Das war geplant, hörte ich seine Stimme in meinem Kopf. Ich hatte mich immer noch nicht an Quoths gelegentliche telepathische Einwürfe gewöhnt, wenn er in seiner Rabengestalt war.

Ich lächelte. »Dir geht es gut.«

»Hilfe! Gladys!«, schrie Frau Ellis.

Ich wirbelte herum. Frau Scarlett war auf die Knie gesunken. Mit einer Hand hielt sie sich an der Kante von Heathcliffs Schreibtisch fest, mit der anderen umklammerte sie ihren Bauch. Sie legte ihren Kopf auf ihre Schulter und atmete tief ein.

»Mir geht es gut«, keuchte sie. »Gib mir einen Moment.«

»Gladys geht es nicht gut«, gurrte Frau Ellis und streichelte die Schulter ihrer Freundin. »Die Ärzte glauben, es ist ihr Herz. Sie bekommt diese Schwindelanfälle und ...«

»Macht Platz, der Arzt kommt.« Morrie polterte die Treppe hinunter. Er ließ sich neben der alten Dame auf die Knie fallen und überprüfte ihre Augen, schnupperte an ihrem knoblauchhaltigen Atem, kniff in ihre Ohrläppchen und klatschte ihr auf die Wangen.

»Mir geht e gut, machen Sie doch kein Aufheben.« Frau Scarlett packte Morrie an der Schulter und rappelte sich auf. »Ich habe mich nur erschrocken.«

»Diese verdammte Maus«, fluchte Morrie. »Sie haben sie gesehen, nicht wahr? Es war weniger eine Maus als vielmehr ein bösartiger *Hund* ...«

»Ja, nun.« Frau Scarlett tupfte sich mit ihrem Taschentuch die Wangen ab. »Ich glaube, wir gehen jetzt. Seien Sie so gut und kümmern Sie sich um die Maus, bevor wir uns treffen.«

»Hast du das gehört?«, knurrte Heathcliff Quoth an, der oben auf der Kasse hockte.

»Krächz!«

~

Willst du noch mehr Geheimnisse des Nevermore Bookshops aufdecken? Dann hol dir Buch 2 Von Mäusen und Morden.

Https://books2read.com/nevermoredeutsch2

Mein erstes Anzeichen dafür, dass wir nicht mehr in Kansas sind, ist, dass jemand die Autotür aufzieht und mir meine Kate Spade-Tasche aus den Armen reißt.

»Hey!«, schreie ich, denn niemand fasst meine Kate an und überlebt, um damit zu prahlen. Ich schwinge meine Faust, um dem Dieb eins auszuwischen, aber er ist zu schnell. Mein Schlag prallt an seinem Arm ab.

»*Ich* werde Ihre Sachen nehmen, Fräulein«, sagt der Dieb mit ernster Stimme. Wenigstens ist es ein höflicher Krimineller. Die Menschen in Emerald Beach werden wirklich anders erzogen.

»Danke, Seymour. Sie müssen meine Tochter entschuldigen. Sie weiß nicht, wie man sich unter Menschen verhält.« Papa klingt müde. In letzter Zeit hört er sich oft so an. Früher hatten wir eine Vater-Tochter-Beziehung wie aus einem Hallmark-Film. Wir hätten darüber gelacht, dass ich versucht habe, Seymour auszuschalten, wer auch immer dieser verdammte Seymour ist. Aber das war, bevor ich unser Leben zerstört habe. Jetzt ist alles, was ich tue, ein weiteres Ärgernis für ihn, denn es ist *völlig normal*, dass irgendwelche Leute ihre Hände in meinen Schoß stecken und mir meine Sachen wegnehmen.

Aber ich schätze, das ist jetzt unser neuer Alltag.

Unser neues Leben. Mit unserem Kofferträger namens Seymour.

Ich wünschte, ich hätte besser aufgepasst, als Papa mir von unserem Umzug nach Emerald Beach erzählt hat. Wahrscheinlich hat er Seymour erwähnt. Aber ich war ein bisschen damit beschäftigt, mein Körpergewicht in Marsriegeln zu essen und alles und jeden in Reichweite zu zerschmettern.

»Lassen Sie die Schlüssel bei mir, Sir«, sagt Seymour zu Papa. »Ich parke das Auto für Sie und bringe den Rest Ihrer Sachen rein. *Sie* wartet schon auf Sie.«

Seymour flüstert *Sie*, als wäre es ein Gebet, ein Flehen. Wer ist diese Frau, die nicht einmal einen Titel hat? Wer ist nicht Madame oder Lady oder Frau Dio für ihre Angestellten, sondern einfach nur *Sie*?

Ich steige aus dem Auto aus. Die Sonne trifft mich wie ein Güterzug aus Feuer. Ja, ich bin definitiv nicht mehr in Kansas. Und mit Kansas meine ich Witchwood Falls, Massachusetts. Oder Cedarwood Cove, Massachusetts – je nachdem, wer fragt. Ich bin weit weg von zu Hause.

Anders als Dorothy schlage ich nicht die Absätze meiner magischen Schuhe zusammen, die mich dorthin zurückbringen. Egal wie kochend heiß, basic oder albern Emerald Beach auch sein mag, es kann nicht so schlimm sein wie das, vor dem ich davonlaufe.

Dank mir haben wir kein Zuhause mehr, zu dem wir zurückkehren können.

Meine Schuhe knirschen auf den Kieselsteinen. Das Haus erhebt sich über mir – eine riesige Wand aus Marmor, Glas und Schrecken. Ich erinnere mich daran, wie Papa es mir beschrieben hat, also muss ich es nicht sehen, um zu wissen, dass es verdammt protzig ist, mit gebleichten weißen Säulen, die einen geschnitzten Säulengang stützen, übergroßen Eichentüren und wahrscheinlich einer schlecht geschnitzten Kopie von Michelangelos David in der Mitte des plätschernden Brunnens, und Gold; Gold, das überall glitzert. Die Häuser hier sind wahrscheinlich alle gleich, als hätten Paris Hilton und ein griechischer Tempel ein Baby gehabt.

Mein neues Zuhause.

Ohne meine Handtasche fühle ich mich nackt, also umklammere ich meinen Stock ein bisschen fester als sonst, während ich auf das sich abzeichnende Gebäude unseres neuen Lebens zusteuere. Die Türen öffnen sich knarrend und ich bin überrascht, eine dunkle Stimme zu hören.

»John. Du hast es noch rechtzeitig geschafft, wie ich sehe.«

Sie klingt nach heißem Kakao und Rasierklingen.

»Cali.« Papa sagt ihren Namen mit einem Hauch von Ehrfurcht in seiner Stimme. »Ich möchte dir meine Tochter vorstellen.«

»Hallo, Fergus.« Meine neue Stiefmutter sagt meinen Namen steif und testet seinen Klang auf ihrer Zunge.

»Fergie«, sage ich. »Alle nennen mich Fergie.«

Ja, mein Name ist Fergus und ich bin ein Mädchen. Es ist die lächerlichste Geschichte überhaupt. Vor Jahrhunderten, als meine Vorfahren noch ein Haufen schwertschwingender Clanmitglieder in Schottland waren, versprach ein reicher Gutsherr dem erstgeborenen Sohn jeder Generation, eine große Geldsumme, wenn er Fergus hieße. Und obwohl kein einziger Cent dieses Geldes jemals zustande kam, hat mein Clan nie die Gelegenheit für leicht verdientes Geld verstreichen lassen, also ist der Name geblieben. Ich sollte ein Junge sein, bis zu dem Moment, als ich aus meiner Mutter herausgeschossen kam, und so wurde ich Fergie.

»Hey, Fergalicious.« Papa benutzt seinen Kosenamen für mich, während er mich mit diesem müden Ton in der Stimme anstupst. »Ich freue mich so, dass du endlich Cali, deine neue Stiefmutter, kennenlernst.«

Juchhu.

Ich will keine verdammte Stiefmutter, schon gar nicht diese Frau. Aber wie bei allem, was seit dem Vorfall passiert ist, habe ich auch hier keine andere Wahl.

Eine Hand ergreift meine und schüttelt sie, der Griff ist fest und knapp – Cali macht mir klar, dass sie mir das Handgelenk brechen kann, wenn sie die Gelegenheit dazu hätte. Sie hat irgendeinen hochrangigen Job in der Fitnessbranche – ich habe Papa nie gefragt – und ich stelle mir vor, dass dies der Händedruck ist, den sie für alle Steroid-Typen verwenden muss.

Auch wenn ich Papa zuliebe nett sein will und auch wenn diese Frau alle möglichen Fäden für mich gezogen hat, obwohl sie mich nie getroffen hat, kann ich nicht anders.

Ich erwidere den Druck.

Ich werde nicht die Schwächere sein.

Ich lasse mich nicht über den Tisch ziehen oder zum Narren halten.

Nicht dieses Mal.

Calis Fingerknöchel knacken. Sie lässt meine Hand fallen.

»Endlich sind meine beiden Lieblingsfrauen zusammen«, sagt Papa mit gespielter Fröhlichkeit in der Stimme. »Ich bin überzeugt, dass ihr euch prächtig verstehen werdet.«

»Kommt rein.« Calis Tonfall wird steif und förmlich. Es ist die Stimme von jemandem, der nicht die Absicht hat, sich »blendend zu verstehen«. Sie hält mir die Tür auf, und ich folge Papa in das riesige Foyer. Mein Stock streicht über den Boden, die Kugelspitze rollt über kalten Marmor. Das Geräusch hallt durch drei Stockwerke und das Echo macht mich völlig wahnsinnig. Ich habe noch nie in einem so leeren Raum gestanden. Ich meine, in Einkaufszentren und Konzerthallen schon, aber die sind immer voll von wogenden Körpern, Lärm, Aufregung und Geschäftigkeit. Dieses Haus trieft vor bedrückender Stille.

Dies ist ein Haus der Geheimnisse.

Gut. Vielleicht wird es auch meins fest verschlossen in seinen Mauern halten.

Calis Absätze klacken auf dem Marmor. »Wir haben schon gegessen, aber ich kann Milo bitten, euch etwas aufzuwärmen. Ihr müsst nach der langen Fahrt hungrig sein.«

»Das wäre fantastisch. Du hast keine Ahnung, wie sehr ich Milos Essen vermisst habe. Fergie?«, fragt Papa mich.

»Ich bin nicht hungrig.«

Ich beiße mir auf die Lippe und fühle mich schlecht, weil meine Stimme so schnippisch klingt. Papa will so sehr, dass es klappt. Ich habe ihm in den letzten Monaten viel Mist zugemutet. Ich habe das Gefühl, dass ich bereits mit Cali auf falschem Fuß stehe, und wir sind kaum durch die Eingangstür. Aber dieses Haus, diese Frau, das ist einfach zu viel. Ich versuche, meine Stimme ruhig zu halten. »Kann ich mein Zimmer sehen?«

»Folge mir«, bellt Cali. Ihre Absätze *klick-klacken* auf der Treppe. Sie wartet nicht auf mich und hält mich auch nicht am Arm fest, was mich ihr gegenüber ein wenig erwärmt. Mein Stock stößt an die unterste Stufe und ich gehe weiter, bis ich den Handlauf erreiche. Ich drehe meinen Stock in der Hand, damit er mir die Tiefe und die Anzahl der Stufen anzeigt, und steige ihr nach. Papa schnauft hinter mir her. In dieser Leere aus Bohnerwachs und Bleichmittel kann ich die muffige Klimaanlage unseres Volvos und die Snackkrümel, die an uns beiden kleben, riechen.

Wir gehören nicht in ein Haus wie dieses, mit einer Frau wie Cali.

Vielleicht sieht Papa das bald ein.

Die Treppe führt immer höher und höher und höher und verwirrt mich. Ich bin verloren in einem Labyrinth, mit einem Minotaurus in der Mitte. Aber das ist nicht fair – das Monster ist nicht meine neue Stiefmutter.

Das *echte* Monster habe ich in Massachusetts zurückgelassen.

Cali führt uns einen breiten, großen Flur hinunter. Die Absätze meiner Stiefel sinken in den dicken, weichen Teppich. »Dein Vater und ich haben ein Zimmer im Ostflügel«, sagt sie schroff. »Luella, das Hausmädchen, wohnt außerhalb. Seymour und Milo wohnen im Anbau hinter dem Pool. Neben deinem Bett befindet sich ein Rufknopf, falls du sie brauchst. Du und Cassius wohnen in diesem Flügel. Ihr teilt euch ein Bad.«

Stimmt – ich muss Cassius noch kennenlernen. Meinen neuen Stiefbruder.

Ich weiß nichts über ihn. Ich habe nie gefragt. In den letzten Wochen war ich wie betäubt, weil mein Leben und meine Zukunft in einem von mir selbst verursachten Inferno untergegangen sind. Ich habe kaum daran gedacht, zu essen, geschweige denn, mich um das Kind zu kümmern, mit dem ich das Haus teilen werde. Er ist ungefähr zwölf Jahre alt oder so, riecht wahrscheinlich eklig, redet nur in Grunzlauten und wird einen unerträglichen Musikgeschmack haben. Ich erinnere mich, dass Papa gesagt hat, dass es noch einen Bruder gibt – er ist ein paar Jahre älter als ich, aber er wohnt nicht mehr hier.

Cali stößt eine Tür auf. »Ich nehme an, das ist ausreichend.«

»Es ist wunderbar, vielen Dank.« Papa drückt meine Hand. »Fergie, was denkst du?«

Ich kann gar nichts sagen. Meine Lippen sind wie zugeklebt.

Ich bleibe in der Tür stehen und begrüße die Leere meines neuen Zimmers mit eisigem Schweigen.

»Es ist ganz in Rot und Gold dekoriert«, sagt Papa. »Deine Stiefmutter hat einen guten Geschmack.«

»Ich pfeife auf Farbmuster und Kissen«, spottet Cali. »Livvie hat das gemacht.«

Ich weiß nicht, wer Livvie ist, aber Papa weiß es offensichtlich, denn er lacht, als hätte Cali etwas total Lustiges gesagt. Ich versuche, das Unwohlsein zu ignorieren, das sich in meinen Magen gräbt.

Papa hat schon ein ganzes Leben in Emerald Beach, mit Cali und Livvie. Er hat diese Welt, die völlig getrennt von mir ist.

Haben sie Livvie zu ihrer Hochzeit eingeladen? Denn mich haben sie nicht eingeladen.

Ich sollte nicht hier sein. Sie wollen mich nicht hier haben.

Ich schaffe es, mich nach vorne zu schleppen und gehe im Raum herum, wobei ich die Kanten der Möbel berühre. Es gibt nicht viel, was mir lieb werden könnte. Ein Bett mit einem Bettgestell aus Messing, ein zotteliger Teppich, der den gesamten Boden bedeckt, eine hohe Kommode, ein Schreibtisch und ein gepolsterter Sessel unter dem Fenster. Meine Füße stoßen auf ein paar seltsame Dellen im Teppich, Stellen, an denen etwas Schweres die Fasern zerdrückt hat. Ich frage mich, was es war, dass früher in der Mitte des Bodens gestanden hat.

Meine Taschen sind bereits neben der Tür zum begehbaren Kleiderschrank gestapelt. Seymours Werk, nehme ich an. Der ganze Raum ist größer als unser altes Haus.

»Wir lassen dich in Ruhe, damit du dich zurechtfindest.« Papa küsst mich auf den Scheitel. »Komm runter in die Küche, wenn du etwas essen willst. Sie ist hinten rechts im Haus, durch das Wohn- und Esszimmer.«

Sie gehen und schließen die Tür hinter sich. In dem Moment, in dem sie zufällt, lasse ich mich ins Bett sinken und gönne mir eine einzige Träne – ein salziges Tröpfchen für das verdammte Chaos, das ich in meinem Leben angerichtet habe.

Das ist alles, was ich verdiene.

Ich fahre mit den Fingern über den herrlichen, seidenen Stoff der Bettdecke. Diese Livvie mag Cali ein spöttisches Grinsen entlocken, aber sie hat Geschmack.

Das Zimmer riecht sogar gut, nach frischen Blumen. Ich wette, Seymour hat irgendwo ein Gesteck hinterlassen.

Ich hasse mich selbst.

Vor zwei Wochen stand ich auf einer Brücke und wollte runterspringen, um meinen Papa von der Last meiner Fehler zu befreien. Jetzt ertrinke ich in einer verdammten Villa in Seidenbettwäsche und Dienern und kann nicht einmal dankbar dafür sein. Als wir gegangen sind, habe ich die meisten meiner Besitztümer, sogar meinen Jiu-Jitsu-Gi, in den Müll geworfen. Ich kann es nicht ertragen, irgendwelche Erinnerungen daran zu haben, wie mein Leben eigentlich sein sollte.

Papa sagt, dass ich neue Klamotten bekommen werde, sobald wir uns eingelebt haben. »Das meiste von deinen Sachen wird in Emerald Beach nicht funktionieren, Fergie. Die sind da unten ganz anders.«

Er hat sich noch nie Gedanken darüber gemacht, ob ich irgendwo dazu passe.

Seit dem Vorfall hat sich alles verändert.

Du hast Glück gehabt, erinnere ich mich. *Dein Fehler wurde ausgelöscht. Du kannst neu anfangen. Neuer Name. Ein neues Leben. Wie viele andere Menschen haben diese Chance?*

Aber ich *will* weder einen neuen Namen noch ein neues Leben noch eine neue Mutter. Ich will mein altes Leben zurück. Ich will meine 1540 SAT-Punkte und meine Meisterschaftsgürtel und dass das schlimmste in meinem Leben der Stress ist, meinen Aufsatz für Harvard zu schreiben.

Die Luft bewegt sich.

Die Haare in meinem Nacken stehen mir zu Berge.

Ich höre ein Knarren, als die Tür zum angrenzenden Badezimmer aufschwingt.

Jemand ist in meinem Zimmer.

Jetzt lesen:
http://books2read.com/elite1deutsch

POISON IVY

**Ich würde alles tun, um hineinzukommen. Ich würde sogar
zu ihnen gehören.**

Victor. Torsten. Cassius – der Sportler, der Künstler, der
Stiefbruder.
Der Poison Ivy Club.
Rücksichtslos.
Verbunden.
Gewalttätig.
Unantastbar.

Sie regieren die Stonehurst Academy mit eiserner Faust.
Wenn du nach Harvard, Princeton oder Yale willst, werden sie
dich dort reinbringen.
Garantiert.
Aber vorher wollen sie ihr Pfund Fleisch haben.
Ein Deal ist ein Deal – du gibst ihnen, was sie wollen, und sie
lassen deine Träume wahr werden.

Und sie wollen mich.

In ihrem Bett.
In ihren Armen.
Als Teil ihrer Gang.

Ich würde alles tun, um auf eine Eliteuniversität zu kommen.
Ich würde lügen. Ich würde betrügen.
Ich würde auf die Knie gehen.
Ich würde töten.
Aber diese drei dunklen Prinzen werden niemals mein Herz
bekommen.

Dies ist ein zeitgenössischer, dunkler Liebesroman für
Erwachsene mit drei finsteren Kerlen und einem furchtlosen
Mädchen. Er ist für Leser ab 18 Jahren gedacht.

Jetzt lesen:
http://books2read.com/elite1deutsch

ÜBER DIE AUTORIN

Steffanie Holmes ist *USA Today*-Bestsellerautorin für paranormale, gothische, düstere und fantastische Bücher. In ihren Büchern geht es um kluge, witzige Heldinnen, Geheimbünde, gruselige alte Herrenhäuser und Alphamännchen, die *immer* bekommen, was sie wollen.

Steffanie ist von Geburt an blind und wurde 2017 mit dem Attitude Award for Artistic Achievement ausgezeichnet. Außerdem war sie Finalistin für den Women of Influence Award 2018.

Steff ist die Gründerin von *Rage Against the Manuscript* – einer Ressourcensammlung mit kostenlosen Inhalten, Büchern und Kursen, die Autor*innen dabei helfen, ihre Geschichte zu erzählen, ihre Leser*innen zu finden und eine erfolgreiche Schreibkarriere aufzubauen.

Steffanie lebt mit ihrem Mann, einer Horde streitsüchtiger Katzen und ihrer mittelalterlichen Schwertsammlung in Neuseeland.

Steffanie Holmes Newsletter

Hol dir ein Gratisexemplar von *Cabinet of Curiosities* – ein Steffanie Holmes-Kompendium mit Kurzgeschichten und Bonusszenen – wenn du dich für den Steffanie Holmes-Newsletter anmelden.

http://www.steffanieholmes.com/newsletterdeutsch

Tritt mit Steffanie in Kontakt

www.steffanieholmes.com
steff@steffanieholmes.com